Sem amor

Sem amor

Alice Oseman

Tradução de
LAURA POHL

Rocco

Título original
LOVELESS

Primeira publicação na Grã-Bretanha por
HarperCollins Children's Books em 2020.

HarperCollins Children's Books é uma divisão
da HarperCollins Publishers Ltd.
1 London Bridge Street, London, SE1 9GF

Copyright © Alice Oseman, 2020
Todos os direitos reservados.

O direito moral de Alice Oseman de ser
identificada como autora desta obra foi assegurado por ela.

Direitos para a língua portuguesa reservados
com exclusividade para o Brasil à
EDITORA ROCCO LTDA.
Rua Evaristo da Veiga, 65 – 11º andar
Passeio Corporate – Torre 1
20031-040 – Rio de Janeiro – RJ
Tel.: (21) 3525-2000 – Fax: (21) 3525-2001
rocco@rocco.com.br | www.rocco.com.br

Printed in Brazil/Impresso no Brasil

Preparação de originais
CATARINA NOTAROBERTO

CIP-Brasil. Catalogação na Publicação.
Sindicato Nacional dos Editores de Livros, RJ.

O91s	Oseman, Alice, 1994- Sem amor / Alice Oseman; tradução de Laura Pohl. – 1ª ed. – Rio de Janeiro: Rocco, 2021. Tradução de: Loveless ISBN 978-65-5532-150-0 ISBN 978-65-5595-087-8 (e-book) 1. Ficção inglesa. I. Pohl, Laura. II. Título.
21-73915	CDD-823 CDU-82-3(410.1)

Camila Donis Hartmann – Bibliotecária – CRB-7/6472

O texto deste livro obedece às normas do
Acordo Ortográfico da Língua Portuguesa.

Se é que se prova que o amor ao acaso acontece, então:
Alguns cupidos matam com setas; outros, com armação.

Muito barulho por nada, William Shakespeare

PARTE UM

ÚLTIMA CHANCE

Literalmente três casais diferentes sentavam ao redor do fogo se pegando, como se fosse algum tipo de orgia organizada de beijos, e parte de mim estava tipo, *eca*, e a outra parte estava tipo, *Uau, eu queria mesmo que fosse eu*. Para ser justa, é o que eu deveria esperar da festa depois da formatura. Eu não vou muito a festas. Eu não sabia que isso fazia parte da cultura.

Eu me retiro da fogueira de volta para a enorme casa de campo de Hattie Jorgensen, segurando meu vestido de formatura com uma das mãos para não tropeçar, e mando uma mensagem para Pip.

Georgia Warr
não consegui chegar perto do fogo e pegar os marshmallows porque tinha gente se beijando ao redor

Felipa Quintana
Como você pode me trair e decepcionar dessa forma Georgia

Georgia Warr
você ainda me ama ou está tudo acabado entre nós?

Quando eu entrei na cozinha e encontrei Pip, ela estava encostada em um armário de canto com um copo descartável cheio de vinho numa mão e o celular na outra. A gravata dela estava meio enfiada no bolso da camiseta, o blazer de veludo borgonha, desabotoado, e os cachos curtos estavam fofos e soltos, sem dúvida por dançar tanto na formatura.

— Está tudo bem? — eu perguntei.

— Talvez esteja um pouco bêbada — disse ela, os óculos tartaruga escorregando no nariz. — E eu também te amo *pra caralho*.

— Mais do que marshmallows?

— Como é que você pode me fazer escolher?

Eu passei meu braço pelos ombros dela, e nós nos recostamos juntas contra os armários da cozinha. Era quase meia-noite, a música estava ecoando da sala de estar da Hattie, e o som dos nossos colegas conversando e rindo e gritando e berrando ressoava por cada canto da casa.

— Tinha três casais se pegando ao redor da fogueira — eu disse. — Tipo, ao mesmo tempo.

— Pervertidos — disse Pip.

— Eu meio que queria ser um deles.

Ela me lançou um olhar.

— *Eca*.

— Eu só quero beijar alguém — eu disse, o que era estranho, porque eu nem estava bêbada. Eu ia dirigir de volta para casa e levar Pip e Jason.

— Nós podemos nos pegar se você quiser.

— Não era isso que eu tinha em mente.

— Bem, Jason está solteiro há alguns meses. Acho que ele toparia.

— Cala a boca. Eu estou falando sério.

Eu *estava* falando sério. Eu queria muito, muito beijar alguém. Eu queria sentir um pouco da mágica da noite da festa de formatura.

— O Tommy, então — disse Pip, erguendo uma sobrancelha e sorrindo, maléfica. — Talvez seja a hora de *confessar*.

Eu só tive um *crush* em uma única pessoa. O nome dele era Tommy. Ele era o "garoto gato" do nosso ano — que poderia ser um modelo de verdade se quisesse. Ele era alto, magro e convencionalmente atraente, de uma forma parecida com o Timothée Chalamet, apesar de eu não entender de verdade o porquê de todo mundo amar o Timothée Chalamet. Eu tinha uma teoria de que um monte de *crushes* de celebridade das pessoas era só fingimento para não ficar de fora.

Tommy era o meu *crush* desde que eu estava na sexta série e uma menina tinha me perguntado "quem você acha que é o menino mais gato de Truham?". Ela tinha me mostrado uma foto no celular dela com um grupo dos garotos mais populares do nosso ano na escola de meninos do outro lado da rua, e Tommy estava bem no meio. Eu conseguia distinguir que ele era o mais atraente — quer dizer, ele tinha o cabelo de algum vocalista de *boyband* e estava vestido de um jeito fashion — então apontei e disse *ele*. E acho que foi isso.

Quase sete anos depois, eu nunca nem tinha falado com Tommy. Eu nunca *quis* falar com ele, provavelmente porque eu era tímida. Ele era mais um conceito abstrato — ele era gato, e ele era meu *crush*, nada ia acontecer entre a gente, e eu estava perfeitamente contente com isso.

Eu faço um barulho de escárnio para Pip.

— Obviamente não o Tommy.

— Por que não? Você gosta dele.

O mero pensamento interagir com o meu *crush* me fazia ficar extremamente nervosa.

Eu só dei de ombros para Pip, e ela deixou a discussão de lado.

Pip e eu começamos a sair da cozinha, os braços ainda ao redor uma da outra, e de volta para o corredor da casa de campo chique da Hattie Jorgensen. Pessoas estavam jogadas no chão do corredor em seus ternos e vestidos de formatura, com copos e comida espalhados ao redor. Duas pessoas estavam se beijando nas escadas, e eu olhei para elas por um instante, sem saber se eu estava enojada ou se era a coisa mais romântica que eu já tinha visto em toda minha vida. Provavelmente a primeira opção.

— Sabe o que eu quero? — disse Pip, enquanto tropeçávamos até chegar ao jardim de inverno de Hattie e caíamos no sofá.

— O quê? — eu perguntei.

— Eu quero que alguém espontaneamente cante uma música para declarar o amor que sente por mim.

— Qual música?

— "Your Song", do *Moulin Rouge*. — Ela suspirou. — Deus, eu sou triste, gay e solitária.

— Uma ótima escolha, mas um pouco mais difícil de conseguir que um beijo.

Pip revirou os olhos.

— Se você quer tanto assim beijar alguém, só vai falar com o Tommy. Você gosta dele faz sete anos. Essa é sua última chance antes de irmos pra faculdade.

Talvez ela tenha razão.

Se fosse para ser com alguém, teria que ser com o Tommy. Só que essa ideia me enchia de pavor.

Eu cruzei meus braços.

— Talvez eu possa beijar um estranho.

— Ah, vá se foder.

— Tô falando *sério*.

— Não, você não tá. Você não é assim.

— Você não sabe como eu sou.

— Eu sei, sim — disse Pip. — Eu conheço você mais do que qualquer um.

Ela estava certa. Sobre me conhecer e também sobre eu não ser assim e sobre essa noite ser a minha última chance de confessar o *crush* que eu tinha havia sete anos, a última chance para beijar alguém quando eu ainda era uma garota na escola, enquanto eu ainda poderia sentir a empolgação adolescente sonhadora e a mágica da juventude que todo o resto do mundo parecia conseguir provar.

Era minha última chance de sentir isso.

Então talvez eu tivesse que me dar por vencida e ir beijar Tommy, afinal.

ROMANCE

Eu amava romances. Eu sempre amei. Eu amava a Disney (especialmente a obra de arte subestimada que é *A princesa e o sapo*). Eu amava fanfiction (até mesmo fanfics com personagens sobre os quais eu não sabia nada, mas Draco/Harry e Korra/Asami eram minhas leituras de conforto). Eu amava ficar pensando em como seria meu próprio casamento (um casamento num galpão, com folhas de outono e frutinhas, luzes pisca-pisca e velas, meu vestido — com rendas e retrô, o cônjuge chorando, minha família chorando, eu chorando porque estou tão, tão feliz, só tão, tão feliz porque eu encontrei *o escolhido*).

Eu só. Amava. O *amor*.

Eu sabia que era brega. Só que eu não era cínica. Eu era sonhadora, talvez, uma pessoa que gostava de ansiar e acreditar na mágica do amor. Tipo o protagonista de *Moulin Rouge*, que foge para Paris para escrever histórias sobre a verdade, a liberdade, a beleza e o amor, apesar de que ele provavelmente deveria estar pensando em arrumar um emprego para conseguir comprar comida. É. Definitivamente eu.

Eu provavelmente herdei isso da minha família. Os Warr acreditavam no *amor para sempre* — meus pais ainda eram tão apaixonados um pelo outro quanto em 1991, quando minha mãe era uma professora de balé, e meu pai estava numa banda. Eu nem estou zoando. Eles eram literalmente o enredo de "Sk8er Boi", da Avril Lavigne, só que com um final feliz.

Ambos os pares de avós ainda estavam casados. Meu irmão se casou com a namorada quando tinha vinte e dois anos. Nenhum dos meus parentes próximos tinha se divorciado. Até mesmo a maioria dos meus primos mais velhos ao menos tinha parceiros, se não uma própria família.

Eu nunca tinha tido um relacionamento.

Eu nunca tinha beijado ninguém.

Jason beijou Karishma, da minha aula de história, na expedição Duque de Edimburgo, e namorou uma garota horrível chamada Aimee por alguns meses até que ele percebeu que ela era babaca. Pip beijou Millie, da Academia, durante uma festa e também a Nicola do nosso grupo de teatro juvenil no ensaio final de *Drácula*. A maioria das pessoas tinha uma história desse tipo — um beijo bobo com alguém em quem meio que tinham um *crush*, ou não tinham, e não ia pra lugar nenhum, mas isso era parte de ser adolescente.

A maioria das pessoas de dezoito anos já beijou alguém. A maioria das pessoas de dezoito anos já teve ao menos um *crush*, mesmo que em uma celebridade. Ao menos metade das pessoas que eu conheço já transou de verdade, apesar de que algumas dessas pessoas provavelmente estavam mentindo, ou só estavam se referindo a uma punheta ruim ou a tocar em um seio.

Só que não me incomodava, porque eu sabia que minha hora ia chegar. Chegava para todo mundo. *Você vai encontrar alguém no fim das contas* — era o que todo mundo dizia, e eles estavam certos. Os romances de adolescentes só funcionavam em filmes, de qualquer forma.

Tudo que eu precisava fazer era esperar, e minha grande história de amor aconteceria. Eu encontraria o *escolhido*. Nós nos apaixonaríamos. E eu teria o meu felizes para sempre.

PIP, JASON E EU

— Georgia precisa beijar o Tommy — Pip disse para Jason, conforme nos jogamos ao lado dele em um sofá na sala de estar de Hattie.

Jason, que estava no meio de um jogo de cruzadinhas no celular, franziu o cenho para mim.

— Posso perguntar por quê?

— Porque faz sete anos, e acho que é a hora — disse Pip. — Opiniões?

Jason Farley-Shaw era nosso melhor amigo. Nós éramos tipo um trio. Pip e eu frequentávamos a mesma escola só para garotas, no ensino fundamental, e conhecemos Jason por meio das peças de teatro anuais da escola, para as quais sempre arrumavam alguns garotos da escola de garotos do fundamental para participar, então, depois de uns anos, ele foi para a nossa escola, que era mista no ensino médio, e também se juntou ao nosso grupo de teatro juvenil.

Não importa qual peça nós fazíamos, quer fosse musical ou não, Jason geralmente interpretava o que era essencialmente o mesmo papel: um homem mais velho severo. Isso, na maior parte, era porque ele era alto e largo, mas também porque, à primeira vista, ele emanava uma energia de pai meio bravo. Ele tinha sido Javert, em *Os miseráveis,* Próspero, em *A tempestade,* e o pai bravo, George Banks, em *Mary Poppins.*

Apesar disso, Pip e eu tínhamos aprendido rapidamente que, debaixo daquele seu exterior severo, Jason era um cara muito gentil e tranquilo que parecia gostar mais da nossa companhia do que a das outras pessoas. Já que Pip era o presságio do caos, e considerando a minha tendência de ficar preocupada e constrangida com praticamente tudo, a calma de Jason nos oferecia um equilíbrio perfeito.

— Er — disse Jason, olhando para mim. — Bem... não importa muito o que *eu* penso sobre isso.

— Eu não sei se eu quero beijar o Tommy — eu falei.

Jason pareceu satisfeito e se virou de volta para Pip.

— Pronto. Caso encerrado. Você tem que ter certeza sobre essas coisas.

— Não! Qual é! — Pip soltou um gritinho e se virou para mim. — Georgia. Eu sei que você é tímida. Mas é *totalmente normal* ficar nervosa com *crushes*. Essa é literalmente a sua *última* chance de confessar seus sentimentos, e, mesmo se ele te rejeitar, não importa, porque ele vai pra faculdade do outro lado do país.

Eu poderia ter falado que isso tornaria um relacionamento um pouco difícil caso a resposta dele fosse positiva, mas não falei.

— Lembra como eu fiquei nervosa quando falei pra Alicia que gostava dela? — Pip continuou. — E então ela ficou tipo *desculpa, eu sou hétero*, e eu chorei por tipo dois meses, mas olha só pra mim agora! Eu estou maravilhosa! — Ela chutou uma perna no ar para reafirmar seu ponto. — Este é um cenário sem nenhuma consequência.

Jason estava olhando para mim o tempo todo, como se ele estivesse tentando determinar como eu me sentia.

— Sei lá — eu disse. — Eu só... não sei. Acho que eu gosto um pouco dele.

Um relâmpago de tristeza cruzou o semblante de Jason, e então desapareceu.

— Bem — disse ele, olhando para baixo na direção do colo dele —, eu acho que você deveria fazer o que você quiser.

— Eu acho que eu quero beijar ele — eu falei.

Eu olhei em volta da sala, e, bem ali, estava Tommy, em pé com um grupo pequeno de pessoas perto do batente. Ele estava longe o bastante, de modo que eu não podia focar bem nos detalhes do rosto dele — ele era só um conceito de pessoa, um borrão, um cara genérico atraente. Meu *crush* havia sete anos. Olhar para ele de longe e tão desfocado me levou de volta para a sexta série, apontando para uma foto de um garoto que eu achava que provavelmente era gato.

E isso selou o contrato. Eu conseguia fazer isso.

Eu conseguia beijar Tommy.

Houve um tempo em que eu me perguntei se eu acabaria ficando com Jason. Houve um tempo em que eu me perguntei se eu acabaria ficando com Pip também. Se nossas vidas fossem um filme, ao menos dois de nós teriam ficado juntos.

Só que eu nunca tive nenhum sentimento romântico por nenhum deles, pelo que eu soubesse.

Pip e eu éramos amigas havia quase sete anos. Desde o primeiro dia da sexta série, quando sentamos juntas, seguindo o plano de assentos na chamada e fomos forçadas a falar três fatos interessantes sobre nós mesmas. Descobrimos que nós duas queríamos ser atrizes e foi isso. Amigas.

Pip sempre foi mais sociável, mais engraçada e no geral mais interessante do que eu. Eu era a que sempre escutava, a que apoiava quando ela teve a sua crise "será que sou gay" aos catorze anos, e então a crise do "eu não sei se quero ser atriz ou ser uma cientista" ano passado, e então a crise do "eu quero mesmo cortar meu cabelo curto, mas estou com medo" uns meses atrás.

Jason e eu nos conhecemos depois, mas nós ficamos amigos mais rápido do que eu pensei ser possível, considerando o meu histórico infeliz em fazer amizades. Ele foi a primeira pessoa que conheci que eu sabia que podia ficar sentada, quieta, ao seu lado sem sentir que seria esquisito. Eu não sentia que eu precisava ficar tentando ser engraçada ou divertida com ele; eu podia ser só eu, e ele não desgostaria de mim por causa disso.

Nós tínhamos dormido o que parecia umas mil vezes uns nas casas dos outros. Eu sabia exatamente onde ficavam as molas quebradas na cama de Pip. Eu sabia que o copo favorito de Jason no meu armário era um desbotado do Pato Donald que eu comprei na Disney quando eu tinha doze anos. *Moulin Rouge* era o filme a que sempre assistíamos quando estávamos juntos — nós sabíamos todas as falas de cor.

Nunca houve nenhum sentimento romântico entre Pip, Jason e eu. Só que o que nós tínhamos — uma amizade de muitos anos — era tão forte quanto um relacionamento, eu acho. Talvez até mais forte do que o de um monte dos casais que eu conhecia.

VERDADE OU DESAFIO

Para que eu conseguisse ficar fisicamente perto de Tommy, Pip nos forçou a entrar em um jogo de verdade ou desafio com o grupo, contra o que tanto eu quanto Jason protestamos, mas Pip obviamente ganhou.

— Verdade — eu disse, quando era minha vez de sofrer. Hattie, que estava liderando o jogo, sorriu, maléfica, e selecionou uma carta da pilha de "verdade". Devia ter uns doze de nós, todos sentados no tapete da sala de estar. Pip e Jason estavam sentados cada um de um lado. Tommy estava na minha frente. Eu não queria olhar pra ele, na verdade.

Pip me ofereceu um salgadinho da tigela como apoio. Eu aceitei, grata, e o enfiei na boca.

— Qual a pior experiência romântica ou sexual que já teve com um cara?

Algumas pessoas entraram em um coro de "oooh", um cara assobiou, e uma garota só riu, uma explosão curta de "hah" que eu achei mais vergonhosa do que qualquer outra coisa.

Felizmente, eu nunca mais veria as pessoas dessa festa de novo na minha vida. Talvez no Instagram, mas eu silenciava os stories da maioria das pessoas, e eu já tinha uma lista mental de todo mundo que eu ia deixar de seguir depois dos resultados das provas finais. Havia algumas pessoas na escola com quem eu, Pip e Jason nos dávamos bem. Pessoas com quem sentávamos no almoço. Um pequeno grupo da galera do teatro com quem saíamos durante a temporada do teatro da escola. Só que eu já sabia que todos iríamos pra faculdade e esqueceríamos uns dos outros.

Pip, Jason e eu não esqueceríamos uns dos outros, porém, porque nós todos iríamos para a Universidade de Durham em outubro, desde que conseguíssemos as notas. Isso na verdade não tinha sido planejado — nós éramos um trio de nerds que gostavam de cumprir metas, só que Jason não tinha conseguido entrar em Oxford, e Pip não tinha conseguido entrar no King's College, em Londres, e eu era a única que tinha Durham como a primeira escolha.

Eu agradecia ao universo todos os dias que tudo tivesse se desdobrado dessa forma. Eu *precisava* de Pip e Jason. Eles eram a minha vida.

— Isso é meio demais — Jason protestou imediatamente. — Qual é. É pessoal demais.

Houve gritos de indignação do resto do grupo. As pessoas estavam cagando se algo era pessoal demais.

— Você tem que ter *alguma coisa* — falou Hattie com a voz arrastada, e o seu sotaque superchique. — Tipo, *todo mundo* já teve um beijo horrível ou algo do tipo nessa altura.

Eu fiquei muito desconfortável sendo o centro das atenções, então achei que talvez seria melhor acabar logo com isso.

— Eu nunca beijei ninguém — anunciei.

Quando eu disse isso, eu não achei que eu estava falando algo particularmente esquisito. Tipo, a gente não estava num filme adolescente. Ficar zoando a virgem não era algo que acontecia *de verdade*. Todo mundo sabia que as pessoas faziam essas coisas quando estavam prontas, certo?

Só que aí as reações começaram.

Houve arfadas audíveis. Um "aaaw" de pena. Alguns dos caras começaram a rir, e um deles tossiu a palavra "virgem".

Hattie colocou a mão dela na boca e disse, horrorizada:

— Ai meu Deus, *sério*?

Meu rosto começou a queimar. Eu não era estranha. Existiam muitas outras pessoas de dezoito anos que nunca tinham beijado ninguém por aí.

Eu olhei rapidamente para Tommy, e até ele estava olhando para mim com empatia, como se eu fosse uma criancinha — como se eu fosse uma criança que não entendia nada.

— Não é *tão* estranho — eu disse.

Hattie pressionou a mão dela contra o coração e fez um bico com o lábio inferior.

— Você é tão pura.

Um cara se inclinou e disse:

— Você tem tipo, dezoito anos, certo?

Eu assenti para ele, e ele disse "Meu *Deus*" como se eu fosse nojenta ou algo assim.

Será que eu era nojenta? Será que eu era feia, tímida e nojenta e era *por isso* que eu nunca tinha beijado ninguém até agora?

Meus olhos começaram a lacrimejar.

— Já chega — cortou Pip. — Vocês todos podem parar de ser babacas agora.

— Mas *é* estranho — disse um cara da minha aula de inglês. Ele estava falando com Pip. — Você precisa admitir que é *estranho* ter chegado aos dezoito anos sem nunca ter beijado ninguém.

— Essa é boa vindo do cara que confessou que se masturbou com as princesas de *Shrek 3*.

Houve gargalhadas de alegria do grupo, momentaneamente distraídos sem rir de mim. Enquanto Pip continuava a criticar nossos colegas, Jason muito sutilmente pegou a minha mão, me puxando para cima e para fora da sala.

Assim que chegamos ao corredor, eu estava prestes a chorar, então eu disse que precisava fazer xixi e subi as escadas para encontrar o banheiro. Quando entrei, eu examinei o meu reflexo, esfregando a parte debaixo dos meus olhos para que meu rímel não escorresse. Eu engoli as lágrimas. Eu não ia chorar. Eu não chorava na frente de ninguém.

Eu não sabia.

Eu não sabia o quanto eu estava *atrasada* com relação a todo mundo. Eu tinha passado tanto tempo pensando que meu amor verdadeiro um dia *apareceria*. Eu estava errada. Eu estava muito, muito errada. Todo mundo estava crescendo, beijando, transando, se apaixonando, e eu só estava...

Eu só era uma criança.

Se eu continuasse assim, será que eu ficaria sozinha para sempre?

— Georgia!

Era a voz de Pip. Eu me certifiquei de que minhas lágrimas tinham desaparecido quando eu saí do banheiro. E ela não suspeitou de nada.

— Eles são idiotas pra cacete — disse ela.

— É — concordei.

Ela tentou sorrir calorosa para mim.

— Você sabe que vai encontrar alguém no fim das contas, né?

— Sei.

— Você *sabe* que vai encontrar alguém. Todo mundo encontra. Você vai ver.

Jason estava olhando para mim com uma expressão triste no rosto. De pena, talvez. Será que ele também estava com pena de mim?

— Será que eu estou desperdiçando minha adolescência? — eu perguntei a eles. E eles me disseram *não*, como qualquer melhor amigo faria, mas já era tarde demais. Esse era o alarme que eu precisava para acordar.

Eu precisava beijar alguém antes que fosse tarde demais.

E esse alguém precisava ser Tommy.

TOMMY

Eu deixo que Pip e Jason voltem lá embaixo para buscar bebidas, usando a desculpa de que eu queria pegar meu casaco em um dos quartos de hóspedes porque estava com frio, e então eu só fiquei no corredor escuro, tentando respirar e organizar meus pensamentos.

Tudo estava ok. Não era tarde demais.

Eu não era esquisita ou nojenta.

Eu tinha tempo de fazer minha jogada.

Eu localizei meu casaco, e também encontrei uma tigela de salgadinhos de salsicha equilibrada no aquecedor, então eu peguei também. Conforme voltei andando pelo corredor, eu notei que a porta de outro quarto estava aberta, então espiei para dentro, só para ser recepcionada com uma vista e tanto de alguém claramente recebendo uma dedada.

Isso pareceu mandar uma onda de choque pela minha coluna. Tipo, uau, ok. Eu esqueci que as pessoas faziam isso de verdade. Era divertido de ler em fanfics e ver em filmes, mas a realidade era meio tipo, *Ah. Eca. Estou desconfortável, me tire daqui.*

Fora isso... certamente que se pensaria em fechar a porta direito se alguém estava colocando uma parte do corpo dele dentro de você.

Era difícil me imaginar em uma situação daquele tipo. Honestamente, eu adorava a ideia em teoria — ter uma aventura sexual em um quarto escuro na casa de alguém com uma pessoa com quem se está flertando intermitentemente por alguns meses —, mas a realidade? Ter que tocar as genitais de alguém? Eca.

Acho que levava tempo para as pessoas se prepararem para coisas assim. E teria que achar alguém com quem me sentisse confortável. Eu nunca interagi com ninguém que eu quisesse beijar, ainda menos com alguém que eu queria...

Eu olhei para a tigela de salgadinhos de salsicha. De repente, eu não estava mais com tanta fome.

E então uma voz quebrou o silêncio ao meu redor.

— Oi — disse uma voz, olhei para cima, e lá estava Tommy.

Essa era a primeira vez que eu falava com Tommy na vida.

Eu o tinha visto muitas vezes, óbvio. Em algumas festas a que eu fui. Às vezes no portão da escola. Quando ele foi pra nossa escola, nós não pegamos nenhuma matéria juntos, mas ocasionalmente passamos um pelo outro no corredor.

Eu sempre fiquei meio nervosa quando ele estava por perto. Achei que era por causa do *crush*.

Eu não sabia como é que eu deveria supostamente agir perto dele.

Tommy apontou para o quarto.

— Tem alguém lá dentro? Acho que deixei meu casaco na cama.

— Acho que tem alguém recebendo uma dedada lá — eu disse, torcendo para que não fosse alto o bastante para as pessoas referidas ouvirem.

Tommy abaixou a mão.

— Ah. Certo. Ok, então. Hum. Acho que pego depois, então.

Houve uma pausa. Nós ficamos constrangidos perto da porta. Não dava para ouvir as duas pessoas dentro do quarto, mas só de saber o que estava acontecendo, e que nós dois sabíamos disso, me dava vontade de morrer.

— Como você está? — ele perguntou.

— Ah, sabe — eu disse, erguendo a tigela de salsichas. — Eu tenho salsichas.

Tommy assentiu.

— Ótimo. Bom pra você.

— Obrigada.

— Você está muito bonita, aliás.

Meu vestido de formatura era lilás e cheio de brilhos, e eu me sentia razoavelmente desconfortável vestindo-o em vez de meus suéteres tricotados e os jeans de cintura alta, mas eu achei que estava bonita, então era bom ter uma confirmação.

— Obrigada.

— Sinto muito pelo jogo de verdade ou desafio. — Ele deu uma risadinha. — As pessoas podem ser muito babacas. Só pra você saber, eu não tive meu primeiro beijo até ter dezessete.

— Sério?

— Sim. Eu sei que é meio tarde, mas… sabe, é melhor esperar até que seja a coisa certa, né?

— É — eu concordei, mas eu só estava pensando que, se dezessete era "tarde", então eu basicamente era uma idosa.

Isso tudo era estranho. Tommy tinha sido meu *crush* por sete anos. Ele estava falando comigo. Por que eu não estava dando pulinhos de alegria agora?

Por sorte, naquele momento, meu telefone vibrou. Eu o tirei do meu sutiã.

Felipa Quintana
Com sexua licença mas cadê sua bunda
Hahaha sexo
Eu disse sexo sem querer
E BUNDA
Hahaha bundas

Jason Farley-Shaw
Por favor volte antes que pip tome outra taça de vinho

Felipa Quintana
Para de me lançar indiretas no nosso próprio grupo quando eu estou bem do seu lado

Jason Farley-Shaw
Falando sério Georgia cadê você?

Eu rapidamente desliguei a tela do celular antes que Tommy pensasse que eu o estava ignorando.

— Hum... — eu comecei, não sabendo bem o que eu ia dizer. Eu ergui a minha jaqueta jeans grande. — Se está com frio, pode pegar minha jaqueta emprestada.

Tommy olhou para a jaqueta. Ele não pareceu incomodado porque era tecnicamente uma jaqueta de "garotas", o que era bom, pois, se ele tivesse protestado, isso provavelmente teria sido o fim do meu *crush*.

— Tem certeza? — ele perguntou.

— Claro!

Ele pegou a jaqueta e colocou. Me fez sentir um pouco desconfortável, sabendo que um cara que eu não conhecia muito bem estava vestindo a minha jaqueta favorita. Eu não deveria estar feliz com esse avanço?

— Eu só ia sentar perto da fogueira um pouco — disse Tommy, e ele se apoiou contra a parede, se inclinando só um pouquinho na minha direção com um sorriso. — Você... quer vir junto?

Foi aí que eu percebi que ele estava tentando flertar comigo.

Tipo, isso estava funcionando.

Eu ia conseguir beijar Tommy de verdade.

— Ok — disse eu. — Deixa só eu mandar uma mensagem pros meus amigos.

Georgia Warr
tô com o tommy kkkk

Romance de escola era um dos meus clichês favoritos de fanfics. Eu também amava fanfics de universos alternativos como almas gêmeas, encontro no café, sofrimento/conforto e amnésia temporária.

Eu achei que romance de escola era o mais provável de acontecer comigo, mas agora que a possibilidade de isso acontecer era maior do que zero, eu estava surtando.

Tipo, coração acelerado, suando, as mãos tremendo como em um surto.

Era assim que *crushes* eram para ser, então isso era normal, certo?

Tudo era totalmente normal.

BEIJO

Quando chegamos à fogueira, nós éramos as únicas pessoas lá. Nenhuma orgia de beijos à vista.

Eu escolhi um assento perto da pilha de cobertores, e Tommy sentou ao meu lado, equilibrando uma garrafa de cerveja no braço da cadeira. O que aconteceria agora? Nós só começaríamos a nos pegar? Deus, espero que não.

Espera, não era isso que eu queria?

Um beijo tinha que acontecer, de qualquer forma. Isso estava bastante claro para mim. Essa era minha última chance.

— Então — disse Tommy.

— Então — eu disse.

Eu pensei em como eu iria começar o beijo. Nas fanfics, as pessoas só dizem "posso te beijar" o que é muito romântico de ler, mas soava tão vergonhoso na minha cabeça quando eu me imaginava dizendo isso em voz alta. Nos filmes, só meio que parece acontecer sem nenhuma discussão de antemão, mas as duas pessoas começam sabendo exatamente o que vai acontecer.

Ele assentiu na minha direção, e eu olhei para ele, esperando ele falar alguma coisa.

— Você está muito bonita — disse ele.

— Você já falou isso — eu respondi, sorrindo constrangida —, mas obrigada.

— É esquisito que nós nunca nos falamos na escola — ele continuou. Conforme ele falava, ele colocou a mão no topo da minha cadeira, então a mão dele ficou estranhamente perto do meu rosto. Eu não sei o porquê de isso me deixar tão desconfortável. Acho que a pele dele só estava *ali*.

— Bem, nós não somos amigos exatamente das mesmas pessoas — eu disse.

— É, você é bem quietinha, né?

Eu não podia negar isso.

— É.

Agora que ele estava tão perto, eu estava com dificuldade de ver exatamente pelo que eu fui atraída nesses últimos sete anos. Eu conseguia *distinguir* que ele era convencionalmente atraente, assim como cantores ou atores são atraentes, mas nada nele realmente me fez sentir as *borboletas*. Será que eu sabia a sensação de borboletas no estômago? O que era para eu estar sentindo agora?

Ele assentiu como se soubesse tudo sobre mim.

— Tudo bem. Garotas quietinhas são legais.

O que isso significava?

Será que ele estava sendo esquisito? Eu não conseguia dizer. Eu provavelmente só estava nervosa. Todo mundo fica nervoso quando está perto do seu *crush*.

Eu olhei na direção da casa, sentindo que eu não queria mais olhar para ele. E então eu vi duas silhuetas pairando no jardim de inverno, nos observando — Pip e Jason. Pip imediatamente acenou para mim, mas Jason parecia um pouco envergonhado e puxou Pip para longe.

Os dois queriam ver o que aconteceria com Georgia e o *crush* que ela mantinha havia sete anos.

Tommy se inclinou um pouco mais para perto.

— Nós deveríamos falar mais, ou algo assim.

Dava pra saber que ele não estava falando sério. Ele só estava enrolando. Eu sabia o que deveria acontecer a seguir.

Era pra eu me inclinar, nervosa, mas empolgada, ele empurraria uma mecha do meu cabelo para trás da orelha, eu olharia para ele por debaixo dos meus cílios, então nós nos beijaríamos, gentilmente, e seríamos um só, Georgia e Tommy, então voltaríamos para casa, inebriados e felizes, e talvez nunca mais acontecesse de novo. Ou talvez ele me mandaria uma mensagem, nós decidiríamos ir a um encontro, só para ver o que ia acontecer, e nesse encontro nós decidiríamos que tentaríamos continuar saindo; no nosso terceiro encontro nós decidiríamos ser namorado e namorada, algumas semanas depois nós faríamos sexo, e, enquanto eu estivesse na faculdade, ele me mandaria mensagens de bom-dia e viria me visitar um final de semana sim e um não, então depois da faculdade nós iríamos morar juntos em um pequeno apartamento perto do rio e adotar um cachorro, ele deixaria uma barba crescer, e então nós casaríamos, e isso seria o fim.

Era isso que deveria acontecer.

Eu poderia ver cada momento na minha cabeça. Essa rota simples. A saída mais fácil.

Eu podia fazer isso, não podia?

Se eu não fizesse, o que Pip e Jason diriam?

— Está tudo bem — disse ele. — Eu sei que você nunca beijou ninguém antes.

O jeito como ele disse aquilo era como se estivesse conversando com um cãozinho filhote.

— Ok — eu disse.

Aquilo me irritou. Ele estava me irritando.

Era isso que eu queria, não era? Um pequeno momento fofo no escuro?

— Ei, olha — disse ele, com um sorriso de pena no rosto. — Todo mundo tem um primeiro beijo. Não significa nada. Está tudo bem ser nova em, tipo, romance e tal.

Nova em romance? Eu queria rir. Eu tinha estudado romance como uma acadêmica. Como um pesquisador obcecado. Romance seria minha tese de mestrado.

— É — eu disse.

— Georgia — Tommy se aproximou mais, e então a onda me atingiu.

O nojo.

Uma onda de nojo absoluta e irrestrita.

Ele estava tão perto que eu senti que queria gritar, eu queria quebrar um vidro e vomitar ao mesmo tempo. Meus punhos se apertaram nos braços da cadeira, e eu tentei continuar olhando para ele, continuar me mexendo na direção dele, *beijar ele*, mas ele estava *tão perto de mim* que parecia *aterrorizante*, e eu estava com *nojo*. Eu queria que isso acabasse.

— Está tudo bem ficar nervosa — disse ele. — É meio fofo, na verdade.

— Eu não estou nervosa — eu disse. Eu estava com nojo da ideia dele perto de mim. Querendo coisas de mim. Isso não era normal, era?

Ele colocou a mão na minha coxa.

E foi aí que eu estremeci, empurrando a mão dele para longe, arremessando a bebida dele pelo lado da cadeira, ele se jogou para frente para pegar e caiu da cadeira.

Bem dentro da fogueira.

PEGANDO FOGO

Houve sinais. Eu perdi todos eles porque estava desesperada para me apaixonar.

Luke, do quinto ano, foi o primeiro. Ele fez o pedido por um bilhete no bolso do meu casaco durante a hora do recreio. *Para Georgia. Você é tão linda, quer ser minha namorada? Sim ( ) Não ( ) Ass: Luke.*

Eu marquei o X em *não*, e ele ficou chorando durante toda a aula de matemática.

No sexto ano, quando todas as garotas da minha turma decidiram que queriam namorados, eu me senti excluída, então perguntei a Luke se ele ainda estava a fim, só que ele já estava saindo com Ayesha, então ele disse não. Todos os novos casais brincavam juntos no playground durante a despedida de férias, e eu me senti triste e solitária.

Noah, do ônibus da escola, foi o segundo, no nono ano, apesar de eu não saber se ele conta. Ele me chamou para sair no Dia dos Namorados porque esse era o tipo de coisa que pessoas faziam no Dia dos Namorados — todo mundo queria ser parte de um casal no Dia dos Namorados. Noah me assustava porque ele era barulhento e gostava de jogar sanduíches nas pessoas, então eu só sacudi a cabeça e voltei a ficar encarando a janela.

O terceiro foi Jian, da escola de meninos. Segundo ano do ensino médio. Um monte de gente achava que ele era extremamente atraente. Nós tivemos uma conversa longa em uma festa na casa de alguém sobre se *De férias com o ex* era uma boa série ou não, e então ele tentou me beijar quando estava todo mundo bêbado, incluindo nós dois. Teria sido tão fácil deixar isso acontecer.

Teria sido tão fácil me inclinar e fazer isso.

Só que eu não queria. Eu não gostava dele.

Só que o quarto acabou sendo Tommy, a quem eu conhecia da escola e que parecia com o Timothée Chalamet, e eu não o conhecia assim tão bem, só que essa foi a vez que me destruiu um pouco, porque eu achava que eu gostava mesmo dele. Só que eu não conseguia, porque eu não gostava dele.

Meu *crush* de sete anos nele era inteiramente inventado.

Uma escolha aleatória de quando eu tinha onze anos, e uma garota me mostrou uma foto e me mandou escolher um garoto.

Eu não gostava de Tommy.

Aparentemente, eu nunca tinha gostado de ninguém.

Eu gritei. Tommy gritou. O braço dele inteiro estava pegando fogo.

Ele rolou no chão e repentinamente Pip chegou, pegando um cobertor, caindo diretamente em cima de Tommy, abafando as chamas enquanto Tommy estava gritando "puta merda, puta merda" de novo, e de novo e eu só estava em pé ao lado dele, observando enquanto ele queimava.

A primeira coisa que eu senti foi choque. Eu estava congelada. Como se isso não estivesse acontecendo.

A segunda coisa que eu senti foi raiva por causa da minha jaqueta.

Aquela era a porra da minha jaqueta favorita.

Eu nunca devia ter dado para um garoto que eu mal conhecia. Um garoto de quem eu nem sequer *gostava*.

Jason estava lá também, perguntando se Tommy estava machucado, mas ele estava se sentando, balançando a cabeça, tirando as ruínas da minha jaqueta favorita, olhando para seu braço intacto, dizendo "mas que porra". E então ele voltou o olhar para cima e disse de novo:

— Mas que porra?

Eu olhei para essa pessoa que eu tinha escolhido aleatoriamente em uma foto e disse:

— Eu não gosto de você desse jeito. Me desculpa. Você é legal, mas eu só... eu não gosto de você desse jeito.

Jason e Pip viraram para mim em sincronia. Uma pequena multidão estava começando a se formar, nossos colegas de turma indo para fora para ver do que se tratava a comoção.

— Mas que *porra*? — disse Tommy pela terceira vez, antes de ele ser rodeado pelos amigos dele, vindo ver se ele estava bem.

Eu só estava encarando-o e pensando, *essa era a porra da minha jaqueta favorita* e, *sete anos*, e *eu nunca gostei de você*.

— Georgia — disse Pip. Ela estava ao meu lado, puxando meu braço. — Acho que é hora de irmos pra casa.

SEM AMOR

— Eu nunca gostei dele — eu disse no carro conforme chegamos à casa de Pip, e eu desliguei o motor. Pip estava do meu lado. Jason estava no banco de trás. — Sete anos, e eu só menti pra mim mesma esse tempo todo.

Os dois estavam estranhamente silenciosos. Como se não soubessem o que dizer. De um jeito horrível, eu quase os culpava. Pip, de qualquer forma. Foi ela que ficou me forçando a fazer isso. Ela tinha me provocado por causa de Tommy por sete anos.

Não, isso era injusto. Não era culpa dela.

— Isso é culpa minha — eu disse.

— Eu não *entendo* — disse Pip, gesticulando selvagemente. Ela ainda estava razoavelmente bêbada. — Você… teve um *crush* nele por anos. — A voz dela ficou mais baixa. — Essa era sua… *grande chance*.

Eu comecei a rir.

É muito louco como você pode se enganar por tanto tempo. E todo mundo ao seu redor, também.

A porta da casa de Pip se abriu, revelando os pais dela em pijamas combinando. Manuel e Carolina Quintana eram outro casal perfeitamente apaixonado com uma história incrivelmente romântica que eu conhecia. Carolina, que tinha crescido em Popayán, na Colômbia, e Manuel, que tinha crescido em Londres, se conheceram quando Manuel foi visitar a avó que estava morrendo em Popayán quando ele tinha dezessete anos. Carolina era literalmente a garota da casa ao lado, e o resto entrou para a história. Essas coisas simplesmente aconteciam.

— Eu nunca tive um *crush* em ninguém em toda minha vida — eu disse. A ficha estava começando a cair. Eu nunca tinha tido um *crush* em ninguém. Nem em garotos nem em garotas, em nenhuma pessoa que eu já tivesse conhecido. O que isso *significava*? Será que significava alguma coisa? Ou só estava vivendo a vida de forma errada? Será que tinha algo de errado comigo? — Dá pra acreditar nisso?

Houve uma pausa de novo, antes de Pip dizer:

— Bem, tudo bem. Tudo bem, cara. Você sabe que você vai encontrar alguém...

— Não termine essa frase — eu disse. — Por favor, não termine essa frase.

Então ela não terminou.

— Sabe... a *ideia* da coisa é legal. A *ideia* de gostar de Tommy e beijar Tommy e ter um momento fofo perto da fogueira depois da festa de formatura. É *tão* legal. Era isso que eu queria. — Eu me sinto endurecer enquanto aperto o volante. — Só que a realidade me *dá nojo*.

Eles não falaram nada. Nem mesmo Pip, que sempre era uma bêbada falante. Até mesmo meus melhores amigos não conseguiam pensar em uma única palavra reconfortante.

— Bem... foi uma boa noite, certo? — Pip estava tropeçando nas palavras enquanto cambaleava para fora do meu carro. Ela deixou a porta do passageiro aberta e apontou dramaticamente para mim, as luzes dos postes refletindo nos óculos dela. — Você. Ótima. Excepcional. E você — ela cutucou Jason no peito enquanto ele se mudava para o banco da frente —, excelente. Excelente trabalho.

— Beba água — disse Jason, dando um tapinha na cabeça dela.

Nós observamos enquanto ela andava até a porta da frente para levar uma bronca gentil da mãe dela por estar bêbada. O pai dela acenou para nós, e nós acenamos de volta, então eu liguei o motor e fomos embora. Poderia ter sido uma boa noite. Poderia ter sido a melhor noite da minha vida, se eu tivesse mesmo um *crush* no Tommy.

A próxima parada era a casa de Jason. Ele morava em uma casa que foi construída pelos dois pais dele, que eram arquitetos. Rob e Mitch tinham se conhecido na faculdade — estavam fazendo o mesmo curso — e acabaram competindo pelo mesmo estágio de arquitetura. Rob ganhou, o que ele diz ter sido merecido, e Mitch sempre diz que deixou Rob ganhar porque gostava dele.

Quando nós chegamos, eu disse:

— A maior parte das pessoas da nossa idade já beijaram alguém.

— Isso não importa — disse ele.

Só que eu sabia que importava. Importava, sim. Não era aleatório que eu estava ficando para trás. Tudo que aconteceu nessa noite era um sinal de que eu precisava me esforçar mais, ou eu ficaria sozinha pelo resto da minha vida.

— Eu não me sinto uma adolescente de verdade — eu disse. — Acho que falhei nisso.

E Jason claramente não sabia o que dizer depois disso, porque ele não disse nada.

Sentada no meu carro parado na calçada na frente da minha casa, com o fantasma da mão de um garoto na minha coxa, eu tracei um plano.

Eu logo iria para a faculdade. Uma chance de me reinventar e me tornar alguém que pudesse se apaixonar, alguém que se encaixaria com a minha família, com as pessoas da minha idade, com o mundo. Eu faria um monte de novos amigos. Eu entraria em clubes. Eu arranjaria um namorado. Ou até uma namorada. Um parceiro. Eu teria meu primeiro beijo, e eu transaria. Eu só tive um despertar tardio. Eu não morreria sozinha.

Eu me esforçaria mais.

Eu queria um amor para sempre.

Eu não queria ficar sem amor.

PARTE DOIS

MUDANÇA

A viagem até a Universidade de Durham levava seis horas, e passei a maior parte dela respondendo o vendaval de mensagens do Facebook que Pip me mandava. Jason tinha feito a viagem alguns dias mais cedo, e Pip e eu estávamos com esperança de irmos juntas, mas aconteceu que as minhas malas e caixas ocuparam todo o porta-malas do carro do meu pai, e a maior parte dos bancos de trás. Nós nos conformamos com mandar mensagens e ficar tentando ver o carro uma da outra na estrada.

Felipa Quintana
Jogo novo!!!!!
Se nós nos vimos na estrada ganhamos 10 pontos

Georgia Warr
o que eu ganho se tiver mais pontos

Felipa Quintana
Glória eterna

Georgia Warr
adoro o gostinho da glória eterna

Felipa Quintana
CARA EU ACABEI DE TE VER!!!!!!!!!!!!!!!
Eu acenei mas você não me viu

Que rejeição
Uma tragédia moderna por Felipa Quintana

Georgia Warr
você supera

Felipa Quintana
Vou precisar de terapia intensa
Você vai pagar

Georgia Warr
eu não vou pagar sua terapia

Felipa Quintana
Grossa
Achei que você era minha amiga

Georgia Warr
use seus 10 pontos para pagar a terapia

Felipa Quintana
VOU MESMO

 A viagem foi terrivelmente longa, na verdade, mesmo com as mensagens de Pip como companhia. Papai ficou dormindo a maior parte do tempo. Mamãe ficou insistindo que ela deveria escolher a rádio, já que era ela que estava dirigindo, então foi só a estrada, relampejos de cinza e verde, e uma única parada no posto. Mamãe me comprou um pacote de batatinhas, mas eu estava nervosa demais com o dia a seguir para comer, então elas só ficaram no meu colo, fechadas.

— Nunca se sabe — mamãe tinha dito em uma tentativa de me alegrar —, talvez você encontre um adorável jovem no seu curso!

— Talvez — eu disse. *Ou uma adorável mulher. Meu Deus, qualquer um. Por favor. Estou desesperada.*

— Um monte de gente encontra o amor de suas vidas na faculdade. Tipo eu e seu pai.

Mamãe regularmente apontava garotos para mim que ela acreditava que eu pudesse achar atraentes, como se eu só fosse chegar em alguém e convidar pra sair. Eu nunca pensei que nenhuma das escolhas dela fossem atraentes, de qualquer forma. Só que ela tinha esperanças. Na maior parte por curiosidade, acho eu. Ela queria saber que tipo de pessoa eu escolheria, assim como quando se está assistindo a um filme e esperando o interesse romântico aparecer.

— É, talvez — eu disse, não querendo falar para ela que a tentativa de me alegrar só estava me fazendo sentir pior. — Isso seria legal.

Eu estava sentindo um pouco como se eu fosse vomitar.

Só que todo mundo provavelmente se sentia assim começando a faculdade.

Durham era uma velha cidade pequena, com vários montes e ruas de paralelepípedos, que eu amava porque parecia que eu estava dentro de *A história secreta* ou outro drama profundo e misterioso de faculdade onde tem um monte de sexo e assassinato.

Não que eu estivesse a caminho de experimentar qualquer uma das duas coisas.

Nós tivemos que dirigir para dentro de um campo enorme, enfileirar o carro, e esperar para sermos chamados, porque as faculdades dentro da Universidade de Durham eram todas pequenas e não tinham estacionamento próprio. Um monte de estudantes acompanhados dos pais estava saindo dos carros para falar uns com os outros enquanto todos esperávamos. Eu sabia que eu deveria sair e começar a socializar também.

A minha teoria vigente era que minha timidez e introversão estavam ligadas à minha situação toda do "nunca gostei de ninguém" — talvez eu só não falasse o suficiente com as pessoas, ou talvez as pessoas só me estressassem no geral, e era por isso que eu nunca quis beijar ninguém. Se eu só melhorasse a minha autoconfiança, tentasse ser um pouco mais aberta e sociável, eu conseguiria fazer e sentir essas coisas, como a maioria das pessoas.

Começar a faculdade era uma boa hora de tentar fazer algo assim.

Felipa Quintana
Ei você está na fila?
Eu já fiz amizade com a minha vizinha de carro
Ela trouxe uma samambaia inteira com ela
Tem tipo um metro e meio
Atualização: o nome da samambaia é Roderick

Eu estava prestes a responder, ou talvez sair do carro e ir me apresentar para a nova conhecida de Pip e Roderick, mas foi aí que minha mãe ligou o motor.

— Eles estão nos chamando — disse ela, apontando lá na frente onde alguém usando um colete estava acenando.

Papai se virou para sorrir para mim.

— Está pronta?

Seria difícil, claro, seria assustador e provavelmente vergonhoso, mas eu me *tornaria* uma pessoa que poderia experimentar a magia do romance.

Eu sabia que eu ainda tinha *minha vida inteira* e que *um dia aconteceria*, mas eu sentia que, se eu não conseguisse mudar e fazer isso acontecer na faculdade, então não aconteceria jamais.

— Estou — respondi.

E, também, eu não queria esperar. Eu queria isso agora.

ROONEY

— Ai, não — eu disse, em pé do lado de fora da porta do que seria o meu quarto pelos próximos nove meses, e levemente morrendo por dentro.

— Quê? — perguntou papai, largando uma das minhas malas no chão e puxando os óculos para baixo do topo da cabeça dele.

— Bem — disse mamãe —, você sabia que tinha uma chance de isso acontecer, querida.

Na frente da porta do meu quarto estava minha foto, e embaixo estava escrito "Georgia Warr" na fonte Times New Roman. Ao lado estava outra foto — de uma garota de cabelo castanho comprido, e um sorriso que parecia verdadeiramente sincero e natural, e sobrancelhas perfeitamente desenhadas. Embaixo estava o nome "Rooney Bach".

Durham era uma velha universidade inglesa que tinha um esquema de "faculdades". Em vez de dormitórios e alojamentos, a universidade era feita de "faculdades" espalhadas pela cidade. O campus da sua faculdade era onde você dormia, tomava banho e comia, mas também era um lugar onde demonstrar sua filiação através dos eventos da faculdade, eventos de esportes, e concorrendo como representantes executivos estudantis.

A St. John's — a faculdade na qual tinha sido aceita — era um prédio antigo. E, por causa disso, alguns dos estudantes que moravam ali tinham que dividir quartos.

Eu só não achei que seria eu.

Uma onda de pânico se alastrou por mim. Não dava para eu ter uma colega de quarto — quase ninguém no Reino Unido tinha colegas de quarto na universidade. Eu precisava do *meu próprio espaço*. Como é que eu poderia dormir ou ler fanfic ou me vestir ou fazer *qualquer coisa* com outra pessoa no quarto? Como é que eu poderia relaxar quando eu tinha que socializar com outra pessoa em cada instante em que eu estava acordada?

Mamãe nem pareceu notar que eu estava em pânico. Ela só disse:

— Bom, vamos nessa então. — E abriu a porta para mim.

E Rooney Bach já estava lá, vestindo leggings e uma camiseta polo, regando uma samambaia de um metro e meio.

A primeira coisa que Rooney Bach disse para mim foi "Ai meu Deus, você é a Georgia Warr?" como se eu fosse uma celebridade, mas ela nem esperou pela confirmação antes de jogar o regador para o lado, pegar um pedaço de pano grande cor de água-marinha — que eu consegui estabelecer que era um tapete — da cama dela, e estendê-lo na minha direção.

— Tapete — disse ela. — Alguma opinião?

— Hum — eu disse. — É legal.

— Ok, *incrível*. — Ela sacudiu o tapete no ar e então o colocou no meio do nosso quarto. — Pronto. Só precisava de um pouco de cor.

Eu acho que estava meio em estado de choque, porque só então eu realmente olhei para o nosso quarto. Era grande, mas bem nojento, como eu esperava que fosse — os quartos nunca são bons em faculdades inglesas antigas. O carpete era de um azul-acinzentado embolorado, a mobília era bege e parecia feita de plástico, e nossas camas eram de solteiro. A cama de Rooney já tinha lençóis alegres e floridos nela. A minha parecia que pertencia a um hospital.

A única parte legal do quarto era uma janela guilhotina quadriculada enorme. A pintura da moldura estava descascando, e eu sabia que seria meio frio, mas tinha um jeito bonito, e a vista se expandia até o rio.

— Você já arrumou bem o lugar! — Papai estava dizendo para Rooney.

— Ah, você acha? — disse Rooney.

Ela imediatamente começou a narrar um tour do lado dela do quarto para mamãe e papai, mostrando todos os elementos principais — a pintura ilustrada de alguns campos (ela gostava de ir a trilhas pelo interior) e uma de *Muito barulho por nada* (a sua peça favorita de Shakespeare), o edredom de pelos (também cor de água-marinha, para combinar com o tapete), a planta (cujo nome era — eu não tinha ouvido errado — *Roderick*), um abajur água-marinha (da John Lewis), e o mais importante, um pôster gigante que simplesmente dizia "Não desista do seu sonho" em uma fonte cheia de curvas.

Ela ficou sorrindo o tempo todo. O cabelo dela, preso em um rabo de cavalo, balançava enquanto meus pais tentavam acompanhar o quão rápido ela estava falando.

Eu sentei na minha cama na metade cinzenta do quarto. Eu não tinha trazido nenhum pôster comigo. Tudo que eu tinha trazido eram algumas fotos impressas de mim, de Pip e de Jason.

Mamãe me olhou do outro lado do quarto e me deu um sorriso triste, como se ela soubesse que eu queria voltar para casa.

— Você pode mandar mensagem a qualquer hora, querida — disse mamãe, no momento em que nos despedíamos, do lado de fora da faculdade. Eu me sentia vazia e perdida, em pé na rua de paralelepípedos no frio de outubro, e com meus pais prestes a me deixarem.

Eu não queria que vocês fossem embora, é o que eu queria dizer para eles.

— E Pip e Jason estão logo descendo a rua, não estão? — continuou papai. — Você pode ir e se divertir com eles a qualquer hora.

Pip e Jason tinham sido designados a outro campus — ao University College, ou "Castle", como era normalmente chamado pelos estudantes aqui, já que era literalmente parte do castelo de Durham. Eles pararam de responder minhas mensagens havia algumas horas. Provavelmente estavam ocupados desfazendo as malas.

— Aham — foi o que eu disse.

Eu olhei em volta. Essa era minha casa agora. Durham. Era uma cidade que parecia saída de uma adaptação de Dickens. Todos os prédios eram altos e velhos. Tudo parecia feito de calombos de pedra. Eu conseguia me ver andando pelas ruas de paralelepípedo até a catedral na minha toga de graduação. Aqui é onde eu deveria estar.

Os dois me abraçaram. Eu não chorei, apesar de que eu queria muito, muito chorar.

— Esse é o começo de uma grande aventura — disse papai.

— Talvez — eu murmurei dentro da jaqueta dele.

Eu não conseguiria suportar ficar e vê-los andar para longe pela rua até o carro — quando eles se viraram para ir embora, eu também me virei.

De volta ao quarto, Rooney estava colando uma foto na parede, bem no centro dos pôsteres. Na foto estava Rooney, com treze ou talvez catorze anos, com uma garota que tinha um cabelo tingido de vermelho. Tipo, da cor de Ariel em *A pequena sereia*.

— É sua amiga? — eu perguntei. Esse ao menos era um bom jeito de começar uma conversa.

— É! — disse ela. — Beth. Ela… não está aqui, óbvio, mas… é. Ela é minha amiga. Você conhece mais alguém em Durham? Ou está aqui sozinha?

— Ah, er, bom, meus dois melhores amigos estão aqui, mas eles estão na Castle.

— Ah, isso é legal! Triste não terem ido pra mesma faculdade.

Eu dei de ombros. Durham chegava a considerar a primeira escolha de faculdade, mas nem todo mundo conseguia sua primeira escolha. Eu também tinha tentado ir pra Castle, mas acabei por aqui.

— Nós tentamos, mas, é.

— Você vai ficar bem. — Rooney sorriu. — Nós vamos ser amigas.

Rooney se ofereceu para me ajudar a desfazer a mala, mas eu recusei, determinada a fazer ao menos uma coisa sozinha. Enquanto estava desfazendo as malas, ela ficou sentada na cama conversando comigo, e nós descobrimos que íamos estudar inglês juntas. Então ela declarou que não tinha feito nenhuma das leituras de verão. Eu tinha feito todas, mas não mencionei isso.

Rooney, como eu estava aprendendo rapidamente, era extremamente tagarela, mas eu conseguia distinguir que ela estava tentando parecer uma pessoa alegre e descontraída. O que era justo — quer dizer, era nosso primeiro dia na universidade. Todo mundo iria ficar tentando muito fazer novos amigos. Só que eu não conseguia dizer que tipo de pessoa ela realmente era, o que era levemente preocupante porque nós ficaríamos vivendo juntas por quase um ano todo.

Será que seríamos melhores amigas? Ou nós iríamos nos aguentar de uma forma esquisita antes de sair nas férias de verão e nunca mais nos falaríamos de novo?

— Então — eu escaneei o quarto à procura de algum assunto, antes de chegar ao pôster de *Muito barulho*. — Você gosta de Shakespeare?

A cabeça de Rooney imediatamente se ergueu do celular.

— Sim! Você gosta?

Eu assenti.

— Hum, é, bem, eu costumava fazer parte do grupo de teatro juvenil lá na escola. E eu participei de várias das peças. Shakespeare sempre foi meu favorito.

Isso fez com que Rooney sentasse com a postura ereta, os olhos arregalados e brilhando.

— *Espera aí.* Você *atua*?

Eu atuava, mas er, era um pouco mais complicado do que isso agora.

Quando eu estava na pré-adolescência, eu queria ser uma atriz — a razão pela qual eu me juntei ao grupo de teatro juvenil do qual Pip já participava e comecei a fazer audições para as peças junto com ela. E eu era boa nisso. Eu tirava notas máximas na aula de teatro na escola. E normalmente conseguia papéis com muitas falas nas peças e musicais que eu fazia.

Só que, conforme fui ficando mais velha, a atuação começou a me deixar nervosa. Eu ficava com *mais* medo de palco quanto mais peças eu fazia, e, finalmente, quando eu fiz a audição para *Os miseráveis* no último ano, eu estava tremendo tanto que eu fui deixada de lado para um papel com apenas uma fala. Mesmo assim, quando chegou a hora, eu vomitei antes de conseguir fazer uma única performance.

Então provavelmente uma carreira de atriz não funcionaria para mim.

Apesar disso, eu estava planejando continuar atuando na faculdade. Eu ainda gostava de entender papéis e interpretar roteiros — era com o público que eu tinha problema. Eu só precisava trabalhar mais na minha confiança. Eu iria me juntar à Sociedade de Teatro estudantil e talvez fazer audiência para uma peça. Eu precisava me afiliar a *uma* sociedade, pelo menos, se eu fosse *tentar novas experiências, me abrir* e *conhecer novas pessoas*.

E encontrar alguém por quem me apaixonar.

— É, um pouco — eu disse.

— Ah. Meu. Deus. — Rooney colocou a mão no coração. — Isso é incrível. A gente pode se filiar ao TED.

— O TED?

— O Teatro Estudantil de Durham. Ou TED. Eles basicamente comandam todas as sociedades de teatro de Durham. — Rooney jogou o rabo de cavalo para trás. — A Sociedade Shakespeare é literalmente a sociedade principal a que eu quero me filiar. Eu sei que a maioria dos calouros faz a Peça dos Calouros, mas eu dei uma olhada nas peças que eles fizeram nos últimos anos, e elas são todas meio chatas. Então eu vou ao menos tentar e me juntar a Shakespeare. Meu Deus, eu estou *rezando* para que façam uma tragédia. *Macbeth* é literalmente o meu *sonho*...

Rooney continuou a tagarelar sem parecer se importar se eu estava escutando ou não.

Nós tínhamos algo em comum. Teatro. Isso era bom.

Talvez Rooney pudesse ser minha primeira nova amiga.

UMA NOVA AMIZADE

— Ah, *uau*! — disse Jason mais tarde naquele dia quando ele e Pip entraram no meu, bom, no meu quarto e de Rooney. — É do tamanho do meu jardim.

Pip esticou os braços dela e deu um rodopio no lugar, enfatizando o tanto de espaço vazio desnecessário no quarto.

— Não sabia que você tinha se juntado a uma faculdade burguesa.

— Eu não consigo entender por que eles simplesmente não… construíram um muro no meio — eu disse, apontando para o vão entre a minha metade do quarto e a metade de Rooney, que atualmente estava apenas ocupada com o tapete água-marinha.

— Isso é bem Trump da sua parte — disse Jason.

— Meu Deus, cale a *boca*.

Rooney tinha ido embora havia pouco tempo com um grupo de pessoas com quem ela tinha feito amizade no corredor. Eles tinham me convidado, mas eu precisava de um tempo de descanso — eu estava tentando meu melhor para dizer oi para novas pessoas durante a maior parte do dia, e só queria muito, muito mesmo ver alguns rostos familiares. Então eu tinha convidado Jason e Pip para virem ficar no meu quarto um pouco antes dos eventos de boas-vindas dessa noite nas nossas faculdades separadas, e, felizmente, os dois tinham terminado de desarrumar as malas e não tinham mais nada pra fazer.

Eu já tinha contado a eles um pouco sobre Rooney — que ela gostava de teatro e que no geral era legal — mas o lado do quarto dela era um resumo muito melhor do que o meu da sua personalidade.

Jason fez uma inspeção, e então olhou para o meu lado.

— Por que a metade dela parece o quarto de uma influencer do Instagram e o seu parece uma cela de prisão? Você trouxe tantas malas com você!

— Não é assim *tão ruim*. E um monte de malas tinha só livros.

— Georgia, cara — disse Pip, que tinha se jogado na minha cama. — O lado dela parece a Disney. O seu parece que pertence a um banco de fotos.

— Eu não trouxe nenhum pôster — eu disse. — Ou luzes pisca-pisca.

— Você… *Georgia*, como é que você se esqueceu das luzes pisca-pisca? Elas são um elemento essencial da decoração de quartos na faculdade.

— Eu não sei!

— Você vai ficar triste sem pisca-pisca. Todo mundo fica triste sem pisca-pisca.

— Acho que Rooney tem o bastante para nós duas. Ela já está me deixando dividir o tapete.

Pip olhou para o tapete água-marinha e assentiu, aprovando.

— Sim. É um bom tapete.

— É só um tapete.

— É um tapete peludo. É sexy.

— *Pip.*

Pip de repente pulou da cama, encarando a samambaia de Rooney no canto do quarto.

— Espera aí… porra, um segundo. Essa planta…

Jason e eu nos viramos para olhar pra Roderick.

— Ah — eu disse. — É. Esse é o Roderick.

E foi nesse momento que Rooney Bach voltou para o nosso quarto.

Ela escancarou a porta, chutou a sua *Antologia Norton* para mantê-la aberta e se virou para nos encarar com um copo de Starbucks na mão.

— Visitas! — disse ela, sorrindo para nós três.

— Hum, é — eu disse. — Esses são meus amigos lá de casa, Pip e Jason. — Eu apontei para cada um deles. — E essa é minha colega de quarto, Rooney. — Eu apontei para ela.

Os olhos de Rooney se arregalaram.

— Ai meu Deus. São *eles*.

— Somos nós — disse Pip, com uma sobrancelha erguida.

— E nós já nos conhecemos! — Rooney analisou Pip, os olhos passando rapidamente de baixo para cima, desde os óculos de aro de tartaruga, até as meias listradas visíveis embaixo dos jeans com a barra dobrada, antes de se adiantar até ela e estender a mão com tanta força que Pip pareceu amedrontada, por um segundo.

Ela apertou a mão. Ela retribuiu a análise de cima a baixo com Rooney — do seu Adidas até o elástico de cabelo visível um pouco acima do rabo de cavalo.

— Aham. Vejo que Roderick já está bem acomodado.

As sobrancelhas de Rooney levantaram, como se ela estivesse surpresa e feliz que a reação imediata de Pip fosse partir para a *brincadeira*.

— Está, sim. Ele está aproveitando o ar do norte.

Ela se virou para Jason e estendeu a mão de novo, que ele apertou.

— Nós ainda não nos conhecemos, mas eu gostei da sua jaqueta.

Jason olhou para si mesmo. Ele estava vestindo a jaqueta de pelúcia marrom que tinha havia anos. Eu verdadeiramente acreditava que era a peça de roupa mais confortável que existia neste planeta.

— Ah, certo. É, obrigado.

Rooney sorriu e bateu palmas.

— É *tão* bom conhecer vocês dois. Nós *vamos* ter que ser amigos, já que eu e Georgia já somos amigas.

Pip me lançou um olhar que significava, *amigas? Mas já?*

— Desde que você não a roube de nós — brincou Jason, apesar de Pip imediatamente virar a cabeça para ele, parecendo levar essa afirmação a sério.

Rooney notou isso acontecendo, uma pequena curva de um sorriso aparecendo no canto da sua boca.

— Claro que não — respondeu ela.

— Soube que você gosta de teatro — disse Pip. Tinha um tom nervoso na sua voz.

— Sim! E você?

— Sim! Nós todos estávamos no mesmo grupo de teatro juvenil. E fazíamos as peças da escola juntos.

Rooney parecia genuinamente animada com essa perspectiva. O amor dela por teatro definitivamente *não era* falso, mesmo se alguns dos sorrisos dela fossem.

— Então você vai fazer a audiência para uma peça da TED?

— Óbvio.

— Um papel principal?

— Óbvio.

Rooney sorriu e, depois de tomar um gole do seu Starbucks, ela disse:

— Ótimo. Nós vamos ser rivais, então.

— Eu... Acho que vamos — disse Pip, envergonhada, surpresa e confusa ao mesmo tempo.

Rooney de repente fez uma cara preocupada e checou o celular.

— Ah, desculpa, eu preciso sair de novo. Preciso encontrar essa garota com quem fiquei conversando no grupo do Facebook da Sociedade Inglesa lá no Vennels. Volto pra te encontrar aqui às seis pro churrasco da calourada?

E então ela se foi, enquanto eu fiquei me perguntando o que era o Vennels, e o porquê de eu não saber o que era o Vennels, e como Rooney já sabia o que era Vennels se ela estava aqui havia menos de um dia, assim como eu.

Quando me virei de volta para os meus amigos, Pip estava muito imóvel com uma expressão sobressaltada no rosto que fazia com que ela parecesse um pouco com um cientista de algum desenho, após uma explosão.

— O quê? — eu perguntei.

Pip engoliu em seco e sacudiu a cabeça dela um pouco.

— Nada.

— Quê?

— Nada. Ela parece legal.

Eu conhecia aquela cara. Era uma cara de Pip que eu conhecia bem. Eu já tinha visto quando ela teve que ser parceira na aula de educação física de Alicia Reece — um dos seus *crushes* mais intensos — no primeiro ano do ensino médio. Eu já tinha visto quando nós fomos para um *meet and greet* da Little Mix e Pip pôde abraçar Leigh-Anne Pinnock.

Pip não gostava de muitas garotas — ela era bem exigente, na verdade. Só que quando Pip *gostava* de fato de alguém, era muito, muito óbvio. Ao menos para mim. Eu sempre sabia quando pessoas tinham *crushes* umas nas outras.

Antes de eu fazer um comentário, Jason interrompeu. Ele estava olhando para a foto de Rooney e Beth do cabelo de sereia.

— É tão esquisito que você acabou com uma colega de quarto. O que você escreveu no seu teste de personalidade?

Nós tivemos que preencher testes de personalidade depois de sermos aceitos em Durham, para que, se acabássemos tendo que dividir um quarto, eles tentassem nos colocar com alguém com quem nos daríamos bem.

Eu me esforcei para lembrar o que eu tinha escrito no meu — e então a ficha caiu.

— Shakespeare — eu disse. — O teste. Uma das perguntas falava sobre seus interesses. Eu falei "Shakespeare".

— E daí? — perguntou Jason.

Eu apontei para o pôster de *Muito barulho por nada* de Rooney.

— Ai meu *Deus* — disse Pip, os olhos arregalando. — Ela também é fã de Shakespeare? Que nem a gente?

— É o que ela diz.

Jason assentiu, parecendo satisfeito.

— Isso é bom! Vocês podem conversar sobre isso.

— Sim — disse Pip, um pouco rápido demais. — Fique amiga dela.

— Quer dizer, nós somos colegas de quarto. Com esperança, nós seremos amigas.

— Isso é bom — repetiu Jason. — Especialmente já que nós não vamos poder ficar saindo juntos o tempo todo.

Isso me fez hesitar.

— Não vamos?

— Bem... não? Quer dizer, ao menos essa semana. Estamos em campi diferentes.

Eu sinceramente não tinha pensado nisso. Eu tinha essa ideia de que nós nos encontraríamos todos os dias, ficaríamos juntos, exploraríamos Durham, *começaríamos nossa jornada na faculda-*

de juntos. Só que todos os nossos eventos de inauguração eram dentro das nossas próprias faculdades. Todos estávamos em graduações diferentes — eu ia fazer Inglês, Jason ia fazer História, e Pip estudaria Ciências Naturais. Então ele estava certo. Eu provavelmente não veria muito nem Jason nem Pip nessa semana.

— Acho que sim — eu disse.

Talvez isso fosse bom. Talvez isso fosse o pontapé que eu precisava para *expandir*, encontrar *novas pessoas* e *ter experiências*.

Talvez tudo isso pudesse ser parte do *plano*. O plano do romance.

— Certo — disse Pip, batendo nas coxas e se colocando de pé. — Nós já vamos. Eu nem terminei de tirar todas minhas camisetas da mala.

Eu deixei que Pip me apertasse em um abraço antes de sair trotando do quarto, me deixando a sós com Jason. Eu não queria que Jason e Pip fossem embora. Eu não queria que meus pais tivessem ido embora. Eu não queria ser deixada sozinha.

— Eu queria tanto estar na Castle também — eu disse. Eu soava como uma criança de cinco anos.

— Você vai ficar bem — disse Jason, no seu tom calmo de sempre. Nada abalava Jason. Ele tinha o oposto de ansiedade. Uma paz de espírito absoluta e imperturbável.

Eu engoli. Eu queria muito mesmo chorar. Talvez eu pudesse chorar um pouquinho antes de Rooney voltar.

— Posso ganhar um abraço? — perguntei.

Jason hesitou. Algo indecifrável passou pelo rosto dele.

— Claro — disse ele. — Claro. Venha aqui.

Eu atravessei o quarto e deixei que ele me apertasse em um abraço quentinho.

— Você vai ficar bem — ele disse novamente, esfregando as mãos gentilmente nas minhas costas, e eu não sabia se eu acreditava nele, mas era bom ouvir mesmo assim. E Jason sempre tinha os abraços mais quentinhos e confortáveis.

— Ok — eu murmurei pra dentro da jaqueta dele.

Quando ele deu um passo para trás, ele desviou o olhar.

Ele pode até ter corado um pouco.

— Te vejo logo? — ele disse, sem olhar pra mim.

— Claro — eu disse. — Me mande uma mensagem.

Minhas amizades com Pip e Jason não iriam mudar. Nós passamos por sete anos de escola, pelo amor de Deus. Quer a gente ficasse saindo o tempo todo ou não, nós sempre seríamos amigos. Nada arruinaria o que nós tínhamos.

E poder focar em uma nova amizade com Rooney Bach — uma camarada entusiasta de Shakespeare que era significativamente mais sociável do que eu — só poderia ser uma coisa boa.

PENSAMENTO ROMÂNTICO

No churrasco da calourada da St. John's, Rooney andava pelo pátio como uma mulher de negócios ambiciosa em um evento importante de networking. Ela fez amizade com as pessoas de um jeito rápido e fácil que me deixou impressionada e, para ser sincera, com muita inveja.

Eu não tinha outra opção a não ser segui-la como uma sombra. Eu não sabia como me misturar sozinha.

A faculdade era onde a maioria das pessoas fazia amizades que *duravam* de verdade. Meus pais ainda se encontravam com os amigos da faculdade todo ano. O padrinho de casamento do meu irmão era um de seus amigos da faculdade. Eu sabia que eu tinha Pip e Jason, então não era como se estivesse indo sem nenhum amigo pra começar, mas eu ainda achava que eu poderia encontrar mais pessoas com quem eu me desse bem.

E no churrasco as pessoas estavam à *caça* de amizades. Todo mundo estava sendo barulhento demais, amigável demais, e fazendo mais perguntas do que normalmente é aceitável socialmente. Eu tentei meu melhor, mas eu não era boa nisso. Eu esquecia os nomes das pessoas assim que eles eram falados. Eu não fazia perguntas o suficiente. Todos os garotos de escolas particulares chiques usando suéteres de zíper se misturavam uns aos outros.

Eu pensei em tentar fazer progresso com a minha situação de *encontrar o amor*, mas nenhum sentimento romântico em particular surgiu com ninguém que eu conheci, e eu estava ansiosa demais para tentar me forçar a senti-lo.

Rooney, pelo contrário, estava *flertando*.

No começo, achei que eu só estava vendo coisas. Só que, quanto mais eu observava, mais eu a via fazendo isso. O jeito como ela tocava nos braços dos caras e sorria para eles — geralmente sorrindo para baixo, porque ela era *alta*. O jeito como ela ficava atenta quando falavam, ou ria das piadas deles. O jeito como ela fazia contato visual direto e penetrante, o tipo de contato visual que fazia você sentir que ela te *conhecia* de verdade.

Ela era uma mestra absoluta.

O que eu achava interessante é que ela fez isso com vários caras. Eu me perguntei qual era o objetivo dela. O que ela estava procurando? Um namorado em potencial? Umas opções de peguete? Ou ela só estava fazendo isso por diversão?

De qualquer forma, fiquei pensando muito nisso enquanto eu estava tentando dormir naquela noite em um novo quarto e em uma nova cama, com uma pessoa que já estava dormindo só a alguns metros de distância.

Rooney parecia saber exatamente o que fazer. Eu fiquei observando enquanto ela comandava a inauguração. O jogo pré-romance. Ela fazia do mesmo jeito que ela fazia amizades — com a expertise de alguém que já tem muita prática e muito sucesso. Será que eu poderia fazer isso? Eu poderia copiá-la?

Ela poderia me ensinar a fazer o mesmo?

Precisou de um monte de esforço para Rooney se levantar na segunda feira de manhã. Eu achei que *eu* era ruim em acordar de manhã, mas Rooney tinha apertado o botão da soneca ao menos cinco vezes antes de ela conseguir se arrastar para fora da cama. Todos os despertadores eram "Spice Up Your Life" das Spice Girls. Eu acordei com o primeiro.

— Eu não sabia que você usava óculos — foi a primeira coisa que ela disse para mim depois que ela tinha levantado.

— Eu uso lente na maior parte do tempo — expliquei, o que me lembrou de como Pip tinha ficado surpresa, com onze anos, ao descobrir que eu era míope, depois de seis meses inteiros sendo amigas. Eu tinha começado a usar lentes de contato no verão antes do quinto ano.

Quando eu perguntei a ela, constrangida, se ela queria ir para a cantina tomar café da manhã, ela parecia que eu tinha sugerido que nos jogássemos da janela, antes de substituir essa expressão por um sorriso largo e dizer "Aham, parece bom!". E então ela mudou para roupas de academia e se tornou a alegre e extrovertida Rooney que eu tinha conhecido no dia anterior.

Eu fiquei perto de Rooney durante todo o primeiro dia da nossa Semana dos Calouros, na aula introdutória de inglês e na nossa tarde livre. Durante a aula, ela fez amizade sem nenhum esforço com a pessoa que estava sentada ao lado dela e, à tarde, fomos tomar café com algumas outras pessoas que cursavam inglês. Ela também fez amizade com todas elas, e se desvencilhou para conversar com um cara que era obviamente atraente de um jeito bem convencional. Ela flertou. Tocou a manga dele. Riu. Olhou nos olhos dele.

Parecia tão fácil. Mas mesmo só de imaginar eu fazendo essas coisas, eu fiquei com um pouco de náuseas.

Eu espero que isso não pareça que eu estou falando mal de Rooney por flertar e fazer amizades e estar se preparando para, sem dúvida nenhuma, arrumar um grande romance da faculdade sobre o qual ela poderia contar aos seus netos quando ela fosse uma idosa que falava demais.

Eu só estava com muita, muita inveja que eu não era ela.

* * *

O evento principal de terça na Semana de Calouros era a "Matrícula na faculdade", uma cerimônia pseudorreligiosa bizarra que acontecia na catedral de Durham, onde nos davam as boas-vindas à universidade. Nós todos tínhamos que usar roupas chiques e nossas togas, o que me fez sentir muito sofisticada.

Eu fiquei ao lado de Rooney até que, do lado de fora da catedral, eu vi Pip e Jason, andando juntos pela grama, sem dúvida indo para sua própria cerimônia de matrícula. Eles me viram, e nós corremos na direção uns dos outros através do cemitério, com uma sensação de câmara lenta com "Chariots of Fire" tocando ao fundo.

Pip pulou em cima de mim, quase me afogando com a toga da faculdade. Ela estava vestida tão chique quanto na festa de formatura — com terno completo e gravata, uma auréola de cachos cuidadosamente penteados, e estava usando um perfume que tinha cheiro da floresta depois da chuva. Ela era como estar em *casa*.

— Vou escrever uma nota de repúdio para a St. John's — ela disse no meu ombro —, para pedir que deixem você se transferir pra Castle.

— Eu não acho que vai funcionar.

— Vai, sim. Você lembra quando escrevi uma nota pro Tesco e eles me mandaram cinco pacotes de Maltesers de graça? Eu sei como escrever uma boa nota de repúdio.

— Só ignore — disse Jason. Jason também estava de terno, e também estava chique. — Ela ainda está de ressaca de ontem à noite.

Pip deu um passo para trás, arrumando o colarinho e a gravata. Ela parecia mesmo menos alegre do que de costume.

— Você está bem? — perguntou ela. — Sua colega de quarto é normal? Você está morrendo de estresse?

Eu pensei nessas perguntas e respondi:

— Não pra todas.

Falando em Rooney, eu olhei por cima do ombro de Pip para ver o quão longe Rooney tinha andado, só pra descobrir que ela tinha parado na cerca do cemitério e estava olhando para trás. Diretamente para nós.

Pip e Jason se viraram para olhar.

— A-ah, ela está ali — murmurou Pip, e imediatamente começou a arrumar o cabelo. Só que Rooney estava olhando para nós, ela sorriu e acenou, parecendo que o fazia diretamente para Pip. Pip ergueu uma mão sem jeito e acenou de volta com um sorriso nervoso.

Eu me perguntei repentinamente se Pip tinha alguma chance com Rooney. Rooney *parecia* bem hétero, a julgar pelo tanto de caras com quem eu a vi flertando, e ela não tinha tentado flertar com nenhuma garota, mas as pessoas podem ser cheias de surpresas.

— Você está se dando bem com ela? — perguntou Jason.

— Ela é bem legal. Ela é melhor do que eu em tipo, tudo, o que é irritante, mas ela é legal.

Pip franziu o cenho.

— Melhor do que você em quê?

— Ah, sabe. Tipo fazer amizades e sei lá. Falar com as pessoas.

— *Flertar. Romance. Se apaixonar, provavelmente.*

Nem Jason nem Pip pareceram convencidos com essa resposta.

— Ok — disse Pip. — Nós vamos até lá hoje à noite.

— Vocês não precisam.

— Não, eu reconheço um pedido de socorro quando eu ouço um.

— Eu não estou pedindo socorro.

— Precisamos de uma noite de pizza, urgente.

Eu notei imediatamente o que ela queria de verdade.

— Você só quer uma oportunidade pra falar com Rooney de novo, né?

Pip me lançou um olhar de soslaio.

— Talvez — disse ela. — Mas eu também me importo com você. E eu me importo com pizza.

— Então ela é só tipo, insanamente boa em fazer as pessoas gostarem dela? — disse Pip, com a boca cheia de pizza, naquela noite.

— Acho que é isso, sim — eu falei.

Jason sacudiu a cabeça.

— E você quer ser como ela? Por quê?

Nós três estávamos esparramados no tapete água-marinha de Rooney, a pizza no meio. Nós tivemos um pequeno debate se deveríamos assistir ao nosso filme favorito, *Moulin Rouge*, ou o favorito de Jason, o filme *live action* do *Scooby-Doo*, mas, no fim das contas, escolhemos o *Scooby-Doo* e o filme estava passando no meu laptop. Rooney tinha saído para alguma noite temática de um bar, e, se eu não tivesse feito planos com os meus amigos, eu provavelmente teria ido com ela. Só que isso era melhor. Tudo era melhor quando Jason e Pip estavam aqui.

Eu não conseguia admitir para eles o quão desesperadamente eu queria estar em um relacionamento romântico. Porque eu *sabia* que era patético. Sério. Eu entendia por completo que as mulheres deveriam querer ser *fortes e independentes*, que você não precisa de amor para ter uma vida cheia de sucesso. E o fato de que eu queria um namorado tão desesperadamente — ou uma namorada, um parceiro, qualquer um, *alguém* — era um sinal de que eu não era nem forte, nem independente, nem autossuficiente, ou *feliz* estando *sozinha*. Eu estava é muito solitária, e eu queria ser amada.

Isso era tão ruim assim? Querer uma conexão íntima com outro ser humano?

Eu não sabia.

— Ela só acha muito fácil falar com as pessoas — eu disse.

— A vida só é assim quando você é anormalmente atraente — disse Pip.

Jason e eu olhamos para ela.

— Anormalmente atraente? — eu perguntei.

Pip parou de mastigar.

— Quê? Ela é mesmo! Eu só estou falando fatos! Ela tem aquele tipo de energia de "eu pisaria em você e você gostaria disso".

— Interessante — disse Jason, erguendo uma sobrancelha.

Pip começou a corar.

— Eu literalmente só estou fazendo uma observação!

— Ok.

— *Para de me olhar desse jeito.*

— Eu não tô.

— *Você tá, sim.*

Desde os eventos da formatura, eu tinha pensado seriamente se eu talvez não fosse lésbica, como Pip. Fazia sentido. Talvez a minha falta de interesse por garotos fosse porque eu, na verdade, estava interessada em garotas.

Seria uma solução bem sensata para minha situação.

De acordo com Pip, as características identificadoras para saber que você é lésbica são: primeiro, ficar intensamente obcecada por uma garota, confundir isso com admiração, e às vezes pensar em ficar de mãos dadas, e, segundo, ter uma fixação no seu subconsciente por certas vilãs de desenho animado.

Brincadeiras à parte, eu nunca tinha tido um *crush* em uma garota, então eu não tinha nenhuma evidência para sustentar essa teoria em particular.

Talvez eu fosse bi ou pan, já que eu não parecia ter nem mesmo uma preferência a essa altura do campeonato.

Nas próximas horas ficamos conversando, comendo, e ocasionalmente olhando para a tela do laptop para ver o filme. Pip ficou divagando muito sobre como a aula introdutória de laboratório de química foi interessante, e Jason e eu ficamos lamentando o quanto nossas primeiras aulas tinham sido chatas. Nós dividimos todos os pensamentos que tínhamos sobre as pessoas que conhecemos na faculdade — sobre o número de alunos esnobes de escolas particulares, sobre a cultura de bebida que já parecia ruim, e como deveria ter muito mais opções de cereal no café da manhã. A certa altura, Pip decidiu regar Roderick, a planta, porque, nas palavras dela, "ele parece um pouco seco".

Só que logo eram onze da noite, e Pip decidiu que era hora de fazer chocolate quente, que ela insistia em fazer no fogão em vez de usar a chaleira elétrica no meu quarto. Nós todos saímos do quarto e fomos para a pequena cozinha no meu corredor, que era dividida com outras sete pessoas, mas estivera vazia nas poucas vezes que já tinha frequentado.

Essa noite não estava vazia.

Eu sabia no instante em que Pip olhou pela janela da porta e fez uma cara de quem tinha acabado de ser levemente eletrocutada.

— Ah, *merda* — ela sibilou, e quando eu e Jason nos juntamos a ela, nós finalmente vimos o que estava acontecendo.

Rooney estava na cozinha.

Ela estava com um cara.

Ela estava sentada no balcão da cozinha. Ele estava em pé entre as pernas dela, a língua dele dentro da boca dela, e a mão enfiada dentro da camiseta.

Sendo discreta: eles estavam mesmo aproveitando a companhia um do outro.

— Ah — eu disse.

Jason imediatamente se afastou da situação, como qualquer pessoa normal faria, mas Pip e eu só ficamos ali por um momento, olhando isso acontecer.

Ficou claro para mim naquele momento que o único jeito que eu faria algum progresso na minha missão de *encontrar o amor* era se eu pedisse para Rooney me ajudar.

Eu nunca ia conseguir fazer isso sozinha, nunca.

Eu tinha *tentado*. Eu tentei. Eu tentei beijar Tommy quando ele se aproximou, mas então as sirenes de *Kill Bill* começaram a tocar no meu cérebro, e eu só não consegui. Eu não *consegui*.

Eu tentei falar com as pessoas no churrasco de calouros, e quando estávamos aglomerados do lado de fora das salas de aula, e na hora do almoço e do jantar quando eu sentei com Rooney e todas as pessoas com quem ela tinha feito amizade. Eu tentei, eu não era horrível nisso, eu era educada, legal, e as pessoas não pareciam me odiar.

Só que eu nunca seria como Rooney. Ao menos não naturalmente. Eu nunca poderia beijar um cara só porque era divertido, porque me fazia me sentir bem, porque eu podia fazer o que eu quisesse. Eu nunca conseguiria produzir aquela faísca que ela parecia ter com todo mundo que ela conhecia.

A não ser que ela me ensinasse.

Pip finalmente desviou o olhar da janela.

— Isso não é bem higiênico — disse ela, fazendo uma cara de desgosto. — É onde as pessoas fazem *chá*, pelo amor de Deus.

Eu murmurei em concordância antes de me afastar da porta, nossos planos de chocolate quente abandonados.

Pip tinha um olhar no rosto dela como se tivesse antecipado isso.

— Eu sou tão burra — murmurou ela.

Eu sabia quase tudo sobre romance. Eu sabia da teoria. Eu sabia quando as pessoas estavam flertando, sabia quando elas queriam se beijar. Eu sabia quando os namorados das pessoas estavam sendo horríveis com elas, até mesmo quando nem elas conseguiam saber. Eu tinha lido histórias infinitas de pessoas se conhecendo e flertando de um jeito estranho, se odiando antes de se gostarem, desejando antes de amar, se beijando e transando e amando e casando e tendo parceiros para a vida toda, até que a morte os separe.

Eu era uma mestra da teoria. Só que Rooney era uma mestra da prática.

Talvez fosse o destino que a trouxe até mim. Ou talvez esse fosse só um pensamento romântico.

SEXO

No meio da noite, de terça para quarta-feira, eu acordei ao ouvir o som de alguém fazendo sexo no quarto acima do nosso.

Era um tipo de batimento rítmico. Como o som de uma cabeceira batendo contra a parede. E um ranger, como a madeira de uma cama sendo torcida.

Eu me sentei, me perguntando se eu só estava imaginando coisas. Só que eu não estava. Era de verdade. Pessoas estavam transando no quarto acima do nosso. O que mais esse som seria? Só havia quartos lá em cima, e, a não ser que alguém tivesse decidido seguir algum tutorial DIY às três da manhã, só tinha uma coisa que faria esse som.

Rooney estava dormindo pesado, virada de lado, o cabelo escuro esparramado ao redor dela no travesseiro. Completamente alheia.

Eu sabia que esse tipo de coisa aconteceria na faculdade. Na verdade, eu sabia que esse tipo de coisa acontecia na escola — bem, não *fisicamente* na escola, espero, mas entre meus colegas e amigos da escola.

Só que ouvir isso, ao vivo, não só sabendo e imaginando, me fez congelar até a alma. Até mais do que ver aquela pessoa levando uma dedada na festa de Hattie.

Foi um tipo chocante de *Ah meu Deus, essa coisa é de verdade, não é só nas fanfics e nos filmes. E é pra eu estar fazendo isso também.*

CASAMENTO DE FACULDADE

"Casamentos de faculdade" eram um conceito novo para mim. Na Durham, os alunos do segundo e do terceiro ano ficavam em pares para se tornarem um time de mentores, ou "pais da faculdade" para um pequeno grupo de novos calouros, que eram os "filhos da faculdade" deles.

Eu meio que amava a ideia. Fazia ficar romântico algo absolutamente mundano, algo no qual eu tinha incrivelmente muita experiência.

Rooney, eu, e mais quatro outros alunos que eu só conhecia do perfil do Facebook tínhamos combinado de nos reunirmos com nossos pais da faculdade no Starbucks. Isso tudo tinha sido organizado por um grupo de mensagens no Facebook na semana anterior, quando eu estava assustada demais para dizer qualquer coisa além de "Ótimo! Estarei lá!☺".

Só que, quando cheguei lá, só um dos nossos pais estava lá — Sunil Jha.

— Então — disse Sunil, cruzando uma perna em cima da outra na cadeira. — Eu sou seu genitor da faculdade.

Sunil Jha tinha um sorriso caloroso e olhos gentis, e apesar de ele ser apenas dois anos mais velho do que nós, ele parecia infinitamente mais maduro. Ele também se vestia incrivelmente bem — calças justas com All Star, uma camiseta colocada para dentro e uma jaqueta bomber com delicada padronagem cinza xadrez.

— Por favor, não se refiram a mim como seu pai ou mãe da faculdade — ele continuou —, não só porque eu sou não binário, mas também porque isso parece uma responsabilidade assustadora.

Isso causou algumas risadas. Na jaqueta dele havia vários broches de metal — uma bandeira arco-íris, um rádio antigo, um broche com o logo de uma *boyband*, um em que estava escrito Ele/Elu e outro broche de orgulho, um com as listras preta, cinza, branca e roxa. Eu tinha certeza de que já tinha visto esse em algum lugar on-line, mas não conseguia lembrar o que significava.

— Em uma reviravolta tremenda, a sua mãe da faculdade decidiu que a faculdade não era pra ela e desistiu no fim do último semestre. Então vamos ser uma família de genitor solo esse ano.

Houve mais algumas risadas, mas então silêncio. Eu me perguntei quando Rooney ia começar com as perguntas, mas parecia que ela estava um pouco intimidada com a confiança de terceiro ano de Sunil.

— Basicamente — disse Sunil —, eu estou aqui se tiverem literalmente *qualquer* pergunta ou preocupação sobre qualquer coisa enquanto estiverem aqui. Outra alternativa, vocês podem também fazer o que quiserem e esquecer que eu existo.

Mais risadas.

— Então. Alguém quer falar alguma coisa enquanto estamos aqui?

Depois de um curto momento, Rooney foi a primeira a falar.

— Eu estava pensando como, tipo… como funciona esse casamento de faculdade? Eu ouvi falarem de algo como *pedidos de faculdade*, mas eu não sei o que é isso.

Ah, sim. Fico feliz que ela tenha perguntado isso.

Sunil riu.

— Ah, meu Deus, sim. Ok. Então. Casamento de faculdade. — Ele juntou os dedos da mão. — Se quiserem se tornar um time de mentores com outro aluno, vocês têm um casamento de faculdade. Um dos dois geralmente faz o pedido para o outro, e geralmente é um pedido bem grande e dramático. Vai ter muitos acontecendo neste semestre.

Rooney estava assentindo, fascinada.

— O que você quer dizer com grande e dramático?

— Bom, deixa eu te dar uma ideia. Meu pedido consistia em encher o quarto dela de balões cheios de glitter, arrumar umas quarenta pessoas pra esperarem ali para fazer surpresa, e então ficar de joelhos na frente de todo mundo com um anel de plástico no formato de um gato.

Ai. Meu. Deus.

— Er, e todo mundo... hum... tem casamentos de faculdade? — eu perguntei.

Sunil olhou para mim. Ele realmente tinha olhos gentis.

— A maioria das pessoas. Na maioria são amigos, já que é só por diversão. Mas às vezes casais fazem isso.

Amigos. Casais.

Ai, não.

Eu *realmente* precisava conhecer pessoas de verdade.

Depois a discussão ampliou para os outros aspectos da universidade — os estudos, os melhores clubes, horários bons pra usar a biblioteca, o Baile Bailey no final do semestre. Só que eu não disse mais nada. Eu só fiquei sentada lá, estressada por causa do casamento da faculdade.

Não importava se eu não fizesse isso. Certo? Não era pra isso que eu estava aqui.

— Olha, eu vou ser a pessoa que vai acompanhar vocês até uma balada nesta noite, aparentemente — disse Sunil, enquanto todos nós estávamos nos preparando para ir. — Então me encontrem na recepção às nove, ok? E não se estressem em se arrumar demais. — Conforme ele continuou, ele encontrou meus olhos e sorriu, caloroso e gentil. — E não precisam vir se não quiserem, tá? Não é obrigatório.

Conforme Rooney e eu andamos de volta pra faculdade, eu mandei uma mensagem pra Pip e Jason sobre o "casamento da faculdade". As respostas deles foram mais ou menos o que eu esperava dos dois:

Felipa Quintana
MDS A GENTE TEM ISSO TAMBÉM
Literalmente mal posso esperar pra alguém me pedir em casamento
Ou eu pedir alguém em casamento
Vai ser dramático pra kct
Eu espero que alguém me jogue confete e então recite um poema para mim num barco na frente de umas cem pessoas antes de soltar um par de pombas no céu

Jason Farley-Shaw
Acho esse conceito meio arcaico, sl

Rooney, no entanto, não tinha nada para dizer sobre o casamento da faculdade, porque ela estava focada demais em ir pra uma balada naquela noite.

— Estou tão animada pra hoje à noite — disse ela.

— Sério?

Ela sorriu.

— Estou pronta pra *experiência da faculdade*, sabe?

— Aham — eu disse, e estava falando sério. Eu também estava pronta para a minha experiência da faculdade. Claro, a ideia de ir pra uma balada era horrível, e eu não conseguia imaginar um cenário no qual eu me apaixonaria por alguém, só que eu *ia* fazer isso acontecer, e eu *iria* gostar disso. — Eu também.

— Então — disse ela, e me olhou com aqueles grandes olhos escuros. Ela era objetivamente muito bonita. Talvez ela fosse o meu destino. Amor entre colegas de quarto, como nas fanfics. Isso era a faculdade, pelo amor de Deus. Qualquer coisa poderia acontecer. — Você gosta de sair?

Por "sair" ela queria dizer "ir a baladas", e, honestamente, eu não sabia. Eu nunca tinha ido a uma balada. Não tinha muitas legais no interior de Kent, e nem Pip nem Jason gostavam desse tipo de coisa.

Baladas. Casamento de faculdade. Sexo. Romance.

Só que eu queria ter uma experiência da faculdade completamente normal, assim como todo mundo.

PRIMEIRA BALADA DA BEBÊ

— Ai meu Deus! — disse Rooney, assim que terminei de fazer chapinha no meu cabelo. — Você está tão bonita!

— Ah, obrigada! — eu disse, desajeitada. Eu sou péssima em aceitar elogios.

Mamãe e eu tínhamos ido às compras algumas semanas atrás, para que eu tivesse roupas pra vestir nas noites de balada, e eu tinha escolhido alguns vestidos e um par de tênis de plataforma. Eu coloquei um dos vestidos com meia-calça preta e não achei que eu parecia tão ruim, mas, ao lado de Rooney, eu me sentia uma criança. Ela estava usando um macacão vermelho de veludo — com um decote em V profundo na frente e calças boca de sino — com botas de salto e brincos de argola enormes. Ela tinha colocado metade do cabelo em um coque bagunçado no topo da cabeça, e o resto solto atrás das costas. Ela parecia legal pra cacete. Eu... não.

Então eu me senti mal porque mamãe e eu escolhemos esse vestido juntas. Eu me senti a um milhão de quilômetros de mamãe e do shopping a que sempre íamos.

— Você costumava sair bastante em Kent? — Rooney perguntou de onde estava sentada na cama, aplicando os toques finais na maquiagem, na frente do seu espelho de mesa.

Eu queria mentir e dizer que eu tinha muita experiência em ir a baladas, mas não ia adiantar nada. Rooney já estava ficando extremamente consciente do fato de que eu era tímida e muito, muito pior em socializar do que ela.

— Não muito — eu disse. — Eu... sei lá. Não achei que fosse meu tipo de coisa.

— Você não precisa sair se não quiser! — Ela aplicou o iluminador em cima das maçãs do rosto antes de me dar um sorriso. — Não é o rolê de todo mundo.

— Não, não — eu falei. — Quer dizer... eu quero ao menos tentar.

Ela abriu mais o sorriso.

— Ótimo! Relaxe. Eu cuido de você.

— Você já foi a muitas baladas então?

— Ah, Deus, sim. — Ela riu, voltando pra maquiagem.

Ok. Ela parecia confiante. Ela era uma das garotas que iam sempre a festas, como muitas das pessoas que eu conhecia lá em casa? Ela era do tipo de pessoa que ia a baladas o tempo todo e ficava pegando estranhos?

— Você tem o "Find my Friends" no seu celular? — ela perguntou.

— Ah, hum, acho que sim.

Eu tirei meu celular e, bem, lá estava o app baixado. As únicas pessoas que eu tinha lá eram Pip e Jason.

Rooney estendeu a mão dela.

— Deixa que eu me adiciono. Então, se a gente se perder, você pode me achar de novo.

Ela fez isso, e logo havia um pequeno ponto com o rosto de Rooney no mapa de Durham.

Ela sugeriu que tirássemos uma selfie juntas no espelho do quarto. Ela sabia exatamente que pose fazer, com o queixo escondido atrás de um ombro erguido, os olhos aparecendo atraentes embaixo dos seus cílios. Eu coloquei uma mão no quadril e torci pelo melhor.

Se eu estivesse sendo inteiramente honesta comigo mesma, eu só queria ser Rooney Bach.

Sunil nos encontrou na área de recepção, e parecia que a maioria, senão todos os calouros da St. John's tinham aparecido para ter o primeiro gostinho da vida noturna da universidade. Apesar de ele ter falado que não precisávamos nos arrumar, Sunil estava usando uma camisa colada de caxemira clara estampada e jeans skinny. Eu notei, no entanto, que ele estava usando sapatos que pareciam ter sido arrastados por um campo cheio de lama, o que provavelmente deveria ter me preparado para o que eu teria que enfrentar na balada.

Nós fomos guiados para a balada através das ruas frias de Durham por Sunil e outros alunos do terceiro ano. Rooney já tinha atraído uma pequena multidão de "amigos", se é que já dava para os chamar disso, e eu fiquei no fundo do grupo, apreensiva.

Todo mundo parecia tão empolgado.

Mais ninguém parecia nervoso.

A maioria das pessoas da minha idade já tinha ido a baladas nessa altura. A maioria das pessoas que eu conhecia do último ano costumava frequentar a balada da cidade mais próxima que, segundo o que eu tinha ouvido falar, era um buraco infernal, grudento e assustador, cheio de arrependimentos. Só que *eu* agora estava me arrependendo de não ter ido com eles. Isso era só mais um exemplo de algo em que eu tinha falhado completamente em experimentar durante minha adolescência.

A entrada ficava em um beco, e era grátis para entrar antes das onze da noite. Eles não precisavam de identificação, já que estávamos todos usando nossas pulseiras de calouros. Lá dentro, era como se alguém tivesse me designado ao meu próprio inferno pessoal — uma multidão aglomerada, chão grudento, e música tão alta que Rooney precisou repetir três vezes antes de eu entender que ela estava me perguntando se eu queria ir pro bar.

Eu escutei o que ela pediu, assim sabia o que pedir — vodca com limonada. Então houve conversas, mais conversas, e ainda mais conversas. Bem, aos gritos, na verdade. A maioria das pessoas queria saber "o que você está estudando" e "de onde você é" e "o que você está achando de tudo isso". Eu comecei a repetir as frases palavra por palavra para várias pessoas. Como um robô. Meu Deus. Eu queria só fazer um amigo.

E então tinha a parte de dançar. Eu comecei a notar quantas músicas eram sobre romance ou sexo. Como é que eu nunca tinha notado isso antes? Tipo, quase todas as letras de músicas escritas eram sobre romance ou sexo. E parecia que estavam me provocando.

Rooney tentou me fazer dançar com ela, só de um jeito casual e divertido, e eu tentei, eu juro que tentei, mas ela desistiu rápido e encontrou outra dupla. Eu fiquei balançando ao lado de várias pessoas com quem eu tinha conversado. Eu estava me divertindo.

Eu estava me divertindo.

Eu não estava me divertindo.

Eram quase onze da noite quando mandei uma mensagem para Pip, na maior parte porque eu queria conversar com alguém sem ter que gritar.

Georgia Warr
Oi como você está

Felipa Quintana
Tudo está absolutamente bem, por que você está perguntando
Eu talvez tenha quebrado uma taça de vinho

Georgia Warr
pip........................

Felipa Quintana
Me deixa em paz

Georgia Warr
pq você está bebendo

Felipa Quintana
Porque eu sou a mestra do meu destino e eu vivo pelo caos
Tô zoando, nosso corredor está fazendo uma noite de pizza e álcool
Aliás acho q deixei minha jaqueta no seu quarto ontem à noite?

Georgia Warr
ai não!!!!! eu te levo quando for visitar, relaxa

— Pra quem está mandando mensagem? — Rooney gritou no meu ouvido.
— Pip! — eu gritei de volta.
— O que ela está dizendo?
Mostrei a Rooney a mensagem sobre a taça quebrada de Pip. Rooney abriu um sorriso, e então riu.
— Eu gosto dela! — ela gritou. — Ela é tão engraçada! — E então ela voltou a dançar.

Georgia Warr
enfim adivinha onde eu tô

Felipa Quintana
Mds onde

Georgia Warr
NUMA BALADA

Felipa Quintana
TÁ ZOANDO
Eu nunca achei que veria esse dia
Primeira balada da bebê!!!
Pera isso foi ideia da Rooney? Ela tá botando pressão em cima de você???

Georgia Warr
não eu que quis vir haha!!

Felipa Quintana
Ok então se cuide!!!!! Não use drogas!!!!! Tome cuidado com homens horríveis!!!!!

Eu fiquei lá, balançando, até que Rooney quis tomar um pouco de ar fresco. Bom, o máximo de ar fresco que dava pra tomar na área de fumantes, nos fundos da balada.

Nós nos inclinamos contra a parede de tijolos do prédio. Eu estava com calafrios, mas Rooney parecia bem.

— Então? — perguntou ela. — Qual seu veredito oficial sobre a balada?

Fiz uma careta. Não consegui esconder.

Ela jogou a cabeça para trás contra a parede e riu.

— Ao menos você é sincera — ela disse. — Um monte de gente odeia e continua vindo mesmo assim.

— É. — Eu tomei um gole da minha bebida. — Eu só queria tentar. Queria fazer parte da experiência da faculdade. Sabe.

Ela assentiu.

— Baladas nojentas são um marco importante da vida universitária, é verdade.

Eu não conseguia determinar se ela estava sendo sarcástica.

Eu estava um pouco bêbada, pra ser justa.

— Eu só quero... Eu quero *conhecer pessoas*, e... fazer coisas normais — eu disse, virando o resto da minha bebida. Eu nem gostava muito, mas todo mundo estava bebendo, e seria estranho se eu não estivesse, né? — Eu não tenho um histórico muito bom nisso.

— Não tem?

— Não. Eu quase não tenho amigos. Eu, sempre, quase não tive amigos.

O sorriso de Rooney se foi.

— Ah.

— Eu nunca nem tive um namorado. Ou beijei alguém.

As palavras saíram antes que eu pudesse impedir.

Eu imediatamente me retraí com o comentário. Merda. Essa era a coisa que eu não devia falar pra mais ninguém. Essa era a coisa que tinha feito outras pessoas rirem de mim.

Rooney ergueu as sobrancelhas.

— Uau, *sério*?

Ela não estava sendo sarcástica. Aquilo era choque puro e genuíno. Eu não sei por que eu fiquei surpresa — a reação das pessoas durante o jogo de verdade ou desafio na noite da formatura deve ter sido geral. Só que realmente tinha me atingido naquele momento. Os olhares estranhos. As pessoas que olhavam para mim de repente como se eu fosse uma criança, como se eu fosse *imatura*. Os filmes nos quais os protagonistas surtavam por serem virgens aos dezesseis anos.

— Sério — eu disse.

— Você se sente mal com isso?

Eu dei de ombros.

— É.

— E você quer mudar isso? Agora que está na faculdade?

— Idealmente, sim.

— Ok. Bom. — Ela se virou para ficar de frente para mim, se inclinando contra a parede em um ombro. — Acho que posso te ajudar.

— Ok...

— Eu quero que entre lá e encontre uma pessoa que você ache gata. Ou algumas. Tem mais chance de isso funcionar.

Eu já odiava essa ideia.

— Ah.

— Tente descobrir o nome, ou ao menos memorizar o rosto. E então eu vou te ajudar a chegar nelas.

Eu não gostei desse plano. Eu não gostei nada disso. O modo de sobrevivência já estava se alastrando pelo meu corpo. Eu queria correr.

— Ah — eu repeti.

— Confia em mim. — Ela sorriu. — Eu sei um *monte* sobre relacionamentos.

O que *isso* significava?

— Ok — eu disse. — Então é só escolher uma pessoa e você vai arranjar pra mim?

— Sim. Parece bom?

— É.

Se a experiência da faculdade era sobre fazer decisões ruins, ao menos eu estava fazendo uma coisa certa.

Eu me sentia um pouco como o David Attenborough.

Eu dei uma volta na balada sozinha, deixando Rooney no bar, focando nos caras primeiro. Tinha muitos moletons. Marcas de suor nas camisetas. Um monte deles usava o mesmo corte de cabelo — curto dos lados e comprido em cima.

Continuei olhando. Certamente eu encontraria uma pessoa de quem eu gostasse. A balada estava lotada — tinha ao menos umas duzentas pessoas enfiadas somente nesse espaço.

E ainda assim, eu não encontrei ninguém.

Havia caras que eram objetivamente "atraentes", claro, pelos padrões de mídia vigentes. Havia caras que claramente iam muito à academia. Havia caras com cabelo divertido ou que se vestiam bem ou que tinham um sorriso bonito.

Mas eu não sentia *atração* por nenhum deles.

Eu não sentia nenhum tipo de *desejo*.

Quando eu tentava me imaginar perto deles, beijando, *tocando...*

Eu fiz uma careta. Nojo, nojo, *nojo*.

Tentei mudar de tática e olhar para as garotas em vez disso. Garotas são todas bonitas, pra falar a verdade. E tem muito mais variedade na aparência.

Mas num nível primordial, físico, eu sentia alguma atração?

Não.

Já tinha muita gente se pegando — se beijando embaixo das luzes piscando e com as músicas românticas tocando mais alto que as vozes da nossa cabeça. Era um pouco nojento, mas tinha um elemento de perigo que fazia ficar bonito. Beijar um estranho que você nunca veria de novo, beijar alguém cujo nome você nem sabia, só pra sentir a emoção do momento. Só pra sentir o calor da pele de alguém contra a sua. Só, por um tempo, se sentir puramente vivo.

Deus. Eu queria conseguir fazer isso.

Só que a ideia de tentar me aproximar de qualquer uma dessas pessoas — não importa o gênero — era, honestamente, inquietante. Me fazia sentir coceira. Ou calafrios, talvez. Encheu meu estômago com um terror estranho e horrível, e uma sirene de aviso apitou no meu cérebro. Era como se meus anticorpos estivessem tentando expulsar essa sensação.

O que eu ia dizer pra Rooney?

De uns cem alunos, não consegui encontrar ninguém que eu achasse gato. Foi mal.

Talvez ela pudesse escolher alguém por mim. Deus, isso seria muito mais fácil.

Seria tão mais fácil se alguém só pudesse me dizer o que fazer e com quem ficar, como agir e o que era o amor de verdade.

Eu abandonei minha busca. Hoje eu continuaria sem beijos. Sem romance. E estava tudo bem. Certo? Estava tudo bem.

Eu não sabia se eu queria ou se eu não queria. Honestamente, talvez fosse um pouco das duas coisas. Assim como foi com Tommy.

Querendo e não querendo ao mesmo tempo.

Foi só uma hora depois que eu encontrei Rooney de novo através da massa piscando e desfocada de corpos. Ela estava no meio da pista de dança, pegando um cara alto que vestia jeans skinny rasgados.

Os braços dele estavam ao redor da cintura dela. Uma das mãos dela estava no rosto dele.

Era a imagem perfeita da paixão. Do romance dos filmes. Do desejo.

Como.

Como é que alguém podia chegar a esse ponto em só uma hora?

Como é que ela fazia isso em uma única hora enquanto eu era incapaz de me forçar a fazer isso por toda a minha adolescência?

Eu a odiava. Eu queria ser como ela. Eu me odiava.

Tudo me atingiu ali, de repente. A música era tão alta que eu senti que minha visão estava embaçando. Eu empurrei pessoas para conseguir chegar ao canto da sala, só pra me ver pressionada contra a parede, que estava molhada com a condensação. Eu procurei desesperadamente pela saída, então comecei a cambalear até ela, para fora, para o ar vazio e frio de outubro.

Eu respirei.

Eu não ia chorar.

Três dos veteranos do terceiro ano da St. John's estavam conversando na área de fumantes, reclinados contra a parede, incluindo, para minha surpresa, Sunil.

Ele era meu genitor da faculdade — eu sabia que ele me ajudaria. Eu poderia pedir a ele que me levasse de volta. Mas, quando dei um passo para frente, fiquei com vergonha. Eu era um fracasso absoluto. Uma criança. Sunil se virou, olhou para mim com curiosidade, e eu desejei na minha mente que ele perguntasse se eu queria voltar pra faculdade, e se eu queria que ele fosse comigo. Só que ele não falou nada. Então eu só fui embora.

Depois de algumas horas na balada barulhenta, o silêncio da rua principal parecia ecoar ao meu redor. Eu mal conseguia lembrar o caminho de volta para a faculdade, porque eu estava tão estressada no caminho pra cá que eu não tinha prestado atenção para onde eu estava indo, mas felizmente eu encontrei o caminho de paralelepípedos, e voltei andando, subindo a rua, passando o castelo, então a catedral, e então conseguia ver os degraus de pedra do St. John's College.

— Tem algo errado com você — eu murmurei para mim mesma. Então eu sacudi a cabeça, tentando afastar esse pensamento. Esse era um pensamento ruim. Não tinha nada de errado comigo. Essa era eu. *Para de pensar nisso. Para de pensar em qualquer coisa.*

Eu poderia mandar uma mensagem para Pip e — e o que eu diria? Que eu era horrível em baladas? Que eu poderia ter tentado beijar alguém, mas decidi não fazer isso? Que eu estava fracassando por completo no meu novo começo? Patético. Não tinha nada pra falar pra ela.

Eu poderia falar com Jason, mas ele provavelmente me diria que eu estava sendo boba. Porque eu estava. Eu sabia que essa coisa toda era ridícula.

Então eu só continuei andando. Fiquei de cabeça baixa. Eu nem sabia o que estava errado. Tudo. Eu mesma. Eu não sabia. Como é que todo mundo era funcional, e eu não? Como é que todo mundo podia viver direito, e eu tinha algum tipo de erro de programação no meu cérebro?

Eu pensei em todas as pessoas que conheci nos últimos dias. Centenas de pessoas da minha idade, de todos os gêneros, aparências, personalidades.

Eu não conseguia pensar em nenhuma por quem eu me sentisse atraída.

Abri a porta da faculdade um jeito tão barulhento que o homem no pequeno escritório me lançou um olhar severo. Acho que ele pensou que eu era uma caloura bêbada. Meu Deus, eu queria ser. Olhei para o meu vestido, o que mamãe tinha visto na River Island e dito "ah, esse não é perfeito?", eu tinha concordado, e ela tinha comprado para mim, para que eu ficasse bonita e me sentisse bem durante a Semana de Calouros. Eu comecei a lacrimejar. Deus, ainda não, por favor, ainda não.

Meu quarto estava vazio — claro que estava. Rooney estava lá fora vivendo a vida dela e tendo experiências. Eu peguei minha nécessaire de banho e meu pijama, fui direto pro banheiro, entrei no chuveiro e comecei a chorar.

MUITO EXIGENTE

— Então você é *muito exigente* — Rooney disse para mim na manhã seguinte enquanto eu estava comendo um pão na cama e ela estava se maquiando na frente do espelho.

Nós teríamos conversado sobre isso ontem à noite, mas eu dormi na metade de uma fic que estava lendo de Steve/Bucky, de universo alternativo passado na Regência Britânica, e acordei algumas horas depois ao descobrir que Rooney tinha voltado e já estava dormindo, ainda de maquiagem, as botas jogadas no meio do tapete água-marinha.

— Isso está... certo — eu confirmei. Eu era mesmo muito exigente. Eu não tinha certeza do que exatamente eu estava exigindo, mas eu indubitavelmente estava exigindo muito.

— Não se preocupe — disse ela, parecendo despreocupada.

— Nós temos *muitas* outras chances de achar alguém pra você. Não vai ser assim tão difícil.

— Não vai?

— Não. — A boca dela se abriu enquanto ela passava rímel.

— Um monte de gente está procurando dar uns pegas essa semana. Vai ter *tantas* oportunidades pra você conhecer gente nova. Não vai levar assim tanto tempo pra você encontrar alguém que você goste.

— Ok.

— Você vai ver.

— Ok.

* * *

— Qual é o seu tipo? — Rooney perguntou na hora do almoço.

A hora do almoço na faculdade era como a hora do almoço na escola — comida de cantina e ficar sentada em mesas redondas e banquinhos —, só que dez vezes pior por causa da pressão extra de ter que socializar com um monte de gente que eu não conhecia muito bem. Por mais que achasse irritante a habilidade sem esforços de Rooney de se relacionar na faculdade, eu estava na verdade muito feliz de tê-la em situações como essa.

Felizmente, no entanto, essa era a primeira refeição que Rooney e eu tínhamos feito na qual nós não encontramos com ninguém que Rooney conhecia, então conseguimos sentar só nós duas.

— Tipo? — perguntei, minha mente imediatamente pensando em tipos de Pokémon, e então me perguntando se era uma pergunta sobre comida, olhei para o meu macarrão.

— Tipo de *cara* — esclareceu Rooney, a boca cheia.

— Ah. — Eu dei de ombros e pesquei um pedaço do meu macarrão. — Eu não sei bem.

— Qual é. Você deve ter *alguma* ideia. Tipo, de que tipo de cara você se vê gostando?

Nenhum, é o que eu provavelmente deveria ter dito. *Eu nunca gosto de ninguém.*

— Não tenho um tipo em particular — foi o que eu realmente disse.

— Alto? Meio nerd? Meio esportista? Músicos? Com tatuagem? Cabelo comprido? Caras que parecem piratas?

— Eu não sei.

— Hum. — Rooney mastigou lentamente, olhando pra mim.

— Garotas?

— Quê?

— Você prefere garotas?

— Hum. — Eu pisquei. — Bem, acho que não? Não muito.

— Hum.

— Quê?

— É só interessante.

— O que é interessante?

Rooney engoliu, abrindo um sorriso de canto.

— Você, acho.

Eu tinha oitenta por cento de certeza de que ela estava usando "interessante" como sinônimo pra "esquisita", mas fazer o quê.

— Eu tive uma ideia — Rooney disse para mim num tom muito importante.

Eu teria levado ela a sério se não estivesse vestida como um ovo frito sexy, se preparando para a festa à fantasia em um bar da St. John's. A roupa consistia em um vestido que tinha o formato de um ovo frito, mas com meias na altura da coxa e sapatos de salto enormes. Eu estava até bem impressionada — era um jeito incrível de dizer "quero estar bonita, mas também mostrar que eu tenho um senso de humor".

Eu não ia pra festa à fantasia. Tinha falado pra Rooney que precisava de uma noite sozinha pra assistir a *Questão de tempo* seguido rapidamente de *La La Land*, e, para minha surpresa, ela tinha dito que parecia justo.

— Uma ideia? — eu disse, da cama. — Sobre…?

Rooney foi até mim e se jogou ao meu lado na cama. Eu me afastei para que a parte do ovo frito não estivesse literalmente esmagando meu torso.

— Sua situação sem romance.

— Eu não estou assim tão incomodada — eu disse, o que era obviamente uma mentira. Eu estava extremamente e consistentemente incomodada, mas depois do fiasco de ontem, eu estava pronta para desistir em vez de ter que passar por isso de novo.

Rooney ergueu o celular.

— Você já tentou aplicativos de namoro?

Eu olhei para o celular. Eu nunca tinha encontrado ninguém da nossa idade que usasse um *aplicativo de namoro*. Eu hesitei.

— As pessoas da nossa idade usam aplicativos de namoro?

— Eu uso o Tinder desde que fiz dezoito.

Eu sabia o que era o Tinder, ao menos.

— Não acho que o Tinder seja pra mim.

— Mas como vai saber se não tentar?

— Eu acho que não preciso tentar tudo pra saber que eu não vou gostar.

Rooney suspirou.

— Olha. Ok. Isso é só uma ideia, mas o Tinder é um bom jeito de só olhar para que caras estão por aí, tipo, nas *redondezas*. Você não precisa falar com nenhum de verdade, mas tipo, ao menos pode ajudar a ter uma ideia de com que tipo de cara você quer sair.

Ela abriu o Tinder no celular e imediatamente me mostrou uma foto do primeiro cara que apareceu.

— Kieran, 21, estudante.

Eu olhei pro Kieran. Ele parecia um pouco com um rato alto. O que, sabe. Esse tipo de aparência atrai algumas pessoas.

— Não acho que seja minha praia — eu digo.

Rooney rolou para fora da minha cama com um suspiro, a fantasia de ovo quase derrubando o copo d'água na minha mesa de cabeceira.

— É só uma ideia. Faz isso se ficar entediada essa noite. — Ela foi até a cama dela e pegou a bolsa. — Esquerda é não, direita é sim.

— Eu não acho que eu...

— É só uma ideia! Você não precisa tipo, *amar* ninguém, mas só veja se tem alguém que você ache que pode ser interessante conhecer.

E então ela saiu porta afora.

Eu estava em meia hora do filme *Questão de tempo* quando peguei meu celular e baixei o Tinder.

Eu definitivamente não ia falar com ninguém. Eu só estava curiosa.

Eu só queria saber se eu alguma vez veria um cara e pensaria, *é, ele é gostoso.*

Então eu fiz um perfil no Tinder. Escolhi cinco das minhas melhores selfies do Instagram e passei a próxima meia hora tentando pensar o que eu escreveria na minha descrição, antes de me decidir por "especialista em comédias românticas cafonas".

O primeiro cara que apareceu era "Myles, 20, estudante". Ele tinha cabelo marrom e um olhar malicioso. Em uma das fotos ele estava jogando sinuca. Senti uma energia ruim e passei pra esquerda.

O segundo cara era "Adrian, 19, estudante". A descrição dizia que ele era viciado em adrenalina e que estava em busca de sua *manic pixie dream girl* o que instantaneamente me fez passar pra esquerda.

Passei pra esquerda em outros quatro caras, e então percebi que eu sequer estava olhando para eles direito — eu só estava lendo as descrições e analisando se eu achava que nós nos daríamos bem. Esse não era o ponto. Era pra eu estar encontrando alguém por quem eu era *fisicamente atraída*.

Então, depois disso, focar direito nas aparências. O rosto deles, os olhos, a boca, o cabelo, o estilo. Essas eram coisas de que pessoas gostavam. Do que *eu* gostava? Qual era a *minha* exigência? Quais eram as *minhas* preferências?

Depois de dez minutos, eu me deparei com um cara que parecia um modelo, então não fiquei surpresa quando olhei para as informações e li "Jack, 18, modelo". Ele tinha uma mandíbula esculpida e um rosto simétrico. A foto principal dele era claramente de uma propaganda de revista que ele tinha feito.

Tentei me imaginar namorando Jack, 18, modelo. Beijando-o. Transando com ele.

Tipo, se fosse pra ser com alguém, baseando apenas nas aparências, certamente seria Jack, 18, modelo, com a sua linda jaqueta jeans e covinhas.

Imaginar beijar aquele rosto.

Imaginar ele se inclinando.

Imaginar a pele dele próxima da minha.

Meu dedão pairou em cima da tela por um momento. Tentando ignorar a sensação de náusea no meu estômago que a minha imaginação estava conjurando com esses cenários.

Então passei pra esquerda.

Georgia Warr
olá ovo frito trago notícias
passei pra esquerda em todos eles rs

Rooney Bach
Haha o que quer dizer com todos

Georgia Warr
todos os que eu olhei

Rooney Bach
E quantos foram?

Georgia Warr
sl tipo… quarenta?
acho que o tinder não é pra mim kkkk
sinto muito por te decepcionar

Rooney Bach
Eu não estou decepcionada haha eu só estava torcendo que resolvesse
QUARENTA
Uau!!
Ok!

Georgia Warr
então isso é muita gente pra passar pra esquerda?

Rooney Bach
Você é mesmo muito exigente
Isso não é necessariamente ruim mas ao menos a gente tentou essa

Georgia Warr
então o que eu faço agora

Rooney Bach
Talvez tenha que voltar pra velha história de Conhecer Gente Na Vida Real

Georgia Warr
eca
odeio isso

* * *

Eu deletei o Tinder do celular, então coloquei play em *Questão de tempo* de novo, me perguntando por que me imaginar envolvida em qualquer situação romântica ou sexual me fazia sentir vontade de vomitar e/ou fugir para as montanhas, enquanto o romance nos filmes parecia o propósito exclusivo de se estar vivo.

ORGULHO

Rooney estava certa sobre uma coisa: conhecer gente na vida real era provavelmente o único jeito que daria certo pra mim. Felizmente, era a Semana de Calouros, e eu tinha muitas oportunidades de conhecer gente, o que continuou na sexta-feira quando Rooney e eu fomos à feira de calouros.

— Eu vou me filiar a *tantas* sociedades — disse Rooney, e eu não queria levar ela muito a sério, mas, quando passamos pelas barracas no prédio da União Estudantil, ela juntou tantos folhetos que ela começou a me fazer carregar uns pra ela.

Eu tinha combinado de encontrar Pip e Jason lá também, mas eu não sabia onde encontrá-los porque o prédio da União Estudantil era *gigante*. Eles precisariam esperar. A tarefa mais importante do momento era me *filiar a sociedades da universidade*. Assim como ir a baladas, no que eu tinha fracassado epicamente, as sociedades eram o outro marco da vida universitária e supostamente um dos jeitos mais fáceis de fazer amigos com pessoas com interesses parecidos.

Só que, conforme andamos pelas barracas, comecei a ficar nervosa. Talvez um pouco inundada por emoções. Com cautela, eu me filiei na Sociedade Inglesa com Rooney, mas, fora isso, eu mal conseguia lembrar as coisas nas quais tinha interesse. Sociedade de Escrita Criativa? Eu não gostava de escrever tanto assim — as poucas vezes que tinha tentado escrever minhas próprias fanfics foram *desastrosas*. Sociedade Cinéfila? Eu poderia só ficar vendo filmes na cama. Tinha até mesmo sociedades super de nicho como Sociedade de Anime, Sociedade de Quadribol e Sociedade de Snowboarding, mas todas pareciam só contemplar um grupo de amigos que queriam uma desculpa pra passar tempo juntos e praticar seu hobby favorito. Eu não sabia quais eram os meus hobbies, fora ansiar por romance e ler fanfics.

Na verdade, a única outra sociedade à qual eu queria me filiar era ao TED, o Teatro Estudantil de Durham. Eu conseguia ver a barraca gigante no fim do saguão.

Eu definitivamente ia conhecer pessoas novas se fosse parte de uma peça esse ano.

Rooney acabou seguindo em frente, empolgada pra conversar com todas as pessoas nas barracas. Eu perambulei por perto, me sentindo cada vez mais como se não pertencesse a lugar nenhum, até que percebi que tinha chegado à barraca da Sociedade do Orgulho de Durham.

Ela se sobressaía com uma bandeira arco-íris gigante atrás e tinha um número considerável de calouros por perto, conversando animados com os estudantes mais velhos atrás da mesa.

Eu peguei um dos folhetos para dar uma olhada. A maior parte da primeira página estava decorada em fontes artísticas, com algumas das identidades que apoiavam. As identidades que eu conhecia estavam no topo — lésbica, gay, bissexual, trans — e então, para minha surpresa, seguia com aquelas que eu só tinha ouvido falar na internet — pansexual, assexual, arromântico, não binário. E mais. Eu nem sabia o que alguns deles significavam.

— Criança da faculdade? — disse uma voz, e eu levantei os olhos do folheto e encontrei o olhar de Sunil Jha, meu genitor da faculdade.

Ele estava usando todos os broches de novo no suéter de lã, e sorria calorosamente para mim. Ele definitivamente era a pessoa mais legal que eu já tinha encontrado em Durham até agora, se eu não contasse Rooney. Será que ele poderia ser meu amigo? Pais de faculdade contavam como amigos?

— Está interessada em se filiar? — perguntou ele.

— Hum — eu disse. Pra ser sincera, eu não queria me filiar de verdade.

Que tipo de direito eu tinha de me filiar a uma sociedade como essa? Quer dizer, na sinceridade, eu não sabia direito o que eu era. E, sim, eu tinha considerado a possibilidade de que eu não era a fim de caras. Considerado *muito fortemente*. Mas até aí eu também não gostava muito de garotas. Parecia que eu não gostava de ninguém. Eu não tinha encontrado ninguém de quem eu gostasse, sentido as famosas borboletas no estômago, e então declarado orgulhosa: "Ahá! Claro! *Esse* é o gênero do qual eu gosto!" Eu nem sequer tinha preferência de gêneros nas fanfics de putaria.

Sunil me entregou uma prancheta e uma caneta.

— Escreva seu e-mail! É pra receber nossa newsletter.

Não havia nenhum jeito de dizer "não", então eu murmurei um "ok" e escrevi o meu e-mail. Eu imediatamente me senti uma fraude.

— É Georgia, né? — perguntou Sunil, enquanto eu estava escrevendo.

— A-aham — eu gaguejei, honestamente surpresa que ele tivesse se lembrado do meu nome.

Sunil aquiesceu, aprovando.

— Legal. Sou representante do Orgulho na St. John's.

Outra garota na barraca se inclinou para nós e acrescentou:

— *E* também é o presidente da Sociedade do Orgulho. Ele sempre se esquece de mencionar isso por causa da modéstia ou algo assim.

Sunil riu, gentilmente. Ele definitivamente tinha um ar de modéstia, mas também de autoconfiança. Como se ele fosse muito bom no trabalho dele, mas não quisesse ficar se gabando.

— Essa é a Jess, uma das vice-presidentes — disse ele. — E essa é Georgia, uma da minha prole da faculdade.

Eu olhei para a garota do terceiro ano. Ela tinha tranças na altura dos quadris, um sorriso enorme, e estava usando um vestido colorido com estampa de pirulitos. Ela tinha um crachá que dizia "ela/dela".

— Own! — disse ela. — Essa é sua filha da faculdade?

Sunil assentiu.

— É, sim.

Jess aplaudiu.

— E você está se filiando à Sociedade do Orgulho! É o destino.

Eu forcei um sorriso.

— *Enfim* — disse Sunil, sacudindo a cabeça para ela com algum sentimentalismo —, estamos aqui pra qualquer calouro que queria se envolver na comunidade queer em Durham, basicamente. Noites de balada, encontros, festas, noites de filmes. Esse tipo de coisa.

— Legal! — eu falei, tentando parecer entusiasmada. Talvez eu *devesse* tentar me envolver. Talvez eu fosse pra Sociedade do Orgulho, visse uma garota, tivesse um grande despertar lésbico, e finalmente sentisse um algo romântico por outro ser humano. Eu tinha certeza de que tinha lido uma fanfic com esse mesmo enredo.

Eu entreguei a prancheta de volta.

— Nosso encontro de boas-vindas vai acontecer em umas duas semanas — disse Sunil com um sorriso. — Talvez a gente se veja lá?

Eu assenti, me sentindo um pouco envergonhada, como se tivesse sido exposta de alguma forma, o que era idiota, porque não tinha nada interessante sobre mim para ser exposto, e eu já sabia que eu não ia pra nenhum dos eventos da Sociedade do Orgulho de Sunil.

SE ABRINDO A NOVAS OPORTUNIDADES

Nossa última parada na feira de calouros foi a barraca do Teatro Estudantil de Durham, que tinha a maior barraca de toda a União Estudantil, e Pip e Jason estavam bem na frente dela.

Rooney já tinha avançado direto para a barraca, que estava decorada com uma cortina vermelha enorme e as máscaras de comédia-tragédia feitas de papel machê. A TED parecia uma organização guarda-chuva que apoiava e fornecia fundos para vários outros grupos de teatro menores — a Sociedade de Teatro Musical, a Sociedade da Ópera, a Sociedade de Drama dos Calouros, Comédia Estudantil, e outras mais.

Os alunos atrás da barraca, mesmo de longe, pareciam barulhentos e confiantes — não tinham nenhum ar calmo como o da barraca da Sociedade do Orgulho. Só que isso não me impediu. Teatro era algo familiar. Tinha sido parte da minha vida por mais de sete anos, e apesar do meu medo de palco, eu não queria desistir disso.

Além do quê, Pip e Jason estariam comigo. Então ficaria tudo bem.

— Pip? Jason?

As cabeças deles viraram para revelar uma Pip Quintana confusa, segurando um folheto e empurrando os óculos de aro de tartaruga em cima do nariz, e um Jason Farley-Shaw que estava definitivamente de ressaca, que tinha olheiras debaixo dos olhos e parecia que estava tentando cavar um buraco e fazer um ninho dentro da jaqueta de pelúcia.

— GEORGIA! — Pip gritou, correndo até mim e me apertando num abraço.

Eu a abracei de volta até que ela deu um passo para trás. Ela estava sorrindo largamente. Tão pouco tinha mudado; ela ainda era Pip, o cabelo escuro fofo espetado em todas as direções diferentes, soterrada em um moletom gigantesco. Só que, é claro, nós estávamos em Durham havia apenas cinco dias. Parecia que já fazia uma vida. Como se eu já fosse uma pessoa diferente.

— Oi — disse Jason. A voz dele parecia grave.

— Tudo bem com você? — eu perguntei a ele.

Ele deu um grunhido e se apertou mais dentro da jaqueta.

— De ressaca. E não conseguíamos te achar. Olha pro seu telefone.

Eu rapidamente olhei pra tela. Havia várias mensagens sem ler no grupo perguntando onde eu estava.

Pip cruzou os braços e me lançou um olhar atento.

— Presumo que não olhou o celular porque você estava muito ocupada se abrindo a novas oportunidades e se filiando a várias sociedades?

— Hum — Eu tentei não parecer muito culpada. — Eu me filiei à Sociedade Inglesa?

Eu não falei pra Pip que eu tinha me alistado pra receber a newsletter da Sociedade do Orgulho. Provavelmente porque eu não sentia como se pertencesse àquele lugar de verdade.

Pip fez uma careta.

— Georgia. Isso é *uma* sociedade.

Eu dei de ombros.

— Posso me filiar a outras depois.

— *Georgia.*

— Pra qual vocês se alistaram?

Ela contou nos dedos.

— Me filiei ao Teatro Estudantil de Durham, óbvio, e também à Sociedade Científica, à Sociedade Latino-americana, Sociedade do Orgulho, Xadrez, Frisbee Hardcore e acho que eu me alistei pra tipo, Quadribol?

É claro que Pip tinha se filiado à Sociedade do Orgulho também. Eu me perguntei o que ela diria se eu aleatoriamente aparecesse em um evento do Orgulho.

— Quadribol? — perguntei.

— Aham, e se as vassouras não voarem de verdade, nós vamos ficar decepcionados pra caralho.

— Nós? — Olhei para Jason. — Você também se alistou pra Quadribol? Você nem gosta de *Harry Potter*.

Jason assentiu.

— O presidente de Quadribol era incrivelmente persuasivo.

— No que mais se alistou?

— TED, Sociedade Histórica, Sociedade Cinéfila e Remo.

Eu franzi o cenho.

— Remo?

Jason deu de ombros.

— Um monte de gente está fazendo. Pensei que eu devia tentar — Ele parou de falar abruptamente, olhando por cima do meu ombro. — O que Rooney está fazendo?

Eu me virei. Rooney parecia estar em uma conversa acalorada com uma garota do outro lado da barraca.

— Eu não entendo — Rooney estava dizendo. — O que você quer dizer com *fechou*?

A garota atrás da barraca parecia um pouco desesperada.

— Eu… eu não achei que eles teriam membros no segundo ou no primeiro ano, então quando o terceiro ano foi embora, só meio que desapareceu.

— E eu não posso começar de novo?

— Hum… Eu não sei… Eu não sei bem como isso funciona…

— Você é a presidente? Eu posso falar com a presidente?

— Não, ela não está aqui…

— Ah, deixa pra lá. Vou resolver isso outra hora.

Rooney tempestuou até nós, os olhos cheios de fogo. Por puro instinto, eu dei um passo para trás.

— Você consegue *acreditar* — disse ela —, que a porra da Sociedade Shakespeare só… *fechou*? Tipo, essa era a *única* sociedade a que eu queria me filiar, e agora só… — Ela parou de falar, notando que Pip e Jason estavam do meu lado, encarando Rooney com algo que só poderia ser descrito como fascínio. — Ah. Oi.

— Certo — disse Pip.

— Oi — disse Jason.

— Como vai o Roderick? — perguntou Pip.

A boca de Rooney se contorceu com diversão.

— Eu gosto que seu cérebro imediatamente pensou na minha planta em vez de perguntar como *eu* estou.

— Eu me preocupo com o bem-estar das plantas — respondeu Pip.

Notei imediatamente a frieza no tom dela. O jeito como ela tinha ficado alvoroçada e conversando com Rooney no nosso quarto já não existia mais. Ela não estava corando ou arrumando o cabelo.

Depois do que tinha visto na nossa cozinha, Pip agora estava na defensiva.

Fiquei um pouco triste. Só que isso era o que Pip fazia quando ela tinha um *crush* em alguém que não iria corresponder: ela automaticamente desligava os sentimentos por puro autocontrole.

Isso a protegia.

— Você vai chamar o conselho tutelar de plantas? — perguntou Rooney, sorrindo divertida. Ela parecia estar curtindo imensamente ter alguém pra provocar, como se fosse pausa bem-vinda não precisar ser alegre e educada.

Pip inclinou a cabeça.

— Talvez eu seja do conselho tutelar de plantas, e só esteja usando um disfarce.

— Não é um bom disfarce. Você parece o tipo de pessoa que tem ao menos uns seis cactos na sua estante.

Isso pareceu ser a gota d'água para Pip, porque ela respondeu de volta:

— Eu tenho só três, na verdade, e são *suculentas* não *cactos*...

— Er — As duas garotas foram interrompidas por Jason, que, se não estava com uma dor de cabeça antes, definitivamente estava com uma agora. — Então, você vai se filiar à TED, ou...?

— Sim — eu disse imediatamente, só pra tentar terminar com a batalha verbal estranhamente agressiva entre Pip e Rooney.

— Eu nem sei qual o objetivo disso agora — disse Rooney, com um suspiro dramático. — A Sociedade Shakespeare nem existe mais. Disseram algo sobre não ter mais nenhum membro.

— Você não pode se filiar a alguma outra coisa? — disse Pip, mas Rooney olhou para ela como se tivesse falado a coisa mais idiota do mundo.

Jason não tinha se importado em ficar envolvido nessa conversa, e tinha andado de volta para a lista com os e-mails da TED. Eu o segui, e ele me entregou a caneta.

— Eu não achei que você ia querer se juntar à TED — disse ele —, não depois de vomitar em *Os miseráveis*.

— Eu ainda amo teatro — eu falei. — E eu preciso me filiar a alguma outra coisa fora a Sociedade Inglesa.

— Só que você pode escolher algo que *não* vá fazer você vomitar.

— Prefiro vomitar rodeada por amigos a me juntar sozinha a uma sociedade e ficar triste.

Jason hesitou, e depois disse:

— Acho que isso soava mais profundo na sua cabeça do que soa na vida real.

Terminei de escrever meu e-mail e larguei a caneta, olhando para Jason. Ele parecia genuinamente um pouco preocupado comigo.

— Eu quero fazer isso — eu disse. — Eu... quero tentar e... sabe. Conhecer novas pessoas e... ter uma boa experiência de faculdade.

Jason hesitou de novo. Então ele assentiu, o rosto cheio de compreensão.

— É. Faz sentido.

Nós demos um passo para o lado para deixar Pip e Rooney escreverem seus e-mails na lista, enquanto elas estavam tendo uma discussão insossa sobre a qual sociedade dentro da TED elas deveriam se juntar, as duas pareciam determinadas a estabelecer que a escolha delas era a escolha correta, e que a escolha da outra pessoa era completamente errada. Depois de alguns minutos disso, Jason decidiu dar um fim nisso ao sugerir que fôssemos todos comer pizza na barraca da Domino's, que estava dando pizza de graça.

— Eu vou continuar dando uma olhada por aqui — disse Rooney. — Ela desviou o olhar de Pip para mim. — Te vejo na entrada daqui a uns vinte minutos?

Eu assenti.

— Legal. — Rooney olhou para Pip de novo e disse, como se Jason não existisse: — Que tal a gente se encontrar no bar do

John esta noite? É *tão* legal lá, é esse bar no porão bem pequenininho...

A maioria das pessoas não saberia dizer o que estava acontecendo com Pip, mas eu a conhecia havia sete anos, e ela tinha esse *olhar*. Esse leve estreitamento dos olhos. Os ombros encolhendo.

Resumindo os fatos: Pip tinha decidido odiar Rooney.

— Nós estaremos lá — disse Pip, cruzando os braços.

— *Yes* — disse Rooney, abrindo um sorriso. — Mal posso *esperar*.

Rooney voltou para a multidão das barracas. Pip, Jason e eu fomos na direção da barraca da Domino's, os olhos de Pip sem nunca desviar da parte de trás da cabeça de Rooney, e Jason perguntou pra Pip:

— Mas que *porra* foi essa?

SHAKESPEARE E PLANTAS CASEIRAS

Uma oportunidade de passar tempo com meus únicos três amigos era definitivamente uma boa ideia, mas isso foi de alguma forma anulado pelo fato de que Rooney parecia se deliciar em irritar Pip, enquanto Pip parecia enfurecida com a mera existência dela em nossas vidas, e eu já tinha descoberto que eu não era fã de baladas e bares.

Felipa Quintana
AS ENERGIAS, GEORGIA. AS ENERGIAS

Georgia Warr
o que tem elas

Felipa Quintana
SÃO RUINS
Deveria ter notado quando nos conhecemos
Ela é cheia de energia ruim

Georgia Warr
na verdade rooney é bem legal
você só está dizendo isso porque viu ela se pegando com outra pessoa?? não é permitido *slut-shaming* nesse grupo

Felipa Quintana
ÓBVIO QUE NÃO. Ela pode pegar quem ela quiser o quanto ela quiser, não tenho problemas com pessoas que têm uns ficantes

ocasionalmente
Eu só sinto uma energia ruim
.... Ela zoou o meu cacto

Jason Farley-Shaw
Mudando de assunto
Onde vamos nos encontrar e a que horas??
Eu não sei onde é o bar do John!!

Georgia Warr
eu passo para buscar vocês dois no quarto de pip
estou preocupada com pip chegando sozinha e fazendo um escândalo na hora que ela vir rooney

Jason Farley-Shaw
Ah, isso é uma boa ideia. Esperta. 👍

Felipa Quintana
Vão se FODER vocês dois

— Eu sou perfeitamente capaz de ir a um bar e não fazer um escândalo só porque eu não gosto de *uma* pessoa — disse Pip, assim que ela abriu a porta para mim mais tarde naquela noite.

Eu tinha recebido instruções específicas, mas ainda assim acabei tendo que ligar para ela e ser verbalmente direcionada pelos corredores sinuosos de Castle. E se isso não fosse caótico o suficiente para lidar numa sexta à noite, o quarto de Pip estava definitivamente em uma competição para ganhar o título de *o quarto mais bagunçado de Durham*. Tinha mais roupas no chão do que dentro do guarda-roupa aberto, a escrivaninha estava empilhada até o teto com uma pilha de livros de ciência incrivelmente tediosos e pedaços de papel, e os lençóis estavam amassados em um canto, bem longe da cama dela.

— Claro que é — eu disse, dando um tapinha na cabeça dela.

— *Não* seja condescendente, Georgia Warr. Você trouxe minha jaqueta jeans?

— Sua jaqueta jeans? — Eu dei um tapa na minha própria cabeça. Eu sabia exatamente onde estava a jaqueta de Pip no meu quarto: nas costas da minha cadeira. — Ai, não, me desculpa. Esqueci completamente.

— Tudo bem — disse Pip, mas ela olhou para a roupa que estava vestindo, nervosa. — Eu ia usar esta noite, mas... você acha que estou ok sem ela? Ou talvez eu devesse usar uma jaqueta bomber.

Ela estava muito bonita, na verdade — ela estava usando uma camiseta de manga curta listrada, colocada para dentro nos quadris, onde encontrava um jeans preto skinny rasgado, e o cabelo dela estava cuidadosamente arrumado. E ela parecia muito com *ela mesma*, o que eu achava que era mais importante.

Pip sempre era meio insegura com a aparência dela. Só que agora que ela estava se vestindo exatamente como sempre quis se vestir, e tinha cortado o cabelo e tudo o mais, ela exalava um tipo de confiança que eu nunca esperava atingir — uma autoconfiança que dizia *Eu sei exatamente quem eu sou*.

— Você está muito bonita — eu disse.

Ela sorriu.

— Obrigada.

Eu tinha decidido vestir algo um pouco mais casual do que na minha última tentativa de "sair" — um par de jeans de cintura alta com um cropped apertado — mas eu ainda assim sentia como se estivesse usando uma fantasia. Meu estilo habitual de casacos de lã não servia para bares e baladas.

Jason chegou minutos depois, vestindo a sua jaqueta de pelúcia em cima da sua combinação padrão de jeans e camiseta. Ele olhou rapidamente para o chão e imediatamente começou a pegar peças de roupas e dobrá-las.

— Porra, Pip. Aprenda a se organizar.

— Está bom como está. Eu sei onde tudo está.

— Pode até ser, mas não vai estar bom quando você começar a encontrar aranhas parindo ovos nas suas camisetas.

— *Eca*, Jason. Não fale "parindo".

Nós arrumamos rapidamente o quarto de Pip antes de ir embora. Só era uma caminhada de alguns minutos da Castle pra St. John's — tivemos que cruzar o gramado, a catedral, e passar por uma viela — e nesse tempo, eu tinha decidido enfrentar Pip sobre as razões reais da sua declaração de "energia ruim".

— Eu *não* tenho um *crush* nela — disse Pip instantaneamente, o que confirmava que ela definitivamente tinha um *crush* em Rooney. — Eu *não* tenho *crushes* em garotas héteros. Não mais.

— Então você decidiu que ela é sua inimiga mortal porque…?

— Sabe o que é? — Pip cruzou os braços, se apertando mais na jaqueta bomber. — Ela é o tipo de pessoa que acha que ela é melhor do que *todo mundo*, só porque ela vai a baladas e bares e tem uma planta doméstica gigante e gosta de Shakespeare.

— Você gosta de Shakespeare e tem plantas domésticas — disse Jason. — Por que ela não pode gostar de Shakespeare e plantas domésticas?

Pip lançou-lhe um olhar irritado.

Jason olhou pra mim, as sobrancelhas erguidas. Nós dois sabíamos que Pip estava inventando umas razões bobas pra desgostar de Rooney em uma tentativa de desviar seus sentimentos. Só que nós também sabíamos que só deveríamos deixar isso quieto, porque, honestamente, era provavelmente o melhor plano de ação.

Nós vimos Pip passar por vários *crushes* em meninas héteros. Eles não eram divertidos. Quanto mais rápido que ela conseguisse superar esses sentimentos, melhor.

— Você poderia só ter dito não pro convite desta noite — eu falei.

— Não podia, não — disse Pip —, porque então ela ia *ganhar*.

Jason e eu ficamos em silêncio por um momento.

Então eu disse:

— Ela tem me dado uns conselhos sobre coisas.

Pip franziu o cenho.

— Conselhos? Sobre o quê?

— Bem, você sabe que eu estava me sentindo meio mal com a coisa do... — Meu Deus. Esse tipo de coisa era tão esquisito de falar. — Você lembra na festa depois da formatura que eu estava meio deprimida com a coisa de nunca ter beijado ninguém e... sabe. Rooney tem me ajudado a tentar expandir meus horizontes um pouco.

Pip e Jason me encararam.

— *Quê?* — Pip sacudiu a cabeça, incrédula. — Você não... Por que ela está tentando te obrigar a isso? Você não precisa fazer essas merdas... só, *meu Deus*. Você só precisa ir no seu próprio ritmo, cara. Por que ela está fazendo você... Quê? Ela está tentando te convencer a pegar gente em bares? Tudo bem se *ela* quer fazer isso, mas não é quem você é.

— Ela não está me obrigando a nada! Ela só está me ajudando a me abrir mais com as pessoas, e, tipo, me arriscar mais.

— Só que você não precisa forçar esse tipo de coisa! Não é quem você *é* — ela repetiu, franzindo o cenho.

— Bem, e se essa for quem eu *quero* ser? — eu me irritei. Eu imediatamente me senti mal. Pip e eu nunca brigávamos.

Pip se calou. Ela não parecia ter uma resposta pra isso.

Então ela disse:

— Eu não gosto de Rooney porque ela está desestabilizando a dinâmica de nosso grupo de amigos. E ela é muito irritante, pra mim, particularmente.

Eu nem me dei ao trabalho de responder.

Jason estava achatando o cabelo dele, envergonhado.

— Er… é bom que você fez uma amiga, Georgia.

— É — eu disse.

Senti meu celular vibrar na bolsa e tirei pra dar uma olhada.

Rooney Bach
Estou no bar!
Ei vamos tentar arrumar alguém pra você essa noite…

Eu mandei um emoji de joinha como resposta.

ENERGIA CAÓTICA

Rooney tinha conseguido arrumar uma mesa inteira pra nós no bar do John, o que merecia uma medalha, porque estava *lotado*. O bar ficava em um porão pequeno dentro da faculdade, supervelho e superabafado. Eu praticamente conseguia sentir o suor das pessoas no ar conforme nos apertamos para passar em meio à multidão pra chegar à mesa.

Rooney tinha se vestido para a saída: macacão, saltos, o cabelo enrolado em ondas soltas. Ela provavelmente tinha outros planos depois de ficar um pouco com a gente durante a hora infantil de nove da noite. E enquanto ela estava esperando por nós, parecia que ela tinha feito amizade com um grupo grande de pessoas sentadas na mesa ao lado.

— Queridos — disse Rooney em um sotaque chique falso, conforme nos sentamos, desviando o olhar dos amigos novos. — Vocês todos estão *tão* bonitos. — Ela olhou diretamente para Pip.

— Então listras são a sua praia, Felipa?

Pip semicerrou os olhos com o uso do nome inteiro.

— Você estava stalkeando meu Facebook?

— Instagram, na real. Eu adorei a foto em que você está vestida de giz de cera, no Halloween.

Isso fez com que Pip sorrisse, presunçosa.

— Então você chegou às minhas fotos *bem* antigas.

Nós tivemos que sofrer durante alguns minutos de bate-boca irritante entre Pip e Rooney antes que Jason e eu pudéssemos sequer contribuir para a conversa. Durante esse tempo, eu observei algumas pessoas, dando uma olhada em volta para ver nossos outros colegas. Havia pessoas que pareciam sair regularmente, algumas vestidas de acordo, e outras só com o moletom da faculdade e jeans. Tinha gente muito arrumada — bastante, na verdade, mas ainda era a Semana dos Calouros, então fazia sentido.

— Então como vocês ficaram amigos? — perguntou Rooney.

— Na escola — respondi. — E todos éramos do mesmo grupo de teatro juvenil.

— Ai meu *Deus*, é verdade! Vocês são todos gente do teatro! Eu esqueci! — O rosto de Rooney se iluminou. — Isso é incrível. Nós podemos ir juntos pra reunião de boas-vindas semana que vem.

— É meio triste que a sua sociedade fechou — disse Jason.

— É! A Sociedade Shakespeare. Eu estava *tão* determinada a me filiar, mas só não existe mais. Certamente que isso é tipo um crime contra a Inglaterra.

— Então você curte Shakespeare? — perguntou Pip. Ela quase soava *cética*.

Rooney fez que sim.

— É! Eu *amo*. E você?

Pip assentiu de volta.

— É. Já fiz algumas na escola.

— Eu também. Eu fiz *Romeu e Julieta*, *Muito barulho por nada*, *A comédia dos erros* e *Hamlet* na escola.

— Nós fizemos *Romeu e Julieta*, *Sonho de uma noite de verão* e *A tempestade*.

— Então eu tenho mais experiência? — Rooney disse, e a curva nos lábios dela era impossível de não ser notada. Era como se ela estivesse tentando começar uma briga.

A mandíbula de Pip estremeceu.

— Acho que sim — ela disse.

Eu encontrei os olhos de Jason através da mesa, e o jeito como os olhos dele arregalaram me diziam que eu não estava imaginando coisas. Jason estava vendo o que estava acontecendo também.

Aqui estavam elas, Rooney e Pip, dois tipos de energia caótica muito diferentes, colidindo diante dos meus olhos. Eu me sentia arrebatada.

— Então você e Georgia são tipo melhores amigas, agora? — perguntou Pip, com uma risadinha fraca.

Eu estava prestes a protestar contra ser arrastada pro meio do que sabe Deus o que era isso, quando Rooney respondeu em vez disso.

— Eu diria que somos boas amigas já — disse Rooney, sorrindo e olhando pra mim. — Né?

— Aham — eu disse, porque não tinha mais nada que eu pudesse dizer.

— A gente de fato mora junto — Rooney continuou —, então sim. Por quê? Ciúmes?

Pip ficou um pouco vermelha.

— Só estava me perguntando se a gente teria que brigar pelo título de Melhor Amiga Suprema da Georgia.

— E eu não estou competindo? — Jason apontou, mas as duas garotas o ignoraram.

Rooney tomou um longo gole da cerveja dela, então se inclinou para mais perto de Pip.

— Você não parece o tipo boa de briga.

— Você está zoando a minha altura?

— Só estou comentando. Acho que você estaria em uma desvantagem natural comparada com a maioria das pessoas.

— Ah, mas eu tenho a raiva de pessoas baixinhas como vantagem.

Rooney sorriu.

— Não faço ideia de como é isso.

— Ei — eu falei alto, e tanto Pip quanto Rooney olharam para mim. — É pra gente estar se divertindo e se conhecendo melhor.

Elas piscaram.

— Não é isso que estamos fazendo? — perguntou Rooney.

— Eu preciso de uma *bebida* — Jason disse, alto, ficando em pé. Eu me pus de pé com ele, apertando o braço dele em apoio, e deixamos Rooney e Pip com a competição bizarra de implicância.

Eu sabia que ficar dependente de álcool para aliviar a ansiedade não era bom. Em um nível físico, eu nem gostava muito do sabor. Infelizmente, eu tinha crescido em um lugar onde quase todo mundo da minha idade bebia, então tinha aceitado que beber era "normal", como um monte de outras coisas, mesmo que nem sempre fosse o que eu queria fazer.

Jason pediu uma sidra, e eu pedi uma vodca dupla com limonada, e mais duas cervejas para Pip e Rooney.

— Eu sei que ela já fez essa coisa de desviar-dos-sentimentos-ficando-brava antes — disse Jason, sério, enquanto esperávamos no bar por nossas bebidas. — Só que eu não a vejo desse jeito desde Kelly Thornton, no primeiro ano.

— Isso é definitivamente pior — eu disse, lembrando-me de Kelly. Foi um confronto prolongado por causa de um lápis roubado, que tinha terminado com Pip atirando uma maçã meio-comida na cabeça dela e recebendo duas semanas de detenção. — Eu só quero que todo mundo seja amigo.

Jason riu, e me deu um empurrão com o ombro dele.

— Bom, ao menos eu estou aqui. Nós somos relativamente livres de drama.

Olhei para Jason. Seus grandes olhos castanhos e sorriso suave eram familiares. Nós nunca tínhamos tido nenhum drama. Até agora, pelo menos.

— É — eu disse. — Relativamente.

SOZINHA PRA SEMPRE

Continuei até ficar bêbada em tempo recorde. Talvez porque eu tinha pulado o jantar pra ficar lendo fanfics e comendo um pão na cama, ou talvez porque tinha bebido o equivalente a seis shots em quarenta e cinco minutos, mas seja lá o que foi, quando deram dez da noite, eu estava genuinamente relaxada e feliz, o que era definitivamente um sinal de que eu estava fora de mim.

Para reiterar: eu não estou defendendo esse tipo de coisa. Só que, ao mesmo tempo, eu não sabia como lidar com o que tinha sido uma semana longa e estressante, e com a perspectiva de muitas outras semanas longas e estressantes pelas quais eu teria que passar nos próximos três anos.

Acho que é justo dizer que eu não estava aproveitando a minha *experiência da faculdade* até agora.

Fomos para a cidade em torno das dez horas. Rooney tinha insistido. Eu teria protestado, mas eu queria verificar se ir a baladas era melhor se você ia com seus amigos. Talvez eu aproveitasse mais se Pip e Jason estivessem lá.

Pip e Rooney estavam pelo menos um pouco bêbadas e tinham dominado cerca de oitenta por cento da conversa. Jason estava meio quieto, o que não era anormal, e ele não pareceu se importar quando enganchei meu braço no dele conforme andávamos na direção do centro de Durham, para tentar minimizar o tanto que eu estava cambaleando conforme andava.

Rooney continuava a alternar entre bater boca com Pip, e então se virar para mim, seus longos cabelos esvoaçando no ar agitado de outubro, gritando:

— Nós precisamos te achar um HOMEM, Georgia! Precisamos achar um HOMEM pra você!

A palavra "homem" me enojava porque me fazia imaginar um cara muito mais velho que eu — ninguém da nossa idade era um *homem*, era?

— Eu vou encontrar um algum dia! — eu gritei de volta, mesmo eu sabendo que era mentira, que nada na vida era certo e que eu não tinha "tempo pra encontrar meu caminho" porque eu poderia ter um aneurisma no cérebro a qualquer instante, então morrer sem ter me apaixonado, sem entender quem eu era e o que eu queria.

— Você não precisa achar um homem, Georgia — Pip disse com a língua arrastada quando entramos na balada, na fila pro bar.

Não era a mesma balada grudenta e úmida do outro dia, mas uma nova. Era chique, moderna, e discordante em relação ao centro histórico de Durham. Estava tocando pop indie — Pale Waves, Janelle Monáe, Chvrches — e estávamos rodeadas por pessoas dançando sob luzes neon. Eu estava com um pouco de dor de cabeça, mas eu queria tentar aproveitar. Eu queria testar meus limites.

— Eu sei — respondi, felizmente longe de Rooney, que estava conversando intensamente com Jason sobre alguma coisa. Jason parecia moderadamente sufocado.

— Eu já aceitei que eu nunca vou encontrar ninguém — disse Pip, e demorou um instante pra meu cérebro captar todas as inferências dessa frase.

— Quê? O que aconteceu com o *você vai encontrar alguém no fim das contas porque todo mundo encontra*?

— Isso é uma regra de héteros — disse Pip, e isso me calou por um momento. Todas as vezes que ela tinha me dito "você vai encontrar alguém no fim das contas" ela nem tinha acreditado nisso pra ela mesma? — Não se aplica ao meu caso.

— Quê... não fala uma coisa dessas. Só não havia muitas garotas fora do armário quando estávamos na escola. Você não tinha muitas opções.

Pip tinha beijado duas garotas durante o tempo em que nos conhecíamos — uma delas tinha negado repetidamente que isso tinha acontecido, e a outra tinha falado pra Pip que ela na verdade não gostava dela desse jeito, achou que era só uma piada entre amigas.

Pip olhou para a superfície grudenta do balcão do bar.

— É, mas, tipo... Eu nem sei como namorar. Como é que isso *acontece*?

Eu não sabia o que dizer pra ela. Não era como se eu tivesse respostas, e mesmo que eu tivesse, nós duas estávamos bêbadas demais para tentar entendê-las.

— Tem alguma coisa de errado comigo? — disse ela, de repente, me olhando direto nos olhos. — Eu sou... muito irritante... eu só sou muito irritante pra todo mundo?

— Pip... — Eu coloquei um braço ao redor dos ombros dela. — Não, meu Deus. Não, claro que não. Meu Deus. Por que você acha isso?

— Sei lá — ela resmungou. — Só achei que podia ter uma razão específica pra eu estar sozinha pra sempre.

— Você não está sozinha pra sempre quando eu estou aqui. Eu sou sua melhor amiga.

Ela suspirou.

— *Tá bom.*

Eu a apertei, e então nossas bebidas chegaram.

— Você acha que, eu sendo sua melhor amiga, você poderia ao menos tentar *não* odiar Rooney com cada célula do seu corpo? Ao menos essa noite?

Pip tomou um gole da sidra.

— Eu vou fazer uma *tentativa*. Não faço promessas. Isso teria que bastar.

Assim que terminamos nossas bebidas, Rooney começou a dançar. Ela também parecia conhecer diversas pessoas na balada, então ficava sumindo pra socializar em outro lugar. Eu me senti mal por pensar isso, mas na verdade isso não me incomodava, porque assim eu tinha um pouco de tempo para mim e para meus melhores amigos.

E, no fim das contas, ir pra balada *era* melhor quando você estava com pessoas que você conhece e ama. Pip conseguiu nos convencer a fazer nossos passinhos de dança idiotas de sempre, e, depois disso eu estava sorrindo, e rindo, e eu quase me senti *feliz*. Rooney tinha até se juntado a nós, e Pip tinha conseguido manter seu olhar laser em uma configuração mínima. Se não fosse pelos estudantes mais velhos assustadores compondo a multidão ao nosso redor, e a constante ameaça de Rooney tentar me juntar com algum cara, eu teria genuinamente me divertido.

Infelizmente, isso só durou meia hora antes de Rooney intervir.

Eu, Jason e Pip tínhamos ido sentar em uns sofás de couro quando Rooney apareceu com um cara que eu não conhecia. Ele estava vestindo uma camisa da Ralph Lauren, calças de sarja cor de pêssego e mocassins.

— Oi! — Rooney gritou por cima da música. — Georgia!

— Oi?

— Esse é o Miles! — Ela apontou para o cara. Eu olhei para ele. Ele sorriu de um jeito que imediatamente me irritou.

— Oi? — eu disse.

— Vem dançar com a gente! — Rooney esticou a mão para mim.

— Eu tô cansada — eu disse, porque estava mesmo.

— Acho que você e Miles iam se dar bem! — disse Rooney. Era dolorosamente óbvio o que ela estava tentando fazer.

E eu não queria seguir esse plano.

— Talvez depois! — eu disse.

Miles não pareceu se importar, mas o sorriso de Rooney se dissipou um pouco. Ela se aproximou mais de mim para que Miles não pudesse nos ouvir.

— Só tente! — ela disse. — Você pode só beijar ele e *ver*.

— Ela não está a fim — disse a voz de Jason do outro lado. Eu não tinha percebido que ele estava ouvindo.

— Só estou tentando ajudar.

— Eu sei — disse Jason. — Só que Georgia não quer. Dá pra ver na cara dela.

Rooney o encarou por um longo momento.

— Estou vendo — disse ela. — Interessante.

Miles já tinha saído para ficar mais perto dos amigos, então Rooney se virou para Pip, que também estava escutando a conversa com uma expressão severa, e disse:

— Quintana? Vamos dançar?

Ela disse isso como se estivesse desafiando-a para um duelo, então é claro que Pip aceitou e foi dançar com Rooney como se ela tivesse algo a provar. Rooney não estava sóbria o bastante para entender o que Pip estava tentando dizer: Rooney não a afetava. Exceto que era óbvio que sim. Eu me afundei de volta no sofá com Jason, e ficamos observando Rooney e Pip dançarem.

Quase parecia que Pip estava se divertindo, não fosse pela careta digna do Sr. Darcy cada vez que Rooney se aproximava demais. As luzes piscavam ao redor delas, e, a cada poucos segundos, elas ficavam escondidas de vista por outros corpos que dançavam e rostos sorrindo — mas então voltavam, e estavam um pouco mais próximas uma da outra, balançando com a música. Rooney se curvava acima de Pip, por causa das botas de salto gigantes, mas ela já era alguns centímetros mais alta normalmente, e, quando Rooney colocou os braços ao redor de Pip, eu fiquei preocupada que elas de repente fossem cair, então Pip começou a protestar, só que deve ter sido ignorada, percebendo que foi ela mesma que se colocou nessa situação e agora teria que lidar com isso.

Por um instante, achei que Rooney ia se inclinar e beijar Pip, mas ela não fez isso.

Pip me lançou um olhar, e eu só sorri para ela, então parei de observá-las. Elas não iriam se matar. Eu esperava.

Jason e eu comemos um saco de salgadinhos que Jason tinha conseguido no bar, e ficamos conversando, o que me lembrou do que costumávamos fazer durante o ensaio final do teatro na escola quando nós não participávamos da cena. Pip sempre pegava o papel da protagonista então ficava ocupada o dia todo, mas Jason e eu saíamos de fininho para sentar atrás da cortina em algum lugar, comendo salgadinhos e vendo compilações do TikTok no meu celular, tentando não rir alto demais.

— Está sentindo falta de casa? — Jason perguntou.

Pensei um pouco.

— Não sei. Você?

— Não sei — disse ele, fechando os olhos e jogando a cabeça pra trás. — Quer dizer, estou com um pouco de saudades. — Ele riu. — Estou com saudade dos meus pais, mesmo que eles me liguem todos os dias. E eu já assisti ao filme do Scooby-Doo quatro vezes. Só pra me reconfortar. Só que a escola era infernal. Não tenho saudades da escola.

— Hum.

Por enquanto, a faculdade não era melhor. Ao menos não pra mim.

— Que foi?

— Eu gosto de estar *aqui* — eu disse.

— Na faculdade?

— Não, aqui. Com você.

Jason abriu os olhos de novo e virou pra mim. Ele sorriu.

— Eu também.

— GEORGIA! — gritou Rooney, cambaleando da pista de dança até a gente. — Você encontrou um HOMEM.

— Não — eu disse. — Esse é meu amigo Jason. Lembra?

— Eu sei quem ele é — ela disse, se abaixando na nossa frente. — Eu sei exatamente o que está acontecendo aqui. — Ela apontou um dedo pra mim. — *Você*. — Ela apontou pra Jason. — E *ele*. — Ela juntou as mãos. — Muitos. Sentimentos. Bagunçados.

Eu só sacudi a cabeça, e eu senti Jason se afastar minimamente de mim enquanto dava uma risada desconfortável. Do que Rooney estava falando?

Rooney deu um tapinha no ombro de Jason.

— É legal. Mas você deveria contar pra Georgia.

Jason não falou nada. Eu olhei para ver se ele sabia do que Rooney estava falando, mas o rosto dele não deixava nada transparecer.

— Não entendi — eu disse.

— Você é muito interessante — disse Rooney para Jason —, e muito chato ao mesmo tempo, porque você nunca *faz* nada.

— Eu vou ao banheiro — disse Jason, se levantando com uma expressão no rosto que eu só via quando ele estava bêbado. Irritação profunda. Ele estava genuinamente bravo. Ele se afastou de nós.

— Isso foi bem grosseiro da sua parte — eu disse pra Rooney. Acho que eu estava genuinamente brava também.

— Você sabe que Jason gosta de você?

As palavras me atingiram como um raio.

Você sabe que Jason gosta de você?

Jason. Um dos meus melhores amigos no mundo inteiro. Nós nos conhecíamos havia mais de quatro anos, e passamos mais tempo juntos do que eu era capaz de contabilizar, e eu conhecia o rosto dele tão bem quanto o meu. A gente podia falar tudo um pro outro.

Mas ele não tinha falado *isso* pra mim.

— O quê? — eu grunhi, sem conseguir respirar.

Rooney riu.

— Você está zoando? O *crush* dele em você é tão óbvio que dói de ver.

Como é que isso era *possível*? Eu era excelente em reconhecer sentimentos românticos. Eu sempre sabia quando as pessoas estavam flertando comigo, ou umas com as outras. Eu *sempre* sabia quando Pip e Jason tinham *crushes* em outras pessoas.

Como é que eu tinha deixado isso passar?

— Ele é um cara adorável — disse Rooney, a voz dela mais suave, conforme se sentava no sofá ao meu lado. — Você nunca considerou essa possibilidade?

— Eu... — Eu comecei a dizer a Rooney que eu não gostava dele desse jeito, mas será que eu sequer sabia como era ter sentimentos românticos? Eu havia tido um *crush* no Tommy por sete anos, e, no fim das contas, não tinha sido nada.

Jason *era* um cara amável. Quer dizer, eu o amava.

E então de repente a ideia estava girando no meu cérebro, e eu não conseguia me impedir de ficar *imaginando*. Talvez fosse como todas as comédias românticas americanas a que passei a maior parte da minha adolescência assistindo; talvez Jason e eu *devêssemos* ficar juntos como os dois protagonistas de *De repente 30* ou

A Mentira, e talvez ele tivesse "estado lá o tempo todo", talvez eu só não tivesse me conectado aos meus sentimentos românticos porque eu me sentia tão confortável e segura perto de Jason que eu só o tinha designado como "melhor amigo" quando na verdade ele poderia ser "namorado".

Talvez, se eu me abrisse, se eu me *esforçasse* — talvez Jason fosse o amor da minha vida.

— O que... o que eu faço? — eu sussurrei.

Rooney colocou as mãos de volta no bolso.

— Não sei ainda. Mas — ela ficou em pé, os cabelos cascateando pelos ombros como a capa de um super-herói —, eu acho que vou conseguir resolver essa sua situação de *nunca fui beijada*.

IMATURA

Eu acordei de um sonho naquela noite quando Rooney voltou pro nosso quarto. Ela tinha falado para retornarmos pra faculdade sem ela. Eu não conseguia vê-la direito sem meus óculos, mas ela parecia estar andando na ponta dos pés como um personagem de desenho. Ela ligou a chaleira para fazer a costumeira xícara de chá pós-saída, e, quando abriu o guarda-roupa, vários cabides caíram, fazendo um barulho bem alto. Ela congelou e disse:

— Ai, não.

Coloquei meus óculos bem na hora para vê-la se virando para mim com uma expressão culpada.

— *Desculpa* — ela sussurrou, bem alto.

— Tudo bem — eu murmurei, ainda rouca de sono. Olhei para o meu celular. 5:21 da manhã. Como. *Como* qualquer ser humano conseguia ficar acordado, ainda mais *na balada* por tanto tempo? Eu já tinha cometido meus erros noturnos de fanfics de mais de duzentas mil palavras, mas isso era só ficar na cama lendo. — Não sabia que algum lugar ficava aberto até tão tarde.

Rooney riu.

— Ah, não, não ficam. Eu estava na casa de um cara.

Eu franzi o cenho, um pouco confusa. Só que aí eu entendi. Ela estava na casa de um cara, transando.

— Ah — eu disse. — Legal.

Eu achava mesmo que era legal. Eu sempre tive um pouco de inveja de pessoas que eram tão positivas sexualmente, e se sentiam confortáveis consigo mesmas o bastante pra transar com qualquer um que gostassem. Eu não conseguia nem imaginar me sentir confortável o bastante para deixar alguém me beijar, muito menos ir pra casa de um desconhecido e tirar as roupas.

Ela deu de ombros.

— Não foi ótimo, pra ser sincera. Um pouco decepcionante. Mas, sabe. Por que não? Todo mundo está a fim esta semana.

Eu estava curiosa do porquê desse cara ter sido um pouco decepcionante, mas talvez fosse invasivo demais perguntar.

Rooney então soltou um gemido dramático, virou o corpo e sussurrou:

— *Me esqueci de botar água no Roderick* — então rapidamente encheu uma xícara de água, correu até a sua planta e virou tudo no vaso.

— Você acha que… — eu comecei, mas então parei. O sono estava me fazendo querer ser honesta.

Eu não gostava de ser honesta.

— O quê? — perguntou ela, terminando de cuidar de Roderick. Ela andou até a cama dela e tirou os saltos.

— Você acha que eu sou imatura? — eu perguntei, os olhos inchados, meu cérebro ainda não inteiramente acordado.

— Por que eu acharia isso? — Ela começou a abrir o zíper do macacão.

— Porque eu nunca transei com ninguém nem beijei ninguém nem… nada disso. E eu não estou… ficando com caras e… sabe.

Sendo você. Fazendo o que você faz.

Ela olhou pra mim.

— *Você* acha que você é imatura?

— Não. Só acho que muitas outras pessoas acham isso.

— Elas já te falaram isso?

Eu me lembrei da festa depois da formatura.

— Aham — respondi.

Rooney tirou o macacão e sentou na cama dela só de calcinha e sutiã.

— Que péssimo.

— Então, eu sou?

Rooney hesitou.

— Acho que é incrível que você resistiu a ser pressionada a fazer qualquer coisa até agora. Você não se obrigou a fazer nada que não quisesse fazer. Você não beijou ninguém só porque está com medo de estar perdendo alguma coisa. Acho que é uma das atitudes mais maduras que já vi, na verdade.

Fechei meus olhos e pensei em falar pra ela o que aconteceu com Tommy. Eu quase o tinha beijado.

Só que, quando abri meus olhos de novo, eu a vi só sentada na cama, encarando a foto da Beth de cabelos de sereia. Beth deveria ter sido uma ótima amiga. Era a única foto que Rooney tinha colocado na parede.

Então ela virou a cabeça para me encarar e disse:

— Então, você vai tentar sair com Jason?

Tudo voltou à tona, e isso bastou.

Uma sugestão.

Rooney dizendo: "Você não vai saber até tentar."

Rooney dizendo: "Ele é bem fofo. Você tem certeza de que não gosta dele, talvez, tipo, um pouquinho? Vocês se dão *muito* bem."

Rooney dizendo: "Você age como se vocês fossem feitos um pro outro."

Isso foi o que bastou para eu pensar...

É.

Talvez.

Talvez eu pudesse me apaixonar por Jason.

NÓS AMAMOS MESMO UM DRAMA

A reunião de introdução do Teatro Estudantil de Durham aconteceu quatro dias depois — na terça-feira da minha segunda semana na faculdade — dentro do teatro da assembleia. Rooney quase teve que me arrastar fisicamente até lá depois de eu passar o final de semana inteiro no quarto, exausta depois de cinco dias de socialização intensa, mas eu tinha que ficar lembrando a mim mesma que eu precisava fazer isso, que eu *queria* fazer isso, me abrir mais e ter novas experiências. E Jason e Pip estariam lá, então não seria de todo ruim.

Os assentos estavam quase todos cheios, já que *um monte* de gente estava interessada em ser parte da TED, mas eu e Rooney vimos Pip sentada nos fundos da plateia, então fomos nos juntar a ela. Eu provavelmente deveria ter sentado diplomaticamente entre Rooney e Pip, mas Rooney acabou entrando na fileira de assentos antes de mim, levando a um cumprimento muito estranho entre as duas.

Instantes depois, Jason chegou. Ele estava arfando e parecia um pouco suado.

Eu me perguntei se eu deveria achar isso atraente, tipo quando alguém vai malhar.

— Esse… assento… está ocupado?

Eu sacudi a cabeça

— Não. — Eu pausei enquanto ele sacudiu a camiseta para longe do peito, e então tirou a jaqueta de pelúcia. — Você está bem?

Ele assentiu.

— Eu só corri... desde a biblioteca... e agora eu estou morrendo.

— Você chegou bem na hora.

— Eu sei. — Ele se virou e olhou para mim de verdade, me oferecendo um sorriso caloroso. — Oi.

Eu sorri de volta.

— Oi.

— Então você tem certeza de que quer fazer isso?

— Aham. E mesmo se não tivesse, acho que teria sido obrigada por essas duas. — Apontei para Rooney e Pip, que estavam ignorando uma à outra.

— Verdade. — Ele cruzou uma perna por cima da outra, e não me deu a chance de dizer nada antes de começar a vasculhar a mochila. Depois de um instante, ele tirou um pacote aberto de pipoca salgada tamanho família e me ofereceu. — Pipoca?

Eu estiquei a mão e peguei um punhado.

— Salgada. Você é um herói.

— Nem todos nós usamos capa.

Eu estava prestes a concordar, mas então as luzes diminuíram, como se estivéssemos prestes a assistir a uma peça de teatro de verdade, e a primeira reunião do Teatro Estudantil de Durham do ano começou.

O nome da presidente era Sadie, e ela tinha a voz mais clara e envolvente que eu já tinha ouvido. Ela explicou o sistema da TED, que era incrivelmente complicado, mas a ideia principal era que cada sociedade dentro da TED ganhava um tanto de orçamento para fazer uma produção própria, criada inteiramente pelos alunos dentro daquela sociedade. Rooney estava anotando várias coisas enquanto Sadie explicava.

A reunião durou uma hora, e Jason e eu ficamos sentados e dividimos a pipoca o tempo todo. Era pra isso significar alguma coisa? Isso era um flerte? Não. Não, isso era só uma coisa que amigos faziam, certo? Éramos só Jason e eu sendo normais.

Achei que eu *soubesse* esse tipo de coisa. Eu *entendia* flertes. Só que agora, quando se tratava de Jason, eu não fazia ideia do que pensar.

Quando a reunião finalmente acabou, Rooney e Pip foram se juntar à fila de calouros que tinham algo para perguntar para a Presidente Sadie. Elas andaram juntas, mas não olharam uma para a outra.

Jason e eu ficamos nos nossos assentos lembrando as histórias mais engraçadas do grupo de teatro juvenil. De *Hairspray,* quando o diretor musical baixou a versão genérica da trilha sonora e todas as músicas soavam errado. De *Drácula,* quando Pip escorregou em sangue falso e rasgou as cortinas do palco. De *Romeu e Julieta,* quando Jason e eu estávamos pintando o cenário e ficamos presos na sacada por duas horas porque todo mundo tinha saído para comer e esqueceu que estávamos lá.

Talvez tenha sido o fato de eu estar rodeada por pessoas barulhentas do teatro durante a última hora.

Talvez tenha sido o fato de que eu genuinamente gostava de Jason desse jeito.

Seja lá o que foi, me deu confiança pra dizer:

— Então, eu estava pensando... nós deveríamos... fazer alguma coisa.

Ele ergueu as sobrancelhas, intrigado.

— Alguma coisa?

Ai meu Deus. Por que eu estava fazendo isso? *Como* eu estava fazendo isso? Eu tinha sido possuída pelo espírito de alguém que tinha autoconfiança de verdade?

— É — falei. — Sei lá. Ir ao cinema, ou — Espera. Que coisas divertidas as pessoas faziam em encontros? Vasculhei meu cérebro, mas de repente todas as fanfics que eu tinha lido foram deletadas da minha memória. — Comer... alguma coisa.

Jason me encarou.

— Georgia, o que você está fazendo?

— É que... a gente... deveria sair.

— A gente sai o tempo todo.

— Quero dizer só nós dois.

— Por que só nós dois?

Houve uma pausa.

E então ele pareceu entender.

Os olhos dele se arregalaram. Ele se afastou de mim, e então se aproximou de novo.

— Você... — Ele deixou escapar uma risadinha pequena e incrédula. — Parece que você está me chamando pra um encontro, Georgia.

Fiz uma careta.

— Hum. Bom, é.

E então ele disse:

— Por quê?

Não era exatamente como eu esperava que ele reagisse.

— Eu só... — hesitei. — Acho que... não sei. Eu quero. Ir num encontro com você. Se você também quiser.

Ele só continuou encarando.

— Se você não quiser, tudo bem. Dá pra gente esquecer esse assunto.

Consigo sentir minhas bochechas esquentando. Não porque Jason estava me deixando particularmente envergonhada, mas porque eu era um desastre, e tudo que eu fazia era um erro trágico.

— Ok — ele disse. — É. Vamos fazer isso.

— Sério?

— Sério.

Nós nos encaramos. Jason era um cara atraente, e era uma boa pessoa também. Ele era claramente o tipo de pessoa de quem eu deveria gostar romanticamente. De quem eu *poderia* gostar romanticamente. Ele parecia um namorado.

Eu amava a personalidade dele. Eu amava a personalidade dele havia anos.

Então eu poderia me *apaixonar* por ele. Com um pouco de esforço. Definitivamente.

Jason foi embora correndo para uma aula, me deixando um pouco chocada porque eu tinha conseguido fazer o que acabara de fazer, mas logo fiquei distraída pelas vozes erguidas na frente do auditório. Vozes que pertenciam à Rooney e Sadie, a presidente da TED.

Quase não havia mais ninguém no teatro agora, então fui até onde Rooney e Pip estavam em frente ao palco com Sadie. Pip estava sentada na fileira do gargarejo, assistindo à conversa — ou discussão, eu ainda não tinha certeza — acontecer.

— Nós só temos orçamento para uma nova sociedade esse ano — disse Sadie, firme. — E já foi dado à Sociedade de Mímica.

— *Sociedade de Mímica?* — Rooney rugiu. — Você está zoando? Desde quando *mímica* é mais importante do que *Shakespeare*?

Sadie lançou a ela um olhar como se estivesse muito, muito cansada de ter que lidar com gente como Rooney.

— Nós da TED não gostamos de esnobismo.

— Eu não estou sendo *esnobe*, eu só... — Rooney respirou fundo, claramente tentando não gritar. — Eu só não entendo o porquê de vocês terem se livrado da Sociedade Shakespeare, pra começo de conversa!

— Porque não tinha membros o suficiente para continuar — disse Sadie, calma.

Sentei ao lado de Pip na primeira fila. Ela se inclinou para mim e sussurrou:

— Eu só queria perguntar qual seria a Peça dos Calouros esse ano.

— E qual é?

— Não faço ideia. Essa discussão ainda está acontecendo.

— E se eu mesma financiasse a sociedade? — Rooney perguntou.

Sadie ergueu uma sobrancelha.

— Continue.

— Eu... não preciso de nenhum dinheiro da TED. Eu só quero fazer uma peça de Shakespeare. — Ela parecia genuinamente *desesperada*. Eu não fazia ideia de que ela se importava tanto com isso, pra ser sincera.

— Você sabe quanto dinheiro custa pra montar uma peça?

— Hum... não, mas...

— Alugar o teatro? As fantasias? O cenário? Espaço de ensaio? Tudo isso usando o tempo e os recursos da TED?

— Bem, não, mas eu...

Sadie suspirou de novo.

— Você precisa de pelo menos cinco membros para contar como uma sociedade — disse ela. — E vou alugar o teatro para você para *uma* apresentação.

Rooney fechou a boca. Piscou uma vez. Então disse:

— Espera, sério?

— Não vou mentir, só estou fazendo isso pra você parar de me encher o saco. — Sadie tirou um caderno de baixo de uma pilha de folhetos que estava com ela no palco. — Quem são seus membros?

— Rooney Bach — disse Rooney, então olhou para mim e para Pip.

Não tivemos tempo de protestar.

— Felipa Quintana — disse Rooney.

— Pera aí, não — disse Pip.

— Georgia Warr.

— Quê? — eu perguntei.

— E Jason Farley-Shaw.

— Isso não é um crime? — disse Pip.

— Quem é o quinto? — perguntou Sadie.

— Hum — Rooney hesitou. Eu achei que ela ia só apresentar o nome de um dos seus muitos amigos, mas parecia que ela não conseguia pensar em ninguém. — Er, acho que não temos um quinto membro ainda.

— Bom, é melhor você arrumar um rápido, ok? Nós vamos financiar isso. Eu preciso saber que você está levando isso a sério.

— Eu estou.

— Façam uma boa peça até o fim do ano, e eu vou considerar dar um financiamento completo pra vocês no ano que vem. Isso parece razoável?

— Hum. Sim. Claro. — Rooney descruzou os braços. — O-obrigada.

— De nada. — Sadie esticou o braço para pegar uma garrafa de plástico e tomou um gole profundo, o que me fez pensar que seja lá o que fosse o conteúdo, não era água. — Eu não acho que você entenda o quanto de trabalho dá fazer uma peça. Precisa ser *boa*, ok? Algumas de nossas peças vão pro festival de artes Edinburgh Fringe.

— Vai ser boa — disse Rooney, assentindo. — Prometo.

— Ok. — Sadie olhou diretamente para mim quando ela disse, em tom sério: — Bem-vinda ao Teatro Estudantil de Durham. Nós amamos mesmo um drama.

* * *

— Eu não entendo por que você simplesmente não me deixa ganhar essa e faz parte da minha peça — Rooney brigou com Pip enquanto nós voltávamos pra faculdade. — O que você ia fazer? Se alistar na Sociedade de Mímica?

— Eu ia fazer a Peça dos Calouros como uma caloura *normal* — Pip brigou de volta. — Eles vão fazer *A importância de ser prudente*, pelo amor de Deus. É um clássico.

— Shakespeare significa *muito* pra mim, ok? É basicamente uma das únicas coisas de que eu gostava na escola...

— E é pra eu esquecer meus hobbies e interesses porque você tem uma história triste? Aqui não é a porra do X Factor.

Eu estava andando alguns passos atrás de Pip e Rooney enquanto elas brigavam, as vozes ficando gradualmente mais e mais altas. As pessoas ao nosso redor na rua começaram a observar a cena conforme passavam.

Pip se abraçou mais na jaqueta bomber e passou a mão no cabelo.

— Eu sei que você era tipo uma estrela no teatro da sua escola, mas, tipo, eu também era, e você não pode só chegar aqui e fingir que você é melhor do que eu só porque você gosta de Shakespeare.

Rooney cruzou os braços.

— Bom, *eu* acho que fazer Shakespeare é um pouco mais digno de nota do que uma peça qualquer de comédia.

— *Peça qualquer de comédia?* Peça desculpas pro Oscar Wilde agora mesmo, caralho!

Rooney travou, fazendo todas nós pararmos. Eu estava contemplando correr pra dentro do café mais próximo. Ela deu um passo pequeno na direção de Pip, então pareceu mudar de ideia, e deu um passo para trás, mantendo uma distância segura entre elas.

— Você só está aqui pra *se divertir*. Bom, eu estou aqui pra fazer alguma coisa significativa de verdade.

Pip sacudiu a cabeça.

— Mas que *porra* você está *falando*, cara? É a sociedade de teatro. Não um partido político.

— Argh, você é tão *irritante*.

— Você também!

Houve um momento de silêncio.

— Entra na minha sociedade, por favor — disse Rooney. — Preciso de cinco membros.

Pip olhou para ela sem mudar de expressão.

— Qual peça você vai fazer?

— Ainda não sei.

— Pode ser uma comédia? Não vou entrar se a gente for fazer uma daquelas peças históricas chatas.

— Vai ser uma comédia ou tragédia. Sem peças históricas.

Pip estreitou os olhos.

— Vou pensar no seu caso — disse ela.

— Sério?

— Sério. Mas eu ainda não gosto de você.

Rooney sorriu abertamente.

— Eu sei.

Pip foi na direção de Castle, deixando Rooney e eu sozinhas na rua de paralelepípedos ao lado da catedral.

— O que acabou de acontecer? — perguntei.

Rooney soltou um longo fôlego. Então ela sorriu.

— Nós vamos fazer uma peça.

HABILIDADE DE ENCONTRO

Eu tinha de alguma forma convidado um dos meus melhores amigos para um encontro, e não tinha jeito de voltar atrás, o que significava que eu provavelmente precisava seguir e ir de verdade a um encontro com Jason Farley-Shaw. Ele acabou me mandando uma mensagem no dia seguinte à reunião da TED.

Jason Farley-Shaw
Oi ☺ Então, que tal aquele filme/comida?

Recebi a mensagem enquanto Rooney e eu estávamos em uma aula de introdução à poesia, então, em vez de escutar o professor monologar sobre Keats, passei uma hora analisando a mensagem. Eu não abri, mas podia ler tudo da minha tela principal. Eu não queria abrir, porque não queria que ele soubesse que eu tinha lido, porque, se ele soubesse, eu teria que responder para que ele não achasse que eu o estava ignorando, e por alguma razão, a ideia de prosseguir com esse incrivelmente novo e incrivelmente estranho flerte com Jason estava querendo me fazer trancar a faculdade e ser aprendiz de encanador do meu irmão.

O emoji muito normal de carinha feliz e o único ponto de interrogação sensato eram extremamente *contra* o caráter de Jason, o que sugeria que ele também tinha pensado demais nessa conversa. Como eu deveria responder? Eu deveria ser educada e me adequar a regras gramaticais? Ou deveria mandar memes logo de cara, como sempre? Como é que isso funcionava?

Para ser absoluta e inteiramente honesta, eu não queria ir a um encontro com ele de jeito nenhum.

Mas eu queria *querer* ir a um encontro com ele.

Essa era a essência do problema.

— Por que você está encarando seu celular como se você quisesse que ele explodisse com o poder da sua mente? — perguntou Rooney ao voltarmos pro quarto depois de sair da aula.

Eu decidi ser sincera. Rooney provavelmente saberia como lidar com isso.

— Jason me mandou uma mensagem — eu disse.

— Ah! — Ela jogou a mochila no chão e se largou na cama, chutando seus All Star e tirando o cabelo do rabo de cavalo. — Legal. O que ele disse?

Sentada na minha própria cama, estiquei meu celular pra ela ver.

— Eu meio que o chamei pra um encontro ontem.

Rooney pulou da cama dela.

— Você fez *O QUÊ*?

Eu hesitei.

— Hum. Chamei ele pra um encontro. Isso foi... errado?

Ela me encarou por um bom tempo.

— Eu não te entendo — disse ela, finalmente.

— Sei.

Ela sentou de novo, pressionando os dedos contra os lábios.

— Ok, bom... bom. Isso é bom. — Ela respirou fundo. — Como isso *aconteceu*?

— Sei lá, eu só estava pensando nisso depois do que você disse e, quer dizer, acho que pensei, tipo, eu *percebi*... — Cruzei meus braços. — Eu gosto.

— Você gosta do quê?

— Dele.

— Romanticamente?

— Hum.

— Sexualmente?

Eu gaguejei alto, porque de repente eu estava imaginando fazer sexo com Jason.

— Quem pensa em sexo assim tão rápido?

Rooney soltou um barulho do fundo da garganta.

— Eu.

— Enfim, eu gosto dele. — Eu *gosto*. Eu gostava. Provavelmente gostava.

— Ah, eu *sei* que você gosta. Vi isso desde o momento que eu o vi. — Ela suspirou, feliz. — É tipo um filme.

— Eu não sei o que mandar de volta na mensagem — falei. — Me ajuda.

Eu fiquei um pouco envergonhada. Isso era uma coisa simples, pelo amor de Jesus Cristo. Era uma habilidade de encontro do nível de alguém de doze anos.

Rooney piscou. Então ela levantou da cama, foi até mim, e gesticulou para que eu abrisse espaço. Eu obedeci, e ela se jogou no edredom ao meu lado, pegando o celular das minhas mãos. Ela abriu a mensagem antes que eu pudesse impedi-la.

Eu fiquei observando enquanto ela lia.

— Ok — ela disse, e então digitou uma mensagem por mim e mandou.

Georgia Warr
Claro! Você está livre essa semana?

— Ah — falei.

Ela colocou o celular de volta nas minhas mãos.

Eu esperei que ela me perguntasse o porquê de eu não conseguir cumprir uma tarefa tão simples. Esperei que ela talvez fosse rir, de um jeito cuidadoso, sobre como eu estava entrando em pânico por causa disso.

Ela ficou me olhando, e eu esperei ela perguntar: *Foi assim tão difícil? Por que você mesma não fez isso? Você quer de fato falar com Jason? O seu pânico é porque você tem um crush nele ou você só está em pânico porque você nem sabe o que você está fazendo, ou o porquê de estar fazendo, ou se você sequer quer estar fazendo isso? Você está em pânico porque, se você nem mesmo quer fazer isso, talvez você nunca queira fazer isso?*

Só que, em vez disso, ela só sorriu e disse:

— De nada.

DIRETO DE UM ROMANCE

Jason e eu combinamos nosso encontro para aquele sábado, o que significava que eu tinha cinco dias inteiros para entrar em pânico.

Felizmente, a minha segunda semana na faculdade serviu de distração.

Tanto Rooney quanto eu agora éramos obrigadas a encarar *trabalhos de faculdade de verdade* — aulas de verdade e seminários e ler dez livros inteiros em quatro semanas. E ainda estávamos nos acostumando com viver nossa vida juntas. Sempre íamos às aulas e ao almoço juntas, mas ela gostava de descer para o bar à noite ou ir pra balada com outros amigos, enquanto eu preferia ficar sentada na cama comendo biscoito e lendo fanfic. Às vezes Rooney falava comigo sobre as ideias que tinha sobre a peça de Shakespeare, conversando animada sobre como ela faria o cenário, as fantasias e a encenação, outras vezes nós só conversávamos sobre qualquer coisa — séries de TV, fofocas da faculdade, nossas vidas em casa.

Eu não entendia por que Rooney tinha me escolhido. Obviamente, ela poderia ter qualquer um que quisesse do jeito que quisesse — amigo, parceiro, ficante, até alguém pra trocar farpas amigavelmente. Só que, mesmo conseguindo fazer amizade com qualquer um e ter ao menos cinquenta conhecidos, era comigo que ela comia, e andava por Durham, e com quem passava tempo se ela não estava indo a festas.

Eu provavelmente só era conveniente. Essa era a natureza de colegas de quarto.

Só que ao todo, era ok. Eu era ok. Talvez eu não fosse a socialite que eu estava esperando ser quando vim pra faculdade, mas morar com Rooney era *ok*, e eu tinha até conseguido marcar um encontro com alguém. Um encontro romântico de verdade.

As coisas estavam melhorando.

Acontece que não tinha nada de interessante pra fazer em Durham fora comer, beber e ir ao cinema. A não ser que você gostasse de olhar prédios velhos. Mas até mesmo isso ficava cansativo depois de você passar todo dia por eles no caminho para o supermercado.

Eu queria pensar em algo que fosse divertido de verdade pra fazer com Jason, tipo patinação no gelo ou boliche ou um desses bares legais que também têm minigolfe. Só que Jason imediatamente sugeriu irmos para a sorveteria na rua Saddler, e eu não tinha nada melhor pra sugerir, então concordei. Além de que, sorvete é ótimo.

— Você vai pro seu encontro? — Rooney perguntou, quando eu estava prestes a sair do nosso quarto sábado à tarde, uns dez minutos antes do horário marcado. Ela examinou minha roupa de cima a baixo.

— Sim? — eu falei, olhando pra mim mesma.

Eu estava vestindo minhas roupas normais — jeans de cintura alta, um suéter de lã curto e meu casaco. Achei que eu parecia bonitinha, na verdade, do meu jeito de sempre, de vendedora de livros acolhedora. Nós só estávamos indo tomar sorvete, pelo amor de Deus.

— Você está fofa — disse Rooney, e senti que ela estava sendo sincera.

— Valeu.

— Você está animada?

Na verdade, não. Achei que era porque estava nervosa. Todo mundo ficava nervoso para o primeiro encontro. E eu estava *muito* nervosa. Eu sabia que precisava me acalmar e ser eu mesma, e se eu não sentisse aquela faísca depois de um tempo, então só não era pra ser.

No entanto, eu também sabia que essa era a chance de eu finalmente experimentar o romance e ser alguém que tem experiências divertidas e legais, e que não vai morrer sozinha.

Sem pressão, né.

— Pistache — disse Jason, olhando pra minha escolha de sorvete conforme íamos nos sentar à mesa. Ele estava usando a mesma jaqueta de pelúcia, que eu amava porque me dava sensação de familiaridade e conforto. — Eu esqueci que você é um gremlin nojento quando se trata de sorvete.

A sorveteria era bonitinha, pequena e decorada com tons pastéis e flores. Eu admirei Jason por sugerir o lugar. Parecia que tinha saído direto de um romance.

Eu olhei para a escolha dele de sorvete.

— Creme? Quando eles têm sorvete de cookies?

— Não maltrate o sorvete de creme. É um clássico. — Ele colocou uma colher na boca e sorriu.

Eu ergui minhas sobrancelhas.

— Eu esqueci o quanto você é sem graça.

— Eu não sou sem graça!

— É uma escolha sem graça. Só isso que estou dizendo.

Nós sentamos à pequena mesinha redonda da sorveteria e conversamos durante uma hora.

Falamos sobre a faculdade na maior parte do tempo. Jason explicou que as aulas de história já estavam um pouco chatas, e eu reclamei da quantidade de material na minha lista de leitura.

Jason admitiu que ele não achava que o estilo de vida de beber e baladas era pra ele, e eu disse que sentia o mesmo. Passamos um tempão falando sobre como nós dois ficamos enormemente decepcionados com a Semana dos Calouros — que havia sido divulgada como a melhor semana de toda a sua vida universitária, e que no fim era só uma semana de bebida infinita, baladas nojentas, e fracassar em fazer amigos de verdade.

Finalmente, a conversa diminuiu um pouco, porque nós nos conhecíamos havia anos, e já tínhamos tido dezenas, se não centenas, de conversas profundas. Nós já estávamos na altura em que o silêncio não parecia constrangedor. A gente já se *conhecia*.

Só que a gente não sabia fazer isso.

Ser romântico.

Ir a *encontros*.

— Isso é esquisito, né? — Jason disse. Nós já tínhamos terminado o sorvete havia tempos.

Eu estava apoiada na minha mão, o cotovelo na mesa.

— O que é esquisito?

Jason olhou para baixo, um pouco envergonhado.

— Bem... o fato de que nós... sabe... estamos fazendo isso.

Ah. É.

— É... — Eu não sabia exatamente o que dizer. — Acho que sim. Um pouco.

Jason manteve seus olhos firmemente voltados para baixo, sem olhar pra mim.

— Fiquei pensando nisso a semana inteira e eu só... quer dizer, eu nem pensei que você poderia gostar de mim dessa forma.

Nem eu. Só que até aí, eu não fazia ideia de como "gostar de alguém dessa forma" deveria ser. Se fosse para eu ficar com alguém, provavelmente seria ele.

A voz dele ficou um pouco mais silenciosa, e ele sorriu, envergonhado, como se ele não quisesse que eu visse o quão nervoso ele estava.

— Você só está fazendo isso por causa do que Rooney disse quando fomos pra balada aquele dia?

Eu me empertiguei.

— Não, não... bom, talvez, um pouquinho? Eu achei que ela falar em voz alta me fez *perceber* propriamente o que eu queria. Então... eu acho que *comecei* a pensar nisso depois, e... foi isso. Só tinha a sensação de... acho que parecia a coisa certa a se fazer.

Jason assentiu, e eu torci pra que eu estivesse fazendo sentido.

Eu precisava ser sincera. Jason era meu melhor amigo. Eu precisava fazer isso funcionar, e também respeitar o meu próprio tempo.

Eu amava Jason. Eu sabia que podia ser sincera com ele.

— Você sabe que eu nunca fiz isso antes — eu falei.

Ele assentiu de novo. Entendendo.

— Eu sei.

— Eu... quero ir devagar.

Ele ficou um pouco vermelho.

— É. Claro.

— Eu gosto de você — eu disse. Ao menos, eu pensava que sim. Eu poderia, se eu tentasse, se eu me *encorajasse*, se eu fingisse que fosse real até realmente *ser*. — Quer dizer, eu acho que posso... eu quero dar uma chance, e eu não quero me arrepender de nada quando estiver no meu leito de morte.

— Ok.

— Eu só não sei bem o que eu estou fazendo. Tipo. Teoricamente, sim, mas na prática... não.

— Ok. Tudo bem.

— Ok. — Eu acho que também estava ficando um pouco vermelha. Minhas bochechas pareciam quentes. Era porque eu estava sem graça perto de Jason ou porque essa coisa toda era esquisita de se falar?

— Eu não me importo de ir devagar — disse Jason. — Tipo, todas minhas experiências românticas até agora foram um pouco merda.

Eu sabia tudo sobre as experiências românticas passadas de Jason. Eu sabia que o primeiro beijo dele foi com uma menina que ele achou que gostava, só que o beijo foi tão ruim que ele não quis tentar de novo por um tempo. E eu sabia tudo sobre a namorada com quem ele tinha ficado por cinco meses quando estávamos no último ano — Aimee, que estava no nosso grupo de teatro. Aimee era meio irritante de um jeito *Jason é minha propriedade e eu não quero que ninguém fique perto dele*, e Pip e eu nunca gostamos dela, mas Jason tinha ficado feliz por um tempo, então apoiamos o relacionamento.

Ou, ao menos, fizemos isso até descobrirmos que Aimee tinha feito um monte de comentários pro Jason sobre como ele não podia sair com certas pessoas, e que ele precisava parar de falar com outras meninas — incluindo Pip e eu. Jason aguentou isso por *meses* até ele perceber que ela era, de fato, uma pessoa tóxica.

Jason tinha transado pela primeira vez com ela, e me irritava que ele tinha tido essa experiência com alguém que era assim.

— Isso não vai ser uma merda — eu disse, então reformulei a frase. — Isso não vai ser uma merda, né?

— Não — disse ele. — Definitivamente não.

— Nós vamos devagar.

— Sim. Isso é território novo.

— Aham.

— E se não funcionar... — Jason começou, então pareceu mudar de ideia sobre o que ia dizer.

Vou ser sincera: eu ainda não tinha certeza de que estava a fim de Jason. Ele era muito legal, engraçado, interessante e atraente, mas eu não sabia se eu estava *sentindo* alguma coisa que não fosse uma amizade platônica.

Só que eu nunca saberia a não ser que eu insistisse. A não ser que eu tentasse.

E se não funcionasse, Jason entenderia.

— Nós ainda vamos ser amigos — eu concluí. — Não importa o que aconteça.

— Sim.

Jason se inclinou de volta na cadeira e cruzou os braços, e, meu Deus, eu fiquei feliz que estava fazendo isso com Jason e não com uma pessoa aleatória que não me conhecia, que não entenderia, que ia esperar coisas de mim e me acharia esquisita quando eu não quisesse...

— Tem outra coisa sobre a qual deveríamos conversar — disse Jason.

— O quê?

— O que nós vamos falar pra Pip?

Fez-se um silêncio. Eu honestamente não tinha nem pensado em como Pip se sentiria sobre isso.

Alguma coisa me dizia que ela não ficaria feliz com seus dois melhores amigos virando um casal e distorcendo de forma considerável as dinâmicas do nosso grupo de amigos.

— A gente deveria falar pra ela — eu disse. — Quando encontrarmos uma boa hora.

— Sim. Concordo. — Jason parecia aliviado que eu tivesse dito isso. Que ele não precisava ser a pessoa a sugerir isso.

— É melhor só falar a verdade.

— É.

Quando deixamos a sorveteria, nos abraçamos, e parecia um abraço normal pra gente. Um abraço normal de Jason e Georgia, o tipo de abraço que compartilhávamos havia anos.

Não teve nenhum momento estranho onde parecia que íamos nos beijar. Acho que não tínhamos chegado a esse ponto.

Isso viria depois.

E eu estava bem com isso.

Era isso que eu *queria*.

Eu acho.

É.

A FAÍSCA

Quando Rooney voltou pro nosso quarto naquela noite, ela queria ouvir todos os detalhes do meu encontro com Jason. Eu teria ficado bem com isso, se não fossem 4:38 da manhã.

— Então foi bom? — ela perguntou depois que eu tinha terminado de descrever tudo, embrulhada no meu edredom como um burrito.

— Sim? — eu disse.

— Tem certeza? — ela perguntou. Ela estava sentada na própria cama, uma xícara de chá em uma mão e um lenço removedor de maquiagem na outra.

Eu franzi o cenho.

— Por quê?

— Você só... — Ela deu de ombros. — Não pareceu muito entusiasmada.

— Ah — eu disse. — Quer dizer, acho que eu...

— Quê?

— Eu não sei se eu gosto dele dessa forma ainda. Sei lá.

Rooney fez uma pausa.

— Bom, se a faísca não está lá, a faísca não está lá.

— Não, a gente se dá superbem. Tipo, eu o amo como pessoa.

— Tá, mas a faísca está lá?

Como é que era pra eu saber disso? Que porra era essa *faísca*? Qual era a sensação dessa *faísca*?

Eu achei que eu sabia qual seria a sensação de todas as coisas românticas — *borboletas* no estômago, a *faísca* e simplesmente *saber* que você gosta de alguém. Eu já tinha lido sobre esses sentimentos centenas de vezes em livros e fanfics. Eu já tinha assistido a mais comédias românticas do que era normal pra uma garota de dezoito anos.

Só que agora eu estava começando a me perguntar se só não tinham inventado todas essas coisas.

— ... Talvez? — eu disse.

— Bom, talvez valha a pena esperar e ver no que dá, então. Quando você sabe, você sabe.

Isso meio que me fez querer gritar. Eu não sabia *como* saber. Honestamente, se eu tivesse algum tipo de sentimentos por meninas, eu *teria* questionado minha sexualidade. Talvez *meninos* fossem o problema.

— Como é a sensação quando *você* sente a faísca? — perguntei. — Tipo, hoje à noite. Você... presumo que estava com um cara?

A expressão dela mudou imediatamente.

— Isso é diferente.

— Espera, como? Por quê?

Ela ficou em pé da cama e me deu as costas, pegando o pijama.

— É só diferente. Não é nada parecido com a sua situação.

— Só estou perguntando.

— Eu transar com um cara aleatório não é parecido com você namorar seu melhor amigo. Os cenários são outros.

Eu pisquei. Ela provavelmente estava certa sobre isso.

— Então por que você transa com caras aleatórios? — perguntei.

Assim que eu disse aquelas palavras, percebi que era uma pergunta muito direta e invasiva. Só que eu queria *mesmo* saber. Não era como se eu a estivesse julgando — sinceramente, eu queria ter a confiança dela. Só que eu não entendia como ela conseguia, na verdade. Ou o *porquê* de ela querer. Por que alguém iria pra casa de um estranho tirar as roupas quando dava pra ficar em casa e se masturbar confortavelmente, de forma segura? Os resultados finais certamente eram os mesmos.

Rooney virou novamente. Ela me lançou um longo olhar indecifrável.

— Pra valer? — ela perguntou.

— Sim — respondi.

— Eu só *gosto* de transar — ela disse. — Eu estou solteira e gosto de sexo, então eu transo. É divertido porque eu me sinto bem. Eu não sinto nenhuma "faísca" porque não é sobre romance. É uma coisa física e casual.

Eu tinha a sensação de que ela estava falando a verdade. Era só isso mesmo.

— Enfim — ela continuou —, nós temos coisas *muito* mais importantes pra nos preocupar nesse momento.

— Tipo o quê?

— Tipo a Sociedade Shakespeare. — Rooney terminou de colocar o pijama e pegou a nécessaire, e foi na direção da porta do nosso quarto. — Vá dormir.

— Ok.

E eu dormi. Só que não antes de ficar um tempo pensando na faísca. Parecia algo mágico. Algo saído de um conto de fadas. No entanto, eu não conseguia imaginar qual era a sensação. Era algo físico? Era só intuição?

Por que eu não tinha sentido isso? *Nunca?*

No domingo daquela segunda semana, Rooney e eu estávamos só passando tempo no nosso quarto quando alguém bateu na porta. Quando Rooney abriu, ao menos trinta dos conhecidos entraram, trazendo bexigas, confete e serpentina, então um cara se ajoelhou na frente de todo mundo e pediu pra Rooney ser a esposa da faculdade dele.

Rooney deu um grito e pulou em cima dele, soterrando-o em um abraço apertado, concordando em ser sua esposa da faculdade. E foi isso. Eu vi a coisa toda acontecer da minha cama, entretida de verdade. Foi meio adorável.

Depois que todo mundo foi embora, ajudei Rooney a limpar o resto dos confetes e serpentinas. Demorou uma hora inteira.

Ela tinha saído algumas vezes naquela semana, e sempre voltava com uma *história* — um ficante, ou uma fuga bêbada, ou algum tipo de drama da faculdade. Eu sempre escutava, fascinada, e com um pouco de inveja, de um jeito confuso. Uma parte de mim queria esse tipo de empolgação pra minha vida, mas ao mesmo tempo a ideia de ter uma noite assim me enchia de terror. Eu sabia que eu não queria de *verdade* ficar com um estranho enquanto estava bêbada, por mais que isso parecesse divertido do outro lado da história. Eu não precisava, de qualquer forma, agora que tinha essa coisa com Jason.

Eu queria *ser* Rooney quando eu a conheci. Eu achei que precisava copiá-la.

Agora eu não tinha tanta certeza de que eu conseguiria.

UMA APRESENTAÇÃO PEQUENA, PORÉM IRRESISTÍVEL, POR ROONEY BACH

Rooney me lançou um longo olhar conforme nos sentamos uma de frente para a outra no café da União Estudantil na quarta-feira, na nossa terceira semana da faculdade. Então ela tirou seu MacBook da mochila.

— Do que você está falando? — perguntei.

— Ah, você vai ver. Você vai *ver*.

Ela tinha me arrastado pra cá depois da aula de Literatura Épica dessa manhã, mas tinha se recusado a me contar o motivo, explicando que ela queria fazer a tensão crescer. Isso só fez com que eu ficasse mais irritada.

— Presumo que seja uma coisa da Sociedade Shakespeare — falei.

— Você está correta.

Apesar de não ter sido exatamente minha ideia me juntar à Sociedade Shakespeare, eu tinha ficado genuinamente empolgada de estar envolvida nisso. Era como se eu estivesse de verdade expandindo meus horizontes, tentando algo novo, e, com sorte, traria um ano de ensaios divertidos, conhecer novas pessoas e curtir minha *experiência da faculdade*.

Só que agora parecia que nós seríamos uma sociedade de só quatro pessoas, todas que eu já conhecia, e, sem membros o bastante, nós provavelmente não conseguiríamos nem funcionar como uma sociedade de verdade.

— Já decidiu qual peça vamos fazer?

— Melhor do que isso. — Ela sorriu.

Antes que eu pudesse perguntar o que aquilo significava, Pip chegou, a mochila jogada em cima de um ombro, um livro de química gigante embaixo do braço, e a camisa de botões aberta na parte de cima do torso.

Ela empurrou os óculos pra cima do nariz e se sentou ao meu lado.

— Achei que você teria encontrado uma desculpa pra escapar dessa. Tipo trancar a faculdade ou fugir pras montanhas pra ser uma pastora de bodes.

— Ei! — Eu fiz uma cara decepcionada. — Eu quero estar aqui! Quero ter experiências de faculdade divertidas e criar novas memórias!

— Memórias tipo vomitar quatro vezes em uma única noite?

— Isso com certeza foi uma ocasião excepcional.

Rooney, nos ignorando, olhou pro relógio.

— Agora só estamos esperando pelo Jason.

Pip e eu olhamos pra ela.

— Você realmente conseguiu convencer Jason a vir? — Pip disse. — Ele não me falou que tinha concordado com isso.

— Tenho meus métodos — disse Rooney. — Eu sou muito persuasiva.

— Tá mais para irritante.

— Mesma coisa.

Foi aí que Jason, o quarto membro da nossa trupe de Shakespeare, entrou no café e se sentou ao lado de Rooney, tirando sua jaqueta de pelúcia. Embaixo, ele estava usando roupa de academia, incluindo uma camiseta com o logo "Clube de Remo da Universidade".

— Oi — ele disse.

Pip franziu o cenho pra ele.

— Cara, desde quando você se juntou ao *clube de remo*?

— Desde a feira dos calouros. Você estava literalmente do meu lado quando eu escrevi meu nome na lista.

— Eu não achei que você *ia* de verdade. Eles não treinam tipo seis horas da manhã todo dia?

— Não é todo dia. Só às terças e quintas.

— Por que você se submeteria a uma coisa dessas?

Jason deixou escapar uma risada, apesar de eu conseguir ver que ele estava um pouco irritado.

— Porque eu queria tentar uma coisa nova? Isso é assim tão ruim?

— Não, não. Foi mal. — Pip o cutucou com o cotovelo. — É legal.

Rooney bateu uma palma alto, interrompendo a conversa.

— Atenção, por favor. — Ela virou o MacBook na nossa direção. — A apresentação vai começar agora.

— O quê? — disse Pip.

— Jesus — eu disse.

Na tela estava o primeiro slide de uma apresentação de PowerPoint.

Um pot-pourri Shakespeariano: uma apresentação pequena, porém irresistível, por Rooney Bach

— Pequena… porém irresistível — eu repeti.

— Eu me identifico com essa descrição — Pip falou.

— O que está acontecendo? — perguntou Jason.

Rooney clicou no próximo slide.

Parte 1: A Premissa
- a) Um pot-pourri (uma bela mistura) de várias cenas de Shakespeare (só as boas) (SEM peças históricas)
- b) Cada um de nós faz vários papéis em várias cenas de peças variadas
- c) Todas as cenas exploram o tema do AMOR e vai ser superprofundo e significativo

Isso de fato chamava minha atenção. E parecia ser do interesse de Jason e Pip também, já que os dois se inclinaram pra frente conforme várias imagens apareceram na tela: Leonardo DiCaprio e Claire Danes parecendo traumatizados no filme *Romeu + Julieta*, seguidos por David Tennant e Catherine Tate sentados na produção do West End que fizeram de *Muito barulho por nada*, então uma foto de alguém usando uma máscara de burro, que presumivelmente era parte de *Sonho de uma noite de verão*.

— Eu decidi — disse Rooney — que, em vez de fazer só uma peça, vamos fazer as melhores partes de um monte delas. Só as boas, óbvio. — Ela lançou um olhar pra Pip. — Sem peças históricas. Só comédias e tragédias.

— Odeio dizer isso — disse Pip —, mas essa é uma ideia divertida.

Rooney jogou o rabo de cavalo para trás com uma expressão triunfante.

— Obrigada por admitir que eu estou certa.

— Espera aí, não foi isso que eu...

Jason interrompeu.

— Então vamos fazer vários papéis diferentes?

Rooney assentiu.

— Sim.

— Ah. Legal. É, parece bem divertido.

Ergui minhas sobrancelhas pra ele. Achei que ele preferiria ir pra Sociedade de Teatro Musical, pra falar a verdade. Ele sempre gostou mais de musicais do que de peças.

Jason deu de ombros.

— Eu quero fazer uma peça este ano, e eu sei que, se tentarmos fazer uma audição pra Peça dos Calouros ou pra Sociedade do Teatro Musical, ou não vamos conseguir um papel porque tantas pessoas vão querer participar, ou vamos acabar jogados pra escanteio num papel pequeno. Você se lembra do primeiro ano, quando eu tive que ser uma árvore em *Sonho de uma noite de verão*.

Assenti.

— Uma experiência eletrizante pra você.

— Não estou com nenhuma vontade de desperdiçar um ano da minha vida chegando a ensaios pra só ficar parado e sacudir meus braços ocasionalmente. — Jason olhou pra Rooney. — Ao menos assim sabemos que vamos ter papéis principais e um tanto decente de falas. E estamos fazendo com amigos. Seria *divertido*. — Ele bateu a mão na coxa e se inclinou pra trás na cadeira. — Estou dentro.

Rooney estava exibindo um sorriso largo.

— Eu devia ter te contratado pra fazer a apresentação.

— Meu Deus — disse Pip, cruzando os braços. — Não consigo acreditar que você converteu Jason pro seu lado.

— É que eu sou muito inteligente e charmosa.

— Vai se foder.

Rooney foi pro próximo slide.

Parte 2: O Plano
a) Eu vou decidir quais peças e quais cenas vamos fazer
b) Eu vou dirigir
c) Ensaios semanais até a apresentação em março (VOCÊS PRECISAM COMPARECER A TODOS ELES)

— Espera aí — Pip engasgou, passando uma mão nos cachos. — Quem te coroou *soberana suprema* da Sociedade Shakespeare?

Rooney ofereceu um sorrisinho convencido.

— Acho que fui eu, na verdade, considerando que tudo isso foi ideia minha.

— Tá, mas... — Pip ficou um pouco vermelha. — Eu... Eu acho que deveríamos poder votar em quem vai dirigir.

— Sério?

— Sim.

Rooney se inclinou na mesa para que pudesse ficar encarando Pip diretamente.

— E em quem você vota?

— Eu — Pip pigarreou, sem conseguir manter contato visual. — quero ser codiretora com você.

O sorriso de Rooney sumiu. Ela não falou nada por um momento. E então:

— Por quê?

Pip não se deixou intimidar.

— Porque eu quero.

Essa não era a razão. Eu sabia exatamente o porquê de Pip estar fazendo isso.

Ela queria estar acima de Rooney. Ou ao menos, ser vista como igual.

— Essa é minha condição — disse ela. — Se você quiser que eu seja parte disso, eu vou ser codiretora.

Rooney espremeu os lábios.

— Tá bom.

Pip sorriu abertamente. Ela tinha ganhado essa rodada.

— Seguindo em frente — disse Rooney, e clicou no próximo slide.

Parte 3: O Quinto Membro
   a) Encontrar
   b) Aliciar
   c) A Sociedade Shakespeare é aprovada como uma sociedade completa
   d) SUCESSO

— *Aliciar?* — eu disse.
— Eita — disse Pip.
Jason soltou uma risadinha.
— Parece que estamos tentando seduzir pessoas a entrar pra um culto.
— Bom, é — Rooney bufou. — Eu não sabia bem como escrever essa frase. Nós só precisamos encontrar uma quinta pessoa — ela continuou. — Vocês podem dar uma perguntada pra ver se alguém está interessado? Nada disso importa se não conseguirmos recrutar uma quinta pessoa. Eu vou perguntar também.

Nós três concordamos em perguntar pra pessoas que a gente conhecia, apesar de eu não saber exatamente pra quem eu iria pedir, já que todos meus amigos estavam sentados comigo nessa mesa.

— Você realmente pensou em tudo — disse Pip.
Rooney sorriu.
— Impressionada?
Pip cruzou os braços.
— Não, só... na verdade, não. Você fez o mínimo exigido pelo cargo de direção, e...
— Admite. Você ficou impressionada comigo.
Jason pigarreou.
— Então, ensaio esta semana?

O sorriso de Rooney virou de orelha a orelha. Ela bateu as mãos na mesa, atraindo a atenção da maior parte das pessoas no ambiente.

— *Sim!*

Todos concordamos com uma data e hora, então Pip e Jason precisavam ir embora — Pip, para uma aula em laboratório, e Jason, para um seminário. Assim que eles tinham saído do café, Rooney ficou de pé e se atirou do outro lado da mesa pra me abraçar. Eu só fiquei sentada, deixando que acontecesse.

Era nosso primeiro abraço.

Eu estava prestes a mover meus braços pra abraçá-la de volta quando ela se afastou, sentando-se e ajeitando o rabo de cavalo. O rosto dela voltou a ser o da Rooney de sempre: um sorriso que não parecia exigir esforço.

— Vai ser incrível — disse ela.

Nossa trupe incluía duas estrelas que queriam sempre estar no comando, uma garota que vomitava cada vez que tinha que atuar, e o garoto que possivelmente poderia ser o amor da minha vida.

Seria um desastre absoluto, mas isso não nos impediria.

MÃO E MÃO

— Isso é perfeito — disse Rooney, no exato momento em que Jason tentou entrar na sala e bateu a cabeça no batente tão forte que deixou escapar um barulho como o de um gato assustado.

Em sua defesa, Rooney *tinha* tentado reservar uma sala decente para o nosso primeiro ensaio da Sociedade Shakespeare. Ela tinha tentado reservar uma das salas gigantes nos prédios da universidade perto da catedral, onde as sociedades de teatro e música ensaiavam. Ela também tinha tentado reservar uma sala de aula no prédio da Elvet Riverside onde costumávamos ter aulas ou seminários e faríamos nossas provas no final do ano.

Só que Sadie não estava respondendo os e-mails de Rooney, e sem a autorização da TED, Rooney não podia reservar salas para a Sociedade Shakespeare.

Eu tinha sugerido que a gente podia ensaiar no nosso quarto, só que Rooney insistia que precisávamos de um espaço de ensaios próprio. "Pra ficar no clima", ela tinha dito.

E foi assim que acabamos em uma sala frágil dentro da capela de centenas de anos da faculdade, que tinha um teto tão baixo que Jason, que tinha um metro e noventa, precisava se abaixar um pouco para andar dentro dela. O carpete era desbotado e gasto, e pôsteres de catequese em decomposição decoravam as paredes, mas era silencioso e podíamos usar de graça, o que era tudo que precisávamos.

Pip estava numa ligação de vídeo com os pais quando entrou na sala, falando em espanhol rápido demais para meu nível escolar acompanhar, parecendo um pouco exasperada conforme a mãe continuava a interrompendo.

— Ela está falando com eles faz uma hora — Jason explicou se sentando, massageando a cabeça. Eu sentei na cadeira ao lado dele. Os pais de Pip sempre tinham sido um tanto superprotetores, de um jeito meio fofo. Eu não falava com os meus pais desde a semana anterior.

— Com quem você está falando? — disse Rooney, andando até Pip e espiando por cima do ombro.

— *Quem é essa, nena?* — ouvi o pai de Pip dizer. — *Finalmente arrumou uma namorada?*

— NÃO! — Pip imediatamente chiou. — Ela... definitivamente não é!

Rooney acenou para os pais de Pip com um sorriso aberto.

— Oi! Eu sou a Rooney!

— Eu preciso ir — Pip falou rapidamente para o celular.

— *O que você estuda, Rooney?*

Ela se aproximou mais do celular, e mais perto de Pip, em consequência.

— Inglês! E eu e Pip estamos juntas na Sociedade Shakespeare!

Pip começou a arrumar o cabelo, aparentemente uma estratégia para colocar o braço inteiro entre seu corpo e o de Rooney.

— Vou desligar! Amo vocês! ¡Chau!

— Own — disse Rooney, assim que Pip desligou. — Seus pais são tão fofos. E eles gostaram de mim!

Pip suspirou.

— Agora eles vão perguntar por você toda santa vez que me ligarem.

Rooney deu de ombros e se afastou.

— Claramente eles sabem que eu seria uma ótima namorada. Só estou dizendo.

— Por quê?

— Meu charme e minha inteligência, óbvio. A gente já teve essa conversa.

Esperei Pip retorquir alguma coisa, só que ela não disse nada. Ela ficou um pouco vermelha, e então riu, como se achasse mesmo Rooney engraçada. Rooney se virou, o rabo de cavalo voando no ar, pra observar a cena, com uma expressão indecifrável no rosto.

Precisamos de vinte minutos para de fato conseguir começar o ensaio, em maior parte porque Pip e Rooney não pararam de discutir. Primeiro sobre quem deveria ser Romeu e Julieta, depois sobre qual parte de *Romeu e Julieta* nós iríamos apresentar, e então sobre como apresentaríamos.

Mesmo depois de concordarem em deixar Jason e eu nos papéis de Romeu e Julieta, Pip e Rooney passaram outros quinze minutos batendo os pés pela sala, organizando a cena e veementemente discordando uma da outra sobre literalmente tudo, até que Jason decidiu que a gente provavelmente deveria intervir.

— Isso não está funcionando — disse ele. — Vocês não estão codirigindo.

— Er, *sim*, estamos — disse Pip.

— Nós temos apenas algumas pequenas diferenças artísticas — disse Rooney. — Fora isso, está tudo funcionando bem.

Dei uma risada de escárnio. Pip me lançou um olhar gélido.

Rooney colocou uma mão no quadril.

— Se a Felipa pudesse ao menos chegar a um *meio termo*, então as coisas poderiam andar um pouco mais rápido.

Pip virou para ficar cara a cara com Rooney. Ou ao menos ela tentou, só que não conseguiu bem porque Rooney era muitos centímetros mais alta, mesmo contando com a altura do cabelo de Pip.

— Você *não* tem permissão para me chamar de Felipa — disse ela.

— Isso é ruim — eu murmurei pra Jason. Ele concordou.

— Que tal a gente só improvisar? — perguntou Jason. — Só deixem Georgia e eu fazermos a cena, e depois disso a gente se acerta.

As duas codiretoras concordaram relutantemente, e tudo ficou bem por um breve momento.

Até eu perceber que eu iria atuar numa cena de *Romeu e Julieta* com Jason Farley-Shaw.

Eu amava atuar. Amava poder adentrar em um personagem e fingir ser outra pessoa. Eu adorava poder falar e me comportar de um jeito que eu jamais faria na vida real. E eu sabia que eu era boa nisso também.

Era a parte do *público* que me deixava nervosa, e, nesse caso, era Pip e Rooney. E com a pressão extra de *atuar numa cena romântica com Jason, meu melhor amigo com quem eu estava quase namorando*, era ao menos compreensível que eu estivesse *muito* nervosa ao entrar na cena.

Jason e eu tínhamos exemplares de *Romeu e Julieta* nas mãos — bom, a minha meio que estava no braço porque eu estava usando a minha *Antologia de Oxford de Shakespeare* gigantesca — e ele tinha a primeira fala. Pip e Rooney estavam sentadas em cadeiras, com um assento vazio entre elas, observando.

— *Se eu profano esse altar* — começou Jason —, *assumo o meu pecado; mas pequei gentilmente, ao estender a mão. Meus lábios, palmeirins de aspecto encabulado, hão de apagar, num beijo, a rude intromissão.*

Ok. Entrando no clima. No papel de protagonista romântica.

— *Ofendes tua mão* — disse eu, focando em ler as palavras no livro e tentando não pensar demais —, *honrado peregrino...*

— Ok, Georgia? — Pip interrompeu. — Dá pra você ficar um pouco mais longe de Jason? Só pra enfatizar o *desejo*.

— E então você pode se aproximar um pouco mais dele conforme fala — disse Rooney. — Tipo, essa é a primeira vez que vocês se encontram de verdade, e já estão *obcecados* um pelo outro.

Pip olhou para ela.

— É. Boa ideia.

Rooney encontrou o olhar dela com um franzir leve de sobrancelha.

— Obrigada.

Eu fiz como foi instruído e continuei.

— *Mas ela foi correta e agiu com devoção. Um toque é suficiente ao santo e ao paladino, beijam-se os palmeirins tocando mão e mão.*

— Definitivamente um toque de mãos aí — disse Rooney.

Jason estendeu a mão para mim, e eu a toquei com a minha.

Senti uma onda de pânico me percorrer.

— *As santas não tem boca?* — disse Jason, me encarando diretamente.

Eu conseguia me sentir corar. Não porque eu estava nervosa, ou por causa do romance da cena. Só porque eu estava *desconfortável*.

— *Têm lábios, peregrino* — respondi —, *e os usam para orar.*

— Georgia — disse Pip —, posso ser sincera?

— Claro?

— Isso é pra ser uma cena de flerte intenso, e você só parece que precisa muito cagar.

Eu engasguei com uma risada.

— Uau.

— Eu sei que é só uma leitura mas, tipo, seja romântica?

— Eu estou tentando.

— Está?

— Ai meu *Deus*. — Eu fechei o livro, meio irritada, pra ser sincera. Eu não era má atriz. Atuar era uma das poucas coisas nas quais eu era *excelente*. — Você está sendo dura demais.

— Dá pra gente começar do início?

— Tá.

Jason e eu voltamos às posições e eu abri o livro de novo.

Ok. Eu era *Julieta*. Eu estava apaixonada. Tinha acabado de encontrar esse cara muito gato, um amor proibido, e eu já estava obcecada por ele. Eu conseguia *fazer isso*.

Nós seguimos a leitura até chegar à parte dos "lábios" de novo, a mão de Jason segurando a minha.

— *Que a boca imite as mãos* — disse Jason —, *buscando o mesmo fim. Encostem-se, gentis, os lábios a rezar.*

Jason estava dando o *máximo* de si. Meu Deus, eu estava desconfortável.

— *Um santo não se move enquanto aceita o voto.*

— *Parada, então, recebe a oferta de um devoto.*

Jason de repente olhou pra mim com um pouco de vergonha, e então virou-se para Rooney e Pip, dizendo:

— Presumo que a gente se beije aqui.

Rooney bateu palmas, animada.

— *Sim*.

— Definitivamente — disse Pip.

— Só um beijinho pequeno.

— Sei lá. Acho que dava pra ser um beijo de verdade.

Rooney mexeu as sobrancelhas.

— Aaaah. Felipa *curte* isso.

— Eu preferiria — disse Pip — que você não me chamasse assim.

Pip não gostava mesmo de ser chamada de Felipa. Ela atendia por Pip desde que eu a conhecia. Ela sempre dizia que preferia um nome que parecesse mais masculino e — com a exceção de quando era usado por membros da família — "Felipa" não parecia que pertencia a ela.

Sentindo a mudança de tom na voz de Pip, o sorriso de Rooney desapareceu.

— Ok — disse Rooney, mais genuína do que eu já tinha a ouvido falar com Pip até agora. — Claro. Desculpa.

Pip bagunçou o cabelo e pigarreou.

— Obrigada.

Elas se encararam.

Então Rooney disse:

— Que tal eu te chamar de *Pipinha*, então?

Pip imediatamente pareceu que ia explodir, mas Jason interrompeu antes que isso se transformasse em outra briga:

— Enfim, o beijo.

— Não precisa ser agora — disse Pip, rapidamente.

— Não — Rooney concordou. — Em ensaios futuros, mas não agora.

— Ok — eu disse, e dei um passo para trás, aliviada.

Obviamente eu não queria beijar Jason na frente de um monte de gente. E eu não queria que meu primeiro beijo fosse numa peça.

Era provavelmente por causa disso que eu estava desconfortável. Era provavelmente a razão de eu não estar atuando meu melhor agora.

Era provavelmente porque ser Julieta, um dos papéis mais românticos na história da literatura, me fazia ficar um pouco enjoada.

* * *

— Isso não foi… estranho ou algo assim, foi? — Jason sussurrou pra mim conforme estávamos guardando as coisas vinte minutos depois.

— Quê? Não. Não, foi… tudo bem. Ótimo. Foi tudo ótimo. Você foi ótimo. Nós vamos ser ótimos.

Compensou demais, Georgia.

Ele suspirou, aliviado.

— Ok. Legal.

Eu pensei mais um pouco no assunto e, antes de eu mesma me convencer de não falar nisso, disse:

— Não quero que nosso primeiro beijo seja numa peça.

Jason congelou no meio de empilhar as cadeiras. Só por um instante. As bochechas dele coraram.

— Hum, não. Definitivamente não.

— É.

— É.

Quando nos viramos, eu vi Pip olhando para nós do outro lado da sala, os olhos dela semicerrados, suspeitos. Mas, antes que ela pudesse dizer alguma coisa, Rooney falou.

— Algum de vocês deu uma perguntada pra encontrarmos nosso quinto membro?

— Eu não tenho nenhum outro amigo — eu disse imediatamente, como se todo mundo já não soubesse disso.

Jason saiu da sala para que finalmente pudesse ficar em pé na sua altura.

— Eu posso tentar perguntar pra alguns dos meus amigos da Castle, mas eu não acho que eles fazem o tipo teatral.

— Eu já perguntei aos meus amigos da Castle — disse Pip. — Eles falaram não. — Ela se virou pra Rooney. — Você não tem tipo, uns cinquenta melhores amigos? Você não pode encontrar alguém?

A expressão de Rooney congelou, e, por um breve momento, ela parecia genuinamente brava. Só que então desapareceu. Ela revirou os olhos e disse:

— Eu não tenho cinquenta amigos. — Só que também não disse mais nada.

Eu tinha que concordar com Pip. Era um pouco estranho que Rooney, que saía pra festas ao menos duas vezes por semana e ia para o bar da faculdade quase todos os outros dias, não tinha uma única pessoa que ela podia convencer a se filiar.

— Que tal seu marido da faculdade? — sugeri. Eles deviam ser amigos, pelo menos.

Rooney sacudiu a cabeça.

— Não acho que ele goste de teatro.

Talvez ela não fosse tão próxima das pessoas quanto eu pensava.

Em pé no frio de outono na rua de paralelepípedos nos despedindo, eu me perguntei por que Rooney se importava tanto com isso pra começo de conversa. Ela estava se esforçando tanto — começando uma nova sociedade, sendo a diretora, montando a própria peça.

Nós só nos conhecíamos por algumas semanas. Eu sabia que ela gostava de festas e que falava positivamente sobre sexo, e era uma entusiasta de Shakespeare que tinha um sorriso que fazia todo mundo gostar dela.

Mas o *porquê* de ela fazer as coisas que ela fazia?

Eu não tinha ideia.

ASSUNTO PROIBIDO

GEORGIA WARR, FELIPA QUINTANA

Felipa Quintana
ROONEY

Georgia Warr
meu nome é georgia, na verdade

Felipa Quintana
Eu só queria saber como uma pessoa que é tão gata consegue ser irritante pra caralho

Georgia Warr
ah que bom
nós estamos finalmente falando do assunto proibido

Felipa Quintana
Que assunto???

Georgia Warr
o seu crush gigantesco na rooney bach

Felipa Quintana
Que pera pera pera
Estou falando que OBJETIVAMENTE ela é gata
Eu não estou a fim dela

Georgia Warr
aldkjhgsldkfjghlkf

Felipa Quintana
EU NÃO TENHO CRUSHES EM GAROTAS HÉTEROS

Georgia Warr
aham

Felipa Quintana
A gente se mataria se a gente namorasse
O que a gente não faria porque ela é hétero
E eu não gosto dela desse jeito
E ela é irritante demais e precisa fazer tudo do jeito dela o tempo todo
E eu estou destinada a ser uma gay solitária pra sempre

Georgia Warr
você está se enfiando tão fundo nesse buraco

Felipa Quintana
VOU MUDAR DE ASSUNTO
Tenho uma pergunta

Georgia Warr
pode falar cara

Felipa Quintana
Talvez eu esteja tipo... inventando isso da minha cabeça, mas... tem alguma coisa acontecendo entre você e o Jason???

Ele me falou outro dia que vocês dois se encontraram e tipo
SI parecia que era tipo um encontro ou algo assim hahaha

Georgia Warr
você acharia isso estranho? se a gente estivesse saindo?

Felipa Quintana
SI
Seria uma mudança

Georgia Warr
bom eu ainda meio que não sei o que vai acontecer

Felipa Quintana
Então você gosta dele??

Georgia Warr
eu não sei?
talvez?
a gente decidiu ver o que ia acontecer

Felipa Quintana
Hum
Ok

GEORGIA WARR, JASON FARLEY-SHAW

Georgia Warr
acabei de falar pra pip que estamos potencialmente saindo

Jason Farley-Shaw
PUTA MERDA ok!
Uau
O que ela disse?

Georgia Warr
ela só disse "hum ok"

Jason Farley-Shaw
Ai Deus ela está puta então

Georgia Warr
não acho que ela está puta
acho que só está confusa

Jason Farley-Shaw
Justo, acho!!
É meio que uma mudança repentina

Georgia Warr
ela vai superar isso né?
tipo ela vai ficar bem com isso?

Jason Farley-Shaw
Sim
Definitivamente

GEORGIA WARR, ROONEY BACH

Georgia Warr
oi ovo frito cadê você??

Rooney Bach
Saí!!!! ☺

Georgia Warr
você volta hoje?
tenho coisas pra conversar

Rooney Bach
Oooooo COISAS
Que coisas eu amo coisas

Georgia Warr
bom
não sei o que fazer com Jason agora
então estou te chamando pra ajudar
a não ser que prefira sair, sem pressão haha

Rooney Bach
Deixa as pessoas estão sendo chatas e bêbadas e não tô a fim de pegar ninguém
Ovo frito está a caminho

Georgia Warr
Vem logo ovo

A LETRA X

— Pronto — disse Rooney, conforme eu apertava o botão de enviar na minha mensagem.

Georgia Warr
Entãooooo você quer sair de novo esse final de semana?

Estávamos sentadas ao lado uma da outra contra a cabeceira da minha cama, Rooney ainda nas roupas de balada, e eu vestida com um pijama de Natal, mesmo que fosse começo de novembro.
— O que eu faço em um encontro? — eu perguntei, olhando para a mensagem, esperando que Jason visualizasse.
Ela deu um gole no chá pós-balada.
— O que você quiser.
— Mas a gente tem que se beijar no segundo encontro?
— Você não *tem* que fazer nada.
Eu me virei para Rooney, mas a gente estava sentada perto demais, então eu só consegui ver um monte de cabelo preto enrolado em ondas leves.
— *Você* beijaria em um segundo encontro?
Rooney bufou.
— Eu não vou a encontros.
— Mas você já foi a um encontro antes.
Ela ficou em silêncio por um momento.
— Acho que sim — ela disse finalmente. — Mas normalmente prefiro só transar.

— Ah.

— Não me leve a mal, estar em um relacionamento seria *legal*, provavelmente. Às vezes eu conheço alguém e penso, talvez... — Ela parou no meio da frase, então saiu da minha cama e foi pra dela. — Bom, eu sempre me apaixono pelas pessoas erradas. Então por que tentar?

— Ah.

Ela não disse mais nada além disso, e parecia grosseria forçar o assunto e perguntar detalhes. Em vez disso, ela colocou o pijama, e eu definitivamente a vi olhando de relance para a foto dela com Beth dos cabelos de sereia.

Talvez Beth fosse uma ex-namorada. Ou um antigo *crush*. Eu não tinha nenhuma prova de que Rooney gostava de garotas, mas não era impossível.

— Não tem nada de errado em só transar — ela disse, assim que entrou na cama.

— Eu sei — falei.

— Relacionamentos só não são pra mim, acho. Nunca acabam bem.

— Ok.

Ela repentinamente pulou da cama, murmurando "*Roderick*", e correu para aguá-lo. Roderick estava parecendo um pouco mal de saúde, pra ser sincera — Rooney se esquecia de regá-lo com frequência. Depois que ela terminou, ela adormeceu em cinco minutos, enquanto eu fiquei acordada, alternando entre encarar o teto pintado em tons de azul ou ficar mexendo no celular, me estressando com a possibilidade de ter que beijar Jason no nosso segundo encontro.

E se eu não gostasse *mesmo* de caras e era *esse* o motivo de essa coisa toda ser tão difícil?

Assim que o pensamento apareceu na minha cabeça, precisei investigar mais. Abri o navegador do meu celular e digitei "eu sou gay?".

Um monte de links apareceu, a maioria testes de internet que eu já sabia que seriam inúteis ou incorretos. Só que um deles chamou minha atenção — o teste da *Escala de Kinsey*.

Comecei a ler sobre a Escala de Kinsey. A Wikipédia explicava que era uma escala de sexualidade, que começava no zero, "exclusivamente heterossexual" até seis, "exclusivamente homossexual".

Curiosa, e frustrada comigo mesma, eu fiz o teste, tentando responder as perguntas instintivamente e não pensar demais. Quando terminei, cliquei em "enviar questionário" e esperei.

E em vez de um número, a letra X apareceu.

Você não indicou nenhuma preferência sexual. Tente reavaliar suas respostas.

Eu li e reli essa frase.

Eu... eu tinha feito o teste errado.

Eu só podia ter feito o teste errado.

Voltei para as perguntas e comecei a pensar onde poderia mudar minhas respostas, mas não conseguia encontrar nenhuma que tinha respondido de maneira desonesta, então só decidi fechar o navegador.

O teste provavelmente era falho.

SENHOR AUTOCONFIANÇA

— Você está bonita! — foi uma das primeiras coisas que ele me disse quando nos encontramos do lado de fora do cinema no sábado à tarde.

— Ah, hum, obrigada? — eu disse, olhando pra minha roupa. Eu tinha escolhido uma jardineira cáqui com um moletom da Ilha Fair embaixo, apesar de que a maior parte da minha roupa estava escondida sob meu casaco gigante, porque a temperatura de Durham já estava indo para baixo dos dez graus, e eu não lidava bem com o frio.

Jason, por outro lado, estava usando a jaqueta de pelúcia e jeans escuros, que era mais ou menos a roupa que ele usava o ano todo.

— Eu estava pensando — ele disse conforme fomos pra dentro —, o cinema é provavelmente uma ideia horrível pra, hum... pra conversar.

Ele estava prestes a dizer "para um encontro". Ele também sabia que era um encontro, então.

Era pra *valer*.

Eu dei uma risada.

— É. Vamos nos encontrar e nos ignorar por duas horas.

— Basicamente. Quer dizer, parece bem relaxante, pra ser honesto.

— Verdade.

— Acho que o casamento perfeito é composto de duas pessoas que conseguem sentar juntas, em um silêncio confortável, por longos períodos.

— Vai com calma — eu disse. — Ainda não nos casamos.

Isso fez com que ele soltasse uma risada meio engasgada e escandalizada. Bom. Eu conseguia flertar. Eu estava *arrasando* nesse jogo.

Estávamos em meia hora de filme quando o alarme de incêndio tocou.

Até então, as coisas estavam indo bem. Jason não tinha tentado pegar minha mão, ou tentado passar o braço ao meu redor, ou, graças a *Deus*, tentado me beijar. Éramos simplesmente dois amigos vendo um filme no cinema.

Obviamente eu não queria que ele fizesse nenhuma dessas coisas porque teria sido terrivelmente clichê e quase sujo.

— E agora? — ele perguntou quando voltamos para o frio do lado de fora do cinema. Ninguém parecia saber se o incêndio era real, mas não dava a impressão de que a gente ia voltar pra dentro logo. Um funcionário tinha acabado de sair e estava entregando cupons para outra sessão.

Eu me apertei um pouco mais dentro do casaco. Não era assim que eu esperava que fosse a tarde. Eu esperava que sentássemos ao lado um do outro em silêncio por duas horas, assistíssemos a um bom filme e então voltássemos pra casa.

Só que a gente não podia encerrar o encontro agora. Isso seria esquisito. Não seria um comportamento digno de encontro.

— Er... acho que a gente pode só voltar pra faculdade e tomar chá ou algo assim? — perguntei. Esse parecia ser o tipo de coisa que as pessoas faziam pra socializar na faculdade. Chá no quarto.

Espera. Quarto. Será que ir para o quarto era uma boa ideia? Ou isso significaria...

— Legal! — Jason sorriu, colocando as mãos dentro do bolso. — Isso parece legal. Você quer vir pro meu? A gente pode assistir a um filme lá ou algo assim?

Eu também assenti.

— É, parece bom.

Ok.

Estava tudo ok.

Eu podia fazer isso.

Eu podia ser normal.

Eu podia ir pro quarto de um garoto num encontro e fazer o que geralmente era esperado. Conversar. Flertar. Beijar. Transar, talvez.

Eu era corajosa. Eu não precisava ficar escutando meus próprios pensamentos. Eu conseguia fazer tudo isso.

Na verdade, eu não gosto de chá, o que Jason obviamente sabia, e ele automaticamente me fez um chocolate quente em vez disso.

Ele tinha um quarto só pra ele, assim como Pip e a maioria dos alunos de Durham, o que significava que era pequeno. Era provavelmente um terço do meu e de Rooney, com uma única cama de solteiro. A decoração era bem parecida — um carpete velho, as paredes de alvenaria amarelas, e mobília padrão. Os lençóis dele eram azuis e simples. Ele tinha um laptop e alguns livros na mesa de cabeceira, e alguns pares de sapato estavam organizadamente enfileirados embaixo do aquecedor.

Só que não foi nada disso que eu notei primeiro. Foi a parede que eu notei primeiro.

A parede era completamente vazia fora uma fotografia emoldurada da Sarah Michelle Gellar e do Freddie Prinze Jr em *Scooby-Doo 2: Monstros à solta*.

Olhei para a foto.

Jason olhou pra mim enquanto eu olhava pra foto.

— Eu tenho perguntas — comecei.

— Compreensível — disse ele, assentindo e sentando na própria cama. — Er, você se lembra do Edward? Da minha escola antiga? Ele que me deu.

Ele terminou a frase, como se isso fosse o fim da história.

— Continue — falei.

— Então... Ok, você vai ter que vir sentar se eu for explicar isso. — Ele gesticulou para o espaço ao lado dele na cama.

Isso me deixou um pouco nervosa. Só que não era como se tivesse outro lugar pra sentar no quarto, e ele não me chamou de uma maneira que parecia particularmente paqueradora, então achei que tudo bem.

Eu sentei ao lado dele na beirada da cama, segurando meu chocolate quente.

— Então, todos nós sabemos que eu sou muito fã de Scooby-Doo.

— Óbvio.

— E também fã da Sarah Michelle Gellar e do Freddie Prinze Junior.

— Tá... Ok, claro.

— Ok. Então, na minha escola antiga, antes de eu me mudar pra nossa, eu era meio que conhecido como o cara que nunca tinha beijado ninguém.

— Quê? — perguntei. — Você nunca me contou isso.

— Bem, sabe que eu mudei de escola porque... — Ele fez uma careta. — Um monte dos meninos lá... Bom, era uma escola só pra meninos, e as pessoas se destruíam completamente por qualquer coisinha.

— É.

Jason tinha nos contado um pouco disso antes. Como as pessoas na escola antiga dele eram horríveis, no geral, e ele não queria mais ficar naquele tipo de ambiente.

— Então eles implicavam por nunca ter beijado ninguém. E acho que me atormentaram por causa disso bastante. Não era nada sério, mas era uma questão. Todo mundo achava isso bem esquisito.

— Só que você já beijou pessoas agora — eu disse. — Tipo, você já teve uma namorada.

— Isso tudo foi depois. Antes disso, essa era *a coisa* que as pessoas usavam pra me encher. E, sabe, as pessoas diziam que era porque eu era feio e tinha acne e eu gostava de musicais e umas coisas idiotas assim. Esse tipo de coisa já não me incomoda mais, mas acho que incomodava quando eu era mais novo.

— Ah — eu disse, mas minha voz estava rouca de repente. — Isso é horrível.

— Quando mudamos no primeiro ano do ensino médio, Ed me deu essa foto no porta-retratos — Ele apontou para a foto. — Sarah e Freddie. E Ed estava tipo, *esse é um amuleto de boa sorte pra te ajudar a encontrar uma namorada*. Nós dois amávamos muito os filmes do Scooby-Doo, e virou uma piada interna que a Sarah Michelle Gellar e Freddie Prinze Junior eram tipo, o ápice do romance, porque eles eram casados na vida real *e* estavam juntos no filme. Cada vez que algum conhecido começava um relacionamento, nós ficávamos tipo, *mas vocês estão no nível da Sarah e Freddie, cara?* Eu... é. Ok. É esquisito quando eu tento explicar.

— Não, é engraçado — eu disse. — Só espero que eles não se divorciem logo.

Ele assentiu.

— É. Isso meio que estragaria essa coisa toda.

— É.

— Enfim, depois que ele me deu a foto, eu tive meu primeiro beijo uma semana depois. — Jason riu. — Quer dizer, foi um beijo bem merda, mas acho que tirei essa pedra do caminho. Então agora *é* mesmo um amuleto de sorte.

Jason contava essa história como se fosse uma anedota engraçada, e era pra eu estar rindo disso. Só que não era engraçado.

Era triste pra cacete.

Eu me lembro da história do primeiro beijo dele com uma garota de quem ele nem gostava muito. Ele contou para mim e para Pip que não foi bom, mas que ele estava feliz de ter resolvido isso, só que ouvir isso da boca de Jason agora me fez perceber o que tinha acontecido de verdade.

Ele tinha sido pressionado pra ter o primeiro beijo. Porque as pessoas estavam fazendo bullying com o fato de ele nunca ter beijado ninguém, e ele se forçou a fazer isso, e foi ruim.

Um monte de adolescentes fazia isso. Só que ouvir Jason contando me deixava muito, muito brava.

Eu sabia como era se sentir mal por nunca ter beijado ninguém.

E se sentir pressionada a fazer isso porque todo mundo estava fazendo.

Porque você era esquisita se não fizesse isso.

Porque era parte do ser humano, da experiência como pessoa.

Era isso que todo mundo dizia.

Ele olhou para a foto.

— Ou talvez não seja um amuleto de boa sorte. Acho que minhas experiências românticas até agora não foram... boas. — Ele desviou o olhar. — Um primeiro beijo de merda e depois... Aimee.

— É, Aimee era um ser humano nojento.

— Acho que só fiquei com Aimee por tanto tempo porque eu tinha medo de ficar sozinho e ser aquela pessoa de novo. As pessoas tinham me enchido o saco por anos porque eu era… sei lá, como se eu fosse uma pessoa que *ninguém* fosse capaz de amar ou algo assim. Se eu terminasse com Aimee, achei que eu ia ficar tipo, inamável para sempre. — A voz dele ficou mais baixa. — Eu realmente acreditava que ela era o melhor que eu poderia ter.

— Você merece mais — eu disse imediatamente. Eu sabia que isso era verdade porque eu o amava. Talvez eu não estivesse *apaixonada* por ele, não ainda, mas eu o amava.

— Obrigado — ele disse. — Quer dizer, eu sei disso. Eu sei disso agora.

— Ok, Senhor Autoconfiança.

Ele riu.

— Só queria poder ter falado isso pro meu eu de dezesseis anos.

Eu era uma hipócrita.

Eu estava fazendo exatamente o que Jason tinha se forçado a fazer todos esses anos atrás. Ter experiências, beijar, se relacionar — tudo isso porque ele tinha medo de ser diferente. Ele tinha medo de ser o cara que nunca tinha beijado ninguém.

Isso era exatamente o que eu estava fazendo. E eu ia acabar machucando-o.

Talvez eu só devesse falar isso pra ele agora. Falar que a gente devia parar com isso, terminar, só ficarmos amigos.

Só que talvez, se eu continuasse por mais um tempinho, nós poderíamos nos apaixonar, e eu não ia mais me odiar.

Antes de eu ter uma chance de falar de novo, Jason já tinha se encostado contra a cabeceira e aberto o laptop.

— Enfim. Filme? — Ele deu um tapinha na cama ao lado dele e tirou um cobertor de baixo. — Você pode escolher, já que escolhi o do cinema.

Eu fiquei do lado dele pra inspecionar as opções. Ele puxou um cobertor por cima das nossas pernas. Será que tudo isso era uma coisa que precedia o sexo? Ou até mesmo só beijar? Essa era a hora quando nós só começaríamos a nos beijar, certo? Pessoas que iam a um encontro não só ficavam vendo um filme. Elas aguentavam dez minutos e começavam a se pegar. Será que eu teria que fazer isso? Só pensar nisso me fazia querer chorar.

Eu escolhi um filme e assistimos em silêncio. Eu continuei me remexendo. Eu não sabia o que fazer. Eu não sabia o que eu *queria* fazer.

— Georgia? — Jason perguntou depois de uns vinte minutos. — Tá tudo bem?

— Hum... — Eu estava surtando. Eu estava surtando mesmo. Eu gostava de Jason e eu queria ficar de boas e ver um filme com ele. Só que eu não queria fazer nada além. E se minha sexualidade fosse só a letra X, como a Escala de Kinsey tinha me falado? — Na verdade, acho que estou passando meio mal.

Jason desencostou da cabeceira.

— Ai, não! O que houve?

Eu sacudi a cabeça.

— Nada ruim, eu só... estou com um pouco de dor de cabeça, pra ser sincera.

— Você quer embora? Você deveria tirar um cochilo ou algo assim.

Nossa. Jason era tão legal.

— Tudo bem por você? — eu perguntei.

Ele assentiu, sincero.

— Claro.

Quando eu fui embora, houve um momento de alívio profundo.

Só que, depois disso, eu só me odiei.

SUNIL

Eu nem acabei voltando pra St. John's.

Desci as escadas direto saindo de Castle, pensando que eu deveria ir ao mercado comprar uma comida reconfortante para a noite. Só que aí eu só sentei nas escadas e não consegui me mexer.

Eu estava mesmo, mesmo arruinando tudo.

Eu ia acabar machucando Jason.

E eu ia acabar sozinha. Pra sempre.

Se eu não conseguisse gostar de um cara que era adorável, gentil, divertido, atraente, *meu melhor amigo*, como é que eu algum dia poderia gostar de qualquer outra pessoa?

Não estava sendo como nos filmes. Nos filmes, dois amigos de infância no fim das contas perceberiam que, apesar de tudo, eles foram feitos um para o outro esse tempo todo, que a conexão deles ia além da atração, e eles ficariam juntos e viveriam felizes para sempre.

Por que é que não estava acontecendo assim?

— Georgia? — disse uma voz atrás de mim. Eu me virei, espantada que alguém cuja voz eu não imediatamente reconhecia soubesse quem eu era. Fiquei espantada de novo vendo que era Sunil, meu genitor da faculdade, que tinha a autoconfiança de um membro do Queer Eye.

— Sunil — falei.

Ele riu. Ele estava vestindo um casaco grosso de listras largas por cima de um smoking preto clássico.

— Correto — disse ele.

— Por que você veio até Castle?
— Ensaio de música — ele disse, com um sorriso caloroso. — Eu sou parte da orquestra estudantil e precisava ensaiar com os outros violoncelistas.

Ele se sentou ao meu lado na escadaria.

— Você toca violoncelo?

— Toco. É bem agradável, mas a orquestra é estressante. O maestro não gosta de mim porque Jess e eu estamos sempre conversando.

— Jess… da Sociedade do Orgulho? Ela também faz parte?

— Aham. Viola, então ela não estava lá hoje. A gente faz basicamente tudo junto.

Achei que era uma coisa fofa de dizer, mas eu estava com dificuldades de sentir qualquer emoção positiva sobre literalmente qualquer coisa, então só tentei forçar um sorriso, e obviamente fracassei.

— Está tudo bem? — ele perguntou, erguendo a sobrancelha.

Abri minha boca para dizer que sim, eu estava ótima, só que eu comecei a rir histericamente em vez disso.

Acho que era a coisa mais próxima de chorar que eu já tinha chegado a fazer na frente de alguém.

— Ah, não — disse Sunil, os olhos arregalando em preocupação. — Você definitivamente não está bem.

Ele esperou que eu dissesse alguma coisa.

— Estou bem — falei. Se eu fosse uma boneca, essa seria uma das minhas frases gravadas.

— Ah, *não*. — Sunil sacudiu a cabeça. — Essa foi a pior mentira que eu já ouvi em toda minha vida.

Dessa vez, isso me fez rir de verdade.

Sunil esperou para ver se eu iria elaborar, mas não fiz isso.

— Você não foi à noite de balada dos calouros da Sociedade do Orgulho — ele continuou, se virando um pouco para mim.

— Ah, é. — Dei de ombros, fraca. — Noites de balada não são muito minha praia.

Eu tinha recebido o e-mail sobre o assunto, claro. Foi há duas semanas. *A Sociedade do Orgulho te dá boas vindas! Venha festejar com a sua nova família de LGBTQIAP+!* Eu tive que dar um Google na sigla completa para ver os significados, mas, mesmo fazendo isso, eu sabia que não iria. Mesmo se eu gostasse de beber e ir a baladas, eu não iria. Eu não pertencia àquele lugar. Eu nem sabia se eu era uma LGBTQIAP+ ou não.

Ele assentiu.

— Quer saber? Nem a minha.

— Sério?

— Aham. Não suporto álcool. Eu fico tremendo e sou *muito* ruim de copo. Eu prefiro fazer uma noite queer do cinema ou um chá da tarde queer, sabe?

Conforme ele falava, eu olhei para o casaco e vi que ele estava usando os mesmos broches de novo. Eu cheguei ao broche com as listras roxa, preta, cinza e branca. Deus, eu esqueci que queria olhar o que aquilo significava. Eu realmente queria saber.

— Falando da Sociedade do Orgulho — ele disse, gesticulando para o smoking —, estou indo pro baile de outono. O resto do time executivo está arrumando tudo agora e estou *torcendo* para que não tenha ocorrido nenhum desastre.

Eu não sei o que me possuiu naquele momento para perguntar, mas a próxima coisa que eu disse foi:

— Posso ir junto?

Ele ergueu uma sobrancelha.

— Você quer ir? Você não confirmou por e-mail.

Eu tinha recebido esse e-mail também. Eu não tinha deletado. Eu tinha vividamente imaginado como seria participar de algo assim, ser confiante em ser parte de alguma coisa.

— Eu poderia... ajudar a arrumar? — sugeri.

Eu gostava de Sunil. Gostava mesmo. Queria ficar mais um pouco ao lado dele.

Queria ver como era a Sociedade do Orgulho.

E eu queria esquecer o que tinha acabado de acontecer com Jason.

Ele me olhou por um longo momento, e então sorriu.

— Bom, por que não? É sempre bom ter mais alguém pra ajudar a encher os balões.

— Tem certeza?

— Claro!

De repente, comecei a ficar receosa. Olhei para a minha jardineira e meu suéter de lã.

— Não estou vestida pra um baile.

— Todo mundo está pouco se fodendo pro que você está vestindo, Georgia. Essa é a Sociedade do Orgulho.

— Só que você está sexy, e eu pareço que acabei de sair de uma aula às nove da manhã.

— Sexy? — Ele riu um pouco como se tivesse uma piada particular com a palavra, e então ficou em pé e me ofereceu a mão.

Eu não sabia mais o que fazer ou dizer, então peguei a mão dele.

DAVA PRA TER CAPRICHADO MAIS NAS BANDEIRAS DE ORGULHO

Sunil ficou de mãos dadas comigo o tempo todo enquanto atravessávamos Durham. Era um pouco estranho, mas também reconfortante, como se eu estivesse saindo com um dos meus pais. Suponho que, de alguma forma, estava mesmo.

Ele não sentiu a necessidade de falar. Nós só andamos. Às vezes, ele balançava minha mão. Na metade do caminho, eu me perguntei o que estava fazendo. Eu queria estar enrolada na cama, lendo a fanfic Jimmy/Rowan de universo alternativo do Homem-Aranha que eu tinha começado a ler ontem à noite. Eu nem deveria estar nesse baile. Eu não merecia estar nesse baile.

Eu precisava mandar uma mensagem pra Jason explicando tudo.

Eu precisava explicar o que tinha de errado comigo.

Eu precisava pedir desculpas.

— Aqui estamos — disse Sunil, sorrindo. Nós tínhamos chegado a uma porta vermelha que levava a um dos prédios antigos da época de Dickens de Durham. Eu olhei para a loja que era conectada a ela.

— O Gregg's?

Sunil bufou.

— Sim, Georgia. Estamos fazendo nosso jantar do baile no *Gregg's*.

— Eu não estou reclamando. Eu amo enroladinho de salsicha.

Ele abriu uma porta, revelando um corredor estreito que levava para uma escadaria e uma placa: *Big's Digs: Restaurante e Bar.*

— A gente alugou o Big's hoje — disse Sunil alegremente, me guiando escada acima e para o restaurante. — As noites de balada são ótimas, óbvio, mas eu insisti para fazermos bailes este ano também. Nem todo mundo gosta de saídas noturnas.

Não era um espaço enorme, mas era bonito. Era um dos prédios antigos de Durham, então o teto era baixo, decorado com vigas de madeira e uma luz baixa aconchegante. Todas as mesas tinham sido arrumadas em quadrados organizados, com toalhas brancas, velas, talheres brilhantes e centros de mesa coloridos que mostravam todos os tipos diferentes de bandeiras de orgulho — algumas eu reconhecia, outras não. Alguns balões multicoloridos estavam pendurados nos cantos da sala, e serpentinas margeavam as janelas. No fundo, dando pra ver de qualquer lugar da sala, estava uma bandeira enorme de arco-íris.

— Dava pra ter caprichado mais nas bandeiras de orgulho — disse Sunil, estreitando os olhos. Eu não conseguia determinar se ele estava brincando.

Nós não estávamos sozinhos na sala — havia um punhado de pessoas colocando os toques finais nas decorações. Eu logo vi a outra veterana do terceiro ano que eu tinha conhecido na barraca, Jess, apesar de que as tranças dela estavam arrumadas em um penteado. Ela estava usando um vestido estampado com cachorrinhos. Ela acenou, saltitando até Sunil, e jogou os braços em volta dele.

— Ai, meu Deus, *finalmente* — disse ela.

— Como estamos?

— Bem, na verdade. Estávamos discutindo se deveríamos colocar marcadores de assento ou não.

— Hum. As pessoas vão querer sentar com os amigos.

— É isso que eu penso, mas o Alex acha que isso vai deixar tudo em caos.

Eles discutiram sobre marcadores de assentos enquanto eu ficava um pouco atrás de Sunil, como uma criança que fica atrás das pernas dos pais numa reunião de família. Os alunos que estavam arrumando tudo pareciam ser todos do terceiro ano. Alguns estavam vestidos com roupas alegres e diferentes — paetês, ternos com estampas e saltos enormes —, enquanto outros estavam usando vestidos mais normais e smokings. Eu estava me sentindo totalmente deslocada com minha jardineira, não importa o que Sunil tinha dito.

— Ah, e eu trouxe Georgia pra ajudar na arrumação — disse Sunil, interrompendo meus pensamentos. Ele me deu um aperto no ombro.

Jess sorriu para mim. Eu entrei um pouco em pânico — ela ia perguntar o porquê de eu estar aqui? Qual era minha sexualidade? Por que eu não tinha ido a nenhum dos outros eventos?

— Você consegue encher balões? — ela perguntou.

— Hum, sim.

— Graças a *Deus*, porque eu literalmente não consigo, e Laura está reclamando porque parece que está com tosse. — E então ela me entregou um saco de balões.

Sunil tinha que ajudar com as preparações para aquela noite, e eu rapidamente comecei a sentir como se tivesse cometido um erro grave por ter vindo, e que eu seria obrigada a conversar com um monte de gente que eu não conhecia. Só que Jess parecia feliz que eu tinha aparecido, eu estava enchendo os balões, e ela conversava com os amigos e conhecidos, e eu pude até conhecê-la mais um pouco, perguntando da orquestra, sobre tocar viola e sobre a amizade dela com Sunil.

— Para ser sincera, eu não tinha nenhum amigo de verdade aqui até conhecer Sunil — disse ela, depois que tínhamos terminado de amarrar o último cacho de balões. — Colocaram a gente sentado um do lado do outro na orquestra e nós imediatamente começamos a elogiar o que o outro estava vestindo. E aí estamos colados como chiclete desde então. — Ela sorriu, observando Sunil conversar com alguns calouros tímidos. — Todo mundo ama Sunil.

— Bom, ele é bem legal, então faz sentido — falei.

— Não só isso, mas ele também é um bom presidente de verdade. Ele ganhou a eleição da Sociedade do Orgulho de lavada. Todo mundo estava de saco cheio do presidente do ano passado, ele nunca usava as ideias de ninguém fora as dele. Ah, falando nele. — Jess foi até Sunil e disse baixinho: — Lloyd chegou. Só um aviso.

Ela apontou para a entrada.

Sunil deu uma espiada na porta, onde um garoto loiro magrelo estava em pé vestindo um smoking de veludo. Uma expressão que eu nunca tinha visto em Sunil marcou seu rosto — irritação.

Lloyd olhou para ele, sem sorrir, então andou até uma mesa do outro lado da sala.

— Lloyd *odeia* Sunil — disse Jess, assim que Sunil voltou para a conversa com o grupo de calouros. — Então isso é meio que uma questão aqui.

— Drama? — perguntei.

Jess assentiu.

— Drama.

Por algum motivo — pena, ou talvez bondade genuína, não sabia dizer — eu acabei sentando ao lado de Sunil na mesa dele durante todo o jantar. Às oito da noite, a sala estava cheia e animada, e garçons estavam servindo bebidas e aperitivos.

Entre um prato e outro, Sunil fazia questão de sair pela sala e falar com pessoas em todas as mesas, especialmente os calouros. Os novatos pareciam genuinamente empolgados em encontrar com ele. Era meio incrível ficar observando.

Eu consegui falar um pouco com as outras pessoas na minha mesa, mas fiquei aliviada quando Sunil voltou para a sobremesa, e eu consegui conversar com ele de verdade. Ele me falou que estava estudando música, o que ele achava que provavelmente era um erro, mas que ele estava gostando. Ele era de Birmingham, o que explicava o leve sotaque que eu não tinha conseguido identificar. Ele não fazia ideia do que ia fazer depois de Durham, apesar de esse ser o último ano de faculdade.

Eu falei pra ele da nossa Sociedade Shakespeare e como provavelmente seria um desastre.

— Eu atuei um pouco quando estava na escola — disse Sunil, quando mencionei que precisávamos de um quinto membro. Ele então começou uma história sobre a vez em que ele fez um papel pequeno na produção de *Wicked: A história não contada das bruxas de Oz* e concluiu dizendo: — Talvez eu pudesse atuar na sua peça. Eu sinto falta do teatro.

Eu falei que isso seria incrível.

— Mas estou tão ocupado — disse ele. — Tenho um milhão de coisas pra fazer o tempo todo.

E, a julgar pela expressão cansada no rosto dele, ele não estava exagerando, então eu disse que tudo bem se ele não pudesse.

Só que ele disse que ia pensar no assunto.

Eu não conhecia muita gente abertamente queer. Tinha um pessoal na escola com quem Pip saía de vez em quando, mas tinha no máximo sete ou oito deles. Eu não sabia o que esperar. Não havia um tipo particular de pessoa, ou estilo ou *aparência*. Só que todo mundo era tão amigável. Havia grupos óbvios de amigos, mas, na maior parte, as pessoas ficavam felizes em conversar com qualquer um.

Todos eles eram só *eles mesmos*.

Eu não sabia como explicar.

Não havia uma pretensão. Não havia uma omissão. Não havia um fingimento.

Nesse pequeno restaurante escondido nas antigas ruas de Durham, um monte de pessoas queer podiam só aparecer e *existir*.

Eu não achei que eu entendia o que era isso até aquele instante.

Depois da sobremesa, as mesas foram empurradas para o lado, e a festa começou de verdade. As luzes foram diminuídas, e a música aumentou de volume, e quase todo mundo estava de pé, conversando, rindo e bebendo. Eu rapidamente percebi que minhas reservas de socialização tinham sido esgotadas pelo que parecia honestamente o dia mais longo da minha vida, e que eu também tinha bebido o bastante para ficar naquele estado onde tudo parece um sonho, então encontrei um assento vazio em um canto e me encolhi com o meu celular e uma taça de vinho por meia hora, passando pela timeline do Twitter e do Instagram.

— Se escondendo num canto, criança da faculdade?

Eu ergui minha cabeça, assustada, mas era só Sunil, com um copo de limonada na mão. Ele parecia uma celebridade no smoking, com o cabelo penteado para trás. Suponho que ele era uma celebridade aqui.

Ele se sentou na cadeira ao meu lado.

— Como você está?

Eu assenti pra ele.

— Bem! É. Isso aqui está sendo bem legal.

Ele sorriu e olhou para a sala. Pessoas felizes se divertindo.

— Sim. Foi um sucesso.

— Você já organizou algo assim antes?

— Nunca. Eu fui parte da equipe de liderança da sociedade ano passado, mas eventos desse tipo não estavam sob meu comando. O ano passado foi literalmente só noites de balada ou saídas pro bar.

Fiz uma careta. Sunil viu e riu.

— É. Exatamente.

— É estressante? Ser o presidente?

— Às vezes. Mas vale a pena. Me faz sentir como se eu estivesse fazendo algo importante. E que eu sou *parte* de algo importante. — Ele exalou. — Eu… fiz muitas coisas sozinho por um bom tempo. Eu sei como é se sentir totalmente sozinho. Então agora estou tentando me certificar… de que nenhuma pessoa queer se sinta assim nesta cidade.

Eu assenti novamente. Eu conseguia entender isso.

— Não sou um super-herói nem nada. Nem quero ser. Um monte de calouros me olha tipo como se eu fosse um anjo queer que desceu dos céus pra resolver todos os problemas deles, e eu não sou, não sou mesmo. Sou só uma pessoa. Só que eu gosto de pensar que estou tendo um impacto positivo, mesmo que seja pequeno.

Eu tive a sensação repentina de que Sunil tinha passado por muita coisa antes de se tornar essa pessoa — confiante, eloquente, sábia. Ele nem sempre foi esse presidente autoconfiante de uma sociedade. Só que, o que quer que ele tenha passado, ele conseguiu superar. Ele sobreviveu. E ele estava transformando o mundo num lugar melhor.

— Só que eu estou muito cansado o tempo todo — disse ele, com uma risada pequena. — Eu às vezes acho que me esqueço de… cuidar de mim mesmo. Só assistir a uma série, ou sei lá. Fazer um bolo. Eu raramente faço coisas assim. Às vezes eu queria passar um pouco mais de tempo fazendo alguma coisa completamente inútil. — Ele encontrou meu olhar. — E agora estou falando demais!

— Não tem problema! — eu deixei escapar. Não tinha mesmo. Eu gostava de conversas profundas, e agora eu sentia que estava conhecendo Sunil bem. Eu sabia que ele, como meu genitor da faculdade, era pra ser meu mentor aqui em Durham, mas eu já queria conhecê-lo melhor do que isso. Queria que fôssemos amigos.

Só que foi aí que ouvi a voz.

— Georgia?

Olhei pra cima mesmo sem precisar, porque essa era uma voz que eu conhecia tão bem quanto a minha.

Pip, usando um smoking preto não muito diferente de Sunil, estava me encarando com uma expressão espantada.

— O que você está fazendo aqui?

PIP

Eu olhei para Pip. Pip olhou para mim. Sunil olhou para Pip. Então ele olhou para mim. Eu olhei para minhas mãos, com dificuldade de saber o que eu deveria fazer ou como eu ia explicar o fato de eu estar no baile da Sociedade do Orgulho quando eu deveria estar saindo com Jason, e Pip não tinha nenhum motivo para acreditar que eu não era hétero.

— Eu encontrei com Sunil — eu disse, mas não sabia como continuar dali.

— Sou o genitor da faculdade dela — disse Sunil.

— É.

— Então… — Pip deu um sorriso constrangido. — Você só… decidiu vir junto?

Houve um silêncio.

— Na verdade — disse Sunil, se endireitando na cadeira —, pedi pra Georgia vir ajudar. Nós estávamos com pouca gente para conseguir arrumar tudo. — Ele se virou para mim com um sorriso que era um pouco macabro. Provavelmente porque ele estava tirando uma mentira do cu. — E, pra retribuir o favor, eu vou atuar na peça da Georgia.

— Ah! — Pip imediatamente se iluminou, os olhos arregalando. — Caralho! Sim! A gente precisa mesmo de um quinto membro!

— Você está na peça também?

— Sim! Bom, eu meio que fui forçada, mas, sim.

Assim que processei o fato de que Sunil tinha acabado de se voluntariar pra entrar na nossa peça, ele foi chamado por outro grupo de pessoas, tinha me dado um tapinha no ombro e dado um tchau pra nós duas.

Pip encontrou meus olhos de novo. Ela ainda parecia um pouco confusa.

— Que tal a gente ir pro bar?

Eu assenti. Eu já tinha bebido muito vinho e precisava muito de água.

— Vamos.

Demorou uns vinte minutos pra gente conseguir chegar ao bar, porque as pessoas ficavam parando para falar com Pip.

Pip tinha feito um número grande de amigos na Sociedade do Orgulho, o que não deveria ter me surpreendido. Ela sempre foi boa em fazer amizades, mas ela era seletiva, e, em casa, não havia muitas pessoas com quem ela gostava de sair. Houve outras garotas quando estávamos no ensino fundamental, e ela tinha alguns amigos queer no último ano, mas não existia uma Sociedade do Orgulho na nossa escola. Kent era um lugar rural e não tinha nenhum tipo de áreas ou lojas ou baladas queer como nas cidades grandes.

Ela se assumiu pra mim quando nós tínhamos quinze anos. Não foi a saída do armário mais dramática ou engraçada ou emotiva, em comparação com os filmes e a TV. "Eu acho que gosto de meninas" foi o que ela me disse enquanto estávamos passeando pelas lojas na rua principal à procura de mochilas novas. Houve certo desenvolvimento prévio. Nós estávamos falando dos meninos que frequentavam a escola só de meninos. Eu estava falando que não entendia qual era a empolgação. Pip concordou.

Não preciso nem falar que, no geral, Pip passou um tempo na merda. E por mais que Pip tivesse vários, vários outros conhecidos com quem ela definitivamente poderia ter aprofundado sua amizade, ela sempre me procurava para falar sobre as coisas difíceis. Eu não sei se por ela confiar em mim, ou só porque eu era boa em escutar. Talvez as duas coisas. De toda forma, eu virei um porto seguro. Eu ficava feliz em ser um, e ainda era um agora.

Eu ficava feliz de poder oferecer isso pra ela.

— Sinto muito por isso — disse ela, quando finalmente sentamos nos banquinhos do bar e pedimos dois copos de suco de maçã, nenhuma das duas particularmente a fim de continuar bebendo álcool. Ela estava sorrindo.

— Sente nada. — Eu sorri de volta. — Você é extremamente popular.

— Ok, você me pegou. — Ela cruzou as pernas, revelando meias listradas que espreitavam debaixo das calças. — Eu sou extremamente popular agora e estou amando isso. Não se preocupe, você e Jason ainda dividem o primeiro lugar no pódio.

Olhei para os pequenos grupos de membros da Sociedade do Orgulho, alguns em pé conversando, outros dançando, outros sentados nos cantos com bebidas, cochichando intimamente.

— Eu também tenho frequentado a Sociedade Latino-americana — disse Pip. — Eles tiveram uma reunião de boas-vindas uns dias atrás.

— Ah! E como foi?

Pip assentiu, animada.

— Incrível, na verdade. Minha mãe basicamente me obrigou a ir porque, tipo, eu não estava superentusiasmada pra ir. Eu não sabia o que a gente ia de fato *fazer* lá. Mas foi legal fazer alguns amigos. E eles fazem *tanta* coisa, sério. Tipo, conheci essa outra menina colombiana e ela estava me contando sobre esse encontro que eles fizeram em dezembro do ano passado pro *Día de las Velitas*. —

Ela sorriu. — Me fez sentir... sei lá. Me lembrou de quando eu ainda morava em Londres.

Em casa, às vezes, Pip tinha se sentido sozinha, de um jeito que eu e Jason não podíamos ajudar. Muitas vezes ela falava que preferia que a família não tivesse saído de Londres, porque ao menos ela teria os avós e uma comunidade grande que a abraçava. Quando ela se mudou pra nossa pequena cidade no Kent, aos dez anos, essa comunidade se foi. Pip era a única garota latina do nosso ano.

Com isso, e entendendo que ela era gay, Pip tinha definitivamente dado azar em termos de *pessoas nas redondezas com quem ela podia se identificar e se aproximar em um nível profundo devido a experiências de vida semelhantes.*

— Eu tinha esquecido como era bom estar rodeada de tantas pessoas latinas, sabe? — ela continuou. — A nossa escola era tão *branca*. E até aqui em Durham, Durham é tão branca. Até mesmo a Sociedade do Orgulho é bem branca no geral!

Ela gesticulou ao nosso redor, e, quando olhei, percebi o quanto ela estava certa — à exceção de Sunil, Jess, e mais uma meia dúzia de pessoas, a maioria dos rostos presentes era branca.

— Estou começando agora a perceber o quanto me afetou só... ficar ao redor de gente branca o tempo todo. Tipo, ser gay *e* latina significava que eu não conhecia *ninguém* como eu. Por mais que fosse bom ter outros amigos gays no último ano, eles também eram todos brancos, então eu não podia só me identificar por inteiro com as experiências deles. — Ela riu, repentinamente. — Só que aí conheci um cara gay na Sociedade Latino-americana e conversamos um monte sobre ser gay e latino, e eu juro por Deus que nunca na *vida* eu me senti tão compreendida.

Eu me vi sorrindo. Porque minha melhor amiga estava *prosperando* aqui.

— Quê? — ela disse, vendo o sorriso no meu rosto.

— Só estou feliz por você — respondi.

— Meu Deus, você é uma manteiga derretida.

— Não consigo evitar. Você é uma das poucas pessoas com que eu me importo de verdade no mundo.

Pip sorriu como se estivesse muito satisfeita com esse fato.

— Bom, eu sou uma lésbica muito popular e bem-sucedida. É uma honra me conhecer.

— *Bem-sucedida?* — Eu ergui uma sobrancelha. — Isso é novo.

— Primeiro, como você ousa? — Pip se inclinou para trás do banquinho com uma expressão convencida. — Segundo, sim, eu meio que peguei uma menina noite passada na balada da Sociedade do Orgulho.

— Pip! — eu me endireitei, rindo. — Por que você não me contou?

Ela deu de ombros, mas ela claramente estava muito satisfeita consigo mesma.

— Não foi nada sério, tipo, não é que eu queria sair com ela nem nada. Mas eu queria beijar ela, nós duas queríamos, então, a gente só se beijou.

— Como ela era?

Nós continuamos sentadas no bar enquanto Pip contava sobre o encontro com essa garota do segundo ano do Hatfield que estudava francês e estava usando uma saia bonitinha, e como não significava nada em particular, mas tinha sido bom e divertido e bobo e tudo que ela queria na experiência universitária.

— Isso é meio idiota, mas... me deu esperança. Só um pouco. — Pip exalou. — Tipo... eu não vou ficar sozinha pra sempre. Eu vou ter a chance de ser eu mesma aqui. De sentir que ser eu mesma é uma coisa *boa*. — Ela riu, e afastou os cachos dos olhos. — Eu não sei se já senti que ser eu mesma era… bom.

— Somos duas — respondi em um tom de brincadeira, mas acho que no fim eu meio que estava falando sério.

— Bom, se você algum dia pensar em virar gay, me avise. Eu posso rapidamente te arrumar alguém. Eu agora tenho contatos.

Eu engasguei.

— Se ao menos sexualidade funcionasse assim.

— Tipo, por escolha?

— É. Eu acho que eu escolheria ser gay se eu pudesse.

Pip não disse nada por um momento, e eu me perguntei se tinha falado algo esquisito ou ofensivo. Só que era a verdade. Eu escolheria ser gay se eu pudesse.

Eu sabia que gostar de meninas podia ser difícil quando você também é uma menina. Normalmente era difícil, ao menos por um tempo. Mas também era bonito. Era bonito pra cacete.

Gostar de meninas quando você também é uma menina tinha um certo *poder*. Era uma *luz*. Esperança. Alegria. Paixão.

Às vezes demorava um tempo para meninas que gostavam de outras meninas encontrarem isso. Só que, quando encontravam, começavam a voar.

— Sabe — disse Pip. — As pessoas héteros não pensam em merdas assim.

— Ah. Sério?

— Sim. Pensar umas merdas assim é tipo, o primeiro passo pra você perceber que você é lésbica.

— Ah. Claro. — Eu ri, envergonhada. Eu ainda tinha bastante certeza de que eu não era lésbica. Ou talvez eu fosse e só fosse muito reprimida. Ou talvez eu só fosse o X na escala Kinsey. Um nada.

Nossa! Eu estava arrependida de não ter pedido mais álcool.

Nós sentamos em silêncio por um momento, nenhuma de nós querendo adentrar mais no assunto. Normalmente, Pip era bem enxerida quando a gente começava a falar de *coisas profundas*, mas ela provavelmente sabia que havia algumas coisas sobre as quais era bom não ser enxerida.

Eu queria que ela tivesse sido enxerida.

Eu queria encontrar as palavras para falar sobre tudo isso com a minha melhor amiga.

— Então, você e o Jason — disse Pip, e eu pensei *ai não*.

— Sim? — falei.

Pip pigarreou.

— Vocês já se beijaram?

Eu me senti ficando um pouco vermelha.

— Hum, não.

— Bom. Eu não consigo imaginar vocês se beijando. — Ela estreitou os olhos e ficou encarando o horizonte. — Seria como... sei lá. Ver meus irmãos se beijarem.

— Bom, a gente provavelmente vai acabar fazendo isso. — Eu disse. *Definitivamente*. Nós definitivamente íamos fazer isso.

Pip olhou para mim de novo. Eu não conseguia decifrar a expressão dela. Ela estava irritada? Ou será que só achava tudo estranho?

— Você nunca ficou interessada em ninguém antes — disse ela. — Quer dizer, a coisa com o Tommy... tudo isso foi... você meio que só *inventou* aquele *crush*. Por acidente.

— É — concordei.

— Mas você gosta do Jason agora?

Eu pisquei.

— O quê? Você não acredita em mim?

Ela se inclinou um pouco para a frente, e depois para trás de novo.

— Não sei se acredito.

— Por que não?

Ela não queria falar. Ela sabia que seria desrespeitoso falar, simplesmente *pressupor* qualquer coisa sobre a minha sexualidade, mas nós duas estávamos pensando nisso.

Nós duas estávamos pensando que eu provavelmente só não gostava de homens.

Eu não sabia o que dizer, porque eu não discordava.

Eu queria falar pra Pip que eu provavelmente não tinha certeza de nada, e que eu me sentia esquisita o tempo todo, ao ponto de que eu só me odiava, sendo eu uma pessoa que sabia tudo sobre sexualidade por causa da internet, que não conseguia nem vagamente determinar o que eu era, não conseguia nem fazer um chute, quando todo mundo parecia saber disso tão, tão facilmente. Ou se eles não achavam isso fácil, ao menos passavam pela fase difícil na escola, e quando chegavam à minha idade, já estavam beijando e transando e se apaixonando o quanto queriam.

Tudo que eu consegui dizer foi:

— Eu não sei bem como me sinto.

Pip sabia que eu não estava falando tudo que eu estava pensando. Ela sempre sabia.

Ela pegou minha mão e segurou.

— Tudo bem, cara — disse ela. — Tudo bem.

— Desculpa — eu murmurei. — Eu sou... uma droga em explicar isso. Tudo parece falso.

— Eu estou aqui quando você quiser conversar, cara.

— Ok.

Ela me puxou pra um abraço de lado, meu rosto pressionado no colarinho dela.

— Namore Jason por um tempo se você quiser. Só não o machuque, ok? Ele fica se fazendo todo de calmo e despreocupado, mas ele é bem sensível depois de toda aquela merda com a Aimee.

— Eu sei. Não vou fazer isso. — Eu ergui minha cabeça. — Você está mesmo bem com isso?

O sorriso dela parecia forçado e dolorido, e quase partiu meu coração.

— Claro. Eu te amo.

— Eu também te amo.

MIRAGEM

Eu decidi ir embora depois disso. Pip ficava sendo arrastada para conversas com pessoas que eu não conhecia, e eu não tinha nenhuma energia sobrando para falar com pessoas novas. Jess estava ocupada se misturando, e Sunil não estava em nenhum lugar à vista.

Olhei para o celular. Ainda eram 22:20. Me perguntei se Jason estava bem.

Ele provavelmente ainda estava sentado no quarto, sozinho, se questionando se eu tinha tido mesmo uma dor de cabeça ou se eu só não gostava dele.

Eu não queria mais pensar em amor.

Conforme saí do restaurante e desci as escadas estreitas, ouvi um par de vozes abafadas no patamar abaixo. Eu parei, percebendo que uma das vozes pertencia a Sunil.

— Eu sou o presidente agora — ele estava dizendo —, e se isso te irrita *tanto*, você não precisa mais vir pros eventos da sociedade.

— Você está tentando me expulsar? — disse a segunda voz. — *Clássico*. Eu nem deveria ficar chocado nessa altura.

— E agora você está tentando arrumar uma briga de novo. — Sunil suspirou profundamente. — Você nunca fica *cansado*, Lloyd? Porque eu sim.

— É meu direito falar das minhas preocupações com os rumos da sociedade. Você mudou todos os eventos que fazemos e agora está deixando gente demais entrar!

— Deixando gente demais? Em que planeta você *vive*?

— Eu vi a porra dos folhetos que vocês estavam entregando na feira dos calouros! *Assexual* e *bigênero* e sei lá o quê. Você simplesmente vai deixar entrar qualquer um que acha que é um rótulo inventado na internet?

Houve um pequeno silêncio, e então Sunil falou de novo, a voz mais séria.

— Sabe de uma coisa, Lloyd? Vou. Vou, sim. Porque a Sociedade do Orgulho é inclusiva e aberta e cheia de amor, e *não é mais comandada por você*. E porque ainda existem uns gays cis brancos tristes e pequenininhos como você que não conseguem aceitar a existência de outras pessoas queer sem achar que são uma ameaça aos seus direitos, mesmo uns *calouros* que estão aparecendo aqui pela primeira vez, uns que provavelmente *nunca* frequentaram um evento queer toda sua vida, só estão tentando encontrar um lugar em que eles possam relaxar e ser eles mesmos. E eu não sei se você sabe disso, Lloyd, porque eu sei que você não sabe identificar nenhuma bandeira do orgulho que não seja a porra do arco-íris, mas acontece que eu *sou* um desses *rótulos inventados na internet*. E sabe o que mais? Eu sou o presidente. Então vai pra casa do cacete, e fique longe da minha festa.

Eu ouvi o som de passos indo embora, e uma porta que se abriu e fechou.

Esperei um momento, mas não tinha jeito de fingir que eu não tinha ouvido a conversa, então eu desci as escadas. Sunil olhou para cima quando me aproximei. Ele estava inclinado na parede, os dedos segurando fortemente o antebraço.

— Georgia — disse ele, forçando um sorriso, mas eu devo ter parecido culpada, porque ele imediatamente falou: — Ah, você ouviu uma parte da conversa.

— Desculpa — eu disse, chegando ao último degrau. — Você está bem? Você quer... — Me esforcei pensando em um jeito que eu poderia ajudar. — uma bebida ou algo assim?

Sunil riu.

— Você é fofa. Estou bem.

— Ele... parecia... uma pessoa bem nojenta.

— Sim. Ele é mesmo. Só porque você é gay não significa que você não pode ser preconceituoso.

— Acho que você meio que aniquilou ele.

Ele riu de novo.

— Valeu. — Ele descruzou os braços. — Está voltando pra casa?

— Aham. Foi bem legal.

— Que bom. Ótimo. Você pode vir a hora que você quiser.

— Obrigada. E obrigada pelo que você disse pra Pip sobre... sabe, a razão de eu estar aqui.

Ele deu de ombros.

— Não foi nada.

— Você não precisa atuar na nossa peça.

— Ah, não, eu vou definitivamente atuar na sua peça.

Meu queixo caiu.

— Você vai?

— Definitivamente. Eu estou precisando mesmo fazer algo desse tipo, algo *divertido*. Então estou dentro. — Ele colocou a mão nos bolsos. — Se você quiser.

— Claro! Claro, a gente meio que precisa de cinco membros ou a sociedade vai ser eliminada.

— Bom, então tudo certo. Me manda os detalhes por mensagem?

— Sim, claro.

Houve uma pausa.

Eu poderia ter ido embora. Faria sentido eu ir embora para casa.

Só que, em vez disso, eu me encontrei falando:

— Eu meio que estava num encontro hoje — falei. — Quando você me encontrou.

Sunil ergueu as sobrancelhas.

— Ah, é?

— Só que não deu muito certo.

— Ai. Por quê? A pessoa foi horrível?

— Não, foi só… o cara é ótimo mesmo. Eu sou o problema. Eu sou esquisita.

Sunil pausou.

— E por que você é esquisita?

— Eu só… — eu ri, nervosa. — Acho que eu nunca consigo sentir nada.

— Talvez ele seja a pessoa errada pra você.

— Não — eu disse. — Ele é ótimo. Mas eu nunca sinto nada por ninguém.

Houve outra pausa longa.

Eu nem sabia como começar a explicar exatamente. Parecia algo que eu tinha inventado. Um sonho que eu não conseguia lembrar direito.

E uma palavra.

Uma palavra que Lloyd tinha falado com tanta maldade, mas Sunil tinha defendido.

Uma palavra que tinha causado uma faísca no meu próprio cérebro.

Eu finalmente tinha feito a conexão.

— Er — Eu estava grata por estar um pouco bêbada. Apontei para o broche dele, aquele com as faixas preta, cinza, branca e roxa. — Essa é a… bandeira de… ser assexual?

Os olhos de Sunil se arregalaram. Pelo mais breve momento, ele parecia genuinamente chocado por eu não ter certeza do que significava o broche dele.

— Sim — disse ele. — Assexualidade. Você sabe o que é isso?

Bom, eu definitivamente tinha *ouvido falar* de assexualidade. Eu já tinha visto algumas pessoas falarem sobre isso on-line, e muitas pessoas tinham isso nas bios do Twitter e do Tumblr. Às vezes até aparecia em uma fanfic um personagem assexual. Só que eu quase nunca tinha ouvido as pessoas falarem a palavra na vida real, ou até mesmo na TV ou em filmes. Achei que tinha alguma coisa a ver com não gostar de sexo, mas eu não tinha certeza.

— Hum… não muito — eu disse. — Já *ouvi* falar. — Imediatamente me senti envergonhada com essa confissão. — Você não precisa passar tempo explicando isso pra mim, eu posso só, sei lá, ir e pesquisar…

Ele sorriu de novo.

— Tudo bem. Eu gostaria de explicar. A internet pode ser um pouco confusa.

Eu me calei.

— Assexualidade significa que eu não sinto atração sexual por nenhum gênero.

— Então — pensei no assunto —, isso significa… que você não quer fazer sexo com ninguém?

Ele riu.

— Não necessariamente. Alguns assexuais se sentem dessa forma. Outros, não.

Agora eu estava confusa mesmo. Sunil conseguiu perceber.

— Está tranquilo — ele falou, e de verdade aquilo me fez sentir que não teria problema se eu não entendesse. — Assexualidade significa que eu não tenho *atração* sexual por nenhum gênero. Então eu não olho para homens, mulheres, ou qualquer um, e penso, *uau eu quero muito pegar essa pessoa e fazer coisas e tal*.

Isso me fez bufar.

— Alguém pensa mesmo esse tipo de coisa?

Sunil sorriu, mas era um sorriso triste.

— Talvez não nessas palavras, mas, sim, a maioria das pessoas pensa coisas desse tipo.

— Isso me abalou.

— Ah.

— Então eu só não tenho esse tipo de sentimento. Mesmo se for com alguém com quem estou namorando. Mesmo se for um modelo ou uma celebridade. Mesmo que, num nível simples e objetivo, eu sempre consiga dizer se uma pessoa é convencionalmente atraente. Eu só não sinto esses sentimentos de atração.

— Ah — eu disse de novo.

— Alguns assexuais gostam de transar, por uma variedade enorme de razões — ele continuou. — Acho que é por isso que muitas pessoas acham isso confuso. Só que outros assexuais não gostam mesmo de sexo, e outros só são neutros nesse assunto. Alguns assexuais ainda sentem atração romântica por outras pessoas, querem estar em um relacionamento ou até beijar pessoas, por exemplo. Só que outros não querem relacionamento romântico nenhum. É um espectro bem, bem grande, com um monte de sentimentos e experiências diferentes. E não há nenhum jeito de determinar como uma pessoa específica se sente, mesmo se ela abertamente se descrever como assexual.

— Então... — Senti que era um pouco invasivo perguntar, mas eu *tinha* que fazer isso. — *Você* ainda quer um relacionamento?

Ele assentiu.

— Sim. Eu me rotulo como gay também. Gay assexual.

— Tam... também?

— O termo técnico é homorromântico. Eu ainda quero um relacionamento com caras ou pessoas no espectro masculino de gênero. Só que eu sou bem indiferente a sexo, porque nunca olho para homens ou qualquer gênero e sinto atração sexual. Homens não me dão tesão. Ninguém me dá.

— Então atração romântica é *diferente* de atração sexual?

— Para algumas pessoas isso se manifesta de jeitos diferentes, sim — disse Sunil. — Algumas pessoas acham útil definir esses dois aspectos da atração que sentem de jeitos diferentes.

— Ah.

Eu não sabia como me sentir sobre isso. O que eu sentia parecia ser *inteiro* — não parecia ser duas coisas diferentes.

— A Jess é arromântica, o que significa que ela não sente atração *romântica* por ninguém. Ela também é bissexual. Ela não se importa de eu falar isso. Ela acha muitas pessoas fisicamente atraentes, só não se apaixona por elas.

Isso não é meio triste?, era o que eu queria perguntar. *Como é que ela fica bem com isso?* Como é que *eu* ficaria bem com isso?

— Ela é feliz — disse Sunil, como se lesse minha mente. — Demorou um tempo para ela ficar feliz consigo mesma, mas, quer dizer, você a conheceu. Ela é *feliz* com quem ela é. Talvez não seja esse sonho heteronormativo que ela cresceu querendo, mas saber quem você é e se *amar* é muito melhor do que isso, acho.

— Isso é... bastante coisa — eu falei, e minha voz saiu baixa e um pouco rouca.

Sunil assentiu de novo.

— Eu sei.

— Tipo bastante, *bastante,* mesmo.

— Eu sei.

— Por que as coisas precisam ser tão complicadas?

— Ah, as eternas e sábias palavras da filósofa contemporânea Avril Lavigne.

Eu não sabia o que dizer depois disso. Só fiquei ali, processando.

— É engraçado — disse Sunil, depois de uns instantes. Ele olhou para baixo, como se lembrasse uma velha piada. — Poucas pessoas sabem o que é assexualidade ou arromanticidade. Às vezes acho que estou tão envolvido com a Sociedade do Orgulho que esqueço que tem pessoas que simplesmente nunca ouviram essas palavras. Ou nem sabem que isso é uma coisa que existe.

— D-desculpa — eu disse no mesmo instante. Eu tinha ofendido ele sem querer?

— Meu Deus, não tem por que você se desculpar. Não está nos filmes. Mal está nas séries de TV, e quando está, em geral é em uma trama secundária que a maioria das pessoas ignora. Quando é falado na mídia, geralmente acaba virando motivo de piada. Até mesmo algumas pessoas queer por aí odeiam o conceito de ser aro ou ace porque eles acham que é anormal ou só *fingimento*... Quer dizer, você ouviu o Lloyd. — Ele sorriu para mim com tristeza. — Fico feliz que você ficou curiosa. É sempre bom ser curioso.

Eu estava curiosa agora, isso era certo.

E também estava apavorada.

Quer dizer, essa não era eu. Assexual. Arromântica.

Eu ainda queria transar com alguém, em algum momento. Quando eu encontrasse alguém de quem eu gostasse. Só porque eu nunca tinha gostado de ninguém não significava que eu nunca *iria* gostar, certo?

E eu queria me apaixonar. Queria muito, muito mesmo.

Eu definitivamente me apaixonaria um dia.

Então essa não seria eu.

Eu não queria que essa pessoa fosse eu.

Porra. Sei lá.

Sacudi a minha cabeça um pouco, tentando dissipar o turbilhão de caos que estava ameaçando se formar dentro do meu cérebro.

— Eu preciso... ir pra casa — eu gaguejei, sentindo repentinamente que eu era um grande incômodo pra Sunil. Ele provavelmente só queria ter uma noite boa, mas aqui estava eu, pedindo uma aula de sexualidade. — Quer dizer, pro dormitório. Desculpa. E, hum, obrigada por explicar... isso tudo.

Sunil olhou para mim por um bom tempo.

— Claro — disse ele. — E fiquei feliz mesmo que você veio comigo, Georgia.

— É — murmurei. — Obrigada.

— A Sociedade do Orgulho está com você — disse ele. — Ok? Ninguém estava comigo até... até eu conhecer a Jess. E se eu não tivesse conhecido ela... — A voz dele se esvaiu, algo atravessando a expressão dele que eu não conseguia decifrar. Ele substituiu por seu sorriso calmo e familiar. — Só quero que você saiba que as pessoas estão aqui pro que você precisar.

— Ok — eu falei rouca.

Então eu fui embora.

Acho que é justo dizer que muita coisa estava girando dentro do meu cérebro na caminhada para casa.

Eu ia magoar Jason, ou a gente ia morrer junto, usando alianças de casamento. Pip estava ótima — talvez ela não precisasse mais da gente. Por que eu não conseguia sentir nada por ninguém? Era isso que Sunil e Jess eram? Essas palavras supercompridas que a maioria das pessoas nunca nem tinha ouvido falar?

Por que eu não conseguia me apaixonar por alguém?

Eu passei por lojas, cafés, pelo departamento de história do Hatfield, estudantes bêbados e moradores tropeçando por aí, e a catedral, acesa gentilmente na escuridão, e isso me fez parar e pensar sobre como eu tinha percorrido esse caminho com Jason algumas horas antes, e nós estávamos rindo, e eu quase tinha conseguido imaginar que eu era uma pessoa completamente diferente.

Quando voltei para o meu quarto, as pessoas do andar de cima estavam transando de novo. Eu ouvia um som ritmado contra a parede. Eu odiava, mas eu me senti mal, porque talvez fossem só duas pessoas apaixonadas.

No fim das contas, esse era o problema com romance. Era tão fácil romantizar o romance porque estava por todos os lugares. Estava nas músicas e na TV e nas fotos cheias de filtro do Instagram. Estava no ar, vivo e nítido com uma possibilidade revigorante. Estava nas folhas que caíam, nos batentes de madeira das portas antigas, nos paralelepípedos gastos e nos campos de dentes-de-leão. Estava no toque das mãos, nas cartas rabiscadas, em lençóis amassados e na hora do crepúsculo. Um bocejo suave, na risada matinal, nos sapatos alinhados juntos ao lado da porta. Nos olhos que se encontram na pista de dança.

Eu podia ver tudo isso, o tempo todo, ao meu redor, mas, quando eu me aproximava, eu via que nada estava ali.

Uma miragem.

PARTE TRÊS

EU AMO NINGUÉM

— GEORGIA — uma voz disse, ou melhor, gritou, quando entrei na Sociedade Shakespeare pro ensaio dias depois.

Era nosso primeiro ensaio, em uma sala de ensaios de verdade. Nós estávamos dentro de um dos enormes e antigos prédios ao lado da catedral de Durham que só continham salas de aula que podiam ser reservadas por sociedades como espaços para atividades. Eu imaginava que esse prédio era igual a escolas particulares — cheio de madeira e desnecessariamente grande.

O grito em questão era um com o qual eu já estava me familiarizando bem.

Rooney apareceu no batente da sala usando um macacão militar bordô, que parecia imensamente fashion nela, mas, se eu estivesse usando, iria me fazer parecer uma funcionária de lava a jato.

Ela pegou meus dois braços e começou a me guiar para dentro da sala, que era na maior parte vazia, fora uma mesa no fundo, à qual Pip e Jason estavam sentados. Jason parecia estar lendo algum material didático, enquanto Pip olhou para cima e encarou Rooney com nada menos do que desdém.

— Estou morrendo, Georgia — disse Rooney. — Literalmente. Eu vou explodir.

— Por favor, se acalme.

— Não, é sério. Fiquei acordada até as seis da manhã planejando o resto da peça.

— Eu sei. A gente mora junto.

Desde que eu tinha avisado Rooney que Sunil estava dentro, ela tinha exagerado um pouco na preparação da peça — ficando acordada até tarde no planejamento, agendando ensaios semanais pelo resto do ano, e nos bombardeando com mensagens no novo grupo que Pip tinha chamado de "Pesadelo de uma Noite de Verão". Rooney tinha brigado com Pip sobre o nome do grupo por horas.

— Nós temos que ter as primeiras cenas prontas antes do Baile Bailey — Rooney continuou. — Isso, de acordo com a nossa meta.

— Isso é daqui a algumas semanas já.

— *Exatamente.*

O Baile Bailey — o baile que acontece na St. John's no começo de dezembro — era completamente irrelevante para nossa sociedade, mas Rooney tinha decidido usá-lo como meta, de qualquer forma. Provavelmente só pra assustar todo mundo e nos obrigar a comparecer aos ensaios.

— E se Sunil não quiser vir? — Ela abaixou a voz num sussurro. — E se ele achar que isso é uma péssima ideia? Ele é um *veterano*. Ele *sabe* de coisas.

— Ele não é o tipo de pessoa que vai criticar uma peça estudantil, pra ser sincera.

Foi aí que Sunil entrou na sala, usando calças escuras com uma listra vermelha de cada lado, uma polo apertada e uma jaqueta jeans. De alguma forma, ele não parecia estar congelado até a morte na temperatura fria brutal de novembro típica daqui do norte.

Ele sorriu quando se aproximou, e eu senti uma onda de culpa desconfortável por ele só ter aparecido porque eu pedi.

Pip e Jason se juntaram a nós para dar oi.

— Você é o único que eu não conheci ainda — disse Sunil para Jason, esticando a mão.

Jason a apertou. Ele pareceu intimidado. Ele provavelmente estava admirado com a aura fenomenal que irradiava de Sunil o tempo todo.

— Oi. Eu sou o Jason.

— Oi! Eu me chamo Sunil. Você é muito alto, Jason.

— Hum, verdade, acho?

— Parabéns.

— Valeu?

Rooney bateu palmas bem alto.

— Ok! Vamos começar!

Jason e Sunil foram mandados para o outro lado da sala para repassarem uma cena de *Sonho de uma noite de verão* enquanto Pip, Rooney e eu nos sentávamos em um círculo com nossos exemplares de *Muito barulho por nada* expostos na nossa frente.

Muito barulho por nada é provavelmente uma das melhores peças de Shakespeare porque o enredo é exatamente igual a uma fanfic de inimigos a amantes, com um monte de confusão e falta de comunicação no meio do caminho. A premissa é que Beatriz e Benedicto se *odeiam*, e os amigos deles acham isso hilário, então decidem que vão fazer artimanhas para que os dois se apaixonem, e isso funciona muito melhor do que o planejado.

Incrível.

Eu tinha mais uma vez sido escolhida por Pip e Rooney para ser um dos protagonistas românticos — Benedicto. Pip ia ser Beatriz. Sentamos num círculo para ler a cena, e eu esperava que fosse melhor dessa vez. Talvez só fosse esquisito com Jason. Agora eu ia contracenar com Pip em uma cena muito mais divertida.

— *Me admira que ainda insistais em falar, Senhor Benedicto* — Pip zombou com um revirar de olhos. — *Ninguém vos dá atenção.*

Eu me esforcei com meu melhor sarcasmo para responder:

— *Ora, minha cara senhora Desdém! Ainda viveis?*

— Menos brava, eu acho — disse Rooney. — Tipo, Benedicto está provocando. Ele acha isso hilário.

Eu *amava* romances de inimigos-a-amantes. Só que eu estava com dificuldade de *entrar de cabeça* nisso. Eu preferia assistir a alguém atuando numa história assim.

Deixei Pip ler a próxima fala antes de ser minha vez de novo, dessa vez tentando soar menos irritada.

— *Pois que a Cortesia gosta de virar a casaca. Uma coisa é certa; com vossa exceção, sou amado por todas as mulheres* — eu disse. — *Apenas assim desejava o coração encontrar caso não tivesse um feito de pedra; para ser franco, eu amo ninguém.*

— Hum — disse Rooney.

— Olha — falei. — Essa é a primeira vez que estamos lendo a cena toda.

— Tudo bem. Talvez esse papel só não seja pra você.

Isso *e* a Julieta? Será que eram os papéis românticos que eu não conseguia fazer? Óbvio que não — eu já tinha atuado em muitos papéis românticos nas peças da escola, no passado, e nos espetáculos do teatro juvenil, e eu tinha me saído bem.

Por que eu estava me estressando tanto com papéis românticos agora?

— Ei! — Pip brigou com Rooney. — Para de ofender a Georgia!

— Eu sou a diretora! Eu preciso ser sincera!

— Hum, eu *também* sou a diretora e acho que você está sendo uma cuzona!

— Drama — disse Jason do outro lado da sala. Eu virei para ver Sunil erguer as sobrancelhas para ele, e então os dois só começaram a rir.

— Se você acha que Georgia é *tãoooo* merda assim... — disse Pip.

— Não foi isso que ela disse, mas ok — falei.

— Então deixa eu ver *você* fazer melhor, Rooney Bach. Se você não tem nenhum problema em ser gay em uma cena.

— Ah, eu não tenho problema nenhum em *ser gay*, Pipinha — disse Rooney, com o tom de quem insinuava uma coisa completamente diferente, o que Pip notou, e hesitou um pouco, surpresa.

— Ok, então — disse Pip.

— Ok — disse Rooney.

Rooney jogou o exemplar dela de *Muito barulho por nada* no chão.

— *Ok*.

Eu fui me sentar com Sunil e Jason para que todos nós pudéssemos observar Pip e Rooney encenarem a primeira discussão de Beatriz e Benedicto na peça. Eu previa que seria ou absolutamente hilário ou uma bagunça completa. Possivelmente as duas coisas.

Rooney se ajeitou, erguendo a cabeça de forma altiva, e sorriu com escárnio para Pip.

— *Apenas assim desejava o coração encontrar caso não tivesse um feito de pedra; para ser franco, eu amo ninguém.*

Ela não estava nem olhando para o exemplar de *Muito barulho por nada*. Ela sabia de cor.

Pip riu e se virou, como se estivesse se dirigindo para a plateia.

— *Uma alegria imensa para as mulheres! Desse modo, ficariam livres de tal pretendente* nefasto. — Ela se virou de volta para Rooney, estreitando os olhos. — *Dou graças a Deus por ter sangue frio, e compartilho vossa disposição: prefiro ouvir meu cachorro latir para uma gralha do que ouvir um homem dizer que me ama.*

A boca de Rooney estremeceu. Era estranhamente semelhante ao jeito que fazia quando ela *não estava* atuando.

Ela deu um passo para mais perto de Pip, como se para enfatizar a vantagem de altura.

— *Que Deus conserve a Senhorita com tal disposição!* — ela pressionou uma mão no ombro de Pip, apertando. — *Desse modo, poupará um cavalheiro ou outro de um rosto arranhado que o Destino lhe reservou.*

— *Um arranhão não pode torná-lo pior* — Pip replicou imediatamente com um leve inclinar da cabeça e um sorriso atrevido —, *se for um rosto como o vosso.*

Como é que as duas já sabiam essa cena de cor?

Rooney se inclinou mais, o rosto apenas a centímetros de Pip.

— *Ora* — ela sussurrou em um tom baixo —, *farias uma rara professora de papagaios.*

Pip inalou o ar com força, estremecendo.

— *Um pássaro de minha língua é preferível a uma fera da vossa.*

E Rooney, essa doida varrida, deixou que os olhos abaixassem para a boca de Pip.

— *Só quisera meu cavalo ser tão veloz quanto vossa língua* — ela murmurou —, *e partilhasse do mesmo fôlego.*

O silêncio que se seguiu foi de dar desespero. Jason, Sunil e eu só ficamos encarando, hipnotizados. O ar na sala estava mais do que carregado — estava pegando *fogo*.

Nós esperamos um momento para que acabasse, e foi Pip que finalmente interrompeu. Ela se desvencilhou do momento, o rosto vermelho.

— E é assim que se faz, crianças — disse ela, com uma reverência. Nós aplaudimos.

Rooney se virou para arrumar o rabo de cavalo, estranhamente quieta.

— Então vocês duas vão ser Benedicto e Beatriz, certo? — perguntou Jason.

Pip me lançou um olhar.

— Bom, se Georgia não se importar...

— Não, claro que não — falei. — Foi ótimo.

Talvez um pouco ótimo *demais*, considerando o rubor nas bochechas de Pip.

— Quê? — disse Pip, olhando para Rooney, que ainda estava se mantendo ocupada tirando o elástico e amarrando de novo o cabelo. — A cena foi sexy demais para você?

— Nada é sexy demais pra mim — ela respondeu de volta. Só que ela não se virou para responder. Ela estava se escondendo.

Pip sorriu torto. Eu sabia que ela achava que tinha ganhado.

Passamos o resto do tempo de ensaio ajudando Rooney e Pip a delinear a cena, acrescentando alguns objetos, antes de fazê-la mais algumas vezes. Elas pareciam ficar mais alvoroçadas a cada vez, também aumentando a quantidade de contato visual intenso e toques ao longo da cena.

No fim de duas horas, Sunil, Jason e eu empilhamos as cadeiras, então fomos esperar perto da porta, enquanto Pip e Rooney ficavam no centro da sala e discutiam sobre algumas falas no fim da cena. Jason colocou o casaco de pelúcia.

— Então — ele disse pra Sunil —, algum arrependimento?

Sunil riu.

— Não! Foi divertido. Fico muito contente de ser testemunha de... — ele gesticulou vagamente na direção de Pip e Rooney — ... seja lá o que for *isso*.

— Nós sentimos muito por elas — falei.

Ele riu de novo.

— Não, é sério. Foi divertido. É uma mudança muito boa do caos e drama geral da Sociedade do Orgulho. E do estresse do último ano. — Ele colocou as mãos no bolso e deu de ombros. — Eu sei lá, eu acho que... eu precisava fazer algo desse tipo. A faculdade é tão estressante. Tipo, quando era calouro, eu só estava meio... Fiquei um tempo muito mal, e então eu passei o segundo ano inteiro fazendo coisas pra Sociedade do Orgulho, e bom, obviamente isso continuou até agora. A orquestra é boa, mas também estressante pra cacete. Eu não acho que eu aproveitei um tempo só pra fazer algo porque é *divertido*. Sabe? — Ele olhou para cima, como se estivesse surpreso que nós ainda estivéssemos parados ali, escutando ele falar. — Desculpa, agora estou falando demais.

— Não, tudo bem — eu disse, mas isso não parecia o suficiente. — Nós estamos... felizes que você está aqui.

Jason deu um tapinha no ombro dele.

— Aham, você precisa vir com a gente comer pizza uma hora. Reunião de elenco.

Sunil sorriu para ele.

— Vou, sim. Obrigado.

Nós nos despedimos de Sunil, que tinha um seminário para ir, e Jason e eu nos inclinamos em lados opostos do batente, esperando por Pip e Rooney.

Jason começou a folhear as páginas do exemplar dele da peça.

— *Muito barulho por nada* é uma peça ótima. Apesar de eu não entender o apelo desses relacionamentos em que as pessoas são más umas com as outras no começo.

— É só tensão crescente até a hora inevitável em que eles vão transar loucamente — eu disse, pensando carinhosamente em algumas das minhas fanfics de inimigos-a-amantes favoritas. — Faz o sexo que vai vir depois ser mais empolgante.

— Acho que isso dá uma boa história. — Ele virou uma página. — É engraçado o quanto essas coisas todas giram ao redor de sexo. Eu nem acho que precisaria de sexo num relacionamento.

— Espera, sério?

— Tipo, é divertido, mas não acho que seja tão importante. Se a outra pessoa não quiser tanto fazer isso. Ou, tipo, nem quiser fazer. — Ele desvia o olhar do livro. — O quê? Isso é esquisito?

Dou de ombros.

— Não, é um jeito legal de pensar.

— Se você realmente ama alguém, eu acho que você... não se *importa* tanto assim com coisas desse tipo. Sei lá. Acho que todo mundo foi meio condicionado a ser obcecado por isso, quando, na verdade, sabe, é só uma coisa que pessoas fazem por diversão. Você nem precisa mais disso pra fazer bebês. Não é como se você fosse morrer sem.

— Morrer sem o quê? — perguntou Pip, que repentinamente só estava a alguns metros de nós, colocando a jaqueta bomber.

Jason fechou o livro com pressa.

— Pizza.

— Ah, meu Deus, dá pra gente ir comer pizza agora? Eu *vou* morrer se não comer pizza agora.

Eles foram embora juntos, conversando, enquanto eu esperava por Rooney, que estava amarrando os cadarços.

Será que tinha algum tipo de terceiro caminho quando se tratava do meu relacionamento e de Jason? Será que dava para ficarmos juntos e só não transar?

Eu fiquei encostada no batente tentando imaginar isso. Sem sexo, mas ainda com romance. Um *relacionamento*. Beijar Jason, ficar de mãos dadas com Jason. Estar *apaixonada*.

Passei tanto tempo pensando em como eu me sentia sobre o amor, mas não muito em *fazer sexo* — eu só tinha pressuposto que sexo automaticamente faria parte disso. Só que não precisava ser assim. Sunil tinha me dito que algumas pessoas não queriam sexo, mas eram muito felizes em seus relacionamentos sem isso.

Talvez eu *gostasse* de Jason romanticamente — eu só não queria transar com ele.

GÊMEAS DE MASTURBAÇÃO

Obviamente, passei o resto do dia pensando em sexo. Não de um jeito divertido. Só de um jeito *confuso*.

Eu não tinha pensado muito em como me sentia sobre sexo antes da festa da formatura. Esse tinha sido o primeiro momento em que eu tinha começado a me perguntar se eu era *estranha* por não ter feito todas as coisas que as outras pessoas diziam que tinham feito — inclusive transar.

Todos nós sabemos que o conceito de "virgindade" é idiota pra caramba, e que foi inventado por misóginos, só que isso não me impedia de pensar que eu estava, no fundo, perdendo algo muito bom. Só que eu estava *mesmo* perdendo alguma coisa? Sunil disse que ele se sentia *indiferente* a sexo. Eu nunca tinha ouvido ninguém falar de sexo dessa forma antes. Como se fosse um tipo de delivery de comida que você até achasse ok, mas pessoalmente nunca escolheria.

Tudo que eu sentia sobre sexo até agora era vergonha por não ter feito ainda.

Naquela noite, na cama, eu decidi falar com alguém que sabia de verdade um pouco do assunto. Rooney.

Eu me virei na cama para encará-la do outro lado do quarto. Ela estava digitando no MacBook, a maior parte do corpo escondida debaixo do edredom.

— Rooney? — eu disse.

— Hum?

— Eu estive pensando sobre… sabe… minha situação com Jason.

Isso chamou a atenção dela na hora. Ela se endireitou um pouco na cama, fechando o computador, e disse:

— É? Vocês já se beijaram?

— Bem, não, mas…

— Sério? — Ela ergueu as sobrancelhas, claramente pensando que isso era esquisito. — Que houve?

Eu não sabia o que falar pra ela.

— Não esquente a cabeça com isso — ela disse, abanando a mão. — Vai acontecer. Quando for a hora certa, só vai *acontecer*.

Isso me irritou. Beijar era uma coisa assim tão *vaga*?

— Acho que sim — eu disse, sentindo como se devesse só ser sincera. — Eu… não sei nem mesmo se… sei lá, eu sinto atração por homens no geral, ou algo do gênero.

Rooney piscou.

— Sério?

— Aham.

— Ok — disse Rooney. Ela assentiu, mas eu conseguia ver no rosto dela que isso era uma novidade pra ela. — Ok.

— Só que eu não tenho certeza. Eu andei pensando muito sobre, bom, sobre como eu me sentiria com… a parte física.

Houve uma pausa, e então ela disse:

— Sexo?

Eu deveria ter imaginado que ela só iria direto pro assunto.

— Bom, sim.

— Ok. — Ela assentiu de novo. — É. Isso é bom. Atração sexual é só entender com quem você quer transar. — Ela pausou para pensar, e então se virou de lado para me encarar. — Certo. A gente vai analisar isso.

— O que você está pensando?

— Vamos chegar às profundezas dos seus sentimentos e entender se você sente atração pelo Jason ou não.

Eu não fazia nenhuma ideia de aonde essa conversa estava indo, e eu estava com medo.

— Pergunta número um. Você toca siririca?

Eu estava certa de ficar com medo.

— Nossa.

Ela ergueu as mãos.

— Você não precisa responder, mas acho que isso pode ser um bom jeito de entender se você gosta mesmo do Jason.

— Eu estou tão desconfortável.

— Sou só eu. Eu já te ouvi peidar na cama.

— Você não ouviu, *não*.

— Ouvi, sim. Foi bem alto.

— Ai, *Deus*.

Eu sabia que eu poderia interromper essa conversa se eu quisesse mesmo. *Era* um pouco grosseiro da parte de Rooney fazer tantas perguntas pessoais quando na verdade a gente só se conhecia havia um mês e meio. Só que eu *queria* falar sobre esse tipo de coisa com alguém. E eu *achava* que falar sobre isso me ajudaria a entender algumas coisas.

— Então — Rooney continuou. — Masturbação.

Eu não era o tipo de pessoa que achava que isso era uma "coisa de homens". Eu estava na internet por tempo o suficiente pra saber que masturbação era uma coisa de todos os gêneros.

— Mas todo mundo... todo mundo não se masturba? — eu murmurei.

— Hum, não, acho que não. — Rooney tamborilou o dedo no queixo. — Eu tinha uma amiga lá em casa que dizia que ela só não gostava.

— Ah. É justo.

— Então presumo que você faz isso.

Bem, sim. Eu não ia mentir sobre esse assunto. Eu sabia que não era algo para me envergonhar, obviamente, mas ainda assim era excruciante falar sobre isso.

— Aham — respondi.

— Ok. Então, no que você pensa quando você se masturba?

— Rooney. Puta que pariu.

— Qual é! Estamos fazendo um estudo científico para determinar onde está sua atração. A gente devia pedir ajuda pra Pip! Ela estuda ciência!

Eu não estava lá muito a fim de que Pip se envolvesse numa conversa que já era pra lá de estranha.

— Não devia, não.

— Você pensa em homens? Mulheres? As duas coisas? Qualquer um?

A resposta sincera era:

Qualquer um.

Literalmente qualquer coisa.

Só que eu sabia que isso só iria confundir mais as coisas. E aqui vai a razão.

A minha situação normal de masturbação era só quando eu estava a fim de ler uma fanfic meio pornográfica. Parecia um jeito seguro e divertido de sentir tesão e aproveitar. Então eu só ficava pensando nos personagens da fic que eu estava lendo. Seja lá qual fosse a combinação de gêneros que ela envolvia — eu não era exigente, desde que a escrita fosse boa.

Não era sobre corpos ou órgãos genitais no meu caso. Era sobre química. Só que eu não achava que isso era algo anormal.

As pessoas não pensavam só em peitos ou tanquinhos e ficavam com tesão *de verdade*. Ou será que sim?

— Georgia — disse Rooney. — Vamos lá. Eu te falo a minha se você me falar a sua.

— Tá bom — eu disse. — Eu... O gênero não importa muito.

— Ah, meu Deus! Eu também! — Rooney gesticulou para o espaço entre nós. — Mais do que amigas, gêmeas de masturbação!

— Nunca fale isso de novo.

— Não, só é legal saber que não estou sozinha nessa. — Ela puxou o edredom um pouco mais para perto dela. — Tipo, eu sei que no geral só fico com caras, mas... sabe. É divertido pensar em outras possibilidades.

Talvez eu fosse bi ou pan, então. Talvez nós duas fôssemos. Se gênero não importasse pra nós duas, isso faria sentido, certo?

— Tem uns cenários mais específicos nos quais eu tenho que pensar — ela continuou. — Tipo, eu não consigo me imaginar fazendo com qualquer um. Ainda acho que tenho certas preferências. Só que não estão limitadas a gênero.

Algo que ela disse me fez pausar.

— Espera — falei. — Quer dizer, eu não *me* imagino com nenhum gênero.

Ela hesitou.

— Ah. Quê?

Algo clicou no meu cérebro com o que eu estava tentando dizer.

— Eu não penso em *mim mesma* fazendo sexo — falei.

Rooney franziu o cenho, então ela soltou uma risada pelo nariz, e depois, percebendo que eu não estava brincando, ela voltou a franzir a testa.

— No que você pensa então? Outras pessoas?

— É.

— ... Pessoas que você conhece?

— Eca, não. Que nojo. Mais como... pessoas que eu inventei na minha cabeça.

— Hum. — Rooney exala profundamente. — Então você não pensa em transar com Jason?

— Não! — eu exclamei. A ideia de transar com Jason me fazia surtar. — As pessoas... as pessoas não fazem isso de verdade, fazem?

— O quê, fantasiar sobre alguém em quem você tem um *crush*?

Assim que ela disse, eu percebi o quão óbvio isso era. É claro que as pessoas faziam isso. Eu tinha visto isso dezenas de vezes em filmes e na TV e em fanfics.

— Isso vai ser mais difícil do que eu pensava — disse Rooney.

— Ah.

— Ok, então. Pergunta número dois. Quem foi a última celebridade com a qual você se masturbou?

Eu pisquei.

— As pessoas *definitivamente* não fazem isso.

— Fazem o quê?

— Se masturbam olhando foto de gente famosa.

— Hum, sim, fazem isso, sim. Eu tenho uma pasta cheia de fotos do Henry Cavill sem camisa no meu computador.

Eu ri.

Rooney não fazia isso.

— Que foi? — ela perguntou.

Eu genuinamente achei que ela estava zoando.

— Eu achei que isso era uma coisa de filme. Você só tipo... olha pra um tanquinho e isso resolve pra você?

— Quer dizer... é. — Rooney parecia um pouco incomodada. — Isso não é normal?

Eu não fazia ideia do que era normal. Talvez nada fosse normal.

— Eu só não entendo o apelo. Tanquinhos são só um estômago com caroços.

Isso fez Rooney soltar uma gargalhada.

— Ok. Tá bom. Pergunta número três…

— Como é que tem ainda mais perguntas…

— Sonhos sexuais. O que aconteceu no seu último sonho sexual?

Eu a encarei.

— Sério?

— Sim!

Eu comecei a dizer que nunca tive um sonho sexual, mas isso tecnicamente não era verdade. Sonhei alguns anos atrás que, pra passar nas minhas provas finais, eu tinha que transar com um cara na minha aula. Ele estava esperando na minha cama, pelado, e eu continuava entrando e saindo do meu quarto, inteiramente vestida, sem nem conseguir reunir coragem o suficiente pra terminar logo. Não era um pesadelo, mas me deu a mesma sensação de um, no qual você está tentando fugir de um demônio só que suas pernas não estão se mexendo, como se estivessem presas em areia movediça, o demônio está se aproximando, só que você não consegue se mexer direito, e você está prestes a morrer.

Pensando bem, acho que isso não contava como um sonho sexual.

— Eu não tenho sonhos sexuais — eu disse.

Rooney me encarou de volta.

— Tipo… nunca?

— Todo mundo tem sonhos sexuais?

— Bom… eu sei lá. — Rooney parecia quase tão confusa quanto eu. — Eu achava que isso era uma coisa geral, mas então acho que não.

Eu quase me arrependi de começar esse assunto com ela. Para alguém que já tinha transado muito, Rooney não parecia entender tudo tão melhor do que eu. Tomando uma decisão precipitada, peguei meu celular de novo.

— Vou mandar uma mensagem pra Pip.

— *Sim*. Por favor, traga ela pra essa conversa. Eu quero saber o que ela pensa.

Lancei um olhar para Rooney.

— Você está mesmo muito interessada no que Pip pensa sobre sexo, hein?

Rooney gaguejou.

— Er, não, na verdade, não. Eu só... queria uma terceira opinião, e ela é a pessoa que tem mais chance de aceitar dividir informações bem pessoais além do normal.

Georgia Warr
desculpa mandar mensagem tão tarde, mas eu tenho uma pergunta, amiga querida

Felipa Quintana
É melhor não ser reclamando do nome do grupo porque eu vou defender "pesadelo de uma noite de verão" até a morte

Georgia Warr
eu respeito o pesadelo, não é sobre isso
entãooooooo
eu e rooney estamos tendo uma conversa sobre sexo agora

Felipa Quintana
UUUUUUH
Ok manda ver

Georgia Warr

minha pergunta é......

você tem sonhos sexuais?

Felipa Quintana

rs UAU

Georgia Warr

você não precisa responder se for pessoal demais haha

mas tipo eu também já te vi mijar várias vezes

a gente já se conhece demais nessa altura

e só pra constar rooney está aqui e quer saber suas respostas

Felipa Quintana

Uau oi Rooney

É eu já tive sonhos sexuais

Não tipo um moooonte

Mas de vez em quando

Quer dizer isso é bem normal né??

— Ela disse que já teve sonhos sexuais — eu falei pra Rooney.

— Pergunte a ela sobre se masturbar — Rooney sibilou do outro lado do quarto.

— Rooney.

— É pela ciência!

Georgia Warr

isso é basicamente o que estamos tentando determinar

segunda pergunta: quando você se masturba você pensa em VOCÊ MESMA fazendo sexo?? E se sim... com qual gênero??

rooney disse que gênero não importa pra ela

Felipa Quintana
JESUS Georgia que conversa é essa mds
Espera Rooney pensa em transar com meninas??????

Georgia Warr
aham

Felipa Quintana
OKKKKK.......... Ok interessante
Bom, primeiro, sim, eu penso em mim mesma. SI no que mais você pensaria?? Eu acho que a não ser que você esteja literalmente tocando siririca enquanto assiste pornô... mas mesmo assim é um pouco sobre você e suas próprias fantasias também
E obviamente eu só penso em mulheres haha... a ideia de ficar com um cara me dá nojo
Quer dizer eu sou mesmo lésbica. A gente já estabeleceu isso
Mas esse é um assunto interessante

— Ela falou que pensa nela mesma transando — falei.
Rooney assentiu, apesar de que agora ela tinha começado a arrumar o cabelo dela, e eu não conseguia ler bem sua expressão.
— É. Acho que é isso que a maioria das pessoas faz.

Georgia Warr
não vou falar essa pra rooney, essa é uma pergunta só minha
você tipo fantasia com outras pessoas?? pessoas de verdade?
Tipo se você tiver um crush ou encontrar uma pessoa gata, você pensa em transar com essa pessoa????

Felipa Quintana
Georgia por que é que você quer saber de tudo isso?
Você está bem??

Você e Jason estão TRANSANDO??
Ai deus eu não sei se eu quero saber

Georgia Warr
se acalme eu não estou transando
só tentando entender umas coisas

Felipa Quintana
Ok
É acho que faço isso sim às vezes
Não com tooooda pessoa gata que eu encontro, mas se eu gostar mesmo de alguém…
Acho que eu só não consigo evitar, haha?

— O que você está falando pra ela? — Rooney perguntou.

Eu estava encarando a tela do celular.

Então atirei-o pro outro lado da cama.

— Isso só pode ser uma *brincadeira* — desabafei.

Rooney hesitou.

— O quê?

Eu me sentei, tirando o edredom do meu corpo.

— Todo mundo só pode estar ZOANDO.

— O que você…

— As pessoas só ficam por aí, pensando em transar o tempo todo, e elas não conseguem nem *evitar*? — eu gaguejei. — As pessoas têm sonhos sobre isso porque elas querem *tanto assim*? Como é que… Eu estou em crise. Achei que todos os filmes estavam exagerando, mas vocês todos só estão mesmo no mundo desejando genitais e constrangimento. Isso tudo só pode ser uma brincadeira.

Houve um longo silêncio.

Rooney pigarreou.

— Acho que não somos gêmeas de masturbação.

— Puta merda, Rooney.

Acho que essa conversa foi pra um lugar que nenhuma de nós duas esperava.

Eu nunca tinha fantasiado comigo mesma transando. E isso era diferente da maioria das pessoas. *Eu* era diferente. Como é que eu nunca tinha percebido isso antes?

Pensando em personagens de fanfic transando? Ótimo. Legal. Sexy. Só que pensar em *mim mesma* fazendo sexo com qualquer um, homem, mulher, seja lá quem, não me interessava.

Não, era mais do que isso. Era um bloqueio que imediatamente acabava com qualquer clima.

Era disso que Sunil tinha falado? Era assim que ele se sentia?

— Eu não sei bem o que dizer ou como ajudar — disse Rooney. Então, com mais sinceridade do que eu estava acostumada de Rooney, ela prosseguiu dizendo: — Não faça nada que você não queira fazer, tá?

— Tá.

— Eu estou falando de Jason. — Ela pareceu muito séria de repente, e eu percebi o quão raro era ver uma expressão como aquela no rosto de Rooney. — Só não faça nada que você não se sinta confortável fazendo. Por favor.

— Aham. Ok.

Felipa Quintana
Ei tem certeza de que tá tudo bem? Essa foi uma conversa estranha

Georgia Warr
eu tô bem
desculpa
isso foi esquisito

Felipa Quintana
Tá tudo bem!!! Eu amo esquisito
Espero ter ajudado??

Georgia Warr
ajudou

MÚSICA DE CONTAGEM REGRESSIVA

— Então, acho que isso é um encontro de verdade — falei pra Jason enquanto comíamos nossas panquecas.

Nosso terceiro encontro foi no café de panquecas. Ficava em um morro a uns dez minutos de caminhada do centro de Durham, e era tão pequeno que eu me sentia claustrofóbica. Talvez fosse por isso que eu estava tão desconfortável, pelo meu raciocínio.

Minha constatação pareceu agitá-lo por um instante, mas ele abriu um sorriso no fim das contas.

— Acho que sim.

Ele tinha feito um esforço hoje, assim como eu. O cabelo dele parecia mais macio, e ele estava usando uma camiseta fashion da Adidas com o seu jeans preto de sempre.

— Os outros dois contaram? — perguntei.

— Hum... não sei. Talvez o segundo?

— Sim. Ser chutado pra fora do cinema e então ter uma enxaqueca parece ótimo pra um primeiro encontro.

— Com certeza um pra contar aos netos, suponho. — Assim que ele falou isso, ele desviou o olhar, envergonhado, sem saber se isso era uma piada apropriada para fazer. Eu dei uma risada só para reconfortá-lo.

Nós comemos nossas panquecas e conversamos. Falamos sobre a peça, sobre as aulas, sobre o Baile Bailey, para o qual eu tinha conseguido arrumar ingressos para Jason e Pip. Falamos sobre política e decoração de quartos e o novo jogo de Pokémon que ia sair. Era tão fácil conversar com Jason.

Era tudo que eu precisava para amenizar minhas dúvidas. Parar de pensar naquela conversa com Rooney e Pip. Para esquecer o que Sunil tinha me dito.

Jason e eu rimos de alguma piada. E eu pensei — talvez. Talvez pudesse funcionar se eu tentasse só mais uma vez.

— Você sabe o que Rooney disse? — falei pra Jason quando voltamos para o dormitório da faculdade. Estávamos sentados no corredor da cozinha dele, e Jason tinha acabado de me fazer chocolate quente.

Jason colocou açúcar no chá dele.

— O quê?

Eu tinha tomado a decisão na caminhada de volta para cá para aproveitar essa chance. Independentemente do que Rooney tinha concluído no fim da nossa conversa, eu precisava tratar essa situação de forma realista — eu tinha que fazer um esforço para gostar de Jason. Eu podia fazer isso, certo? Eu conseguia.

— Ela achou esquisito que a gente ainda não se beijou.

Ok, isso não era *exatamente* o que ela tinha dito antes de nossa grande conversa sobre sexo. Só que era isso que ela tinha insinuado.

Jason parou de mexer o chá. Por um momento, sua expressão se tornou indecifrável.

Então, ele voltou a mexer no chá.

— É mesmo? — ele falou, com um pequeno muxoxo.

— Mas eu acho que ela já teve mais relacionamentos do que a gente — eu falei, com uma risadinha envergonhada.

— É mesmo? — Jason respondeu, enigmático.

— É.

Merda. Será que eu estava deixando isso estranho? Eu estava deixando isso estranho.

— Bem... — Jason bateu a colher ao lado da caneca. — Isso... quer dizer, todo mundo faz essas coisas em ritmos diferentes. A gente não precisa se apressar.

Eu assenti.

— É. Verdade. Ok. Tudo bem. Nós não precisávamos nos beijar hoje. Eu podia tentar outro dia.

Uma onda de alívio me preencheu.

Não, espera aí.

Eu não podia desistir assim fácil, né?

Porra.

Por que isso era tão difícil?

Rooney disse que essas coisas só *aconteciam*. Só que, se eu não fizesse nada, nada iria acontecer. Se eu não tentasse, eu ficaria assim pra sempre.

Jason terminou de fazer seu chá. Nós decidimos só aproveitar para ficar no quarto dele e assistir a um filme — era domingo à tarde, e parecia a coisa certa a fazer.

Só que, assim que eu fui abrir a porta, alguém do outro lado a empurrou na minha direção tão rapidamente que eu tropecei pra trás nos meus próprios pés, e caí em cima de Jason e sua caneca fervente de chá.

Nós não caímos, mas o chá esparramou por *tudo*.

A pessoa que tinha aberto a porta se afastou imediatamente com um "desculpa, volto daqui a pouco". Eu só fui atingida por algumas gotas e eu ainda estava vestindo meu casaco, de qualquer forma. Eu me virei pra Jason, que tinha se sentado em uma cadeira próxima para examinar o estrago.

O moletom dele estava encharcado. Só que isso não parecia incomodá-lo — ele estava encarando, assustado, a mão esquerda, que tinha sido coberta de chá. Chá que tinha acabado de ferver.

— Puta merda — eu falei.

— É — ele disse, encarando a mão.

— Está doendo?

— É... um pouco.

— Água fria — eu disse imediatamente. Peguei o pulso dele, puxando-o na direção da pia, e abri a torneira, segurando a mão dele embaixo da água.

Jason só ficou encarando, espantado. Nós esperamos, deixando que a água gelada fizesse seu trabalho.

Depois de um momento, ele disse:

— Eu estava empolgado pra tomar aquele chá.

Eu deixei escapar um suspiro de alívio. Se ele estava fazendo piadas, provavelmente não era tão ruim assim.

— Chá mancha? — Ele olhou para o tecido molhado, e então só deu uma risada. — Vou pesquisar isso.

— Desculpa mesmo — eu falei, percebendo que isso era provavelmente minha culpa.

Jason me cutucou com o cotovelo.

Nós estávamos bem perto um do outro na frente da pia.

— Não foi sua culpa. O cara que veio é do meu corredor. Eu juro que ele nunca olha por onde anda. Já trombei com ele umas cinco vezes.

— Você está... tá tudo bem? A gente não precisa ir pra emergência nem nada?

— Acho que tudo bem, mas eu provavelmente deveria ficar aqui mais uns minutos.

Nós ficamos em silêncio de novo, ouvindo o som da água corrente.

Então Jason disse:

— Hum, você não precisa segurar minha mão se não quiser.

Eu ainda estava segurando o pulso dele, deixando sua mão embaixo da torneira. Eu rapidamente soltei, mas então percebi que isso poderia ter meio que sido uma cantada, e ele queria que eu continuasse segurando a mão dele... ou talvez não significasse nada? Não tinha certeza. Talvez fosse tarde demais.

Eu me virei para vê-lo me encarando. Ele rapidamente desviou o olhar, mas quase que imediatamente se virou de novo para que ficássemos sustentando um olhar do outro.

Era como se um alarme tivesse de repente soado ao meu redor.

Como um alarme de invasores que te acorda, tão intrusivo que você não consegue parar de tremer por meia hora.

Pensando bem, era quase hilário.

Toda vez que alguém tentava me beijar, eu reagia imediatamente como se eu estivesse em um perigo profundo.

Os olhos dele focaram nos meus lábios e foram pra cima novamente. Ele não era como Tommy. Ele estava tentando muito entender se isso era algo que eu queria. Ele estava procurando os *sinais*. Eu estava dando os sinais? Talvez fosse mais fácil pra ele perguntar, mas como as pessoas perguntam isso sem ser de um jeito cafona? E pra ser sincera, eu estava aliviada que ele não tinha perguntando, porque o que eu iria dizer?

Não. Eu teria dito não, porque no fim das contas, eu não conseguia mentir pra ninguém exceto pra mim mesma.

Conforme ele se moveu na minha direção, somente uma fração de centímetro, eu imaginei uma música de *contagem regressiva* começando a tocar.

Eu queria tentar.

Eu *queria* querer beijar ele.

Só que eu não queria beijar ele de verdade.

Mas talvez eu devesse fazer isso mesmo assim.

Só que eu não queria.

Mas talvez eu não soubesse até tentar.

Só que eu sabia que eu já sabia.

Eu já sabia o que eu sentia.

E Jason captou a mensagem.

Ele se afastou de novo, claramente envergonhado.

— Ah… desculpa. Momento errado.

— Não — eu me encontrei dizendo. — Pode continuar.

Eu queria que ele só fizesse isso. Queria que ele arrancasse o Band-Aid rápido. Colocasse o osso de volta no lugar. Que me consertasse.

Só que eu já sabia que não teria nada pra consertar.

Eu sempre seria desse jeito.

Ele encontrou meu olhar, questionando. Então ele se inclinou e encostou os lábios nos meus.

LAVAGEM CEREBRAL

Meu primeiro beijo aconteceu com Jason Farley-Shaw em novembro do meu primeiro ano da faculdade, parada na frente da pia da cozinha de um dormitório.

Por mais romântica que eu fosse, eu nunca tinha pensado muito em como seria meu primeiro beijo. Pensando bem, isso provavelmente deveria ter sido um indicativo do quanto eu não estava interessada em beijar ninguém, só que anos de filmes, música, TV, pressão externa e meu próprio desejo por uma grande história de amor tinham feito uma lavagem cerebral em mim para acreditar que isso era uma coisa incrível, desde que eu experimentasse.

Não foi uma coisa incrível.

Na verdade, eu odiei. Acho que ficaria menos desconfortável se alguém tivesse me desafiado a começar a cantar no meio do transporte público.

Não foi culpa de Jason não ter sido. Eu não tinha ninguém para comparar com ele, óbvio, mas, objetivamente, ele beijava tão bem quanto se esperaria. Ele não fez força demais, nem foi intenso demais. Não teve nenhum contato de dentes, ou, Deus que me livre, língua.

Eu sabia mais ou menos quais eram os sentimentos que beijar *deveria* provocar. Eu tinha lido centenas, possivelmente *milhares* de fanfics nessa altura da vida. Beijar alguém de que você gostava era pra deixar sua cabeça girando, o seu estômago embrulhado, o coração acelerado, e era pra você gostar da experiência.

Eu não senti nada disso. Só senti um terror profundo e vazio no meu estômago. Eu odiava o quão perto ele estava de mim. Odiava o jeito como os lábios dele ficavam contra os meus. Odiava o fato de que ele queria fazer isso.

Só durou alguns segundos.

Mas foram segundos muito desconfortáveis pra mim.

E, a julgar pela expressão dele, a experiência foi a mesma.

— Parece que você achou horrível — eu me vi dizendo. Eu não sabia o que mais falar fora a verdade nessa altura.

— Você também — disse Jason.

— Ah.

Jason desviou o olhar com uma expressão de dor. Ele abriu a boca, e então fechou de novo.

— Bom, eu fodi essa direitinho — eu falei.

Ele sacudiu a cabeça imediatamente.

— Não, a culpa foi minha. Desculpa. Merda. Foi o momento errado.

Eu queria rir. Eu queria poder explicar o quanto isso era de fato minha culpa.

Talvez eu *devesse* tentar explicar.

Só que Jason acabou falando primeiro.

— Eu não acho que você está a fim de mim — ele disse.

Quando ele olhou para mim, era como se ele estivesse implorando. Suplicando para que eu falasse que era mentira.

— Eu… não sabia se estava — falei. — Eu achei que se… eu *tentasse* então eu podia fazer isso acontecer. Eu só queria ver se eu *poderia* me apaixonar, e você era a pessoa por quem pensei que poderia me apaixonar, tipo, se tentasse?

Assim que as palavras saíram da minha boca, eu percebi exatamente o peso do que eu tinha acabado de fazer.

— Você… só me usou de experimento, então — disse Jason, desviando o olhar. — Sabendo muito bem que eu gostava mesmo de você.

— Eu não queria te magoar.

— Bom, você magoou. — Ele riu. — Como é que você achou que ia fazer isso e *não* magoaria?

— Desculpa — foi tudo que eu consegui dizer.

— Porra. — Então ele riu uma risada horrível e triste. — Por que você fez isso comigo?

— Não fala assim — eu respondi, rouca.

Jason desligou a torneira e examinou a mão dele, comparando com a outra. Ainda parecia alguns tons de vermelho mais forte do que deveria ser.

— Ok. Eu acho que está ok.

— Tem certeza?

— Aham. Eu vou embrulhar em alguma coisa, só pra garantir.

— Ah. Claro, é, faz isso. — Eu fiquei lá em pé, desconfortável. — Você quer que eu vá junto?

— Não.

Caralho. Tudo estava indo por água abaixo.

— Eu sinto muito mesmo — eu falei, sem saber se estava pedindo desculpas pela queimadura ou pelo beijo. Provavelmente as duas coisas.

Jason sacudia a cabeça. Quase parecia que ele estava irritado consigo mesmo, só que nada do que aconteceu naquela tarde foi culpa dele.

— Eu… preciso ir.

Jason foi em direção à porta.

— Jason — chamei, mas ele não parou.

— Eu só preciso que você me deixe sozinho por um tempo, ok, Georgia?

E então ele se foi.
Jason não merecia nada disso.
Jason tinha…
Jason gostava de verdade de mim.
Ele merecia ter alguém capaz de sentir o mesmo por ele.

FUTURO DOS SONHOS

O problema não era só eu ter machucado Jason. Não era nem que eu tinha que aceitar que eu era de algum tipo de orientação sexual que quase ninguém tinha ouvido falar, que eu teria que encontrar um jeito de explicar pra minha família e todo mundo. Era saber, com uma certeza absoluta, que eu nunca, nunca mesmo, ia me apaixonar por ninguém.

Eu tinha passado minha vida inteira acreditando que o amor romântico estava esperando por mim. Que um dia eu o encontraria e então eu seria, totalmente, e finalmente *feliz*.

Só que agora eu precisava aceitar que isso nunca ia acontecer. Nada disso. Nenhum romance. Nenhum casamento. Nenhum sexo.

Havia tantas coisas que eu nunca poderia fazer. Que eu nunca nem ia *querer* fazer ou me sentir *confortável* fazendo. Tantas coisas pequenas que eu acreditava que eram simplesmente garantidas, tipo mudar para uma casa com o meu parceiro, a minha primeira dança na cerimônia do casamento, ou ter um filho com alguém. Ter alguém pra cuidar de mim quando eu estivesse doente, ou assistir a TV durante a noite, ou viagens em casal pra Disney.

E a pior parte disso tudo: apesar de eu desejar essas coisas, eu sabia que elas nunca me fariam feliz, de qualquer forma. A ideia era linda, mas a realidade me dava ânsia.

Como eu poderia ficar tão triste em ter que desistir dessas coisas que eu nem sequer queria de verdade?

Eu me sentia patética só por ficar triste por isso. Eu me sentia culpada, sabendo que havia pessoas como eu que eram *felizes* sendo assim.

Eu me senti como se estivesse em luto. Eu estava em luto por essa vida falsa, por esse futuro dos sonhos que eu jamais viveria.

Eu não tinha ideia de como minha vida seria agora. E isso me assustava. Meu Deus, isso me assustava muito, muito mesmo.

MUNDO ESPELHADO

Eu não contei nada pra Pip.

Eu também não queria decepcioná-la.

No dia depois do meu encontro com Jason, eu comecei a me perguntar se ele ia falar alguma coisa pra Pip, e Pip ia me odiar. Só que então ela me mandou uma mensagem naquela mesma tarde com um link pra um TikTok bem engraçado, o que definitivamente significava que Jason não tinha dito nada.

No dia seguinte a esse, Pip me mandou uma mensagem perguntando se eu queria encontrá-la para uma sessão de estudos na biblioteca grande da universidade, porque ela odiava fazer tarefas sozinhas no quarto dela, e eu concordei. Ela explicou que Jason tinha um treino de remo, então não podia vir. Nós não conversamos muito enquanto estávamos lá — eu tinha uma tarefa focada em literatura da cavalaria medieval, e ela estava fazendo um trabalho de química que parecia dez vezes mais difícil do que a minha redação sobre "O destino na obra *Perceval*, de Chrétien de Troyes". Eu fiquei feliz que não conversamos muito, porque, se ela tivesse me perguntado de Jason, eu não teria conseguido mentir.

Era quase nove da noite quando nós duas terminamos, então decidimos ir comer peixe frito com batata, e depois voltamos para o meu quarto para assistir a uns episódios atrasados de *Killing Eve*.

Teria provavelmente sido uma noite normal. Provavelmente teria me alegrado um pouco, depois de tudo que aconteceu.

Se a gente não tivesse entrado no meu quarto e se deparado com Rooney chorando.

Ela estava encolhida nos lençóis, claramente tentando esconder o fato de que ela estava chateada, mas falhando miseravelmente devido ao fato de que ela estava fungando muito alto. Meu primeiro pensamento foi que Rooney *nunca* estava no nosso quarto a essa hora da noite. Meu segundo pensamento foi, *por que ela está chorando?*

Pip tinha congelado ao meu lado. Não havia jeito de escapar dessa situação. Dava pra ver que Rooney estava chorando. Ela sabia que a gente sabia. Não tinha como fingir que isso não estava acontecendo.

— Oi — eu disse, propriamente entrando no quarto. Pip ficou na porta, claramente tentando decidir se devia ficar ou ir embora, só que, quando eu me virei para dizer pra ela ir embora, ela entrou e fechou a porta atrás de si.

— Eu estou bem — veio a resposta chorosa.

Pip riu, e então instantaneamente pareceu se arrepender.

Ao som da voz de Pip, Rooney espreitou por cima das cobertas. Assim que ela viu Pip, os olhos estreitaram.

— Dá pra você ir embora? — ela disse imediatamente, menos chorosa e mais *Rooney*.

— Hum — Pip pigarreou. — Não estava rindo de você. Só estava rindo porque você disse que estava bem quando você claramente não está. Tipo, sério, você está literalmente chorando. Não que isso seja *engraçado*. Foi só um pouco *idiota…*

O rosto de Rooney, muito claramente manchado de lágrimas, endureceu.

— Vá embora.

— Hum. — Pip vasculhou a sacola em que estavam o peixe e as batatas, tirando um amontoado de guardanapos de papel. Ela se adiantou até a cama de Rooney, colocou-os no canto do edredom, e então voltou pra porta. — Pronto.

Rooney olhou para os guardanapos. Então para Pip. E, uma vez na vida, ela não disse nada.

— Eu, hum... — Pip passou a mão pelo cabelo, bagunçando um lado. — Espero que você se sinta melhor logo. E, se você precisar de mais lenços, eu posso ir pegar uns pra você?

Houve uma pausa.

— Acho que tenho o bastante, obrigada — disse Rooney.

— Legal. Eu vou indo então.

— Legal.

— Você está bem?

Rooney a encarou por um longo momento.

Pip não esperou uma resposta.

— É. Não. Foi mal. Estou indo. — Ela se virou muito rápido e praticamente saiu correndo do quarto. Assim que a porta se fechou, Rooney lentamente se sentou, pegou um dos guardanapos, e usou para secar os olhos.

Eu me sentei na minha própria cama, colocando as minhas sacolas no lençol.

— Você *está* bem? — eu perguntei.

Isso fez com que ela erguesse a cabeça. A maquiagem dela estava borrada pelas bochechas, o rabo de cavalo fora do lugar, e ela estava usando roupas de sair — uma blusa com ombros de fora e uma saia apertada.

Houve um momento de silêncio.

Então ela começou a chorar de novo.

Ok. Eu teria que lidar com essa situação. De alguma forma.

Eu me levantei e fui até a chaleira elétrica que ela mantinha na tomada ao lado da escrivaninha. Eu a enchi na torneira do nosso quarto, e então coloquei para ferver. Rooney gostava de chá. A primeira coisa que ela fazia depois de voltar para o nosso quarto era preparar uma xícara de chá.

Enquanto eu esperava ferver, me sentei devagar na beirada da cama dela.

Eu de repente notei que algo estava no chão embaixo dos meus pés — a foto de Rooney com a Beth dos cabelos de sereia. Devia ter caído da parede. Eu a peguei e coloquei na mesa de cabeceira.

Do que isso se tratava? Da peça, talvez? Era mais ou menos oitenta por cento do que ela falava.

Talvez fosse algo sobre relacionamento. Talvez ela tivesse brigado com um cara. Ou talvez uma coisa de família. Eu não sabia nada da família de Rooney, ou de como era a vida dela em casa, na verdade.

Eu sempre odiava que pessoas me perguntassem se eu estava "bem". As respostas disponíveis eram ou mentir e dizer *eu tô bem*, ou ficar compartilhando tudo de um jeito copioso de dar vergonha.

Então em vez de perguntar de novo pra Rooney, eu disse:

— Você quer que eu pegue seu pijama?

Por um instante, eu me perguntei se ela não tinha me ouvido. Mas então ela assentiu.

Eu me inclinei e peguei-o ao pé da cama. Ela sempre usava pijamas de camisa combinando com estampas fofas.

— Aqui — falei, esticando para ela.

Ela fungou. E então os pegou.

Enquanto ela estava trocando de roupa, eu voltei para a chaleira e fiz um pouco de chá. Quando eu voltei, ela tinha se transformado na Rooney da Hora de Dormir, e aceitou a caneca.

— Obrigada — ela murmurou, e tomou um gole imediatamente. Pessoas que bebem chá não devem ter nenhuma papila gustativa sobrando na língua, eu juro por Deus.

Eu entrelacei meus dedos, desconfortável, no meu colo.

— Você quer... falar sobre isso? — perguntei.

Ela bufou, o que acho que era ao menos um pouco melhor do que ficar soluçando.

— Isso é um não? — perguntei.

Ela tomou outro gole.

Houve uma longa pausa.

Eu estava prestes a desistir e voltar pra minha própria cama quando ela disse:

— Eu transei com um cara.

— Ah — falei. — Recentemente?

— É. Algumas horas atrás. — Ela suspirou. — Eu estava entediada.

— Ah. Bom... bom pra você.

Ela sacudiu a cabeça lentamente.

— Não. Na verdade, não.

— Foi... ruim?

— Eu só meio que tentei preencher um buraco.

Eu considerei essa declaração.

— Eu posso ser virgem — falei —, mas eu *meio* que achava que preencher um buraco era o objetivo da coisa.

Rooney soltou uma gargalhada.

— Ah, meu *Deus*. Você *não* fez essa piada.

Eu olhei para ela. Ela estava sorrindo.

— Você está se referindo a um buraco diferente? — eu perguntei. — Um buraco não vaginal?

— *Sim*, Georgia. Eu não estou falando da porra da minha *vagina*.

— Ok. Só checando. — Eu hesitei. — Achei que você era bem positiva sobre sexo, no geral. Não tem nada de errado em fazer sexo casualmente.

— Eu sei disso — ela falou, e então sacudiu a cabeça. — Eu ainda acredito nisso. Eu não estou dizendo que ter uma transa casual me faz uma pessoa ruim, porque não faz. E eu gosto mesmo. Só que esta noite... foi só meio... — Ela tomou um gole do chá, os olhos enchendo de lágrimas de novo. — Você sabe quando você come bolo demais e te deixa enjoada? Foi meio isso. Achei que ia ser divertido, mas só me fez sentir sozinha.

— Ah. — Eu não queria ficar bisbilhotando, então só fiquei em silêncio.

Rooney tomou o resto do chá dela em alguns goles grandes.

— Você quer ver alguma coisa no YouTube? — ela perguntou.

Isso me surpreendeu.

— Claro.

Ela deixou a caneca de lado, ficou em pé, jogou o edredom para cima e se enfiou dentro dele. Ela se esgueirou para o lado e deu um tapinha no espaço ao lado dela, indicando onde eu deveria me sentar.

— Você não precisa — disse Rooney, sentindo minha hesitação. — Você tem uma aula amanhã cedo ou algo assim?

Eu não tinha. Teria o dia todo livre.

— Não. E eu preciso jantar também. — Eu peguei meu peixe frito com batatas, e me sentei ao lado dela. Parecia certo e errado ao mesmo tempo, como um mundo espelhado. O mesmo que a minha cama, mas tudo estava do lado contrário.

Ela sorriu de novo e nos cobriu com seu edredom florido, e então se aconchegou em mim para ficar confortável, pegando o laptop da mesa de cabeceira.

Ela abriu o YouTube. Eu não assistia a muitos youtubers — usava o YouTube no geral pra ver trailers, fancams e compilações do TikTok. Só que Rooney era inscrita em dezenas e dezenas de canais. Me surpreendeu. Ela não parecia o tipo que curtia YouTube.

— Tem esse youtuber engraçado a que eu assisto muito — ela falou.

— Claro — disse. — Você quer umas batatinhas?

— Nossa, sim.

Ela encontrou o canal e passou pelos vídeos até achar o que ela queria. Então ficamos deitadas na cama dela assistindo, dividindo as minhas batatas.

Era um vídeo bem engraçado, pra ser justa. Era só esse youtuber e os amigos dele jogando um jogo de cantar esquisito. Eu dei muitas risadas altas, o que fez Rooney rir, e antes de eu perceber, a gente já tinha assistido a vinte minutos inteiros. Ela imediatamente encontrou outro vídeo que queria me mostrar, e eu fiquei feliz em deixar ela fazer isso. Na metade, ela descansou a cabeça no meu ombro, e… Não sei. Ela parecia o mais calma que eu já tinha visto.

Vimos vários vídeos bobos por quase uma hora, até que Rooney fechou o laptop e o colocou de lado, então se aconchegou de novo na cama. Eu me perguntei se ela tinha adormecido, e se sim, eu deveria voltar pra minha própria cama, porque eu definitivamente não ia conseguir dormir aqui tão próxima de outra pessoa, mas então Rooney puxou conversa.

— Eu tinha um namorado — ela falou. — Um namorado de longa data. Dos meus catorze aos dezessete anos.

— Uau. Sério?

— Aham. A gente terminou quando eu estava no último ano.

Eu imaginava que Rooney sempre tinha sido Rooney. Que ela sempre tinha sido essa pessoa passional, descontraída, que gostava de se divertir, que não tinha nenhum compromisso.

Um relacionamento que durou *três anos*?

Não era isso que eu esperava.

— As coisas com ele eram bem ruins — ela falou. — Eu... Foi um relacionamento muito ruim de vários jeitos, e meio que... me afastou de querer mais coisas assim.

Eu não pedi que ela elaborasse. Conseguia imaginar o que ela estava dizendo.

— Eu nunca gostei de ninguém depois — ela murmurou de novo. — Eu tinha medo demais. Mas eu posso estar começando a gostar de alguém novo.

— É?

— Eu não... eu não quero fazer isso.

— Por quê?

— Não vai acabar bem. — Ela sacudiu a cabeça. — E enfim, ela me odeia.

Eu sabia instantaneamente que ela estava falando de Pip.

— Eu não acho que ela te odeia — falei gentilmente.

Rooney não disse nada.

— Enfim, você só tem dezoito anos, você tem tanto tempo — eu comecei a dizer, mas não sabia como continuar. O que eu queria dizer com aquilo? Que ela *definitivamente* ia encontrar o relacionamento perfeito um dia? Porque eu sabia que isso não era verdade. Não pra mim. Nem pra *ninguém*.

Era algo que adultos falavam o tempo todo. *Você vai mudar de ideia quando for mais velho. Você nunca sabe o que pode acontecer. Você vai pensar diferente um dia.* Como se os adolescentes soubessem tão pouco sobre si mesmos que pudessem acordar um dia e ser completamente outra pessoa. Como se a pessoa que nós éramos *agora* não importasse de forma alguma.

A ideia de que as pessoas cresciam, se apaixonavam, e casavam era uma completa mentira. Quanto tempo demoraria pra eu aceitar isso?

— Eu tenho dezenove — ela falou.

Franzi a testa.

— Espera, tem? Você tirou um ano sabático?

— Não. Meu aniversário foi semana passada.

Isso me confundiu ainda mais.

— Quê? Quando?

— Quinta passada.

Quinta passada. Eu mal conseguia lembrar — os dias de faculdade agora se embaralhavam como um fluxo contínuo de aulas e refeições e ir dormir.

— Você... não falou nada — eu disse.

— Não. — Ela riu, o som abafado parcialmente pelo travesseiro. — Fiquei pensando o que aconteceria se as pessoas soubessem que era meu aniversário. Eu só acabaria saindo mais uma vez com um monte de gente que eu não conheço de verdade, todos eles iam fingir que eram meus amigos, cantariam feliz aniversário, tirariam selfies bem falsas sorrindo pro Instagram antes de todos nós nos separarmos e irmos pegar pessoas diferentes, e eu só acabaria na cama de algum estranho depois de ter uma transa abaixo da média, me odiando de novo.

— Se você tivesse me falado, a gente poderia fazer... nada disso.

Ela riu.

— O que a gente teria feito?

— Sei lá. Sentado aqui e comido pizza. Poderia te obrigar a ver *Missão madrinha de casamento*.

Ela deu uma risada com o nariz.

— Esse filme é péssimo.

— Não é o melhor, mas o romance é literalmente perfeito. Eles ficam num carro e comem *cenourinhas* juntos.

— O sonho.

Nós ficamos deitadas em silêncio por um tempo.

— Você não curte mais transar casualmente — eu falei, percebendo o que ela estava tentando me dizer mais cedo. Não era que sexo casual a machucava, ou que a tornava uma pessoa ruim. Não era nada disso. — Você quer… — Não era nem que ela queria um relacionamento. Não de verdade. Ela queria o que um relacionamento poderia *dar* a ela. — Você quer alguém que te conheça.

Ela ficou em silêncio por um instante. Eu esperei pra ela me falar o quão errada eu estava.

Em vez disso, ela falou:

— Eu só fico me sentindo sozinha. Eu me sinto sozinha o tempo todo.

Eu não sabia o que responder, mas eu não precisava, porque ela caiu no sono alguns minutos depois. Eu olhei por cima dela e vi que Roderick estava significativamente curvado — Rooney estava definitivamente se esquecendo de regá-lo. Eu fiquei encarando o teto e escutei ela ficar respirando ao meu lado, mas eu não queria sair da cama, porque, apesar de eu não conseguir dormir, e eu estava paranoica com a ideia de babar em cima dela, ou me jogar em cima dela por acidente, Rooney precisava de mim por algum motivo. Talvez porque, apesar de todos os amigos e conhecidos, ninguém a conhecia como eu a conhecia.

MAS SE ELA NÃO PUDER TE AMAR

Jason ainda assim apareceu no nosso próximo ensaio da Sociedade Shakespeare na semana seguinte.

Eu não achei que ele apareceria. Eu tinha mandado outra mensagem pedindo desculpas, tentando explicar, mesmo que eu fosse péssima em articular qualquer um dos meus pensamentos ou sentimentos.

Ele tinha visualizado, mas não tinha respondido.

Passei a maior parte das minhas aulas naquela semana sem prestar atenção, sem anotar nada, me perguntando como é que eu recuperaria nossa amizade depois do caos que eu tinha criado. Jason gostava de mim romanticamente. Eu tinha me aproveitado disso para tentar entender a minha identidade sexual, mesmo sabendo que eu não gostava dele como ele gostava de mim. Foi egoísta. Eu era tão egoísta.

Ele parecia exausto quando chegou ao nosso ensaio usando as roupas de treino de remo, uma mochila pesada pendurada no ombro. A jaqueta de pelúcia não estava presente. Eu estava tão acostumada com ele a usando que ele parecia meio vulnerável sem ela.

Ele passou reto por mim, sem me olhar, a boca fechada, e sentou ao lado de Pip, que estava repassando a cena de hoje.

Sunil chegou momentos depois. Estava usando calças xadrez com uma jaqueta aviador preta e um gorro.

Ele deu um único olhar para Jason e disse:

— Você parece exausto.

Jason grunhiu.

— É o remo.

— Ah, sim. Como estão os treinos às seis da manhã?

— Frios e molhados.

— Dá pra você desistir — disse Pip. Ela parecia contente com essa possibilidade.

Jason sacudiu a cabeça.

— Não, eu gosto. Fiz vários amigos lá. — Ele olhou rapidamente pra mim. — Só tem sido difícil.

Dei as costas para eles. Eu não ia conseguir consertar isso.

Como era de costume, Jason recebeu o papel de um homem ranzinza mais velho. Dessa vez, foi o papel de Duque Orsino em *Noite de reis*, outra das comédias românticas de Shakespeare.

A premissa de *Noite de reis* é um triângulo amoroso grande e bagunçado. Viola naufraga na terra de Ilíria e, já que não tem dinheiro nenhum, se disfarça de um garoto chamado Cesário, para que consiga um trabalho como criada do Duque Orsino. O Duque está apaixonado por uma nobre dama de Ilíria, Olívia, então ele manda Viola para expressar seu amor por ela. Infelizmente, em vez de aceitar os sentimentos do duque, Olivia se apaixona por Viola, que está disfarçada de Cesário, um cara. E infelizmente, de novo, Viola se apaixona pelo duque. Não é *tecnicamente* gay, mas vamos ser honestos: essa peça é muito, muito gay.

Sunil já tinha se voluntariado para ser Viola, avisando que ele queria "todos os papéis que deixam a gente brincar com gênero, por favor".

Pip e eu nos aconchegamos perto da parede com o meu casaco por cima das pernas. Estava um frio congelante na nossa enorme sala de ensaio.

— Vocês dois repassem a cena — disse Rooney. — Eu preciso ir pegar um chá ou eu vou literalmente morrer.

Ela tinha saído de novo ontem à noite.

— Pega um café pra mim! — Pip gritou conforme Rooney saía.

— Eu prefiro enfiar o pé num prego! — Rooney gritou de volta, e fiquei interessada em ver que isso fez Pip *rir* em vez de só ficar irritada e cerrar os dentes.

Jason e Sunil foram incríveis. Jason tinha muita prática, já tendo feito várias peças de Shakespeare antes, e Sunil era igualmente bom, apesar de só ter atuado uma vez em um papel pequeno na produção de Wicked da escola dele. Jason estava todo "*Mais uma vez, Cesário*", e Sunil estava todo "*Mas e se ela não puder te amar, senhor*", e no geral, foi um ensaio muito bom.

Eu sentei e assisti, e quase me fez escapar da minha cabeça, me fazendo esquecer tudo que tinha acontecido nos últimos meses. Eu podia só viver no mundo de Viola e Orsino por um tempo.

— *Eu sou todas as filhas da casa de meu pai* — disse Sunil. Era uma das últimas falas na cena. — *E também todos os irmãos.* — Ele olhou para mim e para Pip com um sorriso, momentaneamente saindo do personagem. — Essa fala é tão boa. Vai ser minha nova bio no Twitter.

Sunil parecia estar curtindo participar da produção. Talvez mais do que todos nós, pra ser sincera. Ele e Jason se afastaram para trabalhar na cena sozinhos, e, sem nada pra fazer, fiquei encostada na parede, o queixo apoiado nos joelhos, esperando Rooney voltar com o seu chá.

— Georgia?

Eu olhei para cima e vi que a Pip estava se abaixando para sentar mais perto de mim, o seu exemplar de *Noite de reis* aberto na mão.

— Eu tive uma ideia — disse ela. — Sobre o que você poderia fazer na peça.

Eu não estava nada no clima pra fazer qualquer atuação hoje. Eu nem tinha mais certeza de que eu conseguia atuar tão bem quanto eu achava antes.

— Ok — falei.

— Tem outro personagem em *Noite de reis* que tem um papel temático muito importante. O palhaço.

Soltei uma risada irônica.

— Você quer que eu seja o palhaço?

— Bom, esse é o nome que ele tem no texto. Ele está mais pra um bobo da corte. — Pip apontou para a cena em questão. O palhaço tinha algumas falhas que levavam à cena em que Jason e Sunil estavam trabalhando. — Eu achei que seria bem legal você fazer um pouco dessa parte antes da cena de Viola-Orsino.

Eu li as falas, cética.

— Eu não sei. — Olhei pra ela. — Eu... minha atuação tá sendo bem merda ultimamente.

Pip franziu o cenho.

— Cara. Não é verdade. Esses papéis só não são *certos* pra você. Você não é *uma merda* em nada.

Eu não respondi.

— Que tal você só tentar essa? Prometo que só vou te encorajar. E eu jogo algo na cabeça de Rooney se ela disser qualquer coisa negativa sobre você. — Como se pra demonstrar, Pip tirou o coturno e o segurou no ar.

Isso me fez rir.

— Ok. Tá bom. Eu vou tentar.

— Voltei! — Rooney entrou galopante na sala, de alguma forma conseguindo não derrubar bebida quente em tudo. Ela se jogou no chão ao lado de mim e de Pip, colocando o chá no chão, e entregando um café pra Pip.

Pip encarou o café.

— Você realmente pegou um pra mim?

Rooney deu de ombros.

— Sim?

Pip olhou para Rooney, genuinamente surpresa, e alguma coisa que quase parecia afeição surgiu no rosto dela.

— Obrigada.

Rooney a encarou de volta, e então pareceu ter que desviar o rosto forçadamente.

— Então, como está indo a cena? Só faltam duas semanas pro Baile Bailey, e a gente precisa terminar essa antes disso.

— Eu tive uma ideia — falou Pip. — Dá pra gente acrescentar o palhaço.

Eu esperava que Rooney fosse imediatamente contestar, mas, em vez disso, ela se sentou ao lado de Pip e se inclinou sobre ela para conseguir ler a cena de *Noite de reis*. Pip fez uma cara de assustada antes de relaxar, apesar de só fazer isso depois de dar uma ajeitada rápida no cabelo.

— Acho que é uma boa ideia — disse Rooney.

— Sério? — perguntou Pip.

— Aham. Você tem umas boas ideias às vezes.

Pip sorriu torto.

— Às vezes?

— Às vezes.

— Isso é um elogio e tanto. — Pip a cutucou. — Vindo de você.

E eu juro por Deus que Rooney ficou mais vermelha do que eu já a vi antes.

Fazia bastante tempo que eu não ficava em pé num palco sozinha. Bom, não era *tecnicamente* um palco, mas o jeito como os outros quatro estavam sentados na minha frente, observando, enquanto eu estava em pé diante deles, dava a mesma sensação.

Em *Noite de reis*, o palhaço, cujo nome é na verdade Feste, aparece de vez em quando para dar o alívio cômico ou para cantar uma música que é relevante para o tema da história. Um pouco antes da cena de Jason e Sunil, Feste canta uma música, "Vamos rápido, morte", sobre um homem que morre, possivelmente de coração partido porque uma mulher não retribui o seu amor, e ele quer ser enterrado sozinho porque está triste demais. É basicamente um jeito chique de dizer que um amor não recíproco é de doer.

Todos nós decidimos que eu deveria recitar como um monólogo em vez de uma canção, pelo que fiquei grata. Ainda assim, estava nervosa. Eu queria *provar* que conseguia fazer isso.

— *Vamos rápido, morte, apresse-se* — eu comecei, e senti minha garganta se fechar quando respirei.

Eu consigo fazer isso.

— *Deito em tábuas tristes de cipreste.* — Deixo minha voz baixa. — *Vai-te embora, sopro de vida meu! Matou-me uma donzela linda e cruel.*

E eu li o resto da música. E eu senti tudo. Eu só senti tudo. O luto. O desejo. A fantasia de algo que nunca poderia acontecer.

Eu nunca tinha experimentado um amor não recíproco. Eu nunca iria passar por isso. E Feste, o palhaço, sequer estava falando de si mesmo — ele estava contando a história de outra pessoa. Ainda assim, eu senti tudo.

— *Que amantes tristes e pálidos não encontrem minha cova para ali verter suas lágrimas.*

Houve uma pausa antes de eu fechar o meu livro e olhar para os meus amigos.

Todos eles estavam me encarando, fascinados.

E então Pip só começou a aplaudir.

— CARALHO, SIM. Sim demais, cacete. Eu sou um gênio. Você é um gênio. Essa peça vai ser *genial*.

Rooney se juntou ao aplauso. Sunil também. E eu vi Jason muito sutilmente enxugar uma lágrima do olho dele.

— Isso foi legal? — eu perguntei, apesar de que não era exatamente o que eu queria perguntar. *Eu fui boa? Eu vou ficar bem?*

Tudo na minha vida estava de cabeça para baixo, mas eu ainda conseguiria fazer isso? Eu ainda era capaz dessa coisa que só me trouxe felicidade?

— Mais do que legal — disse Pip, com um sorriso largo, e eu pensei "Tá, ok".

Eu meio que me odiava nesse momento por várias razões, mas ao menos eu ainda tinha isso.

DUAS COLEGAS DE QUARTO

Nas duas semanas entre os ensaios e o Baile Bailey, nós tivemos outros três ensaios, nos quais completamente superamos as metas de Rooney de terminar uma cena. Nós conseguimos finalizar todas as três — *Muito barulho por nada*, com Pip e Rooney, *Noite de reis*, com Jason, Sunil e eu, e *Romeu e Julieta*, com Jason e Rooney, depois da decisão de que eu não era a melhor escolha pra Julieta. Nós até tivemos tempo de fazer uma noite de pizza como tínhamos prometido a Sunil. Ele e Jason pareciam ter ficado amigos próximos, entrando em uma discussão profunda sobre os musicais a que tinham assistido, e Rooney e Pip conseguiram passar um filme inteiro sem fazer um comentário birrento uma pra outra. Em certa hora, até mesmo ficaram sentadas com os ombros colados uma na outra, amigavelmente compartilhando um pacote de Doritos.

Apesar de tudo que acontecia nos bastidores, estava ficando tudo pronto. Nós estávamos mesmo produzindo fazer um espetáculo.

Graças a Deus, eu tinha isso pra pensar. Sem isso, eu provavelmente só teria ficado duas semanas na cama, porque tentar compreender minha sexualidade tinha desenterrado algum tipo de ódio por mim mesma para o qual eu não estava preparada. Eu achei que entender isso era pra ser um momento de orgulho ou algo do tipo. Claramente não.

Alguma coisa estava acontecendo com Rooney também. Alguma coisa tinha mudado nela depois daquela noite em que nós tínhamos chegado e a encontrado chorando. Ela parou de sair quase toda noite, e em vez disso passara a ver vídeos no YouTube ou séries de TV, ou só dormido. Eu já tinha acostumado com a barulheira da sua digitação frenética ao meu lado nas aulas de literatura, mas isso havia parado, e muitas vezes eu a via sentar muito imóvel, encarando o horizonte, sem prestar nenhuma atenção nas aulas.

Às vezes, ela parecia bem. Às vezes, ela era a Rooney "normal", sendo a diretora da peça com um punho de ferro, a pessoa mais brilhante da sala, conversando com doze pessoas diferentes durante o jantar no refeitório. Ela era o seu melhor quando Pip estava por perto — trocando farpas e piadas, se iluminando de um jeito que ela não fazia com mais ninguém —, mas, mesmo ali, eu às vezes notava que Rooney virava de costas, colocava uma distância física entre elas, como se ela não quisesse nem que Pip a visse. Como se ela estivesse com medo do que aconteceria se elas ficassem próximas demais.

Eu poderia ter perguntado se ela estava bem, mas eu continuava ocupada demais com meus próprios sentimentos, e ela também não perguntou se eu estava bem, porque ela estava ocupada demais com os delas. Eu não a culpava, e eu esperava que ela não estivesse me culpando também.

Nós só éramos duas colegas de quarto lidando com coisas das quais era difícil demais falar.

O BAILE BAILEY

— Se você me mandar fotos de você usando o seu vestido — disse mamãe numa chamada de Skype na tarde do Baile Bailey —, eu vou mandar imprimir e enviar todas para os seus avós!

Eu suspirei.

— Não é a mesma coisa que a formatura. Eu nem acho que vá ter fotos oficiais.

— Bom, só se certifique de tirar ao menos *uma* foto de corpo inteiro de você usando o vestido. Fui eu que comprei, então preciso ver como ficou.

Mamãe tinha comprado o meu vestido para o Baile Bailey, apesar de ter sido a minha escolha. Na verdade, eu não tinha planejado comprá-lo porque era caro demais, mas, quando eu estava mandando links de vestidos em potencial para ela ver enquanto conversávamos por mensagem, ela se ofereceu para pagar. Foi bem legal da parte dela, e sinceramente, me deixou com uma saudade mais intensa do que qualquer outra coisa até agora na faculdade.

— Algum dos meninos te convidou como par para o baile?

— Mãe. As faculdades da Inglaterra não fazem isso. Só as escolas americanas têm essa tradição.

— Bom, teria sido legal, né?

— Todo mundo só vai com os amigos, mãe.

Mamãe suspirou.

— Você vai ficar tão *linda* — ela murmurou com carinho. — Arrume seu cabelo direitinho.

— Eu vou — falei. Rooney já tinha oferecido de arrumar ele pra mim.

— Nunca se sabe, talvez você encontre seu futuro marido esta noite!

Eu comecei a rir antes que pudesse me impedir. Há dois meses, eu *teria* sonhado com um encontro mágico e perfeito no meu primeiro baile na faculdade.

Agora? Agora eu estava me vestindo só pra mim mesma.

— É — eu falo, pigarreando. — Nunca se sabe.

Rooney ficou em silêncio enquanto arrumava meu cabelo com um babyliss grosso, as sobrancelhas franzidas em concentração. Ela sabia como fazer aquelas ondas largas que apareciam em todas as séries de TV americanas, mas que eu achava absolutamente impossíveis de reproduzir em mim mesma.

Rooney já tinha arrumado o próprio cabelo. Estava preso rente à cabeça, para trás, e perfeitamente liso. O vestido dela era vermelho-sangue, agarrado, mas com uma fenda longa em uma das pernas. Ela parecia uma das namoradas de James Bond que depois se revelaria sendo a vilã.

Ela insistiu em fazer minha maquiagem também — sempre foi uma grande fã de transformações, ela explicou —, e eu deixei, já que ela era bem melhor nisso do que eu. Ela misturou tons de dourado e marrom nas minhas pálpebras, escolheu um batom rosa-claro pastel, preencheu minhas sobrancelhas com um pincel chanfrado e fez um delineado de gatinho muito mais perfeito do que eu já tinha conseguido fazer sozinha.

— Pronto — disse ela, depois do que pareciam ser horas, mas eram provavelmente uns vinte minutos. — Tudo certo.

Eu me olhei no espelho de Rooney. Eu estava bonita de verdade.

— Uau. Isso é… uau.

— Vá olhar no espelho grande! Você precisa ver o efeito com o vestido. Você parece uma princesa.

Eu fiz o que ela falou. O vestido parecia que tinha saído de um conto de fadas — era comprido, com um chiffon rosa-claro e um corpete de paetês. Não era muito confortável — eu estava usando um *monte* de fita para segurar meus peitos —, mas com meu cabelo ondulado e minha maquiagem cintilante, eu parecia e me sentia uma princesa.

Talvez eu até mesmo pudesse curtir essa noite. Coisas mais loucas já aconteceram.

Rooney ficou ao meu lado no espelho.

— Hum. A gente só não está combinando muito. Vermelho e rosa.

— Acho que é uma boa combinação. Eu pareço um anjo, e você, um demônio.

— Sim. Eu sou sua gêmea do mal.

— Ou talvez *eu* seja a sua gêmea do mal.

— Isso é tipo um resumo de toda nossa amizade?

Nós olhamos uma para a outra e caímos na gargalhada.

O tema do Baile Bailey tinha sido um tópico de especulação enorme no St. John's durante semanas. Na noite anterior ao baile, de alguma forma, eu era uma das poucas pessoas que ainda não tinha descoberto qual era. Provavelmente porque a única amiga que eu tinha na faculdade era Rooney, e ela havia se recusado a me contar quando eu perguntei, e eu não me incomodei o suficiente para forçá-la a me contar.

Aparentemente, os últimos temas foram "Circo", "Alice no País das Maravilhas", "Conto de Fadas", "Os Anos 20", "Hollywood", "Las Vegas", "Baile de Máscaras" e "Debaixo das Estrelas". Eu me perguntei se eles estavam ficando sem ideias.

Não ficou imediatamente claro qual era o tema quando atravessamos os corredores da faculdade na direção da festa. O pátio tinha sido adornado com flores, e a escadaria parecia que tinha se transformado na parede de um castelo, completa com torres e uma varanda. Dentro do salão de jantar, as mesas redondas tinham flores como peça de centro, mas também imitações de garrafas de veneno e facas de madeira.

Eu só entendi quando escutei "I'm Kissing You" da Des'ree — uma música que eu sabia que tocava numa cena importante de um certo filme do Baz Luhrmann de 1996.

O tema era "Romeu e Julieta".

Nós encontramos Pip e Jason nas portas da St. John's. Jason acenou com a cabeça de um jeito estranho para mim, mas não disse nada.

Os dois estavam incríveis. Jason usava um smoking clássico, que estava tão bem vestido nos seus ombros largos que parecia ter sido feito sob medida. Pip tinha deixado o cabelo com mais cachos ainda, e estava usando calças apertadas pretas, mas com uma jaqueta de smoking de veludo verde-escura. Ela tinha combinado tudo isso com um par de botas Chelsea de pele de cobra falsa, o que de alguma forma combinava perfeitamente com os aros dos seus óculos.

Os olhos de Rooney percorreram o corpo de Pip de cima a baixo.

— Você está bonita — ela disse.

Pip se esforçou para não fazer o mesmo com Rooney e o vestido de vilã de James Bond, em vez disso mantendo os olhos firmemente no rosto de Rooney.

— Você também.

* * *

O jantar pareceu durar um ano, apesar de ser somente o começo do que seria a noite mais longa de toda a minha vida.

Rooney, Jason, Pip e eu tivemos que dividir uma mesa com quatro outras pessoas, mas por sorte eram todos amigos e conhecidos de Rooney. Enquanto todo mundo aproveitava para se conhecer melhor, eu fiz o que eu sempre fazia e fiquei em silêncio, mas prestando atenção, sorrindo e acenando quando as pessoas falavam, sem saber como me envolver em nenhuma das conversas.

Eu me senti pior do que eu já tinha me sentido.

Eu queria muito sair dessa, mas não conseguia.

Eu não queria ficar numa festa onde Jason me odiava e Rooney e Pip estavam vivendo o que eu nunca teria.

Sunil, vestido com um smoking azul bebê, e Jess, que estava usando um vestido coberto de paetês verde-menta, pararam para dar um oi pra nós, apesar de falarem principalmente com Rooney, porque ela já tinha tomado três taças de vinho e estava tagarela. Quando eles foram embora, Sunil piscou para mim, o que me fez sentir melhor por uns dois minutos, mas então os meus devoradores de cérebro voltaram.

Essa era eu. Eu nunca ia vivenciar o amor romântico, tudo por causa da minha sexualidade — uma parte fundamental de quem eu era que eu nunca poderia mudar.

Eu bebi vinho. *Muito* vinho. Era de graça.

— Só mais *oito horas*! — Pip gritou quando saímos do salão de jantar depois da sobremesa. Eu já estava cheia de comida e, para ser sincera, meio bêbada.

Balancei a cabeça.

— Não vou aguentar até as seis da manhã.

— Ah, vai, *sim*. Você vai. Eu vou me certificar de que você vai.

— Isso parece incrivelmente ameaçador.

— Eu estarei aqui para te dar um peteleco na testa se você começar a dormir.

— Por favor, não me dê um peteleco na testa.

— Eu posso, e eu irei.

Ela tentou demonstrar, mas eu desviei do caminho, rindo. Pip sempre sabia como me alegrar, mesmo se ela não soubesse o motivo de eu estar triste, pra começo de conversa.

O Baile Bailey não estava limitado a somente um salão — estava esparramado pelo andar térreo do prédio principal da faculdade, chegando até a marquise e o gramado do lado de fora. O salão de jantar foi rapidamente transformado no salão de dança principal, é claro, com uma área de bar e música ao vivo. Havia várias salas temáticas servindo comida e bebida, desde torradas até sorvete, chá e café, e uma sala de cinema em que estavam passando todas as adaptações diferentes de "Romeu e Julieta" em ordem cronológica. Os corredores que ainda não tínhamos visitado estavam decorados tão intensamente que não dava mais para ver as paredes — estavam cobertos de flores, vinhas, tecidos, luzes pisca-pisca e escudos com os brasões "Capuleto" e "Montéquio". Por apenas uma noite, estávamos em outro mundo, fora das regras do espaço e do tempo.

— Aonde vamos primeiro? — Pip perguntou. — À sala de cinema? À marquise? — Ela se virou, e então franziu a testa. — Rooney?

Eu virei rápido demais, e encontrei Rooney alguns passos atrás de nós, inclinada contra a parede. Ela definitivamente estava bêbada, mas também estava olhando para Pip quase como se estivesse com *medo*, ou ao menos bem nervosa. Então ela transformou essa expressão em um sorriso largo.

— Eu vou ver meus outros amigos um pouco! — ela gritou por cima do barulho da música e da multidão.

E então ela se foi.

— Outros amigos? — disse Jason, confuso.

— Ela conhece todo mundo — falei, mas eu não sabia o quão verdadeiro era isso. Ela conhecia muita gente, mas eu estava começando a perceber que nós éramos os seus únicos *amigos* de verdade.

— Bom, então ela que se foda, se ela vai fazer isso — disse Pip, mas ela não estava falando tão sério.

Jason revirou os olhos pra ela.

— Pip.

— Quê?

— Você não precisa continuar fazendo isso. Nós dois sabemos que você gosta dela.

— Quê? — A cabeça de Pip levantou. — Quê. *Não*, não, eu não, tipo, *sim* eu gosto dela como *pessoa*, quer dizer, eu admiro ela como *diretora* e pessoa criativa, mas a personalidade dela é *muito* intensa, então eu não diria que eu *gosto* dela, só *aprecio* quem ela é, o que ela *faz*...

— Só que você é a fim dela — eu falei. — Não é um crime.

— *Não*. — Pip cruzou os braços em cima da jaqueta. — *Não*, claro que não, Georgia, ela... é objetivamente *muito* gostosa e, *sim*, em qualquer situação normal ela seria bem do meu tipo, eu *sei* que você sabe disso, mas, tipo, ela é *hétero* e literalmente me *odeia*, então, mesmo se eu estivesse a fim dela, qual seria a graça...

— Pip! — eu falei, exasperada.

Ela aquiesceu. Ela sabia que não dava pra fazer nada pra esconder.

— Acho que eu devia ir atrás dela — eu continuei.

— Por quê?

— Só pra ver se está tudo bem.

Pip e Jason não se manifestaram, então fui embora para ir atrás de Rooney.

Eu tinha a sensação de que, se ela continuasse a beber ainda mais, ia fazer alguma coisa da qual ia se arrepender.

CAPULETO VS. MONTÉQUIO

Eu não encontrei Rooney em lugar nenhum. Centenas de estudantes se espalhavam ao redor da faculdade, e estava difícil até atravessar os corredores, quem diria encontrar alguém no meio dos grupos conversando, rindo, cantando e dançando. Ela estava em algum lugar por ali, sem dúvida. Rooney parecia operar como se fosse uma protagonista de videogame em um mundo cheio de personagens secundários não jogáveis.

Eu fiquei perto da marquise por um tempo, torcendo para ela aparecer, mas, mesmo se ela estivesse ali, eu provavelmente não a teria encontrado. Estava lotado, porque ali era onde tinha todas as atividades divertidas — uma cabine de fotos, barracas de pipoca e algodão-doce, um touro mecânico, e a atração principal: "Capuleto vs. Montéquio", que parecia ser um castelo inflável com duas plataformas dentro, nas quais dois estudantes batalhavam com espadas infláveis até um deles cair. Eu fiquei observando algumas pessoas jogarem, e eu realmente queria ir uma vez, mas não sabia onde Rooney estava, e eu ficaria com um pouco de vergonha de pedir pra ela ir comigo. Eu acho que tinha a sensação de que ela diria não.

Peguei outra bebida do bar, algo de que eu não precisava porque já estava bêbada, e perambulei sem rumo em volta do baile, atravessando as salas. Quanto mais eu bebia, mais eu parava de prestar atenção, e menos eu me importava em ficar sozinha, em todos os sentidos da palavra.

Era difícil de esquecer, porém, quando toda música que estava tocando nos alto-falantes era sobre amor romântico. Obviamente isso era de propósito — o tema da festa era *Romeu e Julieta*, afinal —, mas ainda assim me deixava irritada.

Tudo começava a me lembrar da festa depois da formatura. As luzes brilhando na pista de dança, as risadas, os ternos e os vestidos.

Quando eu estava naquela festa, eu sentia que aquele era meu mundo, e um dia eu seria uma dessas pessoas.

Eu não me sentia mais assim.

Eu nunca seria uma dessas pessoas. Flertando. Me apaixonando. Sendo feliz pra sempre.

Eu fui me aconchegar na sala do chá, só pra ficar presa do lado de um casal que estava se pegando num canto. Eu os odiava. Eu tentei ignorá-los e beber meu vinho enquanto eu ficava passando por posts no Instagram.

— *Georgia*.

Uma voz incrivelmente alta quebrou a atmosfera relaxante da sala, assustando todo mundo. Eu me virei na direção da porta e vi Pip ali com seu smoking verde, uma mão na cintura e um copo descartável indubitavelmente cheio de álcool na outra.

Ela sorriu sem graça com a atenção repentina.

— Er, foi mal. Não sabia que essa era uma sala silenciosa.

Ela prosseguiu na ponta dos pés e se abaixou ao meu lado, derrubando um pouco da bebida no chão.

— Cadê a Rooney? — ela perguntou.

Eu só dei de ombros.

— Ah. Bom, eu vim te desafiar pra um duelo de Capuleto vs. Montéquio.

— Aquela parada do castelo inflável?

— É tão melhor do que um castelo inflável, minha cara. É uma prova definitiva de resistência, agilidade e vigor mental.

— Parece exatamente com um castelo inflável, pra mim.

Ela agarrou a minha mão e me puxou.

— Só vem tentar! Jason disse que ele já precisava ir cochilar, então voltou pra Castle.

— Espera, ele foi embora?

— É. Ele provavelmente vai ficar bem, você sabe o quanto ele é ruim ficando acordado até tarde.

Eu imediatamente me senti culpada — era minha culpa que Jason estava tão amargurado — e eu me esforcei para levantar, apenas para ver o mundo girando ao meu redor, quase me fazendo cair de novo.

Pip franziu o cenho.

— Jesus. Quanto você bebeu?

— Ah — disse Pip, assim que entramos na marquise.

Primeiro, achei que ela estava se referindo ao estado da marquise. Quando eu tinha chegado por aqui no começo da noite, era brilhante e empolgante, colorido e novo. Agora mais parecia um fim de feira. O chão estava grudento e com pipocas amassadas espalhadas. As barracas estavam menos ocupadas e o pessoal que trabalhava nelas parecia cansado.

Só que Pip não estava se referindo a nada disso, o que percebi quando fomos acostadas por Rooney no seu vestido de vilã de James Bond.

Ela ainda estava, impossivelmente, calçando os saltos, e ela devia ter retocado a maquiagem, porque ela parecia radiante. O iluminador estava brilhando, o contorno tão preciso quanto uma faca, e ela sorriu para Pip com olhos grandes e escuros.

Ela estava obviamente bem bêbada.

— Com licença — disse ela, com um sorriso torto. — Quem te convidou? Você não é estudante da John's.

Pip ofereceu outro sorriso torto, imediatamente seguindo com a piada.

— Eu entrei de penetra. Sou uma mestra dos disfarces.

— Pra onde você foi? — perguntei a Rooney.

— Ah, sabe — disse ela. Ela fez um sotaque afetado que a fez parecer uma herdeira rica. — Só fiquei por *aí*, querida.

— Nós estávamos indo pra uma batalha no castelo inflável — disse Pip. — Você pode vir com a gente. Alguém está prestes a ser absolutamente aniquilada.

Rooney sorriu para ela em um tom de ameaça.

— Bom, eu adoro aniquilar pessoas.

— *Tá bom* — eu me encontrei dizendo.

Se eu estivesse sóbria, provavelmente teria deixado isso rolar, mas estava bêbada, cansada, de saco cheio das duas, e cada vez que elas olhavam uma pra outra com aquela paixão ardente que ficava entre o amor e a irritação, eu queria morrer porque isso nunca aconteceria comigo. Eu olhei para Pip, cuja gravata borboleta estava torta e cujos óculos estavam para baixo demais do nariz, e para Rooney, cuja base não escondia o corar das bochechas dela.

E então olhei para o que estava entre elas, o desafio Capuleto vs. Montéquio.

— Acho que vocês duas deveriam ir primeiro — eu falei, apontando. — Uma contra a outra. Só pra vocês acabarem logo com isso. Por favor.

— Estou dentro — disse Rooney, encontrando o olhar ferrenho de Pip com olhos aguçados.

— Eu… ok — Pip gaguejou. — Tá ótimo. Só que eu não vou pegar leve com você.

— Você acha que eu sou o tipo de pessoa que gosta de que alguém *pegue leve* com ela?

Os olhos de Pip percorreram o vestido de Rooney, e então voltaram rapidamente para o rosto dela.

— Não.

— Então vamos lá.

Isso estava ficando absolutamente insuportável, então fui em direção ao cara que tomava conta do brinquedo e disse:

— Essas duas querem ir.

Ele assentiu, exausto, e então gesticulou para as duas plataformas erguidas.

— Podem subir.

Nenhuma das duas falou quando subiram no castelo inflável, Rooney chutando os saltos para longe quando subiu, então depois mais no degrau para a plataforma. Isso era claramente mais difícil do que as duas tinham antecipado — as calças skinny de Pip eram só um pouco mais práticas do que o vestido apertado de Rooney — mas elas conseguiram, e o cara entregou para as duas o que parecia um espaguete de piscina.

— Vocês têm três minutos — ele avisou, gesticulando para o relógio com a contagem regressiva no canto do castelo inflável. — O objetivo é derrubar a outra pessoa da plataforma antes que o tempo acabe. Prontas?

Rooney assentiu com o foco intenso de um jogador de tênis em Wimbledon.

— Pra caralho — disse Pip, segurando o espaguete.

O cara suspirou. Então ele pressionou um botão no chão, e um apito soou três vezes. Uma contagem regressiva.

Três. Dois. Um.

Comecem.

Rooney pulou direto na jugular, imediatamente. Ela arremessou o espaguete selvagemente na direção de Pip, mas Pip antecipou o golpe e bloqueou com seu próprio espaguete, mas não sem estremecer na plataforma. As plataformas eram circulares, e deviam ter só meio metro de diâmetro. Isso provavelmente não duraria muito tempo.

Pip riu.

— Não está pra brincadeira, então?

Rooney sorriu.

— Não, eu estou tentando *ganhar*.

Pip impulsionou o espaguete para a frente numa tentativa de empurrar Rooney para trás, mas Rooney desviou o torso, quase dobrando noventa graus para o lado.

— Tá bom, *ginasta* — disse Pip.

— Dançarina, na verdade — Rooney retrucou. — Até os catorze anos.

Ela balançou o espaguete para Pip de novo, mas Pip bloqueou. E então a briga começou.

Rooney golpeava de um lado e de outro, mas os reflexos de Pip pareciam ter ficado mais aguçados pelo álcool que tinha bebido, o que não fazia sentido nenhum. Rooney passava pela esquerda, Pip bloqueava, Rooney golpeava pela direita, Pip desviava. Pip lançou-se para frente, tentando empurrar Rooney pelo ombro, e, por um momento, achei que tinha acabado, mas Rooney recuperou o equilíbrio com um sorriso malicioso, e a batalha continuou.

— A sua cara de concentração é *tão engraçada* — disse Rooney rindo. Ela imitou as sobrancelhas e nariz enrugado de Pip.

— *Er*, não tão engraçada quanto a sua cara vai ficar quando eu ganhar — Pip retrucou. Só que tinha um vestígio de sorriso no rosto dela também.

Houve mais golpes e giros e, a certo ponto, elas estavam tendo uma verdadeira batalha Jedi de sabre de luz. Pip cutucou Rooney pelo lado, e ela quase caiu, se salvando no último segundo, usando o espaguete como apoio, o que fez Pip rir tanto que ela quase caiu da plataforma sozinha.

Foi aí que eu percebi que as duas estavam se *divertindo*.

Foi aí também que todo o álcool subiu para minha cabeça e eu senti que eu ia cair.

Fui me escorando com todo o cuidado que consegui para o lado da marquise, e sentei no tecido para assistir ao fim.

Eu não conseguia deixar de notar que Rooney, por mais implacável que ela parecesse, com golpes grandes e duros, estava estrategicamente evitando o rosto de Pip para não atingir os óculos. Pip, no entanto, queria ver sangue.

— Por que você é tão *flexível*? — Pip gritou quando Rooney desviou de outro golpe.

— Só um dos meus muitos talentos!

— *Muitos* talentos? No plural?

— Acho que você sabe tudo sobre eles, Pipinha.

Pip balançou o espaguete na direção de Rooney, mas Rooney bloqueou.

— Você é a porra de um *pesadelo*.

Rooney sorriu de volta.

— Sou mesmo, e você me *ama*.

Pip soltou o que só poderia ser descrito como um grito de guerra. Ela impulsionou o espaguete contra Rooney, então de novo, e uma terceira vez, empurrando a outra garota cada vez mais para trás. Na quarta vez, Rooney tropeçou, caindo direto para trás do pódio e no castelo inflável, soltando um grito curto.

— AÊÊ! — Pip gritou, segurando o espaguete acima dela em vitória.

O cara operando o castelo inflável parou o relógio e gesticulou vagamente na direção de Pip.

— A de óculos ganhou.

Pip saltou do pódio e começou a pular do lado de Rooney, fazendo com que ficasse difícil para ela levantar.

— Está com problemas aí embaixo, cara?

Rooney tentou se levantar, mas só acabou caindo de novo, conforme Pip pulava ao lado dela.

— Ai, meu Deus, *para*...

— Achei que você era uma dançarina! Cadê sua coordenação?

— A gente não treinava em *castelos infláveis*!

Pip finalmente desacelerou nos seus pulos, ficando parada e esticando a mão para ajudar Rooney a se levantar. Rooney olhou para a mão, e eu pude vê-la considerando, mas ela não a segurou, ficando em pé sozinha em vez disso.

— Boa jogada — disse ela, com uma sobrancelha erguida. Então ela foi andando, ou melhor, foi saltando através do castelo inflável e rolou para fora até chegar ao chão de verdade.

— Você não vai ser má perdedora, vai? — Pip gritou atrás dela, também se abaixando e rolando para fora do castelo.

Rooney fez um barulho de irritação tão alto que dava pra ouvir do outro lado da marquise.

— Ah. — Pip sorriu. — Você vai. Eu devia ter adivinhado.

Rooney começou a enfiar os pés dela de volta nos saltos. Ela provavelmente queria voltar a ter uma altura significativa de vantagem sobre Pip.

— Ei! — Pip ergueu a voz, a chamando. — Por que você me odeia tanto?

Rooney parou.

— É, isso mesmo! — Pip continuou, erguendo os braços. — Já disse! Por que você me odeia? Nós duas estamos bêbadas, então é melhor resolver isso agora! É porque eu sou a melhor amiga de Georgia de antes, e agora eu estou no caminho?

Rooney não disse nada, mas ela terminou de colocar os saltos e se endireitou em toda a sua altura.

— Ou você só odeia quem eu sou como pessoa?

Rooney se virou e disse:

— Você é muito idiota. E você deveria ter me deixado ganhar.

Houve uma pausa.

— Às vezes eu posso ter o que *eu* quero — disse Pip com uma calma angustiante. — Às vezes, sou eu a pessoa que pode ganhar.

Eu mal tive tempo de pensar nessa constatação, porque Rooney estava prestes a explodir. Ela estava com as mãos em punho, e eu consegui sentir que uma briga de verdade estava vindo, daquelas estimuladas por bebida e que seria vergonhoso lembrar depois. Eu precisava impedir isso. Precisava acabar com isso antes que ficasse pior. Essas eram as únicas duas amigas que me restavam.

Então eu me levantei, o que foi difícil com meu vestido.

Abri a boca para falar. Para tentar impedir isso tudo. Talvez até para tentar ajudar.

Só que o que aconteceu de verdade foi que todo o sangue subiu para minha cabeça. Pontos de luz começaram a aparecer nos cantos da visão, e minha audição ficou obscura.

E daí eu desmaiei.

DERROTADA

Eu recobrei minha consciência para encontrar Pip dando tapinhas no meu rosto um pouco fortes demais.

— Ai meu Deus ai meu Deus ai meu Deus — ela estava gaguejando.

— Para de me bater, por favor — eu murmurei.

Rooney estava lá também, a irritação desaparecida por completo da expressão, substituída por preocupação séria.

— Puta merda, Georgia. Quanto você bebeu?

— Catorze.

— Catorze o quê?

— Catorze bebidas.

— Não, *não* bebeu.

— Ok, eu não consigo lembrar o quanto eu bebi.

— Então por que você disse catorze?

— Parecia um bom número.

Fomos interrompidos por outros estudantes bisbilhotando por cima dos ombros de Rooney e Pip, educadamente perguntando se eu estava bem. Eu percebi que ainda estava deitada no chão, o que era estranho, então me sentei e assegurei a todo mundo que eu estava bem e que só tinha bebido um pouco demais. Todo mundo riu e seguiu com a noite. Se eu não estivesse completamente fora de mim, eu teria ficado com uma vergonha profunda, mas felizmente eu estava bêbada, então a única coisa que se passava pela minha cabeça era que eu queria muito vomitar.

Rooney me puxou para levantar, um braço ao redor da cintura, o que parecia irritar Pip por algum motivo.

— A gente devia ficar de boas no cinema um pouco — disse Rooney. — Ainda temos umas seis horas pra matar. Dá pra Georgia voltar a ficar sóbria.

Seis horas? Ficar sóbria era a última coisa que eu queria nesse momento.

— *Nãooooo* — eu gemi, mas Rooney ou me ignorou ou não me ouviu. — Me deixa. Eu tô bem.

— Claramente você não está, e vamos sentar num pufe, com um pouco de água, pela próxima meia hora, quer você queira ou não.

— Você não é minha mãe.

— Bom, sua mãe de verdade ia me agradecer.

Rooney aguentou a maior parte do meu peso enquanto atravessávamos os corredores floridos e brilhantes da faculdade, Pip seguindo atrás. Ninguém falou nada até a gente chegar à porta do cinema e uma voz aguda atrás de nós gritar:

— *PIP!* Ah, meu Deus, oi!

No meu estado nebuloso, eu espiei atrás de mim para ver de quem era a voz. Pertencia a um cara com um grupo grande de pessoas que eu não reconhecia, provavelmente porque eram da faculdade de Pip.

— Vem ficar com a gente — o cara continuou. — Nós vamos dançar um pouco.

Pip mudou o peso, desconcertada.

— Ah…

Ela se virou para olhar pra mim.

Eu não sabia o que dizer, mas felizmente, Rooney falou por mim.

— Vai logo. Ela vai ficar bem comigo.

Eu assenti em concordância, oferecendo um sinal de joinha trêmulo.

— Ok, bom... eu encontro vocês aqui tipo, em uma hora? — disse Pip.

— Tá — falou Rooney, e então se virou de costas, e Pip se foi.

— Aqui — disse Rooney, me entregando um copo de água grande e uma torrada em um guardanapo dobrado. Ela se jogou ao meu lado em um pufe.

Eu os peguei obedientemente.

— O que tem aqui? — eu disse, gesticulando para a torrada.

— Queijo e cenovit.

— Que escolha peculiar — eu disse, dando uma mordida. — E se eu odiasse cenovit?

— Era o único recheio que tinha sobrado, então você vai comer e ficar feliz.

Por sorte, eu amava cenovit, e mesmo se não amasse, eu provavelmente teria comido de qualquer forma, porque de repente eu estava *faminta*. A náusea tinha passado, e meu estômago parecia dolorosamente vazio, então eu mastiguei a torrada enquanto assistíamos ao filme que estava passando na tela no momento.

Nós éramos as únicas pessoas na sala. De longe, dava para ouvir as batidas da música do DJ no salão de dança, que era sem dúvida onde a maioria das pessoas estavam. Também havia outras conversas vindas da sala oposta, onde se serviam chá grátis e torradas, e ocasionalmente risadas altas e vozes atravessavam a porta conforme os estudantes prosseguiam pela noite juntos, fazendo o que quer que fosse para passar o tempo até chegar ao fim do baile, ao amanhecer. Não parecia mais com um baile — parecia uma enorme festa do pijama, onde ninguém queria ser o primeiro a ir dormir.

O filme era a melhor adaptação de *Romeu e Julieta* — a do Baz Luhrmann feita nos anos noventa com o Leonardo DiCaprio. A gente não tinha perdido muita coisa — Romeu estava passeando cabisbaixo pela praia — então nós nos aconchegamos no pufe para assistir, sem falar nada.

Nós ficamos assim, absortas, pelos quarenta e cinco minutos seguintes.

Foi mais ou menos o tempo que levou para eu ficar um pouco mais sóbria e meu cérebro voltar a funcionar.

— Pra onde você foi? — foi a primeira pergunta que eu fiz.

Rooney não desviou os olhos da tela.

— Eu tô bem aqui.

— Não, mais cedo. Você foi embora, e aí você sumiu.

Houve uma pausa.

— Só estava por aí com umas pessoas. Desculpa. Desculpa por isso. — Ela olhou para mim. — Você ficou bem, né?

Eu mal conseguia lembrar o tempo que eu tinha passado entre o jantar e a batalha no castelo inflável. Passeando pelo salão de dança, sentada na sala de chá, explorando a marquise, mas sem me aproximar de nenhuma barraca.

— Aham, eu fiquei bem — falei.

— Bom. Você dançou com o Jason?

Ah. Tinha isso.

— Não — eu falei.

— Ah. O que aconteceu?

Eu queria falar tudo para ela.

Eu iria falar tudo para ela.

Era o álcool? O efeito do baile? O fato de que Rooney estava começando a me conhecer melhor do que todo mundo, tudo isso porque ela dormia a dois metros de mim todas as noites?

— Jason e eu não é uma coisa que vai acontecer — falei.

Ela assentiu.

— É, eu... eu acho que fiquei com essa impressão, mas só achei que vocês ainda estavam saindo.

— Não, eu terminei.

— Por quê?

— Porque...

As palavras estavam na ponta da minha língua. *Porque eu sou arromântica e assexual.* Só que parecia tão desajeitado. Ainda pareciam palavras falsas no meu cérebro, palavras secretas, sussurradas, que não pertenciam ao mundo real.

Não era como se eu achasse que Rooney ia reagir mal — ela não reagiria com nojo ou raiva. Ela não era assim.

Só que eu achei que ela reagiria de um jeito esquisito. Confuso. Tipo, *ok, que porra é essa?* Ela assentiria educadamente depois que eu explicasse, mas, na cabeça dela, ela estaria pensando "ah meu Deus, a Georgia é tão esquisita".

De alguma forma, isso parecia tão ruim quanto.

— Porque eu não gosto de caras — falei.

Assim que eu falei, eu percebi meu erro.

— *Ah* — disse Rooney. — Ah meu Deus. — Ela se endireitou, assentindo, assimilando a informação. — Tudo bem. Cacete. Quer dizer, estou feliz que você *entendeu*. Parabéns, acho? — ela riu. — Parece *bem* melhor não sentir atração por caras. Meninas são muito melhores no geral. — Então ela fez uma careta. — Ai, meu *Deus*. Eu gastei *tanto tempo e energia* tentando te ajudar com o Jason. Por que você não disse nada?

Antes que eu tivesse tempo de responder, ela mesma se interrompeu.

— Não, desculpa, isso é uma coisa idiota de dizer. Você obviamente ainda estava processando isso tudo. Tudo bem. Quer dizer, é pra isso que a faculdade *serve*, né? Experimentar e entender de quem você gosta de verdade. — Ela me deu um tapinha firme na perna. — E sabe o que isso significa? Agora a gente pode achar uma *menina* legal pra você namorar! Ah, meu *Deus*. Eu conheço tantas garotas bonitas que iam gostar de você. Você *precisa* vir comigo a uma balada semana que vem. Eu posso te apresentar a *tantas* garotas.

O tempo todo que ela estava fazendo esse monólogo, eu senti que estava ficando mais e mais quente. Se eu não falasse logo, eu ia perder a coragem e ficar seguindo com essa nova mentira, e então eu teria que passar de novo por toda essa coisa de tentar namorar.

— Eu não quero muito fazer isso — eu disse, revirando o guardanapo, agora vazio, da torrada.

— Ah. Ok, tá bom. Claro. Tudo bem.

Rooney tomou um gole do próprio copo d'água, e passou alguns minutos observando a tela.

Então ela continuou.

— Você não precisa fazer essa coisa de namorar agora. Você tem *tanto* tempo.

Tanto tempo. Eu queria rir.

— Acho que eu não vou — eu falei.

— Vai o quê?

— Namorar. Nunca. Eu também não gosto de meninas. Eu não gosto de ninguém.

As palavras ecoaram pela sala. Houve uma longa pausa.

E então Rooney riu.

— Você está *bêbada* — ela disse.

Eu estava, um pouco, mas essa não era a questão.

Ela tinha rido. Isso me irritou.

Era assim que eu esperava que ela reagisse. Era assim que eu esperava que todo mundo reagisse.

Uma risada estranha e piedosa.

— Eu não gosto de meninos — eu disse. — E não gosto de meninas. Eu não gosto de ninguém. Então eu nunca vou namorar ninguém.

Rooney não disse nada por alguns instantes.

Então ela disse:

— Escute só, Georgia. Você pode se sentir assim neste momento, mas não perca a *esperança*. Talvez você esteja atravessando um período difícil, tipo, sei lá, o estresse de começar a faculdade ou o que quer que seja, só que você *vai* encontrar alguém de quem você goste um dia. Todo mundo encontra.

Não, não encontra, era o que eu queria dizer.

Nem todo mundo.

Eu, não.

— É uma coisa de verdade — falei. — É uma sexualidade de verdade. Quando você não gosta de ninguém.

Porém eu não conseguia pronunciar as palavras corretas.

Provavelmente não teria ajudado mesmo se eu conseguisse.

— Ok — disse Rooney. — Bom, como é que você *sabe* que você é… isso? Como você sabe que um dia você não vai encontrar alguém de quem você gosta mesmo?

Eu a encarei.

É *claro* que ela não entendia.

Rooney não era a especialista em romance que eu achei que ela fosse. Eu tinha quase certeza de que sabia mais do que ela a essa altura.

— Eu nunca tive um *crush* em ninguém na minha vida toda — eu falei, mas minha voz estava baixa, e eu nem sequer *soava* confiante, muito menos me *sentia* confiante sobre quem eu era. — Eu… gosto da ideia, mas a realidade…

Eu parei de falar, sentindo um nó na garganta. Se eu tentasse explicar, eu sabia que eu só ia começar a chorar. Ainda era tudo tão novo. Eu nunca tinha tentado explicar isso pra ninguém.

— Você já beijou uma menina, então?

Eu olhei para ela. Ela estava me olhando, séria. Como se fosse um *desafio*.

— Não — falei.

— Então como você sabe que não gosta?

Lá no fundo, eu sabia que isso era uma pergunta injusta. Ninguém *precisava* experimentar uma coisa pra saber que não gostava mesmo daquilo. Eu sabia que não ia gostar de pular de um avião. Eu definitivamente não precisava experimentar para provar.

Só que eu estava bêbada. E ela também.

— Não sei — eu falei.

— Talvez você devesse tentar uma vez antes de… sabe, completamente rejeitar a ideia de que você possivelmente poderia encontrar alguém.

Rooney riu de novo. Ela não estava *tentando* ser escrota. Mas, ainda assim, eu sentia que ela estava sendo.

Eu sabia que ela só queria ajudar.

E isso meio que deixava tudo pior.

Ela estava tentando ser uma boa amiga, mas só estava falando todas as coisas erradas porque ela não tinha a mínima ideia de como era ser eu.

— Talvez — eu murmurei, me inclinando de volta no pufe.

— Por que você não tenta comigo?

Espera.

Quê?

— Quê? — eu falei, virando para ela.

Ela rolou para um lado para que o corpo dela inteiro estivesse virado na minha direção, então ergueu as duas mãos no gesto universal de desistência.

— Eu literalmente só quero ajudar. Eu realmente não gosto de você desse jeito, *sem ofensas*, mas talvez você tenha alguma ideia se essa é uma coisa da qual você possivelmente pode gostar. Só quero ajudar.

— Mas eu não gosto de você desse jeito — falei. — Mesmo se eu *fosse* gay, eu não necessariamente sentiria alguma coisa porque você é uma garota.

— Tá, talvez não — disse ela, suspirando. — Eu só não quero ver você desistir sem nem mesmo *tentar*.

Ela estava me irritando, e eu percebi que era porque eu não estava "desistindo".

Eu estava aceitando.

E talvez, só talvez, isso pudesse ser uma coisa boa.

— Eu só não quero que você sinta como se você fosse ficar triste e sozinha pra sempre! — ela disse, e foi nesse momento que eu quebrei um pouco.

Era só isso que eu seria? Triste e sozinha? Pra sempre?

Será que eu tinha me condenado ao ousar pensar nessa parte de mim?

Será que eu estava aceitando uma vida de solidão?

Assim que essas perguntas me atingiram, abriram um portal para todas as outras dúvidas que eu achei que tinha superado.

Talvez isso seja só uma fase.

Talvez isso seja desistir.

Talvez eu devesse tentar de novo.

Talvez, talvez, talvez.

— Tá bom, então — falei.

— Você quer tentar.

Eu suspirei, derrotada, *exausta*. Eu estava tão cansada disso tudo.

— É. Pode vir.

Não poderia ser pior do que o beijo com Jason, poderia?

Então ela se inclinou.

Foi diferente. Rooney estava acostumada a beijos mais profundos e longos de um tipo inteiramente distinto.

Ela guiou. Eu tentei imitar.

Eu odiei.

Eu odiei tanto quanto eu tinha odiado aquele beijo com Jason. Eu odiei como o rosto dela estava perto do meu. Odiei a sensação dos lábios dela se mexendo contra os meus. Odiei a respiração dela na minha pele. Meus olhos ficavam abrindo, tentando descobrir quando que isso ia acabar, enquanto ela colocava a mão atrás da minha cabeça, me puxando para mais perto.

Eu tentei me imaginar fazendo isso com uma pessoa de quem eu gostava, mas era como uma miragem. Quanto mais eu me esforçava para pensar nesse cenário, mais rápido ele desintegrava.

Eu nunca, nunca ia gostar disso. Com ninguém.

Não era nem desgostar de beijar. Não era um medo, um nervosismo, ou "não ter ainda encontrado a pessoa certa". Isso era parte de mim. Eu não sentia esses sentimentos de atração, romance e desejo que as outras pessoas sentiam.

E eu nunca iria.

Eu não precisava ter beijado ninguém para entender isso.

Rooney, por outro lado, estava mesmo se esforçando, o que presumi que ela fazia com todo mundo. O jeito como ela me beijava me fazia sentir como se ela gostasse de mim de verdade, mas percebi de repente que eu a conhecia melhor do que isso. Nunca era sobre a outra pessoa. Ela estava usando isso para se sentir bem consigo mesma.

Eu não tinha a energia para começar a pensar no que aquilo significava.

— Ah — disse uma voz atrás de nós.

Rooney se afastou de mim imediatamente, e eu, desfocada e estranhando um pouco essa situação toda, me virei para ver quem era.

Eu devia ter adivinhado, na verdade.

Porque o universo parecia estar me perseguindo.

Pip estava com a jaqueta dobrada em um braço, e uma torrada na outra.

— Eu… — ela falou, mas não terminou. Ela estava olhando para mim, os olhos arregalados, então para Rooney, e depois de volta para mim. — Eu te trouxe uma torrada, mas… — Ela olhou para a torrada. — Cacete. — Ela olhou para a gente. — Uau. Vão se foder vocês duas.

FLORES DE PAPEL

Rooney se pôs de pé.

— *Espera aí*, você não entendeu o que estava acontecendo.

O olhar de Pip endureceu.

— Acho que é bastante óbvio o que estava acontecendo — disse ela. — Então não me ofenda mentindo sobre o assunto.

— Eu não estou, mas...

— Se isso era uma coisa que estava acontecendo, você ao menos poderia ter me contado. — Ela virou o olhar para me encarar, o rosto assustadoramente esvaziado de emoção. — Você poderia ao menos ter me contado.

Então ela saiu da sala.

Rooney não perdeu tempo para segui-la, e eu rapidamente acompanhei. Rooney precisava explicar.

Todo mundo só precisava parar de mentir, atuar e fingir o tempo inteiro.

Rooney pegou no ombro de Pip assim que ela chegou ao fim do corredor, e virou-a para que pudesse encará-la.

— Pip, só *escuta*...

— Escutar O QUÊ? — Pip gritou, e então baixou a voz quando alguns dos estudantes que estavam passando viraram a cabeça com curiosidade. — Se vocês estão se pegando, ótimo, podem ir lá transar e aproveitar, mas você poderia ter ao menos feito a cortesia de me informar para que eu pudesse tentar impedir os *meus* sentimentos e não ficar *devastada* pra caralho agora.

A voz dela parou, e ela tinha lágrimas nos olhos.

Eu queria explicar, mas não conseguia falar.

Eu tinha arruinado minha amizade com Jason, e agora eu estava destruindo minha amizade com Pip também.

— Eu não... a gente não... nós não estamos juntas! — Rooney gesticulou para nós duas. — Eu juro! Foi ideia minha porque eu sou idiota pra cacete! Georgia só está tentando entender as coisas, e eu só tenho piorado tudo, fazendo ela sair com Jason como experimento, quando ela nem quis fazer isso, agora essa...

Parecia que as paredes tinham estilhaçado ao nosso redor. Pip apertou os punhos.

— Espera — Ela se virou para mim. — Você... Jason foi só um *experimento*?

— Eu...

Eu queria dizer que não, ele não era, eu achava que eu gostava dele, eu genuinamente *queria* me apaixonar por ele, mas isso era uma mentira?

O rosto de Pip desmoronou. Ela deu um passo na minha direção, e começou a *gritar*.

— Como você *pôde fazer isso? Como você pôde fazer isso com ele?*

Eu dei um passo para trás, sentindo as lágrimas se formarem. Não chore. Não chore.

— Pare de culpar ela! — Rooney gritou de volta. — Ela estava tentando entender a sexualidade dela!

— Bom, ela não deveria ter feito isso com o nosso melhor amigo que acabou de sair de um relacionamento que fez ele se sentir como um pedaço de BOSTA!

Ela estava certa. Eu tinha feito merda. Eu tinha feito uma merda tão grande.

Rooney colocou um braço entre mim e Pip.

— Pare de tentar fazer essa briga ser sobre essa outra coisa, quando nós duas sabemos o real motivo!

— Ah é? — A voz de Pip baixou. Havia manchas de lágrimas pelas bochechas. — Sobre o que é essa briga então?

— Sobre o fato de que você *me odeia*. Você acha que eu estou tirando Georgia de você porque ela é uma dos seus únicos *dois amigos*, e você *me detesta* porque você acha que eu estou te substituindo na vida dela.

Houve um silêncio. Os olhos de Pip se arregalaram.

— Você não sabe de nada — disse ela rouca, e se virou. — Eu estou indo embora.

— Espera! — eu falei. A primeira coisa que falei.

Pip se virou, se esforçando para dizer qualquer coisa entre lágrimas.

— O quê? Você tem algo pra dizer?

Eu não tinha. Não conseguia formar as palavras.

— Pois é — ela disse. — Você nunca tem nada a dizer.

Então ela se foi.

Rooney a seguiu, mas eu fiquei onde estava no corredor. As paredes ao meu redor eram feitas de flores de papel. Acima de mim, os pisca-piscas brilhavam. Os estudantes passavam rindo, de mãos dadas, vestindo ternos chiques e vestidos cintilantes. A música que estava tocando no ambiente era "Young Hearts Run Free", da Candi Staton.

Eu odiei tudo.

SOBREVIVENTE

Eu perambulei pelos corredores mal iluminados e pelas multidões roucas. Fiquei na beirada do salão de dança conforme a banda terminava o show, tocando uma música lenta, para que todos os casais pudessem dançar abraçados. Me deixou enjoada.

Rooney e Pip não estavam em lugar nenhum, então voltei pro meu quarto. Era a única coisa que eu conseguia pensar em fazer. Eu me olhei no espelho por um bom tempo, me perguntando se esse era o momento em que eu ia simplesmente desabar, se eu poderia só deixar tudo de lado e soluçar, chorando porque eu tinha estragado tudo. Eu tinha feito uma merda *tão grande* na minha busca para entender quem eu era. Além do fato de que Pip e Jason tinham muita coisa com o que lidar, e eu só tinha pensado em mim mesma.

Só que eu não chorei. Eu fiquei em silêncio. Eu não queria mais ficar acordada.

Eu dormi por algumas horas e, quando eu acordei, conseguia ouvir o bater ritmado das pessoas transando no quarto acima.

Isso foi, talvez, a gota d'água.

Estava todo mundo transando e se apaixonando o tempo todo? Por quê? Como é que era justo que todo mundo podia se sentir dessa forma exceto eu?

Eu queria que todo mundo parasse. Eu queria que amor e sexo não existissem.

Eu saí tempestuosa do quarto, sem sequer levar o meu celular comigo, subindo as escadas dois degraus de cada vez, correndo para o corredor acima do meu, sem saber o que eu ia fazer quando chegasse lá. Mas eu ao menos poderia ver de quem era o quarto e talvez depois pudesse encontrá-los e falar que precisavam parar de fazer tanto barulho...

Quando eu cheguei ao ponto do corredor que ficava acima do meu quarto, eu parei, e fiquei imóvel.

Era uma área de serviço. Lá dentro: seis máquinas de lavar roupa e seis secadoras.

Uma das máquinas de lavar estava ligada. Estava fazendo o barulho ritmado contra a parede.

De volta ao meu quarto, eu percebi que faltavam apenas dez minutos para as seis da manhã — a hora em que tiravam a famosa "Foto dos Sobreviventes".

Eu só ia descer para dar uma olhada. Ver quantas pessoas tinham sobrado.

A resposta era que não muitas. Das centenas de alunos que festejavam pela faculdade anteriormente, deviam ter só uns oitenta sobrando, e todos estavam reunidos no salão de dança. Um fotógrafo com a expressão cansada esperava que os estudantes, bêbados e carentes de sono, se organizassem entre si em fileiras. Eu não sabia se deveria me juntar a eles ou não. Eu me senti meio que uma fraude, eu tinha basicamente cochilado pelas últimas cinco horas.

— Georgia!

Eu me virei, com medo de que tivesse que enfrentar Jason, Rooney ou Pip, mas não era nenhum deles.

Sunil se aproximou de mim através da porta do salão. A gravata dele estava desmanchada, o paletó azul bebê jogado por cima de um braço, e ele parecia sobrenaturalmente acordado, considerando que eram seis da manhã.

Ele colocou as mãos nos meus antebraços e me sacudiu um pouco.

— Você *conseguiu*! Você chegou até as seis da manhã! Eu estou muito impressionado. Eu desisti à meia-noite quando eu era calouro.

— Eu tirei um cochilo — falei.

Sunil abriu um sorriso.

— Ótima ideia. Precisa fazer uma estratégia pra esse tipo de coisa. Jess foi tirar um cochilo umas horas atrás, mas não apareceu, então eu acho que ela falhou de novo este ano.

Eu pisquei. Não sabia o que dizer pra ele.

— Então mais ninguém aguentou? Rooney? Pip? Jason?

— Hum — eu olhei em volta. Nem Rooney nem Pip nem Jason estavam ali por perto. Eu não fazia ideia de onde ninguém estava. — Não. Só eu.

Sunil assentiu.

— Ah, tudo bem. Você pode se gabar amanhã. — Ele passou um braço pelo meu ombro, nos levando de volta para o grupo de alunos. — Você é uma *sobrevivente*!

Eu tentei sorrir, mas meus lábios só estremeceram. Sunil não viu, ocupado demais nos levando para frente.

Eu pisquei de novo.

E então eu consegui falar.

— Eu acho que eu talvez seja... assexual. Arromântica também. As duas coisas.

Sunil parou de andar.

— Ah é? — ele falou.

— Hum, é — eu falei, olhando pro chão. — Não sei bem o que fazer sobre isso.

Sunil ficou paralisado por um instante. E então ele se mexeu, o braço deslizando do meu, virando-se para ficar diretamente na minha frente. Ele colocou as mãos nos meus ombros e se inclinou um pouco para que os nossos rostos ficassem na mesma altura.

— Não tem nada pra *fazer* sobre isso, Georgia — ele disse baixinho. — Não tem nada mesmo.

O fotógrafo começou a ficar impaciente e gritou para que todo mundo se organizasse, então Sunil nos marchou até a multidão e nós nos apertamos na terceira fileira, ao lado de uns amigos dele. Conforme ele se virou para falar com eles, só então eu percebi que o que eu tinha dito era inegavelmente verdade. Eu sabia disso agora.

Sunil se virou de novo, apertou meu ombro, e disse:

— Você vai ficar bem. Você não tem que fazer nada a não ser *existir*.

— Mas e se o que eu *for* é só... nada? — Eu exalei e pisquei conforme o fotógrafo tirou a primeira foto. — E se eu for um belo nada?

— Você não é nada — disse Sunil. — Você precisa acreditar nisso.

Talvez eu pudesse fazer isso.

Talvez eu pudesse acreditar.

PARTE QUATRO

PESSOAS MUITO OPOSTAS

Na manhã seguinte do Baile Bailey, Rooney voltou para o nosso quarto quando era quase meio-dia. Eu ainda estava dormindo, mas ela chutou a porta para abrir, com tanta força, que bateu contra a parede, e então falou algo sobre ter dormido na casa de um cara, antes de chutar os sapatos, tirar o vestido por cima da cabeça e ficar em pé no meio do quarto, encarando Roderick, a planta doméstica, que estava basicamente à beira da morte. Então ela entrou na cama.

Ela não falou nada sobre o que tinha acontecido comigo ou Pip.

Eu tampouco queria falar com ela, então, assim que eu estava em pé e vestida, fui para a biblioteca. Eu cheguei ao último andar, onde havia mesas escondidas atrás de amplas estantes de livros de finanças e negócios. Eu fiquei lá até a hora do jantar, terminando um dos trabalhos do semestre, não pensando em nada do que aconteceu. Eu definitivamente não estava pensando em nada do que aconteceu.

Quando eu voltei, Rooney acordou, bem a tempo de ir jantar na cantina da faculdade.

Nós descemos juntas, sem falar nada, e comemos juntas, sentadas ao lado de um grupo que eu reconheci serem conhecidos de Rooney, mas ela ainda assim não disse nada.

Quando voltamos pro nosso quarto, ela trocou para o pijama, voltou direto pra cama e dormiu de novo. Eu fiquei acordada, encarando a jaqueta de Pip no canto do quarto — a que ela tinha esquecido aqui na Semana dos Calouros. A jaqueta que eu sempre me esquecia de devolver para ela.

Quando eu acordei no nosso quarto, no domingo, eu me senti nojenta, percebendo que eu não tinha tomado banho desde antes do Baile Bailey.

Então eu tomei banho. Coloquei uma camiseta limpa e um suéter quentinho, e saí do quarto deixando Rooney sozinha na cama, só o rabo de cavalo aparecendo por debaixo do edredom.

Voltei para a biblioteca de novo com a intenção de fazer mais um trabalho. Todos os meus primeiros trabalhos na vida universitária tinham prazo para semana que vem, antes das férias de inverno, e eu ainda tinha muita coisa pra fazer. Só que, uma vez que eu tinha passado o meu cartão na biblioteca e encontrei uma mesa vazia, só fiquei sentada ali com o meu laptop, encarando o meu grupo de mensagens com Pip e Jason.

Elaborei uma mensagem para cada um deles. Demorou duas horas.

Para Jason, eu mandei:

Georgia Warr
Me desculpa, mesmo, por tudo. Eu nunca pensei direito em como isso ia te afetar — eu só estava pensando em mim mesma. Você é uma das pessoas mais importantes da minha vida e eu tirei vantagem disso sem refletir. Você merece alguém que te adore. Eu queria mesmo me sentir assim, mas não consigo — eu literalmente não sinto atração por ninguém, seja de que gênero for. Eu tentei muito mesmo sentir, só que eu só não sinto. Me desculpe por tudo.

Para Pip, eu mandei:

Georgia Warr

Ei, eu sei que você não está falando comigo, e eu entendo o porquê, mas só queria que você soubesse dos fatos: Rooney me beijou porque eu estava muito confusa com a minha sexualidade, e ela queria me ajudar a ver se eu gostava de meninas. Foi uma coisa muito idiota que fizemos — não ajudou em nada, e não era nem mesmo o que eu queria fazer, e nós duas estávamos bêbadas. Nós não gostamos mesmo uma da outra desse jeito e nós duas estamos arrependidas. Então eu sinto muito muito mesmo.

Os dois leram as mensagens logo que foram enviadas. Nenhum respondeu.

Apesar de nós duas morarmos no mesmo quarto, a primeira conversa que eu tive direito com Rooney depois do que aconteceu no Baile Bailey foi na segunda-feira antes do fim do semestre, em uma aula de introdução ao teatro. Eu estava sentada sozinha nos fundos, que era meu lugar de sempre, quando ela apareceu na minha visão periférica e se sentou ao meu lado.

Ela estava usando suas roupas diurnas — legging, uma camiseta polo da St. John's, o cabelo preso no rabo de cavalo — mas os olhos dela estavam arregalados conforme ela me encarava e esperava eu falar alguma coisa.

Eu não queria falar com ela. Eu estava irritada. Eu sabia que o que tinha acontecido era tanto minha culpa quanto dela, mas eu estava brava com o jeito como ela reagiu quando eu tinha tentado explicar meus sentimentos.

Ela nem sequer tinha tentado entender.

— Oi — eu falei, categórica.

— Oi — ela respondeu. — Preciso falar com você.

— Eu... não quero falar com você — falei.
— Eu sei. Você não precisa falar nada se não quiser.
Só que nenhuma de nós duas pôde falar nada, porque fomos interrompidas pela professora começando a aula sobre *A festa de aniversário*, de Harold Pinter.

Em vez de deixar o assunto morrer, Rooney tirou o iPad da bolsa, abriu o aplicativo de notas, e colocou na mesa na nossa frente, perto o bastante para eu conseguir ver a tela. Ela começou a digitar, e eu pressupus que ela só estava anotando as coisas da aula, mas então ela parou e empurrou o tablet na minha direção.

Eu sinto muito, muito, mesmo sobre o que aconteceu no baile bailey. Foi tudo minha culpa e eu fui babaca pra cacete com você quando você estava tentando me dizer uma coisa importante.

Ah. Ok.

Isso era inesperado. Eu olhei para Rooney. Ela ergueu as sobrancelhas e assentiu na direção do iPad, gesticulando para eu responder.

O que eu deveria dizer?

Com cuidado, eu ergui minhas mãos e comecei a digitar.

tá bom

Rooney pausou, e então digitou furiosamente no teclado.

Eu sei que a gente estava bêbada, mas isso não é uma desculpa pelo jeito como eu agi. Sabe quando os caras héteros descobrem que uma menina é gay e tudo que eles falam é "haha mas você nem me beijou então como você sabe que você é gay". Foi basicamente o que eu fiz com você!!!

Esse tempo todo eu estava te enchendo sobre encontrar um relacionamento, beijar pessoas e se abrir... eu fiquei falando pra você tentar com Jason, e quando você tentou me dizer que você não queria nada disso, eu nem escutei. Então eu achei que beijar você fosse uma boa ideia porque eu sempre acho que beijar resolve tudo!!!!!

Você estava tentando entender sua sexualidade faz meses e eu fiz tudo errado. TUDO.

Eu tinha tantas ideias sobre como pessoas deveriam se sentir sobre romance e sexo e tudo isso, mas... é tudo bobagem. Me desculpa, mesmo

Eu sou literalmente tão burra e eu sou uma cuzona

EU QUERO QUE VOCÊ ME DIGA QUE EU SOU UMA CUZONA

Eu ergui uma sobrancelha e digitei:

tá bom você é uma cuzona

Rooney abriu um sorriso assim que viu a mensagem.

R — obrigada

G — não foi nada

Eu não tinha esperado que ela pedisse desculpas, muito menos que entendesse o porquê de ser tão errado o que ela tinha feito.

Só que ela fez isso.

Então eu decidi ser ousada e digitar:

então, como é o caso, eu sou assexual arromântica

Rooney me lançou um olhar.

Não foi um olhar de "mas que porra é essa" que eu estava esperando.

Era um olhar de curiosidade. Curioso. Um pouco preocupado, talvez, mas não de um jeito ruim.

Só querendo saber de verdade o que estava acontecendo comigo.

é eu fiquei confusa com isso também haha
significa que eu não sinto atração por ninguém nem romântica nem sexualmente
não importa o gênero
foi meio isso que eu estava sacando ultimamente

Rooney ficou me observando digitar. Então ela demorou um instante antes de responder.

R — Uau... eu nem sabia que isso era uma coisa que existia!!! Eu sempre achei que era tipo... você gosta de meninos ou meninas ou algum outro combo

G — haha eu tbm
Por isso a confusão toda

R — Parece bem difícil de entender... Estou orgulhosa de você!!!!!!

Não foi nem de perto a resposta perfeita para alguém saindo do armário. Só que era tão típico da Rooney que me fez sorrir mesmo assim.

R — E você está bem com isso?

G — pra ser sincera não muito.
mas
eu acho que vou ficar
com o tempo?
perceber e aceitar que essa é quem eu sou são os primeiros passos e eu já fiz isso, eu acho.

Antes de digitar uma resposta, Rooney simplesmente colocou a cabeça no meu ombro e descansou ali por alguns segundos, um substituto de um abraço de verdade, o que teria sido um pouco difícil no meio da aula.

R — Acho que eu não consigo entender o que você está passando, mas estou aqui pro que precisar. Tipo, se você quiser reclamar do assunto ou só falar!!

G — sério??

R — Georgia. Nós somos amigas.

G — ah

R — Quer dizer, a gente se BEIJOU. Meio que. Nos pegamos platonicamente.

G — estou sabendo

R — Me desculpa por isso. De novo. Foi muito horrível pra você????

G — quer dizer... achei que foi meio nojento sim

R — Ah!!

G — sem ofensas

R — Não, eu curti isso. Você realmente é minha gêmea do mal

G — nós somos pessoas muito opostas, sim

R — Muito inovador

G — adoro

R — Gostoso

G — delicioso

R — 10/10

Nós duas começamos a rir, então não conseguíamos parar, até a professora nos mandar fazer silêncio, e ficamos olhando uma para a outra, sorrindo. Tudo ainda poderia ser uma merda, eu tinha magoado meus dois melhores amigos e sabia que ainda teria um longo caminho a percorrer antes de sequer começar a gostar de quem eu era, mas ao menos eu tinha Rooney sentada ao meu lado, rindo em vez de chorando.

ASSEXUAL ARROMÂNTICA

A internet é uma bênção e uma maldição. Jogar no Google "assexual arromântico" liberou uma quantidade de informações que eu não estava nem mental nem emocionalmente preparada para receber. Da primeira vez que busquei, logo fechei a janela e não procurei de novo o dia todo.

Meu instinto animalesco dizia *isso é idiota.*
Isso é falso.
Isso é uma coisa que alguém inventou na internet que é idiota e falsa e absolutamente não sou eu.

E ainda assim, era eu. Sunil e Jess não eram os únicos. Havia milhares de pessoas na internet que se identificavam dessa forma e ficavam felizes ao fazer isso. De fato, as pessoas usavam a palavra "assexual" como uma identidade sexual desde 1907. Então nem foi uma "coisa da internet".

Sunil tinha explicado tudo de um jeito bem conciso, para ser justa. A internet me informou que assexual simplesmente significava pouca ou quase nenhuma atração *sexual*, e arromântico significava pouca ou quase nenhuma atração *romântica*. Em uma pesquisa mais profunda, eu descobri que havia muito debate sobre essas definições, porque as experiências e os sentimentos das pessoas podiam ser bem diferentes, mas, naquela altura, eu decidi fechar o navegador de novo.

Era coisa demais. Confuso demais. Novo demais.

Eu me perguntei se Sunil já tinha se sentido assim sobre a sua própria assexualidade, e depois de eu vasculhar o Instagram dele por um tempo, descobri que ele tinha um blog. Chamava-se "Diário de um Violoncelista em Durham" e tinha posts sobre todo o tipo de coisa — estudar música, atividades em Durham, sua rotina diária, o papel dele na Sociedade do Orgulho e na orquestra estudantil. Ele também tinha postado sobre assexualidade algumas vezes. Um post se destacou para mim, no qual ele tinha escrito sobre como ele tinha achado difícil aceitar a assexualidade dele no começo. Sexualidade no geral era um tópico tabu na cultura indiana, ele explicava, e quando ele tinha procurado por mais apoio, ele tinha visto que a comunidade assexual — até mesmo on-line — era incrivelmente branca. Só que, depois de encontrar um grupo de assexuais indianos on-line, ele tinha começado a sentir orgulho da sua identidade.

Sem dúvida nenhuma, Sunil teve uma jornada muito diferente da minha, e muitas das coisas com as quais ele lidou, eu não precisaria, já que eu era branca e cis. Mesmo assim, era tranquilizador saber que ele também tivera certa ansiedade sobre ser assexual. As pessoas não amavam, de cara, quem elas eram.

Eu logo encontrei coragem para continuar minha busca.

Aparentemente, muitas pessoas assexuais, ainda assim, queriam fazer sexo por inúmeros motivos, mas algumas se sentiam neutras sobre o assunto, e outras — o que eu tinha pensado originalmente — literalmente odiavam. Algumas pessoas assexuais ainda se masturbavam; outras sequer tinham libido.

Também acontece que muitas pessoas arromânticas ainda queriam ter relacionamentos românticos, apesar de não sentirem esses sentimentos. Outros nem queriam um parceiro romântico, nunca.

E pessoas se identificavam entre todo o tipo de combinação romântica e sexual — gay assexual, como Sunil, ou bissexuais arromânticos, tipo Jess, ou assexuais héteros, e pansexuais arromânticos, e várias outras. Algumas pessoas assexuais e arromânticas nem gostavam de separar a atração que sentiam em dois rótulos diferentes, e outras só usavam a palavra "queer" pra resumir tudo. Havia outras palavras que eu precisei pesquisar, como "demissexual" e "arromântico-cinza", mas mesmo depois da pesquisa, eu não sabia o que elas significavam.

Os espectros arromântico e assexual não eram linhas diretas. Eram como gráficos X-Y com uma dúzia de linhas diferentes.

Era muita coisa.

Tipo muita coisa *mesmo*.

A questão central era que eu não sentia atração romântica ou sexual por ninguém. Nenhuma bendita pessoa que eu já tinha visto, ou que eu ainda iria ver.

Então essa era eu.

Assexual.

Arromântica.

Eu voltei para as palavras até elas parecerem reais na minha cabeça, no mínimo. Talvez elas não fossem ser reais na cabeça da maioria das pessoas, mas eu poderia fazer com que fossem reais para mim. Eu podia fazer a porra que eu bem entendesse.

Eu as sussurrei tantas vezes baixinho, até parecerem parte de um feitiço. Eu as visualizei conforme adormecia.

Não tenho certeza quando percebi que eu não estava sentindo mais um desespero melancólico sobre a minha sexualidade. Todo o sentimento de *pobrezinha de mim, eu sou sem amor* já tinha desaparecido.

Agora era só raiva.

Eu estava com tanta raiva.

De *tudo*.

Eu estava brava com o destino que tinha me dado essas cartas. Mesmo eu sabendo que não tinha nada de errado comigo —

muitas pessoas eram assim, eu não estava sozinha, é bom ter amor próprio, blá blá blá — eu não sabia quando conseguiria chegar ao ponto no qual isso pararia de ser um fardo e passaria a ser algo *bom*, algo que eu poderia *comemorar*, algo que eu poderia *compartilhar com o mundo*.

Eu estava com raiva de todos os casais por quem eu passava na rua. Todas as pessoas que eu via que passavam de mãos dadas, todos os casais por quem eu passava no corredor, que flertavam na cozinha. Todos os casais que eu via trocando carícias na biblioteca ou na cantina. Todas as vezes que um dos autores de que eu gostava postava uma nova fanfic.

Eu estava com raiva do mundo por me fazer odiar quem eu era. Eu estava com raiva de mim mesma por deixar que esses sentimentos arruinassem minha amizade com as melhores pessoas do mundo. Eu estava com raiva de todos os filmes de romance, todas as fanfics, todos os casais perfeitos e idiotas que tinham me feito ansiar por encontrar o romance perfeito. Era por causa disso tudo, sem dúvida nenhuma, que essa nova identidade parecia uma perda, quando, na realidade, deveria ter sido uma linda descoberta.

No fim das contas, o fato de eu estar com raiva disso tudo só me fazia ficar com mais raiva porque eu sabia que eu não *deveria* ficar com raiva de nenhuma dessas coisas. Só que eu estava com raiva, e estou tentando ser sincera, ok? Ok.

AMOR VERDADEIRO

A realidade da situação com Pip e Jason só me abateu quando os dois saíram da Sociedade Shakespeare no mesmo dia. O último dia do semestre.

Eles nem sequer avisaram pessoalmente.

Eu não tinha grandes esperanças de que eles iriam para o ensaio naquela sexta-feira antes do Natal, mas Rooney e eu fomos mesmo assim, destrancamos a sala, ligamos o aquecedor e empurramos as mesas para um lado. Sunil apareceu sem saber de nada, vestindo um casaco que era basicamente um cobertor, e com um sorriso no rosto. A gente não sabia o que falar pra ele.

Dez minutos depois do horário no qual eles deveriam ter chegado, Pip mandou uma mensagem no grupo.

Felipa Quintana
Então eu e o Jason decidimos que não vamos mais fazer parte da peça, temos muito trabalho e outras coisas. É melhor achar alguém pra substituir a gente.
Foi mal

Eu vi primeiro, e então passei meu celular para Rooney.

Ela leu a mensagem. Fiquei observando enquanto ela mordia a parte interna das bochechas. Por um instante, ela pareceu furiosa. Então ela me entregou o celular de volta e se virou de costas para que nem eu nem Sunil pudéssemos ver o quanto ela estava chateada.

Sunil viu a mensagem por último. Ele olhou para nós com uma expressão confusa e perguntou:

— O que... o que aconteceu?

— A gente... teve uma briga — eu falei, porque não sabia como explicar essa bagunça do caralho em que esse pequeno grupo de pessoas tinha se transformado, enquanto Sunil era um espectador inocente, só querendo participar de um grupo de teatro divertido.

E tudo era minha culpa.

Eu sempre me senti sozinha, acho.

Acho que muitas pessoas se sentem sozinhas. Rooney. Pip. Talvez até mesmo Jason, apesar de ele não dizer.

Eu passei toda a minha adolescência me sentindo sozinha cada vez que eu via um casal em uma festa, ou duas pessoas se beijando nos portões da escola. Eu me sentia sozinha cada vez que eu lia alguma história fofa de pedido de casamento no Twitter, ou via algum post de comemoração de bodas no Facebook, ou só via alguém passando tempo com seu parceiro nos stories do Instagram, sentados no sofá com o cachorro, vendo TV. Eu me sentia sozinha porque eu não tinha experimentado nada daquilo. E me senti ainda mais sozinha quando comecei a acreditar que eu jamais saberia a sensação.

Essa solidão — estar sem Jason e Pip — era pior.

Amigos são classificados automaticamente como "menos importantes" do que parceiros românticos. Eu nunca tinha questionado isso. Era só o jeito como o mundo funcionava. Acho que eu sempre senti que as amizades não poderiam ser comparadas ao que um parceiro ofereceria, e que eu nunca experimentaria o *amor verdadeiro* até eu encontrar o romance.

Só que, se isso fosse verdade, eu provavelmente não teria me sentido desse jeito.

Eu amava Jason e Pip. Eu os amava porque eu não precisava pensar quando estava com eles. Eu amava que a gente podia ficar sentado em silêncio, juntos. Eu amava que eles sabiam quais eram minhas comidas favoritas e que eles instantaneamente sabiam quando eu estava de mau humor. Eu amava o senso de humor idiota de Pip e como ela imediatamente fazia cada lugar em que entrava mais feliz. Eu amava como Jason sabia exatamente o que dizer quando você estava chateado, e sempre poderia te acalmar.

Eu amava Jason e Pip. E agora os dois se foram.

Eu tinha ficado tão desesperada pela minha ideia de amor verdadeiro que eu nem consegui ver quando ele estava bem na minha cara.

LAR

Eu apertei a mão gelada contra o meu carro, que estava o mais longe da calçada da minha casa quanto poderia estar. Eu estava com saudades do meu carro.

Havia outros três carros na nossa garagem, e mais quatro parados na calçada, o que me dizia uma coisa: toda a família Warr estava congregada na nossa casa. Isso não era uma coisa incomum na época do Natal, com os Warr, mas uma festa de família dia 21 de dezembro parecia um pouco prematuro, e era exatamente o tipo de ambiente para o qual eu não queria retornar depois do meu primeiro semestre infernal na universidade.

— Georgia? O que você está fazendo?

Papai estava segurando a porta aberta para mim. Ele tinha me buscado na estação.

— Nada — falei, tirando a mão do meu carro.

Teve um tipo de ovação dos vinte e poucos membros da minha família que socializavam na sala de estar quando eu entrei. Acho que isso foi legal. Eu tinha esquecido como era ficar perto de tanta gente que sabia quem eu era.

Mamãe me deu um abraço de urso. Meu irmão mais velho, Jonathan, e sua esposa, Rachel, vieram me abraçar também. Então mamãe não perdeu tempo me fazendo levar chá e café pra todo mundo, e me informar de toda a agenda, por horários, para semana que vem, inclusive o fato de que meu tio, minha tia e minha prima Ellis ficariam por aqui até o dia depois do Natal. Como se fosse uma grande festa do pijama em família.

— Você não se importa em dividir o quarto com a Ellis, né? — mamãe perguntou.

Eu não estava maravilhada com essa situação, mas eu gostava de Ellis, então não seria tão ruim assim.

Meu quarto estava exatamente do jeito que eu o deixei — livros, TV, os lençóis listrados — fora a adição de um colchão de ar para Ellis. Eu me joguei direto na cama. Tinha o cheiro certo.

Mesmo depois desse semestre, a faculdade ainda não parecia um lar.

— Vamos lá, então! — Vovó grasnou para mim conforme me apertei no sofá ao lado dela. — Nos conte tudo!

Por "tudo", ela definitivamente não estava falando de como eu destruíra completamente o pequeno número de amizades que eu tinha, relutantemente percebido de que eu não era hétero e que na verdade tinha uma sexualidade que pouquíssimas pessoas tinham ouvido falar, e notado que o mundo era tão obcecado pelo amor romântico que eu não conseguia passar uma hora sem me odiar por não poder senti-lo.

Então, em vez disso, eu falei para ela e os outros doze membros da família que estavam ouvindo sobre as minhas aulas ("interessantes"), meu quarto na faculdade ("espaçoso"), e minha colega de quarto ("muito legal").

Infelizmente, vovó gostava de bisbilhotar.

— E os seus amigos? Fez algum amigo novo legal? — Ela se inclinou na minha direção, dando um tapinha dissimulado na minha perna. — Ou conheceu algum *menino* legal? Eu aposto que tem um monte de meninos adoráveis em Durham.

Eu não odiava vovó por ser assim. Não era culpa dela. Ela havia sido criada para acreditar que o objetivo principal de uma garota na vida era se casar e ter uma família. Ela tinha feito exatamente isso quando tinha minha idade, e acho que ela se sentia muito completa. Era justo. Cada um na sua.

Só que isso não me impediu de ficar profundamente irritada.

— Na verdade — eu disse, tentando ao máximo impedir que a irritação soasse na minha voz —, eu não estou muito interessada em arrumar um namorado.

— Ah, bom — disse ela, dando mais um tapinha na minha perna —, ainda tem bastante tempo, meu amor. Bastante tempo.

Só que minha hora é agora, eu queria gritar. Minha vida estava acontecendo bem agora.

Minha família então começou uma conversa sobre como era fácil encontrar um relacionamento na faculdade. No canto, eu vi minha prima Ellis, sentada quieta com uma taça de vinho e uma perna cruzada em cima da outra. Ela encontrou meu olhar, deu um sorriso pequeno, e revirou os olhos para o grupo ao nosso redor. Eu retribuí o sorriso. Talvez, ao menos, eu teria uma aliada.

Ellis tinha trinta e quatro anos e costumava ser modelo. Uma modelo *fashion* de verdade que desfilava em passarelas e aparecia em propagandas de revista. Ela desistiu disso com vinte e poucos, e usou o dinheiro que tinha guardado para passar uns anos pintando, o que, no fim das contas, era algo no qual ela era muito boa. Ela é uma artista profissional desde então.

Eu só a vejo algumas vezes no ano, mas ela sempre aproveitava para falar comigo quando nós nos víamos, me perguntando como estava a escola, os amigos, se tinha alguma novidade na minha vida. Eu sempre gostei dela.

Eu não sei quando eu comecei a notar que Ellis era meio que uma piada para o restante da nossa família. Toda vez que ela e vovó estavam no mesmo cômodo, vovó conseguia mudar a conversa de volta para o fato de que ela ainda não tinha casado ou providenciado à família alguns bebês fofos para eles poderem mimar. Mamãe sempre falava dela como se ela tivesse algum tipo de vida trágica, só porque ela morava sozinha e nunca tivera um relacionamento de longa duração.

Eu sempre achei que ela tinha uma vida superlegal. Só que acho que também sempre me perguntei se ela era feliz. Ou se ela era triste e sozinha, desesperadamente querendo um romance, assim como eu.

— Então, sem namorados? — Ellis me perguntou quando eu me joguei ao lado dela no jardim de inverno naquela noite.

— Tragicamente, sim — eu falei.

— Parece que tem um pouco de sarcasmo aí.

— Talvez um pouco.

Ellis sorriu e sacudiu a cabeça.

— Não esquente com a vovó. Ela tem me dito a mesma coisa nesses últimos quinze anos. Ela só está com medo de que vai morrer sem ter um bisneto.

Eu ri, mesmo que a conversa fosse algo em que eu pensava e que me fazia sentir mal. Eu não queria que vovó morresse infeliz.

— Então — Ellis continuou. — Não teve nenhuma… amiga? Em vez disso?

Demorou um minuto para eu perceber que ela não estava dizendo "amiga" no sentido platônico da palavra. Ela estava me perguntando se eu era gay.

O que, ei, parabéns para Ellis. Se eu fosse gay, teria sido um momento incrível pra cacete pra mim.

— Hum, não — eu falei. — Também não estou interessada em namoradas.

Ellis assentiu. Por um instante, achei que ela fosse perguntar alguma coisa, mas ela só disse:

— Quer jogar um pouco de *Cuphead*?

Então a gente ligou o Xbox e jogou *Cuphead* até todo mundo voltar pra casa ou ir deitar.

ELLIS

Os Warr são do tipo de família terrível que não permite a abertura dos presentes antes da tarde do dia de Natal, só que nesse ano eu não me importava tanto, tendo outras coisas na cabeça para pensar. Eu não tinha pedido nada em particular, então acabei com uma pilha grande de livros, uma variedade de produtos de beleza que eu provavelmente nunca usaria, e um moletom da mamãe com uma frase escrita " prefiro bolo". A família deu bastante risada com essa.

Depois dos presentes, os avós todos dormiram no jardim de inverno, mamãe ficou ocupada com um jogo de xadrez intenso contra Jonathan, enquanto papai e Rachel preparavam o chá. Ellis e eu jogamos um pouco de *Mario Kart* antes de eu me esgueirar de volta para o quarto para relaxar e ver o celular.

Eu abri o meu app de mensagens do Facebook na conversa com Pip.

Georgia Warr
feliz natal!! eu te amo, espero que você tenha tido um dia bom ontem bjssss

Ainda estava marcado como não visualizado. Eu estava bêbada quando mandei no meio do jantar de Natal. Talvez ela só não tivesse visto.

Eu olhei o Instagram. Em geral, a família de Pip comemorava o Natal na véspera, e ela tinha postado um monte de stories no

Instagram. Tinha postado uma foto nas primeiras horas da madrugada — a família andando pela rua no caminho de volta da missa do galo.

dormi na igreja rs

Então ela postou outra foto, meia hora atrás, da família dela na cozinha, colocando um bolinho dentro da boca.

Restos de buñuelos entrem AGORA na minha barriga

Eu pensei em responder, mas não consegui pensar numa coisa engraçada para dizer.
Já que ela tinha postado havia meia hora, ela provavelmente tinha visto minha mensagem no celular. Ela só estava me ignorando.
Então ela ainda me odiava.

Eu estava pronta na cama às dez da noite. No geral, não foi um Natal ruim, apesar de ter perdido meus dois melhores amigos, e minha solteirice estar se tornando a piada constante da família.
Um dia eu provavelmente só teria que contar para eles.
Não gosto de caras. Ah, então você gosta de meninas? *Não, eu também não gosto de meninas.* O quê? Isso não faz sentido. *Faz sentido, sim. É uma coisa de verdade.* Você só não conheceu a pessoa certa ainda. Vai acontecer no seu tempo. *Não vai, não. Essa é quem eu sou.* Você está bem? Talvez a gente devesse marcar um terapeuta pra você. *O termo é "assexual arromântico".* Bom, isso parece inventado, né? Você ouviu falar disso na internet?
Ugh. Ok. Eu não queria entrar nessa conversa em nenhuma data próxima.

Eu estava descendo as escadas para beber água quando ouvi vozes altas. Primeiro, achei que só fossem mamãe e papai batendo boca um com o outro, mas então eu percebi que as vozes eram, na verdade, da tia Sal e do tio Gavin. Os pais de Ellis. Fiquei parada nas escadas, sem querer interromper.

— Olha só pro Jonathan — tia Sal estava dizendo. — Ele já endireitou tudo. Casou, tem a própria casa, o próprio negócio. Ele já está com a vida nos rumos.

— E ele é dez anos mais novo que você! — tio Gavin acrescentou.

Ah. Ellis estava lá também.

Eu não era muito próxima da tia Sal e do tio Gavin. Assim como Ellis, na verdade — eles não moravam perto, então a gente só os via alguma vezes por ano em reuniões de família.

Só que eles sempre pareciam um pouco mais rígidos que meus pais. Um pouco mais tradicionais.

— Estou sabendo — disse Ellis. A voz dela me pegou de surpresa. Ela parecia cansada.

— Isso não te incomoda *nem um pouco*? — perguntou tia Sal.

— Por que me incomodaria?

— Que Jonathan está crescendo, começando uma família, fazendo planos, enquanto você ainda está…

— Ainda estou o quê? — retrucou Ellis. — O que eu estou fazendo que é assim tão ruim?

— Não precisa gritar — disse tio Gavin.

— Não estou gritando.

— Você está ficando *velha* — continuou tia Sal. — Está nos trinta e poucos. Está passando dos anos ideais para namorar. Logo vai estar cada vez mais difícil para você ter filhos.

— Eu não quero namorar e eu não quero ter filhos — falou Ellis.

— Ah, vamos lá. Não vem com essa de novo.

— Você é a nossa *única* filha — disse tio Gavin. — Você sabe como isso é para nós? Você é a *única* que carrega nosso sobrenome.

— Não é minha culpa que vocês não tiveram mais filhos — disse Ellis.

— E o quê, então acabou para nós? Nenhuma criança na família? Nós não podemos ser avós? Esse é o agradecimento que a gente recebe por te criar?

Ellis suspirou alto.

— Nós não estamos tentando *criticar* suas... escolhas de vida — disse tia Sal. — Nós sabemos que não é sobre a gente, mas nós só queremos que você seja *feliz*. Eu sei que você acha que está feliz agora, mas e daqui a dez anos? Vinte? Quarenta? Como vai ser a sua vida quando você tiver a idade da sua avó, sem um parceiro, sem filhos? Quem é que vai estar lá para cuidar de você? Você não vai ter *ninguém*.

— Talvez eu fosse feliz — Ellis retrucou —, se vocês não tivessem passado minha vida inteira fazendo uma lavagem cerebral me fazendo pensar que encontrar um marido e ter filhos é o único jeito de fazer me sentir como se minha vida valesse de alguma coisa. Talvez aí eu fosse feliz.

Tia Sal foi interromper, mas Ellis a cortou.

— Não é como se eu estivesse ativamente rejeitando pessoas, tá? — Ellis parecia à beira de lágrimas agora. — Eu não gosto de ninguém desse jeito. Eu nunca gosto. É só quem eu sou, e, de um jeito ou de outro, todos nós vamos ter que encarar isso. Eu ainda posso fazer coisas incríveis com a minha vida. Eu tenho amigos. E vou fazer outros. Eu fui uma modelo de sucesso. Agora sou artista, e minhas pinturas vendem muito bem. Estou pensando em ir pra faculdade estudar arte, já que não consegui fazer isso da primeira vez. Eu tenho uma casa ótima, que vocês nunca se dão ao trabalho de visitar. Se vocês tentassem, e estou falando tentar *de verdade*, vocês poderiam ficar orgulhosos por todas as coisas que fiz na minha vida, e tudo que ainda vou fazer.

Houve um silêncio longo e horrível.

— O que você diria — disse tia Sal, falando lentamente, como se estivesse escolhendo as palavras com cuidado — de talvez tentar ir pra terapia de novo? Ainda acho que não encontramos o terapeuta correto da outra vez. Talvez se continuássemos a procurar, desse para encontrar alguém que pudesse te ajudar de verdade.

Silêncio.

Então Ellis disse:

— Eu não preciso ser consertada. Vocês não podem fazer isso comigo de novo.

Houve o som de cadeiras arranhando o chão conforme alguém se levantou.

— Eu sou adulta — disse Ellis. Tinha uma fúria contida na voz conforme ela reforçava essa constatação. — E, se vocês não vão me respeitar, então eu não vou ficar perto de vocês.

Eu fiquei observando, escondida na escuridão do topo da escada, conforme Ellis se sentou no último degrau e colocou os sapatos. Ela pegou o casaco, calmamente abriu a porta da frente, e saiu.

Antes de pensar duas vezes, eu corri para o meu quarto, peguei o roupão e as pantufas e corri atrás dela.

Eu a encontrei sentada no carro, o cigarro eletrônico pendurado na boca, mas aparentemente sem nenhuma intenção de fumar qualquer coisa.

Bati na janela, o que a fez pular tão alto que o cigarro caiu da boca.

— Puta que *pariu* — ela falou depois de ligar a ignição e descer a janela. — Você me assustou tanto que a minha alma saiu pra fora do corpo.

— Desculpa.

— O que você está fazendo aqui?

— Eu... — talvez isso fosse um pouco esquisito — ouvi seus pais sendo meio idiotas com você.

Ellis só olhou para mim.

— Achei que você gostaria de companhia — falei. — Sei lá. Posso voltar pra dentro, se você preferir.

Ellis sacudiu a cabeça.

— Não. Pode entrar.

Eu abri a porta do carro e pulei para dentro. Ela tinha um carro bem legal, na verdade. Moderno. Bem mais caro do que meu Fiat Punto antigo.

Houve um silêncio enquanto eu a esperava dizer alguma coisa. Ela localizou o cigarro, colocou cuidadosamente no compartimento na frente do câmbio, e então disse:

— Estou a fim de um McDonald's.

— No Natal?

— É. Eu quero muito um McFlurry agora.

Pensando bem, eu queria também umas batatinhas. Acho que *era* mesmo um dia para preferir bolo, ou comida no geral.

Eu também queria falar com Ellis sobre tudo que eu tinha acabado de ouvir. Especialmente sobre "não gostar de ninguém".

— Acho que dá pra ir ao McDonald's — falei.

— É?

— É.

Então Ellis deu a partida, e nós fomos.

MÁGICA PLATÔNICA

— Nossa, *sim* — falou Ellis, conforme enfiava a colher no McFlurry. — É isso que sempre faltou no dia de Natal.
— Concordo — eu falei, já na metade das minhas batatinhas.
— McDonald's. Ele nunca me decepciona.
— Não acho que esse seja o slogan.
— Pois deveria.

Nós estávamos paradas no estacionamento do restaurante, que estava praticamente vazio fora a gente. Eu tinha mandado uma mensagem para mamãe e papai sobre onde eu estava, e papai mandou um emoji de joinha, então eles provavelmente não estavam preocupados. Só que ficar no carro de pijama e roupão parecia um pouco errado.

Ellis tinha ficado conversando comigo o caminho todo sobre os tópicos mais mundanos. Era um caminho de quinze minutos de carro, mas, durante todos aqueles quinze minutos, eu não tinha conseguido falar muito mais do que um "é" ou "aham" em concordância. Eu não tinha conseguido perguntar nada do que eu realmente queria perguntar.

Você é como eu? Nós somos iguais?

— Então — eu finalmente consegui dizer, enquanto ela estava com uma colher de sorvete na boca —, seus pais.

Ela soltou um grunhido.

— Ah, é. Nossa, desculpa por você ter ouvido tudo *aquilo*. É bem vergonhoso que eles ainda me tratem como se eu tivesse quinze anos. Sem ofensas pra todo mundo que tem quinze anos por aí. Mesmo os adolescentes de quinze anos não merecem ter que ouvir alguém falar daquele jeito.

— Eles pareciam... — eu procurei a palavra certa — irracionais.

Ellis riu.

— É. Pareciam, sim.

— Eles ficam pegando muito no seu pé sobre essas coisas?

— Sempre que a gente se encontra, sim — disse Ellis. — O que acontece cada vez menos nesses tempos, pra ser sincera.

Eu não conseguia imaginar ver mamãe e papai cada vez menos. Só que talvez isso acontecesse comigo, se eu nunca me casasse ou tivesse filhos. Eu só me afastaria da família. Como um fantasma. Só aparecendo em algumas reuniões ocasionais.

Se eu me assumisse para eles, será que iam me obrigar a ir pra terapia, como os pais de Ellis fizeram?

— Você acredita neles? — eu perguntei.

Ellis claramente não estava esperando essa pergunta. Ela inspirou longamente, encarando o sorvete.

— Você está falando tipo, se eu sinto que minha vida não vale nada porque eu nunca vou me casar ou ter filhos? — ela perguntou.

Parecia pior quando ela falava desse jeito, mas eu queria saber.

Eu precisava saber se eu sempre me sentiria desconfortável com essa parte de mim mesma.

— É — falei.

— Bom, primeiro, eu posso ter filhos a hora que eu quiser. Adoção existe.

— Mas e ter um parceiro?

Ela pausou.

Então ela disse:

— Aham, eu me sinto assim de vez em quando.

Ah.

Então talvez eu sempre fosse me sentir assim. Talvez eu nunca fosse me sentir confortável. Talvez...

— Só que isso é só uma sensação — ela continuou. — Eu *sei* que não é verdade.

Eu pisquei, observando-a.

— Ter um parceiro é uma coisa que algumas pessoas querem. Outras, não. Demorou muito, muito tempo para eu entender que não era isso que eu queria. Na verdade — ela hesitou, só que apenas por um instante — demorou bastante tempo para eu entender que não é nem algo que eu *possa* querer. Não é uma escolha pra mim. É uma parte de mim que não posso mudar.

Eu estava segurando a respiração.

— Como você percebeu isso? — eu perguntei enfim, sentindo o meu coração querendo sair pela boca.

Ela riu.

— Bom... você está a fim de eu resumir a minha vida toda em uma única conversa no dia de Natal no McDonald's?

— Sim.

— Rá. Ok. — Ela pegou uma colher de sorvete. — Então, eu nunca tive nenhum *crush* quando era nova. Enfim, não de verdade. Às vezes eu confundia amizade com um *crush*, ou só pensando que um cara é muito legal. Mas eu nunca ficava a fim de ninguém. Mesmo celebridades ou músicos ou sei lá.

Ela ergueu as sobrancelhas e soltou um suspiro como se tudo isso fosse apenas um pequeno inconveniente.

— Só que *acontece* que — disse ela — todo mundo que eu conhecia tinha *crushes*. Eles namoravam. Todas minhas amigas falavam sobre caras gatos. Todas elas tinham namorados. Nossa família sempre foi grande e cheia de amor, sabe, seus pais, meus pais, nossos avós e todo o resto, então eu sempre vi tudo isso como se fosse a *norma*. Isso era tudo que eu conhecia no mundo. A meu ver, namoro e relacionamento eram só... coisas que as pessoas faziam. Era humano. Então foi isso que eu tentei fazer também.

Tentei.

Ela também tinha tentado.

— Isso continuou na minha adolescência e depois aos vinte e poucos. Especialmente quando eu era modelo, porque *todo mundo* estava pegando todo mundo no mundo da moda. Então eu me forçava a fazer isso também, só pra ficar envolvida e não me sentir excluída. — Ela piscou. — Mas eu odiava tudo. Odiava cada segundo daquela porra.

Houve uma pausa. Eu não sabia o que dizer.

— Eu não sei quando comecei a perceber que odiava isso. Por muito tempo, eu só estava namorando e transando porque *era isso que pessoas faziam.* E eu *queria* me sentir como aquelas pessoas. Queria a beleza empolgante e divertida de romance e sexo. Só que sempre tinha esse sentimento intrínseco de algo *errado.* Quase um *nojo.* Só parecia errado no nível mais fundamental.

Eu senti uma onda de alívio por eu nunca tinha me deixado ir assim tão longe.

Talvez eu fosse um pouco mais forte do que eu achava.

— Ainda assim eu ficava tentando gostar. Eu ficava pensando, *talvez eu só seja exigente. Talvez não tenha encontrado o cara* certo. *Talvez eu goste de meninas.* Talvez, talvez, talvez. — Ela sacudiu a cabeça. — Esse talvez nunca chegou. Nunca apareceu.

Ela se inclinou no assento do motorista, encarando o brilho suave da logo do McDonald's.

— Também tinha o medo. Eu não sabia como ia navegar esse mundo sozinha. Não só sozinha agora, mas sozinha *infinitamente*. Sem nenhum parceiro até morrer. Sabe por que as pessoas se dividem em pares? Porque ser humano é assustador pra caralho. É muito mais fácil se você não está fazendo isso sozinho.

Acho que no fim esse era o X da questão.

Eu podia, em um nível mais básico, aceitar que era assim. Só que eu não sabia como eu iria lidar com isso o resto da minha vida. Daqui a vinte anos. Quarenta. Sessenta.

Então Ellis disse:

— Só que sou mais velha agora. Aprendi algumas coisas.

— Tipo o quê? — perguntei.

— Tipo como amizade pode ser tão intensa, bonita e infinita quanto um romance. Tipo o jeito como o amor está espalhado a todo meu redor. Amor pelos meus amigos, amor pelas minhas pinturas, o amor que sinto por mim mesma. Tem até mesmo o amor que sinto pelos meus pais, em algum lugar. Lá no fundo. — Ela riu, e eu não consegui evitar um sorriso. — Eu tenho muito mais amor do que muitas pessoas nesse mundo. Mesmo se eu nunca me casar. — Ela pegou uma colherona de sorvete. — Tenho definitivamente amor por sorvete, isso eu te digo *com certeza*.

Eu ri, e ela sorriu abertamente para mim.

— Eu fiquei desesperançosa por muito tempo sobre ser assim — disse ela, e então sacudiu a cabeça. — Mas não me sinto mais assim. Finalmente. *Finalmente* eu não fiquei mais sem esperança.

— Eu queria ser mais assim — eu falei, as palavras escapando pela minha boca antes de eu conseguir impedi-las.

Ellis ergueu uma sobrancelha curiosa pra mim.

— Ah, é?

Eu respirei fundo. Ok. Agora ou nunca.

— Eu acho que sou... como você — falei. — Eu também não gosto de ninguém. Tipo, romanticamente. Namorar e essas coisas. Não consigo sentir nada disso. Eu costumava querer muito, quer dizer, ainda acho que quero de vez em quando. Mas eu não posso querer *de verdade*, porque não me sinto dessa forma por ninguém. Se isso faz sentido.

Eu percebi que estava ficando cada vez mais vermelha conforme eu falava.

Ellis não disse nada por um instante. Então ela pegou mais uma colherada do sorvete.

— Foi por isso que entrou no carro, não foi? — disse ela.

Eu assenti.

— Bom — ela falou. Ela pareceu perceber a magnitude do que eu tinha acabado de confessar. — Bom.

— É uma sexualidade de verdade — falei. Eu nem sabia se Ellis sabia que *era* uma sexualidade. — Tipo ser gay, hétero ou bi.

Ellis riu.

— A sexualidade do *nada*.

— Não é nada. É, bom, são duas coisas diferentes. Arromântico quando você não sente atração romântica, e assexual quando você não sente atração sexual. Algumas pessoas só são um ou outro, mas eu sou os dois, então sou... assexual arromântica.

Não era a primeira vez que eu falava aquelas palavras, mas toda vez que eu falava, elas pareciam um pouco mais como um lar ao meu redor.

Ellis considerou isso.

— Duas coisas. Hum. Duas em uma. Pague um, leve dois. Adorei.

Eu dei uma risadinha, o que fez ela rir de verdade, e todo o nervoso que estava apertado no meu peito se aliviou.

— Quem te falou sobre isso, então? — ela perguntou.

— Alguém na faculdade — eu disse. Só que Sunil não era só alguém, era? — Um dos meus amigos.

— E também é…?

— Também é assexual, sim.

— Uau. — Ellis abriu um sorrisão. — Bom, nós somos três então.

— Tem mais gente — eu falei. — Bem mais. Por aí. No mundo.

— Sério?

— Sério.

Ellis ficou olhando a janela, sorrindo.

— Isso é legal. Ter muito mais gente assim no mundo.

Nós ficamos sentadas em silêncio por um instante. Eu terminei de comer minhas batatinhas.

Havia mais de nós por aí.

Nenhuma de nós duas estava sozinha.

— Você tem muita sorte de saber tudo isso — disse Ellis de repente. — Eu… — Ela sacudiu a cabeça. — Rá. Acho que estou com um pouco de inveja.

— Por quê? — eu perguntei, confusa.

Ela olhou para mim.

— Eu só desperdicei muito tempo. Só isso.

Ela jogou o pote vazio de McFlurry no banco de trás e ligou a ignição.

— Eu não me sinto sortuda — falei.

— Como você se sente?

— Não sei. Perdida. — Pensei em Sunil. — Meu amigo disse que eu não preciso fazer nada. Ele disse que tudo que eu preciso fazer é *existir*.

— Seu amigo parece um daqueles velhos sábios.

— Isso meio que resume.

Ellis começou a dirigir para fora do estacionamento.

— Eu não gosto de não fazer nada — ela falou. — É chato.

— Então o que *você* acha que eu deveria fazer?

Ela pareceu pensar no assunto por um momento. Então ela disse:

— Dê aos seus amigos a mágica que você daria para o romance. Porque eles são tão importantes quanto. Na verdade, pra gente, eles são *muito* mais importantes. — Ela me olhou de soslaio. — Pronto. Isso é sábio o suficiente pra você?

Eu sorri.

— Muito sábio.

— Eu posso ser profunda. Afinal de contas, eu *sou* uma artista.

— Você deveria botar isso numa pintura.

— Sabe do que mais? Talvez eu faça isso. — Ela ergueu a mão e estalou os dedos. — Vou chamar de *Mágica Platônica*. E ninguém que não é um de nós... espera, qual era o nome? Asse...?

— Assexual arromântico?

— Isso. Ninguém que não é um assexual arromântico vai entender.

— Posso ficar com a pintura?

— Você tem duas mil libras?

— Suas pinturas estão custando *duas mil libras*?

— Estão, sim. Eu sou bem boa no meu trabalho.
— Você me dá um desconto de estudante?
— Talvez. Mas só porque você é minha prima. Desconto de prima estudante.

Então ficamos rindo conforme voltamos para a estrada, e pensei na magia que eu poderia encontrar, talvez, se eu procurasse um pouco mais a fundo.

MEMÓRIAS

Eu não encontrei mágica quando voltei para o meu quarto da faculdade na tarde de 11 de janeiro. O que eu encontrei foi a maior parte das posses de Rooney esparramadas pelo chão, o guarda-roupa escancarado, os lençóis a vários metros de distância da cama, Roderick em um tom preocupante de marrom, e o tapete água-marinha inexplicavelmente atochado na pia.

Eu tinha acabado de abrir o zíper da minha mala quando Rooney entrou vestindo pijamas, olhou para mim, olhou para o tapete na pia, e disse:

— Eu derrubei chá nele.

Ela sentou na cama dela enquanto eu arrumava as coisas dela, espremia a água do tapete, e até cortei a maior parte das folhas mortas de Roderick. A foto da Beth de cabelos de sereia tinha caído no chão de novo, então eu só a colei de volta na parede, não dizendo nada sobre o assunto, enquanto Rooney ficou observando, sem expressão.

Eu perguntei sobre o Natal dela, mas a única coisa que Rooney disse é que ela odiava passar tempo na sua cidade natal.

Ela foi pra cama às sete da noite.

Então, é. Rooney claramente não estava bem.

Para ser justa, eu entendia o porquê. A peça não ia acontecer. A coisa tácita com Pip não ia acontecer. A única coisa que ela tinha era — bom, a mim, acho.

Não é um bom prêmio de consolação, na minha opinião.

— A gente deveria sair — eu falei pra ela no fim da nossa primeira semana de volta para a faculdade.

Ainda era cedo, mesmo já tendo anoitecido. Ela olhou para mim por cima da tela do laptop, e então continuou o que estava fazendo — assistindo a vídeos no YouTube.

— Por quê?

Eu estava sentada na minha escrivaninha.

— Porque você gosta de sair.

— Não estou a fim.

Rooney tinha ido para duas das nossas seis aulas naquela semana. E nas que ela *foi*, ela simplesmente tinha ficado encarando o teto, sem nem se dar o trabalho de pegar o iPad da bolsa para fazer anotações.

Era como se ela não se importasse com mais nada.

— A gente poderia ir pra um bar ou algo assim? — eu sugeri, parecendo meio desesperada. — Só pra um drinque. Podíamos tomar coquetéis. Ou comer *batata frita*. Podemos ir comer batata frita.

Isso fez com que ela erguesse uma sobrancelha.

— Batata frita?

— Batata frita.

— Eu… gostaria de comer batata frita.

— Pronto. A gente pode ir pra um bar, comer umas batatas fritas, tomar um pouco de ar fresco, e aí voltar.

Ela me olhou por um longo momento.

Então ela disse:

— Ok.

O bar mais próximo estava lotado, claro, porque era uma sexta-feira à noite em uma cidade universitária. Felizmente, a gente encontrou uma mesa pequena manchada de cerveja numa sala dos fundos, e eu deixei Rooney guardando o lugar enquanto eu ia buscar uma porção de batatas fritas para dividir e uma jarra de daiquiri de morango com dois canudos de papel.

Nós sentamos e comemos nossas batatas em silêncio. Na verdade, eu me sentia muito calma, considerando o fato de que tecnicamente essa era uma "saída". Ao nosso redor, todos os alunos estavam arrumados para sair à noite, prontos para passar umas horas em um bar antes de seguir para as baladas mais tarde. Rooney estava vestindo leggings e um casaco de moletom, enquanto eu usava uma calça de moletom e um suéter de lã. Nós provavelmente nos destacávamos muito, mas comparado ao inferno que foi a Semana dos Calouros, eu estava extremamente relaxada.

— Então — eu disse, depois de sentarmos em silêncio por mais de dez minutos —, eu estou sentindo que você não está muito feliz agora.

Rooney me encarou, vazia.

— Eu gostei das batatas fritas.

— Eu estou falando no geral.

Ela tomou um longo gole da jarra.

— Não — disse ela. — Está tudo uma merda.

Eu esperei que ela se abrisse sobre o assunto, mas ela não o fez, e percebi que eu teria que insistir.

— A peça? — perguntei.

— Não só isso. — Rooney grunhiu e se inclinou sobre a mesa com uma mão. — O Natal foi um *inferno*. Eu passei a maior parte do tempo encontrando amigos da escola, e ... *ele* sempre estava lá.

Demorou um momento para eu entender o que ela queria dizer com "ele".

— Seu ex-namorado — falei.

— Ele estragou tantas coisas para mim. — Rooney começou a apunhalar as frutas na jarra de coquetel com o canudo. — Toda vez que eu vejo a cara dele, eu quero gritar. Ele nem acha que fez alguma coisa de *errado*. Por causa dele, eu... Nossa, eu poderia ter sido uma pessoa tão melhor se nunca tivesse conhecido ele. Ele é a razão de eu ser desse jeito.

Eu não sabia o que responder. Eu queria perguntar pra ela o que tinha acontecido, o que ele tinha feito, mas eu não queria forçá-la a revisitar as coisas ruins se ela não quisesse.

Houve um longo silêncio depois que ela falou. Quando voltou a falar, ela tinha obtido sucesso em espetar todas as frutas na jarra.

— Eu gosto da Pip. Muito — disse ela, bem baixinho.

Eu assenti, devagar.

— Você sabia? — ela perguntou.

Assenti de novo.

Rooney riu. Ela tomou outro gole.

— Como é que você me conhece melhor do que ninguém? — ela perguntou.

— A gente mora junta? — eu sugeri.

Ela só sorriu. Nós duas sabíamos que era mais do que isso.

— Então o que você vai fazer?

— Hum, nada? — Rooney bufou. — Ela me odeia.

— Quer dizer, sim, mas ela interpretou a situação errado.

— A gente se beijou. Não tem tanta margem para erro de interpretação.

— Ela acha que a gente é um casal. É por isso que ela está brava.

Rooney assentiu.

— Porque ela acha que eu estou tirando você dela.

Eu quase grunhi com tamanha estupidez.

— Não, é porque ela também gosta de você.

A expressão no seu rosto era como se eu tivesse pego um copo e quebrado na cabeça dela.

— Isso é... você está errada sobre isso — ela gaguejou, ficando um pouco vermelha no rosto.

— Eu só estou falando o que eu vejo.

— Eu não quero mais falar sobre a Pip.

Recaímos em silêncio por mais alguns momentos. Eu sabia que Rooney era esperta sobre esse tipo de coisa — eu a vi navegar sem esforço nenhum por relacionamentos de todos os tipos desde o primeiro dia em que a vi. Só que, quando se tratava de Pip, ela tinha a inteligência emocional de uma uva.

— Então você gosta de meninas? — perguntei.

A carranca no rosto dela desapareceu.

— Sim. Provavelmente. Sei lá.

— Três respostas drasticamente diferentes para a pergunta.

— Sei lá, então. Eu acho... quer dizer, eu me questionei se eu gostava de meninas um pouco quando eu era mais nova. Quando eu tinha treze anos, fiquei com um *crush* em uma das minhas amigas. Uma menina. Mas — ela deu de ombros —, todas as meninas fazem isso, né? Tipo, isso é comum, ter *crushes* nas suas amigas mulheres.

— Não — respondi, tentando não rir. — De jeito nenhum. Nem todas as garotas fazem isso. Exemplo: eu. — Eu gesticulei para mim mesma.

— Bom. Ok, então. — Ela olhou para o lado. — Acho que eu gosto de meninas.

Ela disse isso com tanta tranquilidade que era como se tivesse percebido sua sexualidade e se assumido no espaço de dez segundos. Só que eu a conhecia. Ela provavelmente estava processando isso havia um tempo. Assim como eu.

— Isso me faz ser bi? — ela perguntou. — Ou pan? Ou o quê?

— O que você quiser. Você pode pensar mais no assunto.

— É. Acho que vou, sim. — Ela encarou a mesa. — Sabe, quando a gente se beijou… eu acho que eu fiz isso porque sempre teve essa parte de mim que queria, bom, você sabe. Ficar com meninas. E você era uma opção segura para testar porque eu sabia que você não iria me odiar pra sempre. O que foi uma coisa *bem merda* de se fazer, obviamente. Meu Deus, me desculpa.

— Foi uma coisa bem merda de fazer — concordei. — Mas consigo entender isso de acidentalmente usar pessoas porque você está confusa sobre a sua sexualidade.

Nós duas tínhamos estragado as coisas pra cacete, de muitas formas. E por mais que a confusão sobre nossa sexualidade não fosse uma desculpa, era bom que nós duas tínhamos entendido nossos erros.

Talvez isso significasse que cometeríamos menos deles no futuro.

— Eu nunca tive amigos gays ou bi na escola — disse Rooney. — Eu não conhecia ninguém assumido, na verdade. Talvez eu tivesse entendido mais cedo, se eu tivesse.

— Minha melhor amiga é assumida desde que tinha quinze, e ainda demorou anos pra eu mesma entender — eu falei.

— Verdade. Uau. Essa porra é difícil mesmo.

— Aham.

Ela bufou.

— Estou na faculdade há três meses e de repente eu não sou mais hétero.

— Duas — falei.

— Adoro, acho? — ela perguntou.

— Adoro — eu concordei.

Eu peguei outra jarra de coquetel — um cosmopolitan — e nachos.

Estávamos na metade da jarra quando contei a Rooney sobre o meu plano.

— Eu vou trazer Jason e Pip de volta para a Sociedade Shakespeare — falei.

Rooney amassou na boca um nacho particularmente cheio de queijo.

— Boa sorte.

— Você é bem-vinda a tentar me ajudar.

— Qual o seu plano?

— Quer dizer, não cheguei assim tão longe ainda. Provavelmente vai envolver muitos pedidos de desculpa.

— Um plano terrível — disse Rooney, mastigando outro nacho.

— É tudo o que eu tenho.

— E se não funcionar?

E se não funcionasse?

Eu não sabia o que aconteceria.

Talvez fosse o fim da minha amizade com Jason e Pip. Para sempre.

Nós terminamos os nachos — não demorou muito — e a jarra de coquetel antes de sair do bar, nós duas nos sentindo um pouco zonzas. Eu estava pronta para ir dormir, sendo sincera, mas Rooney estava a fim de tagarelar. Eu fiquei satisfeita. Álcool e batatas fritas definitivamente não eram a solução mais saudável pros problemas dela, mas ela parecia ao menos um pouco mais feliz. Trabalho cumprido.

Essa felicidade durou os trinta segundos pelos quais saímos pela porta, e então desapareceu. Porque, do lado de fora, rodeada pelos amigos, estava a própria Pip Quintana.

Por um breve momento, ela não nos viu. Ela tinha cortado o cabelo, a franja enrolada acabando nas sobrancelhas, e estava vestida para sair à noite — uma camisa listrada, jeans apertados, e uma jaqueta aviador marrom que fazia ela parecer um dos caras de *Top Gun*. Com a garrafa de sidra na mão, era um bom visual.

Eu conseguia praticamente sentir a onda de terror que Rooney emanou quando Pip se virou e nos viu.

— Ah — disse Pip.

— Oi — eu falei, porque não tinha ideia do que mais falar.

Pip me encarou. Então os olhos dela desviaram para Rooney — desde o rabo de cavalo bagunçado até as meias desemparceiradas.

— Vocês estão num encontro ou algo assim? — disse Pip.

Isso imediatamente me irritou.

— A gente claramente não está num encontro — eu respondi ríspida. — Eu estou de moletom.

— Tanto faz. Não quero falar com você.

Ela começou a se virar de novo, mas congelou quando Rooney falou.

— Você pode ficar brava comigo, mas não fique brava com Georgia. Ela não fez nada de errado.

Isso não era nem um pouco verdade — Pip tinha deixado claro que gostava de Rooney, e eu a tinha beijado mesmo assim. Sem mencionar tudo o que eu fizera com Jason. Mesmo assim, eu agradecia a intenção.

— Ah, vai se *foder* com essa coisa de ficar querendo a culpa — Pip cuspiu. — Desde quando você está tentando ser uma *boa pessoa*? — Ela se virou nos calcanhares para poder falar diretamente na cara de Rooney. — Você é egoísta, mesquinha, e não dá a mínima pros sentimentos dos outros. Então não venha até aqui pra fingir que você é uma boa pessoa.

Os amigos de Pip todos tinham começado a murmurar, se perguntando o que estava acontecendo. Rooney deu um passo à frente, os dentes cerrados e as narinas abertas como se ela estivesse prestes a começar a gritar, mas ela não gritou.

Ela só deu as costas e saiu andando pela rua.

Eu fiquei imóvel, me perguntando se Pip ia dizer alguma coisa para mim. Ela me olhou por um longo momento, e senti como se meu cérebro tivesse passando por todos os nossos sete anos de amizade, cada vez que nós sentamos ao lado uma da outra na aula, cada vez que dormimos na casa uma da outra, cada aula de educação física e cada ida ao cinema, cada vez que ela tinha me contado uma piada ou me mandado um meme idiota, cada vez que eu tinha quase chorado na frente dela — não chorei, não *podia*, mas *quase*.

— Eu só não consigo acreditar — disse ela, exalando profundamente —, eu achei… eu achei que você se importava com os meus sentimentos.

Então ela também se virou, voltando para uma conversa com seus novos amigos, e todas aquelas memórias se estilhaçaram ao meu redor em pequenos pedaços.

O AMOR ESTRAGA TUDO

Rooney passou a caminhada inteira de volta para a faculdade digitando coisas no celular. Eu não sabia para quem ela estava mandando mensagem, mas, quando voltamos para o nosso quarto, ela rapidamente trocou para uma roupa melhor, e eu sabia que ela ia sair.

— Não faz isso — eu disse, assim que ela tinha chegado à porta, e ela parou, se virando para me encarar.

— Sabe o que eu aprendi? — disse ela. — O amor estraga tudo.

Eu não concordava, mas eu não sabia como argumentar contra uma constatação desse tipo. Então ela foi embora, e eu não falei nada. E quando eu fui na direção da minha cama, encontrei a foto da Beth de cabelos de sereia no chão de novo, parcialmente amassada, como se Rooney a tivesse arrancado da parede.

VOCÊ MERECE ALEGRIA

Eu fui para o evento social de janeiro da Sociedade do Orgulho, na União Estudantil, sozinha. Era nossa terceira semana no semestre, e tentei induzir Rooney a vir comigo, mas ela estava passando a maioria das noites fora em baladas, voltando por volta das três da manhã, com sapatos sujos e cabelo bagunçado. Cabia a mim encontrar Pip, e tinha uma chance de ela estar no evento da Sociedade do Orgulho.

Se eu só pudesse *falar com ela*, eu pensava, ela entenderia. Se eu só conseguisse fazer com que ela me ouvisse tempo o suficiente para eu explicar, então tudo ficaria bem de novo.

O arrependimento instantâneo que eu senti ao aparecer no evento foi quase o suficiente para me mandar correndo de volta para a faculdade. Nós estávamos na maior sala da União Estudantil. Na frente da sala tinha um projetor mostrando todos os eventos da Sociedade do Orgulho que ocorreriam naquele semestre. Estava tocando música, as pessoas estavam vestidas com roupa casual, organizadas em rodinhas ou sentadas nas mesas para conversar enquanto devoravam uns lanchinhos.

Era um evento social. No qual o propósito era *socializar*. Eu estava em um lugar cujo intuito específico era socializar. Sozinha.

Mas por que caralhos eu tinha resolvido fazer isso?

Não. Ok. Eu era corajosa. E tinha cupcakes.

Eu fui pegar um cupcake. Para apoio moral.

Sunil, Jess, e com sorte, Pip, estariam aqui, então *havia* pessoas que eu conhecia. Eu vasculhei em volta e rapidamente achei Sunil e Jess no centro de um grupo de pessoas tendo uma conversa barulhenta, mas eu não queria incomodá-los quando eles provavelmente tinham muita coisa para fazer e várias pessoas com quem conversar. Então deixei quieto e continuei na minha busca por Pip.

Eu dei a volta na sala três vezes antes de concluir que ela não estava lá.

Ótimo.

Eu peguei meu celular e olhei o Instagram dela, só para descobrir que ela estava postando nos stories uma noite do cinema com os amigos da Castle. Ela não estava nem planejando vir pra esse evento.

Ótimo.

— Georgia!

Uma voz me fez pular — a voz de Sunil. Eu me virei para vê-lo andando até mim, vestindo calças largas feitas de um material meio elástico, que parecia simultaneamente muito fashion e confortável.

— Desculpa, te dei um susto?

— N-não, não! — eu gaguejei. — Está tudo bem!

— Eu só queria saber se aconteceu alguma coisa com a Sociedade Shakespeare — ele disse, com uma expressão tão esperançosa que fez doer meu coração. — Eu sei que vocês tiveram aquela briga, mas eu estava torcendo para que, talvez… vocês tivessem dado um jeito, ou algo do tipo. — Ele sorriu, resignado. — Eu sei que era só por diversão, mas eu estava curtindo muito mesmo.

A expressão no meu rosto provavelmente era resposta o bastante, mas eu contei pra ele mesmo assim.

— Não — eu falei. — Está tudo... está tudo ainda... — Fiz um gesto com as minhas mãos. — Não vai mais acontecer.

— Ah. — Sunil assentiu como se esperasse isso, mas a sua decepção óbvia meio que me fazia querer chorar. — Que pena.

— Estou tentando consertar as coisas — eu falei instantaneamente. — Na verdade, eu vim pra cá porque queria encontrar Pip e ver se ela repensava o assunto.

Sunil olhou em volta.

— Eu acho que não a vi por aqui.

— Não, eu não acho que ela está aqui.

Houve uma pausa. Eu não sabia o que falar. Eu não sabia como consertar nada disso.

— Bom, se tiver algo que *eu* possa fazer — disse Sunil —, eu gostaria de ajudar. Foi muito bom fazer algo só *divertido* e não estressante. Tudo é um pouco estressante pra mim nesse momento, com o último ano e a Sociedade do Orgulho, e Lloyd determinado a ser uma irritação constante na minha vida. — Ele olhou rapidamente para onde o ex-presidente, Lloyd, estava sentado com um grupo de amigos.

— O que ele fez agora?

— Ele só está tentando se esgueirar de volta para o conselho executivo da sociedade. — Sunil revirou os olhos. — Ele acha que as opiniões dele são *vitais* porque minha visão é *inclusiva demais*. Dá pra acreditar? *Inclusiva demais?* Essa é uma sociedade pra alunos queer que estão se encontrando, pelo amor de Deus. Não precisa de uma prova pra entrar.

— Ele é um cuzão — eu disse.

— Ele é. Muito mesmo.

— Tem algo que eu possa fazer pra ajudar?

Sunil riu.

— Ah, não sei. Quer jogar bebida nele? Não, estou zoando. Mas é fofo da sua parte. — Ele sacudiu a cabeça. — Enfim, Sociedade Shakespeare. Tem algum jeito de eu ajudar a resolver a situação? — Ele quase parecia desesperado. — Foi mesmo a coisa mais divertida que eu fiz em bastante tempo.

— Bom, a não ser que você dê um jeito para que Jason e Pip falem comigo e Rooney de novo, acho que não vai acontecer.

— Eu poderia falar com ele — Sunil disse de imediato. — A gente conversa de vez em quando no WhatsApp. Eu poderia convencer Jason a vir para um ensaio.

Senti meu coração acelerar de esperança.

— Sério? Tem certeza?

— Eu não quero que essa peça se desmantele toda. — Sunil sacudiu a cabeça. — Eu realmente não tinha nenhum hobby *divertido* antes. Orquestra é estressante, e a Sociedade do Orgulho não conta como um hobby, e são divertidas, mas também são *trabalhosas*. Essa peça… era *alegria*, sabe? — Ele sorriu, olhando para baixo. — Quando a gente começou a ensaiar, sério, eu estava um pouco preocupado que seria um desperdício de tempo. Tempo que eu deveria usar para estudar e fazer coisas pras minhas outras sociedades. Só que ficar amigo de todos vocês, atuar nas cenas, ter noites de pizza e todas as mensagens bobas no grupo, era só alegria. Pura alegria. E demorou tanto tempo para eu sentir que eu merecia isso. Mas eu mereço! E é isso! — Ele soltou uma risada animada e despreocupada. — Agora estou falando demais!

Eu me perguntei se ele estava um pouco bêbado, antes de lembrar que Sunil não bebia álcool. Ele estava só sendo sincero.

Me fez querer ser sincera também.

— Você merece mesmo isso — eu falei. — Você… você me ajudou tanto. Eu nem sei onde eu estaria ou como eu me sentiria se não tivesse encontrado você. E eu sinto que você fez isso por muitas outras pessoas. E foi difícil às vezes. E as pessoas nem sempre se preocupam com *você*. — Fiquei um pouco envergonhada pelo que eu estava dizendo, mas eu queria que ele soubesse. — E mesmo se não tivesse feito nada disso... você é meu amigo. Você é uma das melhores pessoas que eu conheço. Então você merece isso. Você merece alegria. — Eu não consegui evitar um sorriso. — E eu gosto quando você fala demais!

Ele riu de novo.

— Por que estamos tão emotivos?

— Sei lá. Você que começou.

Nós fomos interrompidos por Jess e outro vice-presidente de Sunil, que tinham chegado para convocá-lo para subir no palco. Sunil tinha que fazer um discurso.

— Eu mando uma mensagem pra ele — falou, e então se virou.

Foi nesse momento que eu soube que eu não poderia descansar até reunir a Sociedade Shakespeare de novo. Não só porque eu queria que Pip e Jason voltassem a ser meus amigos — mas também por Sunil. Porque, apesar da vida cheia, e de todas as coisas importantes que ele estava fazendo, ele tinha encontrado uma alegria com a nossa peça boba. E, meses atrás, naquele baile formal de outono da Sociedade do Orgulho, Sunil tinha ficado do meu lado num momento de crise, mesmo quando ele estava estressado e lidando com babacas. Agora era a minha vez de fazer algo por ele.

Eu fiquei mais tempo para ouvir o discurso de Sunil. No canto, com um cupcake e uma taça cheia de vinho.

Sunil subiu no palco, deu uma batida no microfone, o que foi o suficiente para os convidados começarem a aplaudir e uivar. Ele se apresentou, agradeceu a todo mundo por vir, e então passou um tempo falando sobre todos os eventos que aconteceriam no semestre. O filme do mês seria *Moonlight*, as noites de balada do

Orgulho seriam no dia 27 de janeiro, 16 de fevereiro e 7 de março, o Clube do Livro Trans aconteceria na Biblioteca Bill Bryson no dia 19 de janeiro, o grupo Queer de Dungeons & Dragons estava procurando por novos membros, e era a vez de uma pessoa chamada Mickey dar o jantar da Sociedade de Pessoas Queer, Trans e Intersexo Não Brancas no dia 20 de fevereiro, no seu apartamento em Gilesgate.

E havia muito mais. Ouvir todas essas coisas, e ver todas essas pessoas empolgadas sobre isso, *me* fez ficar empolgada de um jeito estranho. Mesmo que eu não fosse à maioria desses eventos. Eu quase senti que eu pertencia a alguma coisa só por estar aqui.

— Acho que esses são todos os eventos do semestre — Sunil concluiu —, então, antes de eu deixar vocês voltarem a comer e conversar, eu queria agradecer a todos vocês por esses meses incríveis que a gente teve no último semestre.

Outra rodada de aplausos e assovios. Sunil sorriu e aplaudiu também.

— Fico feliz que tenham gostado também! Eu fiquei bem nervoso em ser eleito presidente. Eu sei que implementei muitas mudanças, tipo transformar as noites de bar em bailes e instaurei mais atividades diurnas pra sociedade, então fico muito grato por todo o apoio.

Ele olhou para o horizonte de repente, como se estivesse pensando em algo.

— Quando eu era calouro, não sentia que pertencia à Durham. Eu tinha chegado aqui na esperança de finalmente conhecer pessoas como eu, mas, em vez disso, me encontrei rodeado de muitas pessoas cis, héteros e brancas. Eu tinha passado a minha adolescência de um jeito solitário. Naquela altura, eu tinha ficado *acostumado* com isso. Eu passava muito tempo pensando que era assim que as coisas deveriam ser. Que eu tinha que sobreviver sozinho, que eu tinha que fazer tudo sozinho, porque ninguém ia me ajudar. Eu passei tanto daquele primeiro ano me sentindo no fundo do poço até encontrar a minha melhor amiga, Jess.

Sunil apontou para Jess, que rapidamente colocou a mão na frente do rosto em uma tentativa falha de se esconder. Houve mais aplausos.

— Jess me ganhou imediatamente com as suas várias roupas de estampa de cachorrinho. — A multidão riu, e Jess sacudiu a cabeça, o sorriso aparecendo atrás da mão dela. — Ela era a pessoa mais engraçada e alegre que eu já conheci. Ela me encorajou a me filiar à Sociedade do Orgulho. Ela me levou para um dos jantares originais da Sociedade de Pessoas Queer, Trans e Intersexo Não Brancas. E nós tivemos tantas discussões sobre como a sociedade poderia ser melhor, então ela me encorajou a tentar me eleger como presidente, com ela ao meu lado. — Ele abriu um sorriso. — Eu achei que *ela* deveria ser presidente, mas ela já me disse um bilhão de vezes que odeia falar em público.

Sunil sorriu para Jess, e Jess sorriu de volta para ele, e tinha um amor tão genuíno naquele olhar.

Eu me senti deslumbrada só de ver.

— A Sociedade do Orgulho não é sobre só fazer coisas gays — Sunil continuou, o que rendeu algumas risadas. — Não é nem sobre encontrar outras pessoas em potencial para pegar. — Alguém na multidão gritou o nome de um amigo, o que rendeu mais risadas. Sunil riu junto. — Não, é sobre os relacionamentos que formamos aqui. Amizade, amor e apoio, enquanto estamos tentando sobreviver e prosperar em um mundo que frequentemente não parece que foi feito para nós. Não importa se você for gay, lésbica, bi, pan, trans, intersexo, não binárie, assexual, arromântique, queer, seja lá como você se identifica, a maioria de nós sempre sentiu a sensação de não pertencimento quando estávamos crescendo. — Sunil olhou mais uma vez para Jess, e então de volta para a multidão. — Mas agora todos estamos aqui, juntos. São esses relacionamentos que fazem a Sociedade do Orgulho ser tão importante e tão especial. São essas relações que, apesar de toda a dureza nas nossas vidas, vão continuar a nos dar alegria todos os dias. — Ele ergueu a taça. — E todos nós merecemos alegria.

Era um pouco cafona. Só que também era um dos discursos mais bonitos que eu já tinha ouvido na vida.

Todo mundo ergueu seus copos e aplaudiu Sunil enquanto ele descia, e Jess o sufocou com um abraço.

Era isso. Era isso que era mais importante.

O amor, e aquele abraço. O olhar de reconhecimento entre os dois.

Eles tinham sua própria história de amor.

Era isso que eu queria. Era isso que eu *tinha*, antes, talvez.

Eu sempre fiquei sonhando com um romance eterno, infinito, mágico. Uma linda história em que eu conheceria uma pessoa que poderia mudar todo o meu mundo.

Só que eu percebia agora que amizades também poderiam ser assim.

A caminho da saída, passei perto da mesa de Lloyd. Ele estava sentado com alguns outros caras, terminando uma garrafa de vinho com uma expressão amarga estampada no rosto de todos eles.

— É tão patética a necessidade que ele tem de ficar falando da assexualidade dele toda vez que vai a um evento — Lloyd estava dizendo. — Quando a gente for ver, logo vamos receber qualquer cis-hétero que acha que está sendo vagamente oprimido.

O jeito como ele falou aquilo atiçou uma onda de ódio frio no fundo do meu estômago.

Só que eu acho estava me sentindo corajosa.

Quando passei por ele, eu deixei que minha taça meio cheia de vinho graciosamente virasse da minha mão e descesse pelas costas de Lloyd.

— QUE... que PORRA foi essa?!

Quando ele finalmente se virou para ver quem tinha jogado vinho nele, eu já estava saindo pela porta com um sorriso enorme no rosto.

JASON

Sunil Jha
JASON ESTÁ DENTRO

Georgia Warr
SÉRIO

Sunil Jha
AHAM. Ele concordou em vir junto como um favor pessoal para mim. Mas ele disse que não tem certeza sobre voltar para a sociedade ☹

Georgia Warr
ok
então
acho que sei como fazer ele mudar de ideia

— Não — disse Rooney, assim que expliquei minha ideia para ela. Ela estava na cama. Eu regava Roderick, cujo volume agora nem se comparava com o que já tinha sido, devido aos pedaços mortos que eu tinha cortado, mas que não estava *exatamente* morto, como eu tinha pensado antes.

— Vai *funcionar*.
— É idiota.
— Não é, não. Ele tem senso de humor.

Rooney estava esparramada nas roupas de sair, comendo palitinhos direto de um saco, algo que tinha recentemente se tornado sua rotina pré-noite de balada.

— A Sociedade Shakespeare acabou — disse ela, e eu sabia que ela acreditava nisso. Ela não estaria saindo o tempo todo se não tivesse completamente desistido de tudo.

— Confia em mim. Eu vou conseguir fazer ele mudar de ideia.

Rooney me lançou um longo olhar. Ela mastigou um palitinho alto.

— Ok — disse ela. — Mas eu vou ser a Daphne.

Eu matei a maior parte das aulas no dia seguinte para ir em busca da fantasia. Demorou quase a manhã toda e um bom pedaço da tarde. Durham tinha uma loja de fantasias em uma viela pequena, e eles não tinham exatamente o que eu estava procurando, então acabei vasculhando as lojas de roupas e brechós para encontrar o que precisasse para as fantasias improvisadas. Rooney até se juntou a mim depois do almoço, usando óculos escuros para esconder as olheiras enormes. Ela estava dormindo até meio-dia quase sempre ultimamente.

Eu tinha sacrificado boa parte da minha mesada esse mês para conseguir tudo, o que significava que eu sobreviveria com a comida da cantina pelas próximas duas semanas, mas era um sacrifício que valia a pena, porque, quando Rooney e eu chegamos mais cedo à nossa sala de ensaio e colocamos as nossas fantasias, eu sabia que essa era a melhor ideia que eu já tivera em toda minha vida.

— Ah, esse é o cosplay dos meus *sonhos* — disse Sunil, quando entreguei para ele um suéter laranja, uma saia vermelha e meias laranja.

Nós terminamos de nos trocar e ficamos esperando.

Eu comecei a pensar que essa era uma ideia terrível.

Talvez ele não fosse achar engraçado. Talvez ele fosse olhar para mim e virar as costas.

Só tinha um jeito de descobrir.

— O que tá acontecendo? — Jason perguntou, entrando na sala e franzindo o cenho com nossas vestimentas estranhas. Eu estava com saudades dele. *Meu Deus*, eu estava com tantas saudades dele e da jaqueta fofa e do sorriso suave. — Por que vocês... o que vocês...

Os olhos dele se arregalaram de repente. Ele registrou a saia de Sunil. Minha camiseta verde larga demais e as calças marrons. O lencinho verde de Rooney e a meia-calça roxa.

— Ah, meu Deus — disse ele.

Ele derrubou a mochila no chão.

— Ah. Meu. *Deus* — ele disse.

— Surpresa! — eu gritei, esticando minhas mãos e oferecendo o cachorro de pelúcia que tinha achado em um dos brechós da rua principal.

Rooney jogou o cabelo para trás e fez uma pose de Daphne, enquanto Sunil gritou "MEUS ÓCULOS!" e empurrou os óculos de Velma para cima do nariz.

Jason colocou a mão no coração. Por um segundo, fiquei aterrorizada que ele pudesse ficar irritado ou chateado. Só que então ele sorriu. Um sorriso grande, cheio de dentes.

— Mas que PORRA? Literalmente, MAS QUE PORRA É ESSA. POR QUE VOCÊS ESTÃO VESTIDOS COMO A GANGUE DO SCOOBY-DOO, CACETE?

— Tem uma festa à fantasia hoje à noite — eu falei, sorrindo. — Eu achei que seria divertido.

Jason se aproximou de nós. Então ele só ficou rindo. Primeiro devagar, e depois muito mais alto. Ele tirou o cachorro de pelúcia da minha mão e o olhou, e então ficou gargalhando quase histérico.

— Scooby — ele arfou, entre risadas —, Scooby... é pra ser... um dogue alemão! E isso... é um pug!

Eu comecei a rir junto.

— Foi o melhor que consegui fazer! Para de rir!

— Seu Scooby... — Ele literalmente começou a uivar. — Seu Scooby é um *pug*. O que é isso, difamação extrema?

Ele se abaixou, então só começou a chorar de tanto rir enquanto segurava o pequeno pug de pelúcia.

Demorou alguns minutos para todos nós nos acalmarmos, Jason enxugando as lágrimas do rosto. Nesse tempo, Rooney tinha tirado da mochila as últimas vestimentas que tínhamos comprado naquele dia e as entregou para Jason — um moletom branco, lenço laranja e uma peruca loira.

Ele os olhou.

— Chegou — disse ele — a minha hora de brilhar.

— Então você gosta muito de Scooby-Doo? — Sunil perguntou a Jason mais tarde naquela noite, quando chegamos à balada. Estava lotada de estudantes, vestidos desde super-heróis até uma batedeira gigante.

— Mais do que a maioria das coisas no mundo — respondeu Jason.

Nós dançamos. Nós dançamos *muito*. E pela primeira vez desde que cheguei à faculdade, eu curti de verdade. *Tudo*. A música alta, o chão grudento, as bebidas servidas em copos descartáveis. Os clássicos que a balada estava tocando, as meninas bêbadas com quem fizemos amizade no banheiro por causa do pug de pelúcia que eu estava carregando. Rooney jogando o braço por cima do meu ombro, alegre, dançando enquanto tocava "Happy Together" do The Turtles e "Walking on Sunshine" da Katrina and the Waves. Sunil pegando Jason pela mão e forçando ele a dançar a macarena mesmo que ele achasse que isso era passar vergonha.

Tudo ficou melhor por causa dos meus amigos. Se eles não estivessem lá, eu teria odiado. Eu teria querido voltar para casa.

Eu fiquei de olho na Rooney. Teve uma hora durante a noite que ela começou a conversar bêbada e rindo muito com outro grupo de pessoas, estudantes que eu nunca tinha visto antes, e me perguntei se ela ia fazer a coisa dela e nos abandonar.

Só que, quando eu peguei na mão dela, ela deu as costas para eles, olhou para mim, o rosto iluminado em cores diferentes sob a luz, e pareceu se lembrar do motivo pelo qual ela estava ali. Ela lembrou que tinha a gente.

Eu a puxei de volta para onde Jason e Sunil estavam pulando por todos os lados enquanto "Jump Around" do House of Pain estava tocando, e nós começamos a pular, e ela sorriu bem na minha cara.

Eu sabia que ela ainda estava sofrendo. Eu também. Mas, por um momento, ela parecia feliz. Tão, tão feliz.

No geral, eu tive uma das melhores noites da minha vida universitária.

— Berro — disse Rooney, com a boca cheia de pizza conforme andávamos pelas ruas de Durham de volta para nossos campi. — Essa é a melhor coisa que eu já enfiei na boca.

— Foi isso que ela disse ontem à noite — disse Jason, o que fez Rooney ter uma crise de riso tão forte que rapidamente se tornou uma crise de tosse.

Eu mordi meu próprio pedaço de pizza, concordando com Rooney. Alguma coisa sobre uma pizza no meio da madrugada no inverno congelante do norte era, para ser sincera, celestial.

Jason e eu andamos um do lado do outro, Rooney e Sunil um pouco na frente, engajados em uma discussão sobre qual era a melhor pizzaria em Durham.

Eu não tinha tido a chance de falar com Jason a sós. Até agora. Eu não sabia bem como começar. Como pedir desculpas por tudo. Como perguntar se havia uma chance de sermos amigos de novo.

Felizmente, ele falou primeiro.

— Queria que Pip estivesse aqui — disse ele. — Ela teria amado isso.

Não era o que eu esperava que ele dissesse, mas, assim que ele o fez, eu percebi o quão certo ele estava.

Jason bufou.

— Eu tenho uma visão tão clara dela vestida de Scooby-Doo, fazendo a voz do Scooby.

— Ai, meu Deus. Sim.

— Eu consigo *literalmente ouvir*. E é horrível.

— Ela teria sido horrível.

Nós dois rimos. Como se tudo estivesse de volta ao normal.

Só que não estava.

Não até a gente falar sobre isso.

— Eu — comecei a dizer, mas me impedi, porque não parecia ser o suficiente. Nada do que eu poderia dizer parecia ser suficiente.

Jason se virou para me encarar. Nós tínhamos acabado de chegar a uma das muitas pontes que se esticavam sobre o rio Wear.

— Você está com frio? — ele perguntou. — Você pode pegar minha jaqueta emprestada.

Ele começou a tirar. Meu Deus, eu não o merecia.

— Não, não. Eu só ia falar... Eu só ia pedir desculpas — eu falei.

Jason colocou a jaqueta de volta.

— Ah.

— Me desculpa por tudo. Eu só sinto muito por tudo mesmo. — Eu parei de andar porque conseguia sentir meus olhos enchendo, e não queria chorar na frente dele. Eu não queria mesmo chorar. — Eu te amo tanto e... tentar namorar você foi a pior coisa que eu já fiz.

Jason parou de andar.

— Foi bem ruim, não foi? — ele disse, depois de uma pausa. — Foi bem bosta no geral.

Isso me fez rir, apesar de tudo.

— Você não merecia ser tratado dessa forma — eu continuei, tentando expelir tudo, agora que eu tinha essa chance.

Jason assentiu.

— É verdade.

— E eu preciso que você saiba que não tinha nada a ver com você. Você é perfeito.

Jason sorriu, e tentou jogar para trás o cabelo da peruca dele.

— Também é verdade.

— Eu só sou... Eu só sou diferente. Eu não consigo sentir essas coisas.

— Tá. — Jason assentiu de novo. — Você é... assexual? Ou arromântica?

Eu congelei.

— Espera, quê, você sabe o que é isso?

— Bom, eu tinha ouvido falar. Quando você me mandou a mensagem, eu conectei as coisas então eu fui dar uma estudada, e isso aí. Parecia o que você tinha descrito. — Ele ficou preocupado, de repente. — Eu estou errado? Me desculpa se eu entendi tudo errado.

— Não, não, você está certo. — Eu exalei. — Eu… eu sou. Er, as duas coisas. Aro-ace.

— Aro-ace — Jason repetiu. — Bom.

— É.

Ele colocou a mão dele na minha, e nós continuamos a andar.

— Você não respondeu minha mensagem — eu falei.

— É, eu estava bem magoado. — Ele encarou o chão. — E não podia falar com você enquanto… eu ainda estava apaixonado por você.

Houve uma longa pausa. Eu não sabia o que dizer pra isso. Finalmente, ele disse:

— Sabe a primeira vez que eu percebi que gostava de você?

Eu olhei para ele, sem saber muito para onde a conversa ia.

— Quando?

— Quando você respondeu grosso ao Sr. Cole naquela vez durante o ensaio de *Os miseráveis*.

Respondi grosso? Não consegui me lembrar de uma vez que eu *respondi grosso* a um professor, muito menos o Sr. Cole, o diretor autoritário das peças do teatro no último ano.

— Eu não me lembro disso — falei.

— Sério? — Jason riu. — Ele estava gritando comigo porque eu tinha falado que precisava faltar ao ensaio naquela tarde pra ir ao dentista. Você estava lá, e ele se virou para você e perguntou, "Georgia, você concorda comigo, né? Jason é o Javert, ele é um papel essencial e deveria ter marcado o dentista pra outra hora". Você sabe como era o Sr. Cole, todo mundo que discordava dele era oficialmente um inimigo. Só que você só o olhou nos olhos e disse "bom, agora já foi, então não adianta ficar gritando com o Jason". E isso fez com que ele calasse a boca e se virasse pra se trancar no escritório.

Eu *de fato* me lembrava desse dia, mas eu não achei que eu tinha sido particularmente corajosa ou grosseira. Eu só tinha tentado defender meu melhor amigo que claramente estava certo.

— Só me fez pensar... Georgia pode até ser quieta e tímida, mas ela se colocaria na frente de um professor assustador se um dos amigos dela estivesse recebendo uma bronca. *Esse* é o tipo de pessoa que você é. Só me fez ter certeza de que você se importava comigo de verdade. E acho que foi meio aí que começou, sabe, eu me apaixonar por você.

— Eu ainda me importo muito com você — eu disse imediatamente, mesmo que eu não achasse que o que eu tinha dito para o Sr. Cole era particularmente especial ou corajoso. Eu ainda queria que Jason soubesse que eu me importava com ele exatamente o mesmo tanto que ele achava naquele momento.

— Eu sei — disse ele com um sorriso. — Foi meio por isso que eu precisava ficar longe de você. Pra eu poder te superar.

— Você superou?

— Eu... estou tentando. Vai demorar um tempo. Mas eu estou tentando.

Eu inconscientemente tirei minha mão da dele. Eu estava piorando as coisas para ele só de estar perto?

Ele notou isso acontecer e houve uma pausa antes de ele falar de novo.

— Quando você me contou o motivo por querer me namorar, bom, óbvio, eu fiquei devastado — ele continuou. — Parecia que... você não se importava comigo de jeito nenhum. Só que depois que eu recebi a sua mensagem, eu comecei a perceber que você só estava muito confusa com tudo isso. Você achou mesmo que a gente poderia ficar junto, porque você *de fato* me ama. Não de um jeito romântico, mas igualmente intenso. Você ainda é a mesma pessoa que me protegeu do Sr. Cole. Você ainda é minha melhor amiga. — Ele me olhou de soslaio. — O fato de você e eu não sermos um casal não muda nada disso. Eu não perdi nada só porque a gente não namora.

Eu escutei, calada, aproveitando o momento para entender o que ele estava dizendo.

— Então está tudo bem com nós sermos só amigos? — eu perguntei.

Ele sorriu e pegou minha mão de novo.

— "Só amigos" parece que ser amigo é uma coisa pior. Pessoalmente, eu acho que é melhor, considerando o quão horrível o nosso beijo foi.

Apertei a mão dele.

— Concordo.

Nós alcançamos o fim da ponte, cruzando de volta para uma viela de paralelepípedos. O rosto de Jason ia e vinha da escuridão conforme passávamos embaixo dos postes. Quando o rosto dele voltou para a luz, ele estava sorrindo, e eu pensei que, possivelmente, eu estava perdoada.

DESCULPAS

Sunil olhou para o porta-retratos com a foto da Sarah Michelle Gellar e do Freddie Prinze Jr na parede por vários segundos antes de dar uma batidinha nela e perguntar:

— Por favor, alguém me explica isso?

— É uma história bem longa — disse Jason, que estava sentado na cama.

— Mas é uma boa história — eu acrescentei. Eu e Rooney estávamos no chão, usando as almofadas de Jason como apoio de costas, embora Rooney estivesse aproveitando para tirar um cochilo daqueles.

— Bom, agora eu estou ainda mais intrigado.

Jason suspirou.

— Que tal eu explicar depois que a gente decidir o que vai fazer sobre a Pip?

Uma semana após nossa saída como gangue de Scooby-Doo, Jason estava de volta à Sociedade Shakespeare. As coisas estavam melhores, e nós tínhamos conseguido fazer um ensaio de verdade.

Só que a gente não poderia fazer a peça sem a Pip.

E não era só sobre isso, afinal. A sociedade era importante para todos nós, só que a amizade com Pip era mais importante. Era *isso* que precisava de salvação.

Eu só não sabia como eu ia fazer isso.

— Estamos falando da Pip? — disse Rooney, que aparentemente tinha acabado de acordar.

Rooney ainda estava saindo para as baladas na maioria das noites e voltando de madrugada. Eu não sabia se eu poderia *impedi-la*, ou mesmo se eu *deveria*. Tecnicamente, ela não estava fazendo nada de errado.

Eu tinha a sensação de que ela só estava fazendo isso para entorpecer todo o resto.

— Achei que estávamos ensaiando — eu falei.

— Não tem por que a gente continuar com os ensaios se Pip não voltar — Jason constatou, e houve um silêncio quando todos nós percebemos que ele estava certo.

Sunil recostou na escrivaninha de Jason e cruzou os braços.

— Então, você tem alguma sugestão?

— Bom, eu tenho falado com ela, e…

— Espera, você *falou com ela*? — disse Rooney, sentando de repente.

— Não foi *comigo* que ela brigou. Nós ainda somos amigos. Nós somos da mesma faculdade.

— Você pode fazer ela voltar, então. Ela vai te escutar.

— Eu já tentei. — Jason sacudiu a cabeça. — Ela está com *raiva*. Pip não perdoa tão fácil. — Ele olhou para mim e para Rooney. — Bom, eu meio que entendo o porquê. O que vocês duas fizeram foi incrivelmente idiota.

Jason *sabia sobre o beijo*. É claro que ele sabia — Pip provavelmente tinha contado tudo para ele. Eu me sinto ficar vermelha por pura vergonha.

— O que vocês fizeram? — Sunil perguntou, curioso.

— Elas se beijaram, e Pip viu — falou Jason.

— *Eita*.

— Hum… a gente pode explicar o nosso lado da história nessa situação? — Rooney perguntou.

— Bom, meu chute era que vocês duas estavam bêbadas e foi ideia de Rooney — disse Jason. — E vocês duas se arrependeram imediatamente.

— Ok, isso foi um belo resumo do que aconteceu.

— Então o que a gente faz? — Sunil perguntou.

— Eu acho que Georgia e Rooney só vão ter que continuar tentando falar com ela até que ela esteja disposta a ouvir. Talvez uma de cada vez, assim ela não teria a sensação de que vocês duas estão juntas contra ela.

— Quando? — falei. — Como?

— Agora — falou Jason. — Acho que uma de vocês deveria ir ao quarto dela e só pedir desculpas frente a frente. Vocês não tentaram de fato pedir desculpas pessoalmente, tentaram?

Nem eu nem Rooney falamos nada.

— Foi isso que pensei.

Uma ideia surge na minha mente.

— A jaqueta da Pip. Uma de nós devia ir buscar e devolver a jaqueta.

Rooney virou a cabeça para mim.

— Sim. Está lá no nosso quarto por tipo, *meses*.

— Você quer que eu corra lá para buscar?

Só que Rooney já estava de pé.

Uma vez que ela voltou da St. John's com a jaqueta jeans de Pip nas mãos, Rooney exigiu que fosse ela quem iria até lá falar com Pip. Ela nem me deixou discutir com ela — só abriu a porta, deu um passo para fora, e disse:

— Qual o caminho pro quarto dela?

Rooney ainda se culpava por tudo, aparentemente. Mesmo que Pip tivesse muito mais motivos para ficar brava comigo.

Eu fui com ela parte do caminho, mas parei no canto a alguns metros de distância para ouvir a conversa. Era de noite, e o jantar tinha acabado, então, com sorte, Pip estaria no quarto.

Rooney bateu na porta de Pip. Eu me perguntei o que ela diria. Será que isso era uma péssima ideia?

Tarde demais.

A porta abriu.

— Oi — disse Rooney, e então prosseguiu um silêncio notável.

— O que você tá fazendo aqui? — Pip perguntou. A voz dela era baixa. Era estranho ouvir Pip com a voz genuinamente triste. Eu não tinha ouvido ela desse jeito muitas vezes antes... de tudo isso.

— Eu...

Eu esperava que Rooney começasse um grande discurso ou algo do tipo. Falar uma desculpa sincera e esforçada.

Em vez disso, ela disse:

— Hum... sua... jaqueta.

Houve outro momento de silêncio.

— Ok — Pip falou. — Obrigada.

A porta rangeu, e eu olhei pelo canto para ver Rooney esticando o braço para manter a porta aberta.

— Espera! — ela gritou.

— Quê? O que você quer? — Eu não conseguia ver Pip. Ela ainda estava dentro do quarto, mas eu sabia que ela estava irritada.

Rooney estava em pânico.

— Eu... Por que o seu quarto é tão bagunçado?

Era definitivamente a coisa errada a dizer.

— Você literalmente não consegue se impedir de fazer comentários sarcásticos sobre mim, né? — Pip retrucou.

— Espera, desculpa, não era isso que eu...

— Não dá pra você me deixar em paz? É como se você estivesse me assombrando ou qualquer coisa do tipo.

Rooney engoliu em seco.

— Eu só queria pedir desculpas. De verdade. Pessoalmente.

— Ah.

— A Georgia está aqui também.

Eu senti meu estômago gelar quando Rooney apontou na minha direção, onde eu estava escondida. Isso não estava nos planos.

Para alguém que supostamente sabia muita coisa sobre romance, Rooney com certeza não sabia como fazer um gesto grandioso.

Pip deu um passo para fora do quarto para olhar, a expressão dela sombria.

— Não quero falar com nenhuma de vocês — disse, a voz trêmula, e ela se virou para voltar para dentro.

— Espera aí! — eu fiquei surpresa com a minha própria voz saindo da boca, e com a rapidez com que eu corri até o quarto de Pip.

E lá estava ela. O cabelo macio e sem pentear, e ela usava um moletom e shorts. Com o quarto muito bagunçado, até mesmo para ela. Pip estava visivelmente triste.

Só que não tão brava quanto na outra semana, do lado de fora do bar.

Algum progresso, talvez?

— Nós achamos que seria melhor se uma de nós falasse com você — eu desabafei. — Mas… é. Nós duas estamos aqui. E sentimos muito por, sabe. Tudo o que aconteceu.

Pip não disse nada. Ela esperou a gente continuar, mas eu não sabia o que mais dizer.

— Só isso, então? — ela disse, finalmente. — E com isso eu deveria só… perdoar vocês?

— A gente só quer que você volte pra sociedade Shakespeare — disse Rooney, mas, de novo, essa *definitivamente* era a coisa errada a se dizer.

Pip soltou uma risada.

— Ah meu Deus! Eu deveria ter adivinhado. Nem é sobre mim, vocês só precisam da porra do quinto membro para aquela merda da *Sociedade Shakespeare*. Puta que *pariu*.

— Não, não era isso que...

— Eu não faço ideia do motivo de você ligar tanto pra sua peça idiota, mas por que *caralhos* eu ia me colocar numa situação dessa com uma pessoa que me fez pensar que tinha uma chance *mínima* de retribuir meus sentimentos, e então resolveu ir beijar minha melhor amiga? — Pip sacudiu a cabeça. — Eu estava certa esse tempo todo. Você só me odeia.

Esperei a resposta inevitável de Rooney, mas nunca aconteceu.

Ela piscou várias vezes. Eu me virei para olhá-la de verdade, e percebi que ela estava prestes a chorar.

— Eu *realmente* gosto... — ela começou a dizer, mas parou, e então a expressão dela só *desabou*. As lágrimas começaram a escorrer dos olhos, e antes de dizer qualquer outra coisa, ela se virou abruptamente e foi embora.

Pip e eu observamos ela desaparecer no corredor.

— Merda, eu... eu não queria fazer ela chorar — Pip resmungou.

Eu não tinha ideia do que falar agora. Eu quase senti que queria chorar também.

— A gente sente muito — eu falei. — A gente... *eu* sinto muito. Estava falando sério sobre tudo que disse na mensagem. Foi só um erro idiota e bêbado. Nós duas não gostamos uma da outra desse jeito. E eu pedi desculpas para o Jason também.

— Você falou com o Jason?

— Aham, a gente conversou sobre tudo. Acho que estamos bem agora.

Pip não disse nada sobre isso. Ela só olhou para o chão.

— Eu realmente não ligo se você não quiser voltar pra Sociedade Shakespeare — falei. — Eu só quero que a gente possa ser amiga de novo.

— Preciso de um tempo para pensar. — Pip foi fechar a porta, mas, antes de fazer isso, ela disse: — Obrigada por devolver a minha jaqueta.

BETH

Rooney tinha parado de chorar quando eu voltei para o nosso quarto.

Em vez disso, ela tinha trocado para roupas de sair.

— Você vai sair? — eu perguntei, fechando a porta atrás de mim e acendendo o interruptor. Ela nem tinha se dado o trabalho de ligar a luz.

— Vou — ela disse, colocando uma blusa de ombros de fora por cima da cabeça.

— Por quê?

— Porque, se eu ficar aqui — ela retrucou —, vou ter que ficar sentada pensando nas coisas a noite toda e eu não posso fazer isso. Eu não posso ficar sentada sozinha com meus pensamentos.

— Com quem você sai, afinal?

— Só com pessoas da faculdade. Eu tenho *outros amigos*.

Amigos que nunca param por aqui para tomar chá, ou vêm até aqui pra ver um filme e comer pizza, ou checam pra ver se você está bem quando você está magoada?

Era isso que eu queria dizer.

— Ok — eu disse.

A mesma merda de sempre, era o que eu estava dizendo para mim mesma. Era como eu justificava tudo, na verdade. As aulas que ela matava. Dormir até depois do almoço. Sair pra balada todas as noites.

Eu não levei nada daquilo a sério, a sério *de verdade*, até aquela noite, quando acordei às cinco da manhã com uma mensagem escrita:

Rooney Bach
me deixa entrar to do lad de fora da falucdade
esquec minhachav

Tinha sido enviada às 3:24 da manhã. As portas da faculdade ficavam trancadas entre as duas da manhã e as seis — era preciso de chaves para entrar no prédio principal.

Eu acordava com frequência de madrugada e olhava o celular antes de rapidamente voltar a dormir. Só que isso me deixou em tanto pânico que eu dei um pulo da cama e imediatamente liguei para Rooney.

Ela não atendeu.

Eu coloquei meus óculos, meu roupão e pantufas, peguei as chaves e corri porta afora, minha mente de repente preenchida com visões dela morta na vala do esgoto, tendo se afogado no próprio vômito, ou afogada no rio. Ela precisava estar bem. Ela fazia umas coisas idiotas assim o tempo todo, mas *sempre* ficava bem.

A recepção do saguão principal estava escura e vazia conforme eu passei por ela, destranquei a porta e corri para fora no escuro.

A rua também estava vazia, exceto por uma silhueta sentada em uma mureta baixa de tijolos um pouco mais a frente, aconchegada em si mesma.

Rooney.

Viva. Graças a Deus. Graças a *Deus*.

Eu corri até ela. Ela só estava usando a blusa de ombros de fora e uma saia, mesmo estando tipo uns cinco graus.

— O que... o que você está *fazendo*? — eu disse, inexplicavelmente brava com ela.

Ela olhou para mim.

— Ah. Ótimo. Finalmente.

— Você só ficou *sentada aqui* a noite toda?

Ela ficou em pé, tentando parecer despreocupada, mas eu podia ver o jeito como ela estava envolvendo os braços, tentando controlar o tanto que ela estava tremendo violentamente.

— Só algumas horas.

Eu arranquei meu roupão e dei pra ela. Ela se embrulhou nele sem questionar nada.

— Não dava pra você ter ligado pra mais alguém, algum dos seus outros amigos? — perguntei. — Devia ter *alguém* acordado.

Ela sacudiu a cabeça.

— Ninguém estava acordado. Bom, algumas pessoas leram as minhas mensagens, mas devem ter me ignorado. Então a minha bateria morreu.

Fiquei tão alarmada por isso que nem consegui pensar em nada para responder. Eu só levei a gente pra dentro da faculdade de novo e andamos até nosso quarto em silêncio.

— Não dá pra você só... Você precisa ter mais cuidado — falei, quando entramos no quarto. — Não é seguro ficar sozinha esse tempo todo.

Ela começou a tirar a roupa e botar o pijama. Ela parecia exausta.

— Por que você se importa? — ela sussurrou. Não de um jeito maldoso, uma pergunta genuína. Como se ela honestamente não pudesse imaginar qual seria a resposta. — Por que você se importa comigo?

— Você é minha amiga — eu falei, em pé ao lado da porta.

Ela não falou mais nada. Ela só entrou debaixo do cobertor e fechou os olhos.

Eu peguei as roupas descartadas do chão e coloquei na pilha de roupa suja, mas então percebi que o celular dela estava no bolso da saia, então eu o peguei e coloquei para carregar. Eu até coloquei um pouco de água no vaso de Roderick. Ele estava mesmo parecendo um pouco mais alegre.

Então voltei pra cama e me perguntei por que eu me importava com Rooney Bach, a rainha da autossabotagem, a especialista no amor que de especialista não tinha nada. Porque eu me importava. Eu realmente me importava com ela, apesar de todas as nossas diferenças, como nós provavelmente nunca teríamos conversado se não tivéssemos sido colocadas no mesmo quarto, e todas as vezes que ela falou a coisa errada ou deixou uma situação mais bagunçada.

Eu me importava com ela porque eu gostava dela. Gostava da paixão dela pela Sociedade Shakespeare. Eu gostava do jeito como ela se empolgava com coisas que não importavam muito, tipo tapetes, peças e casamento da faculdade. Eu gostava do jeito como ela sempre tentava me ajudar, mesmo que ela nunca soubesse de verdade a coisa certa a se dizer ou fazer, e tinha me dado uns conselhos muito piores do que pareceram no começo.

Eu acreditava que ela era uma boa pessoa e gostava de tê-la na minha vida.

E estava começando a perceber que era impensável para Rooney que alguém pudesse se sentir assim sobre ela.

Eu fui acordada duas horas mais tarde pelo som do telefone de Rooney tocando.

Nós duas o ignoramos.

Quando tocou a segunda vez, eu me sentei e coloquei meus óculos.

— Seu celular está tocando — eu disse, minha voz rouca de sono.

Rooney não se mexeu. Ela só fez um barulho de grunhido.

Eu rolei para fora da cama e tropecei até onde o celular de Rooney estava carregando, na mesinha de cabeceira, e olhei para o identificador de chamadas.

Estava escrito: *Beth*.

Eu encarei o nome. Parecia que eu deveria saber quem era, de alguma forma, como se eu já tivesse ouvido o nome antes.

Então eu percebi que era o nome de alguém que estava a meio metro de mim, na única foto que Rooney tinha colado na parede ao lado da cama. Uma foto que estava um pouco amassada de todas as vezes que tinha caído da parede e sido pisoteada.

A foto de uma Rooney de treze anos e sua melhor amiga na escola. Beth dos cabelos de sereia.

Eu deslizei o dedo para atender a chamada.

— Alô?

— *Oi?* — disse a voz. Beth. Essa era a Beth? A menina na foto com os cabelos tingidos e as sardinhas?

Será que ela e Rooney ainda falavam uma com a outra? Talvez Rooney *tivesse* outros amigos que ligavam para ela, eu só não sabia quem eram.

E então Beth disse:

— *Recebi umas chamadas perdidas desse número ontem à noite e eu queria checar para ver quem era, caso tenha sido uma emergência ou algo assim.*

Eu senti meu queixo cair.

Ela nem mesmo tinha o número de Rooney salvo no celular.

— Hum — eu me encontrei dizendo. — Desculpa, esse na verdade não é meu celular. É o celular da Rooney Bach.

Houve uma pausa.

— *Rooney Bach?*

— Hum, é. Eu sou a colega de quarto dela na faculdade. Ela... estava bem bêbada ontem à noite, então... talvez ela tenha te ligado por isso?

— *É, acho que sim... Desculpa, isso é bem estranho. Eu não a vejo desde que... Nossa, deve fazer uns cinco anos. Eu nem sei por que ela ainda tem meu número.*

Eu encarei a foto na parede.

— Vocês não se falam mais? — eu perguntei.

— *Hum, não. Ela mudou de escola no nono ano, e a gente não manteve contato depois disso.*

Rooney tinha mentido. Ou não? Ela disse que Beth era amiga dela. Talvez isso fosse verdade quando elas eram mais novas. Só que não era mais.

Por que Rooney tinha uma foto de uma amiga com quem ela não falava havia cinco anos pregada na parede?

— *Como ela está?* — perguntou Beth.

— Ela... — Eu pisquei. — Ela está ok. Ela está bem.

— *Que bom. Ela ainda curte teatro?*

Eu não sabia o motivo, mas senti como se eu fosse chorar.

— Sim — eu falei. — Ela ainda curte. Ela ama teatro.

— *Aw, que legal. Ela sempre disse que queria ser diretora, ou algo assim.*

— Você deveria... Você deveria mandar uma mensagem qualquer hora dessas — eu falei, tentando engolir o nó na minha garganta. — Acho que ela ia gostar de conversar um pouco.

— *É* — disse Beth. — *Talvez eu faça isso. Seria legal.*

Eu torcia para que sim. Eu desesperadamente torcia para que sim.

— *Bom, eu vou desligar, então, já que não é uma emergência nem nada. Fico feliz que Rooney esteja bem.*

— Ok — eu falei, e Beth terminou a ligação.

Eu coloquei o celular de Rooney na cabeceira. Rooney não tinha nem se mexido. Tudo que eu conseguia ver era a parte de trás de sua cabeça, o rabo de cavalo caindo, e o resto de seu corpo coberto pelo edredom florido.

REUNIÃO DE EMERGÊNCIA

O que eu achava que era uma máscara, na verdade era uma muralha. Rooney tinha construído uma muralha de tijolos em volta de alguma parte dela que ninguém tinha permissão de conhecer.

Ela tinha passado o ano todo demolindo a minha muralha até ser despedaçada. Eu merecia a chance de fazer o mesmo com ela.

Então eu convoquei uma reunião de emergência da Sociedade Shakespeare.

A gente ia trazer Pip de volta. E Rooney ia ajudar, quisesse ela ou não.

Era um sábado, e nós concordamos em tomar um café no meio da manhã. Jason tinha treino de remo cedo, Sunil tinha um ensaio da orquestra, e Rooney se recusava a levantar da cama até eu dar com o tapete água-marinha com força na parte de trás da cabeça dela, mas, de alguma forma, todos nós chegamos ao Vennels Café às onze da manhã. Eu finalmente sabia o que era o Vennels.

— Isso é… *muita coisa* — disse Sunil depois que eu expliquei meu plano. — Eu posso chamar Jess. Ela toca viola.

— E eu vou perguntar pro meu capitão de remo se a gente pode pegar umas coisas emprestado — falou Jason, tamborilando a boca com os dedos. — Tenho certeza de que ele vai falar que tudo bem.

— Eu… não quero incomodar ninguém — eu falei. A ideia de outras pessoas virem ajudar parecia meio vergonhosa.

— Não, a Jess vai ficar *magoada* se eu não pedir pra ela participar — disse Sunil. — Ela é obcecada por coisas assim.

— E Rooney? — falou Jason, para Rooney. — O que você acha?

Rooney estava recostada na cadeira e claramente não queria estar acordada.

— É uma boa — ela falou, tentando parecer entusiasmada e falhando drasticamente.

Depois que Jason e Sunil seguiram para os próprios compromissos — Jason tinha um grupo de estudos e Sunil ia encontrar um amigo no almoço — Rooney e eu ficamos sozinhas. Eu pensei que talvez a gente pudesse aproveitar e ficar pra comer, já que ela não tinha tomado café da manhã e a gente não tinha mais nada para fazer.

Nós pedimos panquecas — eu pedi a salgada, e ela, a doce — e conversamos sobre tópicos normais, como as nossas aulas e a semana de leituras que iria acontecer.

Finalmente, porém, ela foi direto ao ponto.

— Eu sei o porquê de você estar fazendo isso — ela disse, o olhar sustentando o meu.

— Fazendo o quê?

— Me fazendo sair pra tomar café da manhã e te ajudar com a coisa da Pip.

— Por quê, então?

— Você está com pena de mim.

Eu arrumei meu garfo e faca perfeitamente em cima do meu prato limpo.

— Na verdade não. Errou. Errou feio.

Dava para ver que ela não acreditava em mim. Então ela disse:

— Você falou com a Beth no telefone.

Eu congelei.

— Você estava acordada?

— Por que você atendeu a ligação?

Por que eu tinha atendido a ligação? Eu sei que a maioria das pessoas só teria deixado ir pra caixa de mensagens.

— Acho que eu queria que ela estivesse ligando para ver como você estava — eu falei, e não sabia se isso fazia sentido.

Eu só queria que Rooney soubesse que alguém tinha ligado. Que alguém se importava. Só que Beth não era essa pessoa. Ela não se importava mais.

— Foi por isso? — perguntou Rooney, com a voz baixa. — Ela ligou para ver como eu estava?

Eu poderia ter mentido.

Mas eu nunca mentia para Rooney.

— Não — falei. — Ela não tinha seu número salvo.

O rosto de Rooney desmoronou. Ela olhou para baixo, para o lado. Ela tomou um gole longo do suco de maçã.

— Quem era ela? — perguntei.

— Por que você tem que fazer isso? — Rooney se inclinou sobre uma mão, cobrindo os olhos. — Eu não quero falar sobre isso.

— Tudo bem. Eu só quero que você saiba que você pode, se quiser.

Eu pedi outra bebida. Ela ficou sentada em silêncio com os braços cruzados, tentando se encolher ainda mais no canto da sala.

Precisou de duas semanas de planejamento intenso.

Na primeira, nós coordenamos o horário e o lugar, e Jason foi na missão de tentar convencer o capitão do time de remo dele a deixar que a gente usasse o equipamento que precisava. Depois que nós o mandamos negociar com um engradado de cerveja, ele voltou com um sorriso no rosto e uma chave que nos dava acesso às embarcações, e nós comemoramos comendo pizza no quarto de Jason.

Na segunda semana, Sunil trouxe Jess para o ensaio. Apesar de eu ter a sensação de não a conhecer muito bem, tendo conversado só algumas vezes, ela imediatamente exigiu saber onde eu tinha comprado o meu suéter — era bege com padrões multicoloridos da Ilha Fair — e nós ficamos amigas ao conversar longamente sobre nosso amor compartilhado por suéteres de lã estampados.

Jess estava completamente a favor de participar do nosso plano, apesar do número de vezes que eu falei que estava tudo bem se ela estivesse ocupada demais. Então ela pegou a viola, e Sunil pegou o violoncelo, e eu percebi o motivo de ela estar tão animada — eles claramente *amavam* tocar música juntos. Eles começaram a ensaiar a canção, conversando conforme passavam pelas partes difíceis, fazendo anotações minúsculas na partitura.

Os dois pareciam diferentes aqui, em comparação com a Sociedade do Orgulho, onde eles estavam constantemente correndo de um lado para o outro, organizando tudo, sendo o *presidente* e a *vice-presidente*. Aqui eles podiam ser só Sunil e Jess, dois melhores amigos tocando música.

— Não se preocupe, vai estar perfeito até domingo — Sunil prometeu, com um sorriso enorme no rosto.

— Obrigada — eu disse, mas não parecia ser agradecimento o suficiente pelo que eles estavam fazendo.

Rooney relutantemente concordou em ficar com o pandeiro. Das primeiras vezes que ensaiamos juntos, ela só ficou ali, dando tapinhas com a mão, encarando o chão.

Só que, conforme fomos chegando mais perto de domingo, ela começou a aproveitar mais. Começou a mexer a cabeça no lugar quando ensaiamos a música. Às vezes ela até cantava junto, só um pouquinho, como se tivesse certeza de que ninguém a estava escutando.

No fim, eu quase achava que ela estava se divertindo.

Nós todos estávamos, na verdade.

Nós todos estávamos nos divertindo tanto.

E *iria funcionar*.

VÉSPERA

Na véspera daquele domingo, Rooney não saiu.

Eu não sabia bem o motivo. Talvez ela só não estivesse a fim. Só que, seja lá qual foi o motivo, ela olhou por cima da tela do laptop quando saí do banho e perguntou:

— Quer ver uns vídeos no YouTube e comer biscoitos?

Eu me apertei ao lado dela na cama, o que, como na última vez, foi meio desconfortável, então eu só disse sem pensar:

— E se a gente juntar nossas camas?

E Rooney respondeu:

— Por que não?

Então, juntamos. Nós duas empurramos nossas camas para o meio do quarto, pra fazer uma cama de casal gigante, e começamos a ver compilações de TikTok enquanto comíamos um pacote inteiro de biscoitos de chocolate.

— Eu estou bem nervosa por causa de amanhã — confessei, no meio do terceiro vídeo.

— Eu também — disse Rooney, mastigando um biscoito.

— Você acha que ela vai gostar?

— Eu não faço a mínima ideia.

A gente não disse nada por mais um tempo, e logo também acabamos de comer os biscoitos. Quando o quarto vídeo terminou, Rooney não procurou outro, então a gente só ficou deitada ali, em silêncio, sob a luz da tela.

Depois de um tempo — talvez alguns minutos, talvez mais — ela perguntou:

— Você acha que é esquisito eu ainda ter a foto da Beth?

Eu virei minha cabeça para olhá-la.

— Não — respondi. Era a verdade.

— Eu acho — ela falou. Ela parecia exausta.

— Se ela não se deu o trabalho de manter contato quando você mudou de escola, então ela não te merecia — falei. Eu estava com raiva da Beth, na verdade. Estava com raiva por ela ter feito Rooney se importar tanto com alguém que não fazia o mesmo por ela.

Rooney escondeu uma risadinha no travesseiro.

— Não foi ela. Fui eu.

— Como assim?

— Quando eu estava no nono ano… foi quando eu conheci meu ex-namorado.

— Aquele que era horrível?

— Ah, sim. Só tive um namorado. E ele era horrível. Não que eu soubesse na época.

Eu não falei nada. Esperei e deixei que ela me contasse essa história.

— Ele frequentava outra escola. A gente ficava se mandando mensagens todos os dias. Eu fiquei imediatamente obcecada por ele. E eu decidi que a melhor coisa que eu poderia fazer era mudar pra escola dele. — Ela bufou. — Fiquei atormentando meus pais até eles me mudarem de escola. Inventei um monte de mentiras sobre como eu estava sofrendo bullying, que eu não tinha amigos. Como dá pra ver, eu fui a pior criança que já existiu no mundo.

— E Beth era da sua escola velha?

Houve uma pausa, antes de Rooney falar:

— Beth foi a única amiga de verdade que eu já tive.

— Só que… você parou de falar com ela…

— Eu sei — disse Rooney, esfregando os olhos com o punho. — Eu só achei que ter um namorado era a *melhor coisa do mundo*.

Achei que estava tão apaixonada. Então imediatamente desisti de tudo. Beth. Todo o resto do pessoal da escola. Minha vida inteira estava naquela escola. Eu tinha hobbies. Frequentava o grupo de teatro. Eu e Beth atuávamos em todas as peças. Eu sempre enchia a paciência da responsável do departamento pra deixar a gente fazer Shakespeare, e ela sempre deixava. Eu era… feliz. Eu era feliz de verdade. — A voz dela ficou baixa. — E eu desisti de tudo isso pra ficar com meu namorado.

E Beth tinha esquecido ela. Rooney se lembrava. Rooney nunca tinha parado de pensar na vida dela e como seria se ela não tivesse escolhido o "amor" acima de todo o resto. Ela nunca parou de imaginar como teria sido crescer com alguém que genuinamente se importava com ela.

— Minha vida só foi horrível nesses três anos que a gente namorou. Bom, eu falo *namorar*, se você não contar os dez bilhões de vezes que ele terminou comigo e depois decidiu que a gente deveria voltar. E todas as vezes que ele me traiu. — Os olhos de Rooney estavam úmidos. — Ele decidia tudo. Ele decidia quando a gente ia pras festas. Decidia que a gente deveria começar a beber, fumar e usar identidades falsas pra ir pra baladas. Decidia quando a gente ia transar. E eu só ficava pensando… enquanto ele estava feliz, eu estava dentro desse sonho. Era isso que era *amor*. Ele era minha *alma gêmea*. Era isso que todo mundo queria.

Isso tinha acontecido por *três anos*?

— Precisei de *toda* minha força para terminar com ele. — Uma única lágrima escorreu da bochecha dela até o travesseiro. — Porque terminar com ele significava aceitar que eu tinha cometido um erro muito, muito grande. Significava aceitar que isso tudo era minha culpa e que eu tinha fodido a minha própria vida. Perdi minha melhor amiga a troco de nada. Eu poderia ter sido tão feliz, mas o amor me estragou.

Ela parou. Ela só começou a chorar e não conseguia parar, então fiquei segurando-a. Eu passei os braços ao redor dela e a segurei apertado. Eu queria matar o cara que tinha feito isso com ela, que provavelmente estava por aí vivendo a vida dele e nunca pensando em porra nenhuma do que tinha acontecido. Eu queria voltar no tempo e dar a ela a vida que ela merecia porque eu a amava, e ela era uma boa pessoa. Eu sabia que ela era uma boa pessoa.

— A culpa não é sua — eu sussurrei. — Você precisa acreditar nisso.

Ela esfregou os olhos freneticamente, o que não ajudou muito.

— Desculpa — ela falou, rouca. — Isso sempre acontece quando eu falo sobre isso.

— Eu não ligo se você chorar — falei.

— Eu só... odeio a ideia de as pessoas me conhecerem porque, bom, elas certamente vão me odiar do mesmo jeito que eu me odeio.

— Só que eu não odeio — eu disse. — Eu não te odeio.

Ela não respondeu. Ela continuou de olhos fechados. E não sei quando nós duas caímos no sono, mas nós dormimos abraçadas daquele jeito na nossa cama de casal improvisada, e eu sabia que não tinha um jeito fácil de consertar isso, só que esperava que ela se sentisse segura, ao menos. Talvez eu nunca fosse substituir a Beth, talvez Rooney precisasse de um tempo para passar por cima daqueles sentimentos, e talvez não tivesse nada que eu pudesse fazer pra ajudar. Só que eu esperava que ela pudesse se sentir segura comigo.

SUA CANÇÃO

Domingo chegou, e eu estava vestida com um terno e uma gravata — emprestados de um amigo de Sunil e Jess, já que eu não tinha nada bonito assim — encarando um barco a remo.

Não era um barco de corrida — era mais largo, feito para viagens casuais no rio, então todos nós caberíamos com os instrumentos, e era improvável que alguém caísse. Ainda assim, eu estava começando a sentir que essa era uma ideia horrível.

— Isso é uma ideia horrível — falei para Jason, que estava em pé ao meu lado na margem do rio, vestido com um colete salva-vidas amarelo neon por cima do próprio terno. Era um look e tanto.

— Não é uma ideia horrível — ele disse. — É muito boa.

— Eu mudei de ideia. Prefiro morrer.

— Você está com medo do barco, ou do que vai acontecer quando nós entrarmos no barco?

— Tudo. Eu me arrependo do fato de querer envolver um barco nessa história para começo de conversa.

Jason passou um braço ao meu redor e apertou. Eu encostei minha cabeça contra ele.

— Você consegue fazer isso, ok? Quer dizer, você é doida pra cacete por querer fazer, mas isso literalmente vai entrar pra história. Sério, eu não ficaria surpreso se fosse um hit na internet.

Eu olho para ele em pânico.

— Eu *não* quero que isso seja um hit. Eu quero fazer isso e nunca mais pensar nessa história de novo. Ninguém pode postar isso no YouTube.

— Ok. Não vai ser um hit. A gente pode esquecer que esse dia existiu.

— Obrigada.

— Colete salva-vidas?

— Sim, por favor.

Ele me ajudou a colocar o colete. Era roxo neon.

Rooney se aproximou de nós, também vestindo um terno, com um colete salva-vidas azul marinho, segurando o pandeiro.

— Pronta? — ela perguntou.

— Não.

Sunil e Jess estavam atrás de nós, os instrumentos em mãos. Sunil me deu um sinal positivo com o polegar.

— Tudo vai dar certo — falou Sunil.

— E se não der — disse Jess —, ao menos vamos ter nos divertido!

— Agora entra na porra do barco — disse Jason.

Eu suspirei e entrei na porra do barco.

Nós tínhamos conversado com uma das poucas pessoas que eu sabia que eram amigas de Pip. Ou melhor, Jason tinha. Jason era amigo dele no Facebook, e tinha perguntado se ele conseguia fazer Pip chegar à ponte Elvet exatamente às cinco da tarde — mais ou menos na hora em que o sol começaria a se pôr. O amigo de Pip concordou.

Eu tinha participado de sete peças na escola, e quatro espetáculos do grupo de teatro estudantil. Tinha entrado na faculdade a quase quinhentos quilômetros de casa, tinha concordado em dividir o quarto com uma estranha, tinha ido para uma balada pela primeira vez mesmo sabendo que eu odiaria, e eu tinha saído do armário para quatro pessoas.

De alguma forma, nada era tão assustador quanto isso.

Só que eu ia fazer isso. Pela Pip.

Para mostrar que eu a amava.

Jason — que agora eu via que tinha conseguido muita massa muscular desde que se juntou ao clube de remo — estava remando nós cinco rio abaixo. A St. John's não ficava longe da ponte Elvet, só que começamos a chamar muita atenção conforme chegávamos mais perto do centro da cidade, passeando no barco com nossos ternos e gravatas, com instrumentos musicais cuidadosamente colocados nos nossos pés.

Não tinha absolutamente nenhuma razão para fazer isso em um barco, fora o efeito dramático. E por isso eu estava um pouco arrependida, mas, no geral, eu sabia que Pip amaria. Pip amava qualquer coisa que fosse um pouco ridícula e teatral.

Os outros estavam todos rindo e dando gritinhos animados, o que me deixava contente, porque eu estava tão nervosa que eu não conseguia nem falar. Eu estava congelando, também, mas ao menos a adrenalina deixava meu sangue quente.

A ponte apareceu lentamente no horizonte. Sunil ficou checando o relógio para se certificar de que estávamos na hora marcada.

— Quase lá — Jason murmurou atrás de mim.

Eu me virei para ele, reconfortada com sua presença.

— Vai ser incrível — ele falou.

— Você acha mesmo?

— Acho.

Eu tentei sorrir um pouco.

— Obrigada por ajudar.

Jason deu de ombros.

— É pra isso que servem os amigos.

Eu abri um sorriso.

— É só me falar se você precisar de ajuda com algum gesto platônico elaborado, se você quiser.

— Pode deixar.

E quando eu me virei e olhei para cima, Pip estava na ponte.

Os olhos dela estavam arregalados atrás das lentes. O vento do inverno chicoteava a massa de cachos escuros. Ela estava aconchegada em uma japona grossa, em pé ao lado do amigo que, felizmente, trouxe ela bem na hora.

Ela estava olhando para mim, o queixo caído, absolutamente espantada.

Eu só dei um sorriso. Não conseguia evitar.

— Oi! — eu gritei na direção dela.

E então ela sorriu de volta e gritou:

— Mas que porra é essa?

Eu me virei para todos no barco. Sunil, Jess e Rooney tinham pegado seus instrumentos, prontos para começar. Eles estavam esperando por mim.

— Prontos? — eu disse.

Eles assentiram. Eu fiz a contagem regressiva.

Então, com três acompanhantes, eu fiquei em pé num barco no rio Wear e cantei "Your Song" — a versão especificamente de *Moulin Rouge* — para Pip Quintana, que ainda não me conhecia tão bem quanto eu queria que ela me conhecesse, mas, mesmo assim, era uma das melhores pessoas que eu já conheci.

O OPOSTO DE CURIOSIDADE

A gente não tocou os três minutos e trinta e nove segundos inteiros de "Your Song", em vez disso preferindo ficar com noventa segundos seguros para que a coisa toda não ficasse vergonhosa *demais*, e desconcertante para todos os envolvidos. Só que eu provavelmente ainda ia olhar pra trás e passar vergonha me lembrando disso para o resto da minha vida.

Quando a música acabou, tínhamos atraído uma multidão de espectadores no centro de Durham, e o sorriso de Pip era tão largo e brilhante que eu só conseguia pensar que ela parecia o Sol. Nosso espetáculo tinha cumprido seu propósito.

Jason me cutucou de lado.

Eu olhei para ele, sentindo o quanto meu rosto estava queimando.

— Que foi?

— Você precisa fazer a pergunta.

Ah é.

Eu peguei o alto-falante que havíamos trazido do fundo do barco — cuidadosamente, para que eu não caísse na água, o que estava se tornando um perigo crescente nessa altura — e o ergui.

— *Pip Quintana* — eu falei, e saiu tão alto pelo megafone que eu mesma dei um pulo.

Pip pareceu incrivelmente envergonhada, e não parecia entender o que estava acontecendo.

— Sim?

— *Você quer ser minha esposa de faculdade?*

A expressão no rosto dela me dizia que ela não estava esperando essa pergunta.

Então ela bateu a palma da mão na testa. Ela *entendeu*.

— SIM! — ela berrou na minha direção. — E EU TE ODEIO!

Então as pessoas começaram a aplaudir. Todas as pessoas aleatórias que tinham parado na ponte ao lado do rio para observar — um monte de estudantes, mas também vários moradores de Durham — aplaudiram, e alguns deles assobiaram. Foi uma cena e tanto. Tipo um filme. Eu rezei para que ninguém tivesse filmado.

E Pip começou a chorar.

— Ah, porra — eu falei. — Jason?

— Quê?

— Ela tá chorando.

— Ela está, sim.

Eu dei um tapinha no braço de Jason.

— A gente precisa voltar pra margem.

Jason pegou os remos.

— Vamos nessa.

Quando chegamos à margem, Pip já tinha descido os degraus da ponte correndo, contornado o caminho de pedra e chegado à margem coberta de grama. Quando eu saí do barco, ela correu na minha direção e me abraçou tão agressivamente que eu tropecei para trás, caí, e de repente nós duas estávamos sentadas com a água do rio Wear até a cintura.

De alguma forma, nada disso parecia importar.

— Por que você é *assim*? — foi a primeira coisa que Pip disse para mim, furiosamente esfregando as lágrimas dos olhos, enquanto novas lágrimas substituíam as velhas rapidamente.

— Tipo como? — eu perguntei, genuinamente confusa.

Pip sacudiu a cabeça, se afastando um pouco.

— *Assim*. — Ela riu. — Eu nunca teria feito algo desse tipo. Eu sou tonta demais.

— Você não é tonta.

— Ah, sou sim. Uma tonta e tanto.

— Você está falando com alguém que está coberta de água do rio até a cintura no meio de fevereiro.

Ela abriu um sorriso.

— Vamos continuar essa conversa em outro lugar?

— Seria bom.

Nós acabamos voltando para o barco — dessa vez, com Pip — e remando de volta até a St. John's. Pip estava tão empolgada com isso que ela quase virou o barco, e eu e Jason precisamos nos esforçar muito para convencê-la a sentar e ficar imóvel, mas a gente conseguiu chegar à faculdade sem nenhum acidente.

Rooney ficou sentada no fundo, tentando não olhar para Pip. Eu notei que Pip a olhava algumas vezes, quase como se quisesse dizer algo para ela, mas não o fez.

Antes de todos desembarcarmos de volta para o gramado da faculdade, eu agradeci a todos por me ajudarem.

— Tudo é pela causa do amor — respondeu Sunil, passando um braço ao redor de Jess.

Ele estava certo, acho.

Tudo isso era em nome do amor, de um jeito ou de outro.

Pip e Rooney finalmente decidiram reconhecer a existência uma da outra, quando Pip disse:

— Você foi boa... com o pandeiro.

Tinha sido um elogio sincero, mas de alguma forma parecia um xingamento. Rooney só disse "Obrigada", e então murmurou qualquer coisa sobre encontrar outra pessoa no centro, tirou o colete salva-vidas e foi embora antes que Pip pudesse dizer algo mais.

A última pessoa a se despedir foi Jason. Ele me deu um abraço forte, e depois se virou, as barras das calças úmidas e as mangas cheias de pingos d'água.

Então só ficamos Pip e eu.

Não precisava nem ser combinado que Pip ficaria e conversaria comigo naquela tarde. Ela só fez isso.

Me lembrou de como nós éramos quando nos conhecemos. Tínhamos onze anos. Esse foi o ano em que fomos a todos os lugares uma com a outra, tentando entender se tinha mais alguém que poderíamos convidar para o nosso círculo, e finalmente percebendo que, por enquanto, seríamos só nós duas.

Eu a levei para o meu quarto. Rooney não estava lá — ela tinha ido mesmo para a cidade, e eu tinha a sensação de que ela não voltaria muito em breve — só que nossas camas ainda estavam juntas, os lençóis bagunçados, e tudo de ontem à noite voltou em um impulso repentino. A confissão de Rooney. As lágrimas.

Eu percebi, de repente, que essa provavelmente não era a melhor impressão para dar a Pip, que tinha ficado brava comigo e com Rooney porque achava que nós éramos um casal.

— Hum — eu falei. — Isso não é... a gente não...

— Eu sei — Pip falou. Ela sorriu para mim, e eu soube que ela acreditava em mim. — Ei, o Roderick encolheu?

Ela andou até Roderick e se abaixou. Apesar do tanto de folhas que eu tinha cortado fora, ele parecia ter crescido desde a última vez que eu o reguei. Talvez não estivesse completamente morto, afinal de contas.

Pip estremeceu, e foi então que eu lembrei que tanto eu quanto ela ainda estávamos encharcadas da cintura para baixo.

Eu peguei um moletom para ela e um pijama para mim, e, quando eu me virei, Pip estava praticamente arrancando os jeans das pernas na pressa de se livrar deles.

Minha calça de moletom ficou comicamente comprida em Pip, mas ela rolou a barra para cima, e logo estávamos as duas aconchegadas no carpete, contra a lateral da cama, com canecas de chocolate quente e um cobertor em cima das nossas pernas.

Eu sabia que precisava ser a primeira pessoa a dizer algo sobre o que tinha acontecido, mas eu ainda era péssima em ter conversas profundas, ou falar sobre emoções de qualquer forma, sendo necessários alguns minutos de Pip tagarelando sem pressa sobre as aulas e as saídas pra balada com os amigos, antes de eu falar o que eu realmente queria.

Que no caso era:

— Me desculpa. Eu sei que já falei isso, mas é sério, eu sinto muito.

Pip olhou para mim.

— Ah — disse ela. — Tá.

— Eu entendo completamente você não querer falar comigo depois da coisa toda que rolou no Baile Bailey — eu continuei, sem conseguir olhá-la diretamente nos olhos. — Eu sinto muito por, sabe, tudo que aconteceu. Foi uma coisa bem merda de se fazer. Por vários motivos.

Pip ficou calada por um momento. Então ela se virou e assentiu.

— Obrigada por dizer isso — falou ela, achatando os cachos, desconcertada. — Eu acho que eu soube bem na hora que fora um erro pra vocês duas, mas... é. Ainda doeu.

— É.

— Eu só... — Ela olhou para mim, encontrando meu olhar. — Ok. A gente está sendo honesta, né?

— Aham. Claro.

— Bom, eu gostava mesmo da Rooney. Gostava de verdade. — Ela inclinou a cabeça para trás. — Eu sei que eu nunca falei em voz alta, mas eu não queria admitir isso pra mim mesma. Só que você sabia, né? Quer dizer, você disse que sabia.

Eu sabia. Era por isso que aquela situação toda era horrível.

— Sabia — falei.

— Eu não queria admitir, porque... — Ela riu. — Eu estou cansada pra *caralho* de gostar de meninas héteros. Passei minha adolescência *inteira* ficando apaixonada por meninas héteros, talvez ganhando só um beijinho de uma garota levemente curiosa que imediatamente voltava para o namorado. Então eu venho pra faculdade na esperança de finalmente conseguir encontrar várias outras meninas queer... e imediatamente tenho uma queda por uma menina hétero de novo. — Ela bateu a mão na testa. — Por que eu sou a *gay mais burra que existe*?

Eu sorri. Não conseguia evitar.

— Cala a boca — disse Pip, rindo também. — Eu sei. Eu *sei*. Eu estava indo *tão bem*. Eu me filiei à Sociedade do Orgulho e à Sociedade Latino-americana, até fui a uns daqueles jogos idiotas de Frisbee, mas *ainda* estava cometendo os mesmos erros. Quando você e ela se beijaram, eu só senti que foi a maior traição que vocês poderiam ter feito.

Eu a abracei. Forte.

— Me desculpa. Me desculpa mesmo.

Ela me abraçou de volta.

— Está tudo bem.

Nós ficamos daquele jeito por muito tempo.

Então ela disse:

— Eu só não entendo o *porquê* de esse beijo ter acontecido. Assim, eu acho que nunca fiquei tão genuinamente chocada com alguma coisa na minha vida.

Eu senti que estava ficando vermelha.

— A Rooney não explicou?

— Pra ser sincera, eu estava tão puta que eu mal ouvi o que ela estava falando. — Ela soltou uma risada. — E quando eu tinha me acalmado, acho que já era tarde demais.

— Ah.

Pip olhou para mim.

— Georgia... eu não quero... *forçar* você a falar sobre nada que você não queira. Não é isso que as pessoas deveriam fazer com qualquer pessoa, especialmente com os amigos, e especialmente com coisas tipo... sexualidade. — A voz dela ficou mais suave. — Mas eu queria que ao menos você soubesse que *pode* falar comigo sobre isso, se você *quiser*, e eu prometo que vou entender.

Eu congelei.

Ela sabia que tinha alguma coisa acontecendo.

Ela sabia havia eras, provavelmente.

— Eu não tinha ideia se você entenderia — eu falei, minha voz saindo baixinha.

Pip hesitou, e soltou uma risada curta e exasperada.

— Não sei se você sabe desse fato, Georgia Warr, mas eu sou uma lésbica excepcionalmente descomunal com uma vida inteira de experiência em ter pensamentos gays.

Eu ri.

— Eu sei. Eu estive ao seu lado durante toda a fase da Keira Knightley.

— Minha fase da Keira Knightley ainda existe, muito obrigada. Eu ainda tenho aquele pôster dela na minha parede.

— *Ainda?*

— Eu não consigo jogar fora. Representa o meu despertar gay.

— Você não consegue jogar fora porque ela é gata, é isso que está me dizendo.

— Talvez.

Nós duas abrimos sorrisos, mas eu não sabia como prosseguir dali em diante. Eu só deveria dizer? Deveria encontrar algum artigo para ela ler? Eu deveria só esquecer esse assunto porque ela nunca entenderia?

— Então — disse Pip, virando o corpo para que ficasse de frente para mim. — Keira Knightley. O que acha?

Eu bufei.

— Você está perguntando se *eu* gosto da Keira Knightley?

— Isso.

— Ah. — Então era assim que a gente ia fazer. — Bem, não.

— E que tal… meninas no geral?

Pip segurou a caneca na frente da boca, me encarando com uma cautela silenciosa.

— Não — murmurei.

Acho que eu tinha certeza sobre isso agora, mas ainda assim parecia quase impossível admitir. Para Pip, ao menos, seria provavelmente mais fácil compreender se eu de fato *gostasse* de meninas.

— Então, a coisa com a Rooney… — Pip olhou para baixo. — Foi só… você só tinha curiosidade?

Curiosidade. Eu queria rir. Eu tinha, e sempre tivera, o oposto de curiosidade.

— *Desesperada* é a palavra que eu usaria — eu falei antes que eu pudesse me impedir.

Pip franziu o cenho, confusa.

— Desesperada pelo quê?

— Desesperada para gostar de alguém. — Eu olhei para Pip. — Qualquer um.

— Por quê? — ela sussurrou.

— Porque… eu não gosto. Não consigo. Não consigo gostar de ninguém. Nem meninos, nem meninas, nem ninguém. — Eu passei a mão pelo cabelo. — Só não dá. Eu nunca vou conseguir.

Eu esperei pelas palavras que sem dúvida se seguiriam. *Você não sabe disso. Talvez você encontre alguém um dia. Você só não encontrou a pessoa certa ainda.*

Só que tudo que ela disse foi:

— Ah.

Ela assentiu lentamente, do jeito que ela fazia quando estava pensando muito em um assunto.

Eu só teria que pronunciar as palavras.

— O nome disso é assexual arromântico — eu falei em uma única respiração.

— Ah — ela disse de novo.

Eu esperei que ela dissesse mais, só que ela não disse nada. Ela só ficou sentada ali, pensando muito no assunto.

— O que achou? — perguntei, soltando uma risadinha nervosa. — Preciso pegar o artigo da Wikipédia pra você?

Pip saiu da sua bolha de pensamentos e me encarou.

— Não. Não preciso da Wikipédia.

— Eu entendo que soa estranho. — Eu conseguia sentir que estava corando. Será que um dia eu pararia de sentir vergonha de ter que explicar isso pras pessoas?

— Não é estranho.

— Mas soa estranho.

— Não soa, não.

— Soa, sim.

— *Georgia*. — Pip sorriu, um pouco exasperada. — Você não é estranha.

Ela era a primeira pessoa a dizer isso pra mim.

Eu odiava que eu ainda sentia, às vezes, lá no fundo, que eu não era normal.

Talvez demorasse um tempo para eu superar essa sensação.

Talvez, pouco a pouco, eu poderia começar a acreditar que estava tudo bem comigo.

— É bem comprido, né? — Pip continuou, voltando a recostar na lateral da cama. — Oito sílabas inteiras. Um bocado de palavras.

— Algumas pessoas falam aro-ace pra encurtar.

— Ah, isso é *bem* melhor. Parece um personagem de *Star Wars*. — Ela fez um gesto dramático com a mão. — *Aro. Ace. Defensor do universo.*

— Ok, eu odiei isso.

— Qual é. Você ama o espaço.

— Não.

Só estávamos brincando, mas eu meio que queria gritar. *Me leve a sério.*

Ela entendeu.

— Desculpa — ela falou. — Eu não sei falar dessas coisas sérias sem transformar tudo em piada.

Eu assenti.

— É. Tudo bem.

— Você sempre se sentiu assim na escola?

— Aham. Eu só não compreendia tudo. — Dei de ombros. — Achei que eu era exigente demais. E meus sentimentos pelo Tommy foram um alarme falso.

Pip descansou a cabeça contra os lençóis, esperando para ouvir o resto.

— Acho... que eu meio que sempre fiquei desconfortável quando tentava ter sentimentos por alguém. Só parecia errado e esquisito. Como o que aconteceu com Jason. Eu sabia que não gostava dele desse jeito, porque, quando tentávamos fazer qualquer coisa romântica, só parecia... *errado*. Mas achei que todo mundo se sentia assim e que eu só precisava continuar tentando.

— Posso fazer uma pergunta idiota? — Pip interrompeu.

— Er, tá?

— Isso vai soar ruim mas, tipo, como você sabe que um dia você não vai encontrar alguém?

Essa era a pergunta que me atormentava havia meses.

Só que, quando Pip a fez, eu percebi que já sabia a resposta.

Finalmente.

— Porque eu me conheço. Eu sei o que eu sinto e o que eu tenho a capacidade de sentir, acho. — Eu dei um sorriso meio fraco pra ela. — Quer dizer, como você sabe que você não vai se apaixonar por um cara qualquer dia desses?

Pip fez uma careta.

Eu ri.

— Exatamente. Você só *sabe* isso sobre você mesma. E agora eu também sei.

Uma pausa se seguiu, e eu conseguia ouvir meu próprio coração batendo no peito. Eu mal podia esperar para o dia em que falar sobre isso não me deixasse suando frio ou com uma precipitação de adrenalina.

De repente, Pip bateu com tudo a caneca no carpete e berrou:

— Não acredito que nenhuma de nós percebeu isso antes! Puta que pariu! Porra, por que a gente é assim?!

Eu peguei a caneca dela, levemente alarmada, e a coloquei num lugar seguro, longe, na minha mesa de cabeceira.

— Do que você está falando?

Ela sacudiu a cabeça.

— A gente estava literalmente passando pela mesma coisa ao mesmo tempo, e *nenhuma das duas percebeu*.

— A gente estava?

— Bom, sim, com alguns detalhes de diferença.
— Tipo o fato de você gostar de meninas?
— Sim, tipo esse. Só que, *fora isso*, nós duas estávamos tentando nos forçar a gostar de meninos, nós duas estávamos tendo dificuldade com o fato de que não tínhamos *crush* nas pessoas que deveríamos ter. Nós duas estávamos nos sentindo, sei lá, *esquisitas e diferentes*! E *nenhuma das duas gosta de meninos*! E... ah, meu *Deus*, fui eu que vinha até você falando tipo "ah não, que tristeza, eu acho que sou gay e não sei o que fazer" enquanto você estava lá num estado tão intenso de se reprimir que você literalmente achou que era hétero, mesmo quando fazer qualquer coisa com meninos fazia você querer *vomitar*.
— Ah — falei. — Aham.
— É!
— Nós duas somos tontas?
— Acho que somos, sim, Georgia.
— Ai, não.
— Sim. É essa a conclusão dessa conversa.
— Ótimo.

Pip começou a rir. E isso me fez rir também. Nós duas ficamos rindo histéricas, o som ecoando pelo quarto, e eu não conseguia me lembrar da última vez em que eu e Pip tínhamos rido juntas desse jeito.

Nós acabamos perdendo o jantar, então decidimos fazer um piquenique com todos os lanchinhos que eu guardava no quarto — dos quais havia mais do que o suficiente. Nós sentamos no chão e comemos biscoitos da marca genérica do supermercado, meio pacote tamanho família de crisps de cebola caramelizada, e pãezinhos que estavam definitivamente endurecidos, enquanto a gente assistia a *Moulin Rouge*, claro.

Fora parecido com a noite anterior, vendo vídeos no YouTube com a Rooney. Se eu pudesse passar todas as noites do resto da minha vida comendo lanchinhos e assistindo a algo bobo, deitada numa cama gigante com um dos meus melhores amigos, eu ficaria contente.

Meu futuro ainda me aterrorizava, mas agora parecia um pouco mais alegre, com os meus melhores amigos por perto.

Nós não falamos mais sobre identidades, romance e sentimentos até que o filme estivesse quase acabando, quando tínhamos ido deitar na cama e estávamos enroladas nos meus lençóis, em silêncio, por quase uma hora inteira. Eu estava quase caindo no sono.

Só que Pip falou, e a voz dela era suave e baixinha na luz fraca do cômodo.

— Por que você me pediu em casamento? — Pip perguntou.

Fora por muitos motivos. Eu queria fazer um gesto grandioso, queria animá-la, queria que ela voltasse a ser minha amiga, e eu queria consertar as coisas. Eu sabia que Pip também sabia disso tudo.

Só que talvez ela só precisasse ouvir isso em voz alta.

— Porque eu te amo — falei —, e você merece ter momentos mágicos na sua vida.

Pip me encarou.

Os olhos dela se encheram de lágrimas.

Ela se inclinou em uma mão, cobrindo os olhos.

— Sua filha da puta. Eu não estou bêbada o suficiente pra chorar enquanto tenho uma conversa emotiva com os amigos.

— Eu que não vou pedir desculpas.

— Pois devia! Cadê a porra das *suas* lágrimas!

— Eu não choro na frente de ninguém, cara. Você sabe disso.

— Fazer você chorar de emoção vai se tornar a minha nova missão de vida.

— Boa sorte.

— Vai acontecer.

— Claro.

— Eu te odeio.

Eu abri um sorriso para ela.

— Eu também te odeio.

BAGUNÇA

Eu acordei grogue na manhã seguinte com o som da porta do quarto abrindo e, quando ergui a cabeça, não fiquei surpresa em ver que Rooney estava se esgueirando para dentro vestindo as roupas da noite passada — o terno completo que ela tinha vestido como parte do pedido de casamento da faculdade.

Isso era um acontecimento relativamente normal a essa altura, mas o que *não* era normal era o jeito como Rooney congelou bem em cima do tapete água-marinha e encarou o espaço ao meu lado na cama — o lado dela — que estava sendo ocupado por Pip Quintana.

Pip e eu tínhamos conversado tanto que, quando Pip se tocou que provavelmente deveria voltar pra própria faculdade, já era perto da meia-noite, então eu emprestei um pijama para ela e ela tinha ficado por aqui. Nós duas tínhamos completamente esquecido o fato de que as coisas poderiam ficar bem estranhas entre Pip e Rooney se elas estivessem no mesmo quarto.

Houve alguns segundos muito óbvios de silêncio.

Então eu disse:

— Bom dia.

Rooney não disse nada por um instante, e começou a lentamente a tirar os sapatos, dizendo:

— Bom dia.

Senti um movimento ao meu lado e me virei para olhar, pegando os óculos na mesa de cabeceira. Pip estava acordada, os próprios óculos já no rosto.

— Ah — disse ela, e consegui ver um tom avermelhado preenchendo suas bochechas. — Desculpa, eu... nós provavelmente deveríamos ter perguntado se você...

— Tá tudo bem! — Rooney guinchou, se virando de costas e freneticamente revirando a nécessaire procurando por um pacote de lenços demaquilantes. — Você pode ficar se quiser!

— Sim, mas este também é seu quarto...

— Eu não ligo!

Pip sentou na cama.

— O-ok. — Ela começou a sair da cama com pressa. — Eu provavelmente já deveria ir mesmo, tenho aula de manhã.

Eu franzi o cenho.

— Espera aí, são sete da manhã.

— Sim, bom, eu preciso lavar meu cabelo e tal, então...

— Você não precisa ir embora por minha causa! — disse Rooney do outro lado do quarto. Ela estava de costas para nós, esfregando a cara com o lenço.

— Não é por sua causa! — disse Pip, um pouco rápido demais.

As duas estavam em pânico. Rooney começou a se trocar e colocar o pijama só pra ter alguma coisa pra fazer. Pip começou a recolher suas próprias roupas da noite anterior enquanto estava com os olhos determinadamente longe de Rooney, que agora só usava o short do pijama.

Eu queria muito, muito dar risada, mas em consideração a elas, fiquei de boca fechada.

Pip passou muito mais tempo do que precisava catando suas coisas, e, felizmente, quando ela se virou, Rooney já tinha vestido a blusa do pijama e estava sentada na escrivaninha, tentando parecer casual ao mexer no celular.

— Bom — Pip olhou para mim, quase desorientada. — Eu... vejo você depois?

— Aham. — Eu comprimi meus lábios para não soltar uma gargalhada.

Pip foi sair do quarto, mas de repente olhou para a pilha de roupas que estava em suas mãos e disse:

— Ah, merda, er, eu acho que essas aqui não são minhas — Ela tirou um par de leggings escrito "St. John's College". Eram de Rooney.

Rooney olhou para trás, fingindo indiferença.

— Ah, sim, são minhas. — Ela esticou a mão.

Pip não teve outra escolha a não ser se aproximar de Rooney e entregá-las.

Os olhos de Rooney ficaram focados nos de Pip conforme ela lentamente se aproximou. Pip entregou as leggings e as jogou na mão aberta de Rooney de uma altura que sugeria que ela estava nervosa de colocar a mão dela remotamente próxima da pele de Rooney.

— Valeu — disse Rooney.

Ela deu um sorriso desconfortável.

— Sem problemas. — Pip ficou perto da escrivaninha de Rooney. — Então... você saiu ontem à noite, ou...?

Claramente Rooney não estava esperando isso. Ela apertou as leggings na mão.

— Ah, sim! Bom, eu estava... eu e uns amigos fomos no Wiff Waff e depois ficamos no quarto deles. — Rooney apontou para a janela. — Em outro prédio. Não queria me dar o trabalho de voltar andando pra cá.

Pip assentiu.

— Legal. Wiff Waff... esse é o bar de tênis de mesa, né?

— Aham.

— Parece divertido.

— Sim, foi bom. Só que eu fico competitiva demais.

Pip sorriu.

— É, eu sei.

Pelo olhar no rosto dela, essa constatação pareceu abalar o mundo de Rooney.

— Sim — Rooney disse, se esforçando, depois de uma longa pausa. — Então, você dormiu aqui com a Georgia?

— Ah, é — Pip de repente perdeu o rumo. — Quer dizer, só platonicamente. Óbvio. Nós não… A Georgia não…

— Eu sei — disse Rooney, apressada. — A Georgia não gosta de sexo.

A boca de Pip estremeceu. Rooney usar a palavra "sexo" pareceu alastrar uma nova onda de pânico nela.

— A Georgia está bem aqui — eu falei, sem conseguir esconder o sorriso gigante no rosto nessa altura.

Pip deu um passo para trás, as bochechas coradas em vermelho.

— Enfim, é melhor eu ir.

Rooney parecia aturdida.

— Ok.

— Eu… bom, foi bom… isso aí.

— Isso.

Pip abriu a boca para dizer mais alguma coisa, lançou um olhar em pânico na minha direção, e depois ela saiu do quarto sem falar mais nenhuma palavra.

Nós esperamos mais alguns segundos até ouvir a porta no fim do corredor fechar.

Rooney explodiu.

— PORRA, GEORGIA, VOCÊ ESTÁ ZOANDO COM A MINHA CARA? Você não poderia ter me feito a pequena cortesia de ME AVISAR que a menina que eu gosto estaria BEM AQUI na hora que eu voltasse? — Ela começou a andar em círculos. —

Você acha que eu teria entrado usando a porra das roupas DE ONTEM À NOITE com a PORRA da minha cara borrada de maquiagem se eu soubesse que Pip Quintana estaria aqui com a PORRA da cara de sono mais fofa que eu já vi na PORRA da minha vida inteira?

— Você vai acordar o corredor inteiro — eu falei, mas ela sequer parecia ter me ouvido.

Rooney se jogou no seu lado da cama primeiro.

— Que tipo de impressão eu passo quando entro aqui no meu quarto às sete da manhã como se eu tivesse passado a noite transando com alguém com quem eu nunca vou falar de novo?

— Você estava? — perguntei.

Ela levantou a cabeça e me lançou um olhar afiado.

— NÃO! Puta que pariu! Não faço isso desde o Baile Bailey.

Eu dei de ombros.

— Achei melhor perguntar.

Ela rolou para ficar de barriga para cima, espalhando os braços e as pernas como se quisesse se derreter nos lençóis.

— Eu sou tão fodida.

— Pip também é — falei. — Vocês foram feitas uma pra outra.

Rooney soltou um grunhido baixo.

— Não me dê falsas esperanças. Ela nunca vai gostar de mim depois do que eu fiz.

— Você quer a minha opinião?

— Não.

— Ok.

— Pera aí, quero. Quero, sim.

— Pip gosta de você, e eu acho que você deveria tentar falar com ela que nem gente de novo.

Ela rolou para ficar de bruços.

— Absolutamente impossível. Se você vai me dar ideias, que ao menos sejam ideias realistas.

— E por que isso é impossível?

— Porque eu sou horrível, e ela merece alguém melhor que eu. Eu não posso me apaixonar, de qualquer forma. Vou superar. Pip deveria ficar com alguém *legal*.

Pelo jeito como ela falou — leve e casual —, eu poderia ter achado que era uma piada, mas, como eu já entendia Rooney num nível um pouco mais profundo, eu sabia que ela não estava brincando.

— Cara — eu falei. — Sou *eu* que não posso me apaixonar. Acho que você só não quer.

Ela fez um barulho inteligível.

— Bem... — perguntei. — Você é arromântica?

— Não — ela resmungou.

— Então pronto. Para de apagar minha identidade e fala pra Pip que você gosta dela.

— Não use sua identidade pra me obrigar a confessar meus sentimentos.

— Eu posso fazer isso e é o que vou fazer.

— Você viu a cara de sono dela? — Rooney murmurou contra o travesseiro.

— Sim?

— O cabelo dela parecia tão fofo.

— Pip provavelmente te assassinaria se você falasse que ela é fofa.

— Eu aposto que ela tem um cheiro muito bom.

— Ela tem, sim.

— Vai se foder.

Nós fomos interrompidas por um som de notificação vindo dos nossos celulares.

Uma mensagem apareceu no grupo da Sociedade Shakespeare. Aquele que não era usado desde antes do Ano-Novo — "Pesadelo de uma noite de verão".

Felipa Quintana
Esqueci de dizer
Eu gostaria de voltar para a Sociedade Shakespeare
Se vocês toparem
Eu posso decorar minhas falas em duas semanas!!!

Nós ficamos lá, na cama, lendo as mensagens ao mesmo tempo.

— A gente vai fazer a peça — disse Rooney, sem fôlego.

Eu não sabia se ela estava emocionada ou apavorada.

— Está tudo bem com você? — eu perguntei. Eu achei que era isso que ela queria. Ela tinha ficado devastada quando Pip e Jason foram embora e a sociedade se desfez. Isso a fez entrar em uma espiral por *semanas*.

Rooney era tão boa em fingir que estava tudo bem. Até mesmo agora eu não conseguia determinar se ela estava entrando em uma crise. Depois do surto da outra noite, a situação com Pip, todos os sentimentos contra os quais eu sabia que ela estava lutando, e aqueles com os quais eu também estava lidando...

Será que nós duas ficaríamos bem?

— Não sei — disse ela. — Eu não sei.

NÓS DEIXAMOS AS CAMAS JUNTAS

— *Contra a minha vontade* — disse Pip, revirando os olhos enquanto se apoiava em um pilar de papelão e papel machê que eu tinha passado a manhã esculpindo —, *fui incumbida de buscá-lo para o jantar.*

Rooney estava jogada em uma cadeira, no meio do palco.

— *Formosa Beatriz* — disse ela, pondo-se de pé com uma expressão de flerte. — *Eu vos agradeço pelo sofrimento.*

Nós tínhamos dez dias até a peça.

Isso definitivamente não era tempo o suficiente para terminar toda a encenação do palco, aprender as falas e preparar as fantasias e cenários. Mesmo assim, estávamos tentando.

A expressão de Pip permaneceu despreocupada.

— *Não sofro mais por esse agradecimento do que o que tens por me agradecer: se a incumbência fosse sofrida, eu não teria aceitado.*

Rooney deu um passo para mais perto, colocando uma mão no bolso e abrindo um sorriso torto para Pip.

— *Então sentes* prazer *em aceitá-la?*

Antes do ensaio de hoje, Rooney tinha passado vinte minutos inteiros mudando de roupa e arrumando o cabelo antes de eu perguntar:

— É por causa da Pip?

Ela tinha negado em voz alta e efusivamente, antes de dizer:

— Sim. Tá. O que eu faço?

Demorou um instante para eu perceber que ela estava pedindo pela minha ajuda. Com romance.

Assim como eu tinha feito com ela todos aqueles meses atrás, na Semana dos Calouros.

— *Assim como se obtém prazer em matar um pássaro com um punhal* — Pip bufou de volta, cruzando os braços. — *Vejo que estás sem apetite, senhor: passar bem.*

Ela se virou e fugiu do palco.

Eu, Jason e Sunil aplaudimos.

— Isso foi bom! — disse Pip, um sorriso no rosto. — Foi bom, certo? E eu não me esqueci da parte do pássaro.

— Você foi *ok* — disse Rooney, as sobrancelhas erguidas.

Eu tinha passado para Rooney todos os conselhos nos quais eu conseguia pensar. *Seja você mesma. Fale com ela. Talvez diga algo legal de vez em quando.*

Bom, ao menos ela estava tentando.

— Isso é um elogio vindo de você — disse Pip, e Rooney se virou para que ninguém conseguisse ver a expressão dela.

Cinco dias antes da peça, nós ensaiamos a coisa toda. Nós bagunçamos uma boa parte, Jason bateu com a cabeça no topo da pilastra de papel machê, e me deu branco por completo no discurso final de *Sonho de uma noite de verão*, mas, no fim das contas, chegamos ao encerramento, e não foi um desastre completo.

— Nós conseguimos — disse Pip com os olhos arregalados quando terminamos de aplaudir uns aos outros. — Tipo, a gente talvez consiga fazer isso.

— Não precisa soar tão surpresa — Rooney bufou. — Eu sou uma boa diretora.

— Com licença, nós somos *co*diretoras. Eu tenho direito a uma parcela de crédito.

— Não. Eu não aceito isso. Eu te expulsei da diretoria quando você decidiu nos abandonar por dois meses.

Pip ficou de queixo caído e virou a cabeça para ver a minha reação.

— Ela já pode me zoar sobre isso? Certamente não passamos ainda da época de poder zoar essa briga.

— Eu posso zoar o que eu quiser — falou Rooney. Eu estava ocupada empilhando as cadeiras.

— Eu não vou me envolver — falei.

— Não — disse Pip, se virando de volta pra Rooney. — Eu não aceito isso. Quero a minha codiretoria de volta.

— Pois você não vai ter! — disse Rooney, que tinha começado a empurrar a pilastra pra um lado da sala.

Pip marchou diretamente até Rooney e deu um cutucão no braço dela.

— Tarde demais! Vou pegar de volta!

Ela foi dar outra cutucada, mas Rooney desviou por trás da pilastra e disse:

— Você vai ter que lutar por ela, então!

Pip a seguiu, aumentando a velocidade das cutucadas até ela estar fazendo cócegas em Rooney.

— Vou fazer isso mesmo!

Rooney tentou afastá-la, mas Pip era rápida demais, e logo Pip a estava perseguindo pela sala, as duas dando gritinhos e tapas uma na outra.

Elas estavam sorrindo e rindo tanto que *me* fizeram sorrir.

Mesmo que eu não tivesse certeza ainda se Rooney estava realmente bem.

Nós não tínhamos falado de novo sobre o que Rooney tinha me dito naquela noite em que nós mudamos as camas de lugar. Sobre a Beth, o seu ex-namorado e a adolescência dela.

Só que nós deixamos as camas juntas.

Ensaiamos nossa peça e comemos na cantina, e Rooney parou de sair à noite. Nós sentamos juntas nas aulas, andamos juntas até a biblioteca, no frio, e ficamos assistindo a *Brooklyn Nine-Nine* uma manhã de sábado até meio-dia, escondidas embaixo das cobertas. Fiquei esperando ela desabar de novo. Fiquei esperando ela fugir de mim.

Mas ela não o fez, e ainda assim, continuamos com as camas juntas.

Ela tirou a foto de Beth da parede. Ela não a jogou fora — só colocou dentro de um dos cadernos, onde poderia ficar protegida. *A gente deveria tirar mais fotos*, pensei. *Então ela teria algo pra grudar na parede.*

Eu sentia que havia algo que não estávamos dizendo. Algo que não tínhamos resolvido ainda. Eu tinha entendido quem eu era, e ela tinha me contado quem ela tinha sido, mas eu conseguia sentir que havia algo mais, eu não sabia se era o jeito dela de guardar as coisas para si ou se era eu. Talvez as duas coisas. Eu nem sabia se era uma coisa que nós precisávamos conversar.

Às vezes eu acordava no meio da noite e não conseguia voltar a dormir, porque começava a pensar no futuro, aterrorizada, sem ter nenhuma ideia de como seria daqui pra frente. Às vezes Rooney acordava também, mas ela não dizia nada. Ela só ficava lá, se virando embaixo do edredom.

Era bem confortável quando ela acordava. Quando ela só ficava ali, acordada comigo.

Tudo aconteceu na noite antes da estreia da peça.

Eu, Pip e Rooney tínhamos nos encontrado para um último ensaio no quarto de Pip. Sunil, que era um especialista em discursos, tinha memorizado tudo semanas atrás, e Jason sempre tinha aprendido as falas dele rapidamente, mas nós três sentíamos que precisávamos de mais uma chance de repassar tudo.

O quarto de Pip não estava mais arrumado do que da última vez que eu tinha estado aqui. Na verdade, agora estava muito pior. Só que ela *tinha* conseguido limpar um pouco do carpete para que ela e Rooney pudessem atuar e tinha criado uma área confortável no chão perto da cama, empilhada com almofadas e lanchinhos, para a gente relaxar. Eu me joguei nas almofadas enquanto elas repassavam a cena delas.

— Você está falando isso errado — disse Rooney para Pip, e era como se tivéssemos voltado para aquela primeira semana em que nos conhecemos. — Eu digo *você não me ama* e você diz *não mais do que é razoável*, como... se você estivesse tentando esconder seus sentimentos.

Pip ergueu uma sobrancelha.

— É exatamente assim que eu estou falando.

— Não, você está falando "não mais do que é razoável?" como se fosse uma pergunta.

— Eu definitivamente não estou.

Rooney gesticulou para ela com o seu exemplar de *Muito barulho por nada*.

— Está sim. Olha, só confia em mim, eu conheço essa peça.

— Com licença, eu também conheço essa peça e posso fazer minha própria interpretação.

— Eu sei, tudo bem, mas tipo...

Pip ergueu as sobrancelhas.

— Acho que você só está com medo de que eu brilhe mais no palco que você.

Houve uma pausa enquanto Rooney percebia que Pip estava brincando.

— *Por que* eu ficaria com medo disso quando eu *claramente* sou a atriz superior? — Rooney retrucou, fechando o livro com força.

— Uau. Presunçosa, hein.

— Só estou falando os fatos, Pipinha.

— Roo — disse Pip —, qual é. Você *sabe* que eu sou a melhor atriz.

Rooney abriu a boca para retrucar, mas o uso repentino de um apelido pareceu pegá-la tão de surpresa que ela nem conseguia pensar em uma resposta. Acho que nunca a vi tão genuinamente atordoada até aquele instante.

— Que tal a gente fazer uma pausa? — falei. — A gente pode ver um filme.

— Hum, tá — disse Rooney, sem olhar para Pip enquanto ela se juntava a mim na pilha de almofadas. — Tá bom.

A gente colocou *A mentira* porque Rooney nunca tinha visto, e — apesar de não ser *Moulin Rouge* — também era um dos filmes favoritos meu e de Pip para festa do pijama.

Eu não o via há um tempo. Desde que vim pra Durham.

— Eu tinha esquecido que era um filme sobre uma garota que finge não ser mais virgem para aumentar a popularidade — eu falei, depois que a gente tinha assistido a uma meia hora de filme.

Eu estava sentada entre de Pip e Rooney.

— Também conhecido como o enredo de ao menos oitenta por cento dos filmes adolescentes — falou Rooney. — Não é nada realista.

Pip bufou.

— Quer dizer que você *não* mentiu sobre transar com um cara e ficou andando por aí com uma letra A bordada no seu corpete quando você tinha dezessete anos?

— Não precisei mentir — disse Rooney. — E eu não sei bordar.

— Não entendo por que tantos filmes adolescentes são sobre adolescentes obcecados em perder a virgindade — falei. — Tipo, quem se importa de verdade?

Pip e Rooney não falaram nada por um instante.

— Bom, eu acho que na verdade muitos adolescentes se importam com isso — disse Rooney. — Olha só pra Pip, por exemplo.

— Com licença! — Pip exclamou. — Eu não... eu não sou obcecada em perder minha virgindade!

— *Claro* que não é.

— Eu só acho que transar seria *divertido*, só isso. — Pip encarou a tela de novo, ficando um pouco vermelha. — Eu não ligo de *ser virgem*, só que... sexo parece divertido, então eu prefiro começar mais cedo do que mais tarde.

Rooney olhou para ela.

— Ok, eu estava te zoando, mas é bom saber disso.

Pip ficou ainda mais vermelha e gaguejou:

— Cala a boca.

— Mas por que a maior parte dos filmes adolescentes foca no fato de que os adolescentes sentem que vão morrer se não perderem a virgindade? — eu perguntei, e quase que imediatamente entendi a resposta. — Ah. Isso é uma coisa de assexual. — Eu ri de mim mesma. — Esqueci completamente que as outras pessoas são obcecadas por transar. Uau. Isso é hilário.

Eu de repente percebi que tanto Rooney quanto Pip estavam olhando para mim com pequenos sorrisos no rosto. Não de pena ou condescendentes. Só como se estivessem felizes por mim.

Acho que *era* mesmo um avanço eu poder rir da minha própria sexualidade. Isso era progresso, certo?

— É um bom filme, mas acho que o romance seria bem melhor se fosse gay — falou Pip.

— Concordo — disse Rooney, e nós duas olhamos para ela.

— Eu achei que você amaria esse tipo de romance hétero adorável pós-John Hughes — disse Pip. — Os héteros amam essa merda.

— Eles amam — Rooney concordou —, mas, felizmente, eu não sou hétero.

Houve um silêncio muito prolongado.

— Ah — Pip engasgou. — Bom... isso é bom então.

— É.

— É.

Nós terminamos o resto do filme em um silêncio extremamente desconfortável. Quando acabou, eu sabia que era hora de ir. De dar um passo para trás e deixar isso rolar.

As duas tentaram me convencer a ficar, mas eu insisti. Eu precisava dormir, falei pra elas. Elas poderiam repassar a última cena delas sozinhas.

Acho que me senti um pouco solitária conforme eu saí caminhando de Castle. Eu andei pelos corredores, saí do prédio de Pip, atravessei o gramado e voltei pra St. John's. Estava escuro, frio e era quase uma da manhã. Eu estava sozinha.

Eu estava sozinha agora.

Quando eu voltei para o meu quarto, coloquei um episódio de *Universe City* no YouTube enquanto trocava meu pijama, tirei minhas lentes de contato, escovei os dentes e examinei Roderick, que parecia bem melhor ultimamente. Fiquei aconchegada na minha metade da cama, embrulhando o edredom ao meu redor.

Eu adormeci por meia hora, mas acordei suando, minha mente preenchida por relampejos de pesadelos de futuros apocalípticos e todos os meus amigos morrendo; virei minha cabeça para checar como estava Rooney, só que ela não estava lá.

Era mais difícil voltar a dormir quando ela não estava lá.

* * *

Acordei sentindo que a minha cabeça parecia o zumbido de estática de uma TV e que meu estômago estava cheio de abelhas, o que era de se esperar, já que era o dia da peça. Só que nada disso se comparou à sensação de desespero que tomou conta de mim quando olhei meu celular e vi um monte de mensagens da Pip.

As primeiras diziam:

Felipa Quintana
GEORGIA
EMERGÊNCIA
EU FODI TUDO
ROONEY SE FOI

CONFUSA E COM TESÃO

Felipa Quintana

Ok eu sei que são tipo sete da manhã e você está definitivamente dormindo, mas você vai me matar quando eu contar o que acabou de acontecer

Ah meu DEUS alhsklsajsças ok

UAU

Desculpa eu literalmente não consigo processar

Ok. então. tá

Tudo estava bem ontem à noite, tipo, depois que você foi embora a gente só repassou a nossa última cena

(digo bem para nossos padrões, obviamente falar com ela ainda me deixa tensa toda vez)

Só que depois que terminamos já era suuuuper tarde, tipo 3 da manhã

Então eu ofereci de deixar ela dormir no meu quarto — na minha cama comigo — e ela falou SIM

Isso definitivamente não foi uma boa ideia porque eu não dormi nem por UM MINUTO inteiro cara

Ela acordou de novo umas cinco e foi pegar uma água, e quando ela voltou eu sabia que ela sabia que eu estava acordada então a gente só ficou conversando deitada na cama

E sl se foi alguma coisa porque a gente só estava cansada ou o que mas... foi diferente, a gente não estava batendo boca, só estávamos falando normal. Primeiro a gente falou da peça, depois falamos da nossa vida na escola e todo tipo dessas merdas profundas... Ela falou que... cara a gente falou de coisas muito pessoais por... pelo menos uma hora, talvez mais

Ela me falou que acha que é pansexual!!!!!! Ela falou que não acha que tem uma preferência de gênero e que esse parecia o rótulo certo pra ela!!!!! Ela falou que você meio que já sabia

A gente estava conversando por horas, então só ficamos em silêncio um pouco e ela falou — e aqui estou REPETINDO palavra por palavra — ela literalmente disse "eu sei que parece que eu te odeio, mas na verdade é o contrário"

Georgia, eu morri

Eu fiquei tipo "é................ eu também" enquanto eu tentava não gritar

Então ela só se inclinou e ME BEIJOU

ADSSKAÇLSKÇASJDFJAJÇALJDÇAS

Ela imediatamente se afastou com a expressão de alguém que estava assustada e que tinha cometido um erro

Mas obviamente ela NÃO tinha cometido um erro e dava pra ver na porra da minha cara

Aí ela se inclinou de novo e a gente literalmente COMEÇOU A SE PEGAR

Tipo, se pegar pra valer

Então eu só fiquei, caralho, mas como isso está acontecendo. Eu estou literalmente morta, e nós só ficamos nos pegando na minha cama por uns vinte minutos

HUM então essa história fica um pouco inapropriada a partir daqui e eu sinto muito por isso, mas se eu não contar pra alguém o que aconteceu eu vou morrer

Daí depois de um tempo ela só se ajoelha na cama e tipo... tira a camiseta dela. E eu estou tipo. Ai meu deus

Então eu pensei TUDO BEM ela quer ir além do que só se pegar??

E eu estou de boas com isso??? Eu também quero isso?????

Ela se deitou de novo e perguntou se estava tudo bem, e eu fiquei tipo nossa, sim, por favor, prossiga

(eu não falei de verdade "por favor, prossiga" durante minha primeira transa. Acho que eu só assenti de uma maneira bem entusiasmada)

Então óbvio que eu nunca tinha feito nada sexual com ninguém e tipo… ela estava prestes a colocar a mão pra dentro do short do meu pijama e eu fiquei nervosa pra cacete, mas extremamente empolgada haha

Só que então ela se afastou, disse algo como "ai, meu deus" e começou a surtar, pegando as roupas dela de volta, jogando as coisas dela na mochila e falando tipo "desculpa desculpa desculpa mesmo" e eu só fiquei lá deitada confusa e com tesão tipo "hum"

Então ela só falou tipo "que merda, eu sempre fodo com tudo" e daí ela FUGIU do meu quarto

ELA SE FOI

Eu liguei e mandei mensagem, mas eu não faço a menor ideia de onde ela está, ela voltou pro seu quarto???

Estou tão preocupada e confusa, a peça é hoje e eu estou só surtando um pouquinho, acho que talvez eu tenha chateado ela e arruinado tudo?

Só que eu acho que eu também preciso dormir algumas horas, porque senão só vou desmaiar de sono no palco hoje à tarde

Então

É

Me manda mensagem quando acordar

Georgia Warr
to acordada
ai meu deus

VOU ACHAR ELA

Georgia Warr
ela não tá aqui
não entre em pânico
vou achar ela

Eu liguei para Rooney e fiquei lá na nossa cama, escutando o telefone tocar, esperando.

Foi direto pra caixa postal.

— Cadê você? — eu falei imediatamente, mas não sabia o que mais falar, então eu só desliguei, pulei pra fora da cama, coloquei as primeiras roupas que encontrei, e corri porta afora.

Isso não estava acontecendo.

Ela não ia abandonar a gente no dia da peça.

Ela não ia me abandonar.

Eu corri até embaixo da escadaria antes de perceber que eu não tinha ideia de onde procurar. Ela poderia estar em *qualquer lugar*. Uma biblioteca. Um café. Em qualquer lugar da faculdade. No apartamento de alguém. Durham era pequena, mas era impossível procurar por uma cidade inteira em um único dia.

Só que eu precisava tentar.

Eu corri até o teatro primeiro. Ela provavelmente só tinha decidido encontrar a gente lá, talvez tivesse ido pra um Starbucks primeiro. Todos nós tínhamos concordado em nos encontrarmos às dez da manhã — nosso espetáculo seria às duas da tarde — e agora eram nove e meia, então ela provavelmente só estava um pouco adiantada.

Eu me arremessei na porta na tentativa de entrar. Estava trancada.

Foi aí que comecei a ficar assustada de verdade.

Ela tinha largado Pip no meio da noite. Pra onde ela teria ido depois disso? Eu acordaria se ela tivesse voltado para o nosso quarto. Será que ela tinha ido ver um dos muitos amigos que não pareciam se importar com ela? Será que ela tinha ido para uma balada? As baladas não ficavam abertas até tão tarde, ficavam?

Eu me agachei na calçada, tentando respirar. Merda. E se alguma coisa ruim tivesse acontecido? E se algum cara tivesse passado num carro e a raptado? E se ela tivesse andado pela ponte e caído?

Eu tirei meu celular do bolso e liguei pra Rooney de novo.

Ela não atendeu. Às vezes ela não estava com o celular.

Liguei pra Pip em vez disso.

— Você encontrou ela? — foi a primeira coisa que ela disse quando atendeu.

— Não. Ela... — eu nem sabia o que dizer — sumiu.

— Sumiu? Quê, como assim ela *sumiu*?

Eu fiquei em pé, olhando em volta como se eu pudesse repentinamente vê-la na rua, correndo na minha direção com as suas leggings, o rabo de cavalo voando, mas não vi. É claro que não vi.

Minha voz falhou.

— Ela sumiu.

— Isso é minha culpa — disse Pip imediatamente, e eu conseguia ouvir o quão devastada ela estava, e como ela verdadeiramente acreditava no que estava dizendo. — Eu não deveria ter... Ela provavelmente nem... Foi cedo demais pra nós duas sequer...

— Não, a culpa é minha — falei. Eu deveria ter tomado conta dela. Eu deveria ter previsto que isso iria acontecer.

Eu a conhecia melhor do que ninguém.

Qualquer um na vida dela inteira.

— Eu vou achar ela — eu falei. — Prometo que vou achar.

Eu devia isso a ela.

Corri para a balada que frequentamos na Semana dos Calouros, quando ela me falou pra eu encontrar alguém de quem eu gostasse enquanto ela saiu para pegar um cara. Parecia que isso fazia anos.

Estava fechada. É claro que estava, era sábado de manhã.

Fui ao supermercado, como se pudesse encontrá-la procurando um novo sabor de cereal, e andei em volta da praça, como se ela pudesse estar sentada num banco de pedra, olhando o celular. Cruzei a ponte Elvet e fui até o prédio de seminários do Elvet, sem nem saber se eles abriam durante os finais de semana, mas sem me importar, sem ter alguma ideia de por que ela estaria ali em uma manhã de sábado. Mas ainda com esperanças, muitas esperanças. *Rezando* para encontrá-la. Subi no prédio da União Estudantil e o encontrei trancado, então eu não consegui correr mais porque meu peito doía. Andei até a biblioteca Bill Bryson, entrei, fiquei em pé nas escadas e gritei "ROONEY!" só uma vez. Todo mundo se virou para olhar para mim, mas não dei a mínima.

Rooney não estava lá. Ela não estava em lugar nenhum.

Nós não fomos o suficiente para ela, no fim das contas?

Eu não tinha sido o suficiente?

Ou só tínhamos finalmente conseguido derrubar suas barreiras, pra no fim algo horrível acontecer com ela?

Eu liguei pra ela de novo. Caiu na caixa postal.

— Aconteceu alguma coisa? — perguntei.

Desliguei de novo. Eu não sabia mais o que dizer.

De volta ao lado de fora da biblioteca, meu celular começou a tocar, mas era Jason.

— Que aconteceu? — ele perguntou. — Estou no teatro e mais ninguém tá aqui, fora o Sunil.

— Rooney sumiu.

— Como assim, sumiu?

— Não se preocupe, eu vou achar ela.

— Georgia...

Eu desliguei e tentei ligar pra Rooney mais uma vez.

— Talvez a versão de você da Semana dos Calouros pudesse ter deixado a gente pra trás. Mas não agora. Não depois de tudo. — Senti um aperto na garganta. — Você não teria me deixado.

Quando desliguei dessa vez, percebi que meu celular só estava com cinco por cento de bateria, porque eu tinha me esquecido de colocar pra carregar na noite anterior.

O vento estava chicoteando ao meu redor na rua.

Será que eu deveria ligar pra polícia?

Eu comecei a andar de volta em direção ao centro, pensando em todos aqueles "e se" que rodopiavam na minha cabeça. E se ela tivesse voltado pra casa? E se ela tivesse caído no rio e morrido?

Parei no meio da calçada, uma memória repentina relampejando na minha mente com tanta força que senti fisicamente.

Naquela primeira noite na cidade, Rooney tinha instalado o aplicativo "Find my Friends" no meu celular. Eu não tinha precisado usar antes, no fim das contas, mas... funcionaria agora?

Eu quase derrubei meu celular na pressa de tirá-lo do bolso para checar, e certamente, lá estava no mapa um pequeno círculo com o rosto de Rooney.

Aparentemente, ela estava em um campo, ao lado do rio, talvez a um quilômetro adentrando a área rural.

Eu nem pensei nos motivos. Só comecei a correr de novo.

* * *

Eu nunca tinha parado para pensar em como era Durham fora do centro da cidade. Tudo que eu tinha visto nos últimos seis meses foram prédios universitários, ruas de paralelepípedos e pequenos cafés.

Só que precisei de apenas dez minutos para me encontrar em um grande cenário de gramado infinito. Campos enormes se esticavam na minha frente enquanto eu seguia o caminho de terra batida e monitorava o pequeno ponto que era Rooney no meu celular, até que minha tela ficou preta, e não consegui mais fazer isso.

Naquela altura, eu não precisava mais. O ponto estava ao lado do rio, perto de uma ponte. Eu só precisava chegar até lá.

Demorou mais uns quinze minutos. Em certa altura, fiquei com medo de estar perdida de verdade, sem o Google Maps pra me ajudar, mas só continuei, seguindo o rio, até eu enxergar. A ponte.

A ponte estava vazia.

Os caminhos e campos próximos também.

Eu só fiquei lá e olhei em volta por um momento. Atravessei a ponte e voltei andando, como se Rooney pudesse estar dormindo na margem do rio. Talvez eu fosse ver a parte de trás da cabeça dela boiando na água. Mas não vi nada.

Em vez disso, quando voltei para o caminho de pedestres, eu vi algo brilhando na grama.

Era o celular da Rooney.

Eu o peguei e liguei a tela. Todas as minhas chamadas perdidas estavam ali. Várias da Pip também, e até mesmo algumas de Jason.

Me sentei na grama.

E eu só chorei. De exaustão, de confusão, de medo. Só sentei num gramado com o celular da Rooney na mão e chorei.

Mesmo depois de tudo, não consegui ajudá-la.

Não consegui ser uma boa amiga para ela.

Não consegui fazer com que ela sentisse que importava na minha vida.

— GEORGIA.

Uma voz. Olhei para cima.

Por um momento, achei que estava sonhando. Que talvez ela fosse uma projeção mental do que eu gostaria que estivesse acontecendo naquele instante.

Mas ela era real.

Rooney estava atravessando a ponte correndo na minha direção, com um copo de Starbucks em uma mão e um buquê de flores na outra.

GESTO GRANDIOSO

— Ah, meu *Deus*, Georgia, por que você está... O que aconteceu?

Rooney se jogou de joelhos na minha frente, encarando as lágrimas que escorriam dos meus olhos.

Pip já chorou na minha frente uma dezena de vezes. Não precisava de muito para ela começar. Na maioria das vezes, era justificado, mas em outras ela só chorava porque estava cansada. Ou aquela vez em que ela chorou porque tinha feito uma lasanha e depois derrubado no chão.

Jason tinha chorado na minha frente algumas vezes. Quando coisas bem ruins tinham acontecido, como quando percebeu o quanto Aimee era horrível com ele, ou quando assistíamos a filmes tristes sobre pessoas velhas, tipo *Diário de uma paixão* ou *Up — Altas aventuras*.

Rooney chorou na minha frente algumas vezes também. Quando ela me contou sobre o ex dela. Do lado de fora da porta de Pip. E quando nós aproximamos nossas camas.

Eu nunca tinha chorado na frente dela.

Eu nunca tinha chorado na frente de ninguém.

— Por que... você... está aqui? — eu consegui gaguejar, entre soluços, em uma tentativa de recuperar o fôlego. Eu não queria que ela me visse assim. Eu não queria que ninguém me visse assim.

— Eu posso te perguntar a mesma coisa! — Ela jogou as flores no chão e colocou o copo do Starbucks cuidadosamente no caminho, se sentando ao meu lado na grama.

Percebi que ela estava usando roupas diferentes das de ontem à noite — agora usava outro par de leggings e uma camiseta larga. Quando é que ela tinha voltado para o nosso quarto para trocar de roupa? Será que eu *tinha* ficado dormindo quando ela voltou?

Ela colocou um braço ao meu redor.

— Eu achei... achei que você... no rio — falei.

— Você achou que eu tinha caído no rio e *morrido*?

— Eu não sei... Eu fiquei com medo.

— Eu não sou *burra*, eu não saio por aí pulando em rios.

Eu olhei para ela.

— Você frequentemente fica na casa de estranhos.

Rooney apertou os lábios.

— Tudo bem.

— Você *se trancou pra fora da faculdade às cinco da manhã*.

— Ok. Talvez eu seja um pouco burra.

Eu esfreguei o rosto, me sentindo um pouco mais calma.

— Por que seu celular estava aqui?

Ela hesitou.

— Eu costumo andar por aqui às vezes. Depois que eu saio de noite. Bom, normalmente na manhã seguinte. Eu só gosto de vir aqui e... sentir que tudo está calmo.

— Você nunca me falou.

Ela deu de ombros.

— Não achei que ninguém ia se importar. É só uma coisa que eu gosto de fazer pra desanuviar a cabeça. Então eu vim aqui hoje de manhã e em certo ponto derrubei o celular, e não percebi até quase estar de volta à faculdade. Você já devia ter saído, então só me troquei, corri pra cá e agora nós duas estamos aqui.

Ela ainda estava com o braço ao meu redor. Nós ficamos encarando o rio.

— A Pip te contou o que aconteceu? — ela perguntou.

— Aham. — Eu empurrei o meu pé contra o dela. — Por que você fugiu?

Ela exalou profundamente.

— Eu fico com muito medo de me aproximar das pessoas. E ontem à noite, com a Pip, eu... O que a gente *fez*, bem, o que a gente ia fazer, eu só comecei a pensar que estava fazendo o que eu fazia sempre. Transar só pra me desprender e não sentir nada real.

— Ela sacudiu a cabeça. — Só que não estava fazendo isso. Percebi logo depois que fui embora. Eu percebi que eu... Seria a primeira vez que eu ficava com alguém com quem eu me importava de verdade. Com alguém que também se importava comigo.

— Ela está bem preocupada com você — falei. — Talvez a gente devesse voltar.

Rooney se virou para mim.

— *Você* também estava bem preocupada comigo, né? — ela falou. — Nunca te vi chorar antes.

Trinquei os dentes, sentindo que as lágrimas estavam brotando de novo. *Esse* era o motivo pelo qual eu nunca chorava na frente das pessoas. Quando eu começava, demorava anos pra conseguir parar.

— Que foi? — ela falou. — Fala comigo.

— Eu... — Olhei para baixo. *Eu não queria que ela me visse.* Só que Rooney estava olhando para mim, com as sobrancelhas franzidas, tantos pensamentos passando por trás dos olhos dela, e foi esse olhar que me fez despejar tudo. — Eu só me importo tanto com você... mas eu sempre fico com esse medo de que um dia você vá embora. Ou de que Pip ou Jason irão embora, ou... Não sei. — Novas lágrimas começam a escorrer pelas minhas bochechas. — Eu nunca vou me apaixonar, então minhas amizades são tudo que eu tenho, daí... eu só... não consigo suportar a ideia de perder qualquer um dos meus amigos. Porque nunca vou ter aquela única pessoa especial.

— Você pode me deixar ser essa pessoa? — Rooney falou baixinho.

Eu funguei alto.

— Como assim?

— Estou dizendo que quero ser a sua pessoa especial.

— Mas… não é assim que o mundo funciona, as pessoas sempre colocam o romance acima de amizades…

— Quem disse? — Rooney interrompeu, batendo a mão com força no chão na nossa frente. — O livro de regras heteronormativas? *Foda-se* isso, Georgia. Foda-se.

Ela ficou em pé, agitando os braços e andando em círculos enquanto falava.

— Eu sei que você tem tentado me ajudar com Pip — começou ela —, e eu agradeço muito por isso, Georgia, de verdade. Eu *gosto dela*, acho que ela gosta de mim e nós gostamos de ficar uma com a outra. E sim, vou só falar logo: eu acho que a gente quer muito, muito transar.

Eu só a encarei, minhas bochechas manchadas de lágrimas, sem ter ideia de onde esse discurso ia acabar.

— Mas sabe o que eu percebi enquanto eu caminhava? — ela falou. — Eu percebi que *eu te amo*, Georgia.

Meu queixo caiu.

— Obviamente não te amo de uma forma romântica. Só que eu percebi que sejam lá quais sentimentos eu tenho por você eu… — Ela abriu um sorriso enorme. — Eu me sinto como se *estivesse* apaixonada. Eu e você, *isso é a porra de uma história de amor!* Eu me sinto como se tivesse encontrado algo que a maior parte das pessoas não tem. Eu me sinto em casa perto de você, de um jeito que eu nunca senti antes *na porra da minha vida toda*. Talvez as pessoas olhem para a gente e pensem que somos *só amigas*, ou sei lá, mas eu sei que é… é muito MAIS do que isso. — Ela gesticulou dramaticamente para mim com as duas mãos. — Você *me mudou*. Você salvou a minha vida, caralho, juro. Eu sei que ainda faço um monte de coisas burras, falo todas as coisas erradas e tem dias em que eu ainda me sinto uma *merda*, mas eu me senti mais feliz nas últimas semanas do que me senti em *anos*.

Eu não conseguia falar. Eu congelei.

Rooney se ajoelhou na minha frente.

— Georgia, eu nunca vou parar de ser sua amiga. Eu *não* estou falando daquele jeito mediano e chato de "amizade" no qual paramos de conversar quando fazemos vinte e cinco anos porque nós duas encontramos *rapazes muito bons* e fomos ter bebês, e só nos encontramos duas vezes por ano. Estou falando que vou ficar te atormentando pra comprar uma casa ao lado da minha quando tivermos quarenta e cinco anos e finalmente tivermos dinheiro o suficiente pra dar entrada em um imóvel. Estou falando que vou ficar aparecendo na sua casa toda noite pra jantar, porque você *sabe* que cozinho mal pra caralho. Se eu tiver filhos e um parceiro, eles provavelmente vão comigo, porque, fora isso, eles provavelmente vão sobreviver de nuggets e batata frita. Estou falando que vou ser a pessoa que vai te levar sopa quando você me mandar uma mensagem falando que está doente e não consegue sair da cama, e te levar para uma consulta mesmo que você não queira ir porque se sente culpada de ir ao médico quando só está com dor no estômago. Estou falando que vamos derrubar a cerca entre nossos jardins pra ter um jardim grande e todo nosso. Podemos adotar um cachorro e cuidar dele juntas. Estou falando que eu vou ficar aqui, te irritando, até nós duas sermos velhas, sentadas no mesmo asilo, falando sobre como a gente devia fazer uma peça de Shakespeare porque estamos entediadas pra caralho.

Ela agarrou o buquê de flores e praticamente o jogou em cima de mim.

— E comprei essas flores pra você porque honestamente não sabia como expressar isso tudo isso pra você.

Eu estava chorando. Comecei a chorar de novo.

Rooney limpou as lágrimas das minhas bochechas.

— Quê? Você não acredita em mim? Porque eu não estou zoando, cacete. Não fica só sentada aí me dizendo que estou mentindo, porque eu não estou. Alguma coisa disso tudo fez sentido? — Ela sorriu. — Eu estou *extremamente* lerda de sono neste momento.

Eu não conseguia falar. Eu estava uma bagunça.

Ela gesticulou para o buquê de flores, que tinha praticamente explodido no meu colo.

— Eu queria fazer um gesto grandioso como você fez para Pip e Jason, mas eu não conseguia pensar em nada, porque você é o cérebro dessa amizade.

Isso me fez rir. Ela jogou os braços ao meu redor, e fiquei meio rindo, meio chorando, feliz e triste ao mesmo tempo.

— Você não acredita em mim? — ela perguntou de novo, me apertando forte.

— Eu acredito em você — falei, meu nariz todo zoado e minha voz rachando. — Prometo.

PARTE CINCO

FOI DIVERTIDO

Nenhuma de nós estava em condições físicas para que correr o caminho todo de volta para o centro da cidade fosse uma boa ideia, mas foi o que fizemos mesmo assim. Nossa peça ia começar em duas horas. A gente não tinha escolha.

Corremos todo o caminho seguindo o rio. Eu com o buquê nas mãos, e parando para apanhar as flores cada vez que derrubava uma, e ela com nada mais do que um celular, um copo do Starbucks e um sorriso no rosto. Nós tivemos que parar e sentar várias vezes para recuperar o fôlego, e, mesmo assim, quando finalmente chegamos à praça principal, achei que meu peito ia implodir. Só que a gente tinha que correr. Para a peça.

Para os nossos amigos.

Quando chegamos ao teatro, nós duas estávamos encharcadas de suor, e irrompemos pela porta para encontrar Pip sentada numa mesa no saguão, a cabeça apoiada nas mãos.

Ela olhou para cima quando eu literalmente caí no chão, parecendo um astronauta que estava ficando sem ar, enquanto Rooney tentou seu melhor para ajustar a bagunça que era seu rabo de cavalo.

— Onde — disse Pip, muito calmamente. — Caralho. Vocês estavam?

— A gente… — eu comecei a dizer, mas só consegui emitir um chiado.

Então Rooney falou por nós duas.

— Eu entrei em pânico depois de ontem à noite, e a Georgia rastreou meu celular, só que ele estava perdido em um campo, e ela foi até lá, e eu tive que voltar porque eu sabia que tinha derrubado meu celular em algum lugar nesse campo. Eu encontrei ela, e estava com essas flores porque queria falar o quanto eu amo essa garota, o quanto sou grata por tudo que ela fez por mim esse ano. A gente falou de tudo e eu disse o quanto ela era importante para mim, e também — Rooney deu um passo na direção de Pip, que a estava encarando, os olhos esbugalhados — percebi que eu gosto mesmo de você. Eu não me sinto assim por ninguém em muito tempo, então isso me assustou muito, e foi por isso que saí correndo.

— Hum, o-ok — Pip gaguejou.

Rooney deu mais um passo à frente e colocou a mão na mesa na frente de Pip.

— O que você sente por mim? — ela perguntou, séria.

— Hum, eu... — As bochechas de Pip ficaram vermelhas. — Eu... também... gosto de você.

Rooney assentiu vigorosamente, mas dava para ver que ela estava um pouco transtornada.

— Ótimo. Só achei que a gente precisava ser clara nesse assunto.

Pip ficou em pé, os olhos fixos em Rooney.

— Claro. É. Bom.

Eu tinha, nessa altura, conseguido ficar em pé, e meus pulmões não pareciam mais que iam explodir.

— A gente deveria encontrar Jason e Sunil.

— Sim — disseram Rooney e Pip simultaneamente, então nós três fomos para os bastidores do teatro, Rooney e Pip alguns passos atrás de mim.

Conforme virei em um canto, perguntei:

— Eles estão em um camarim, ou...? — Quando não recebi uma resposta, eu olhei para trás, apenas para ver Rooney e Pip se pegando ansiosamente, Rooney empurrando Pip contra a porta do vestiário, as duas aparentemente nada perturbadas com o fato de que eu estava literalmente *bem ali*.

— Ei — eu falei, mas nenhuma das duas me ouviu, ou escolheram me ignorar.

Eu tossi, alto.

— EI — eu repeti, mais alto dessa vez, e relutantemente as duas se afastaram, Rooney parecendo um pouco incomodada, e Pip ajustando os óculos, como se tivesse acabado de levar um soco. — A gente tem uma peça pra apresentar, lembram?

Jason e Sunil estavam sentados na beira do palco, dividindo um pacote de pipoca. Assim que viram a gente entrar, Jason ergueu os dois braços em triunfo, enquanto Sunil disse:

— *Ainda bem.*

Jason correu até nós, me pegou no colo, e me carregou até o palco, enquanto eu ria histericamente e tentava escapar.

— Nós vamos conseguir! — ele disse, nos rodopiando. — Nós vamos fazer a peça!

— Acho que vou chorar — disse Sunil, e então enfiou três pipocas na boca.

Rooney bateu palmas, alto.

— Chega de ser feliz! A gente precisa se trocar antes das pessoas chegarem!

E assim foi feito. Jason e Sunil já tinham arrumado todas as fantasias, os acessórios e o cenário nas coxias, então nós pusemos as primeiras fantasias que usaríamos, e depois passamos dez minutos arrumando o cenário que tínhamos conseguido fazer com nossos recursos limitados — meu pilar de papel machê, que foi colocado no centro, à esquerda, uma guirlanda coberta de estrelas que, de alguma forma, após muitas deliberações entre Jason e Rooney, conseguimos pendurar em um dos trilhos do pano de fundo. Quando nós o penduramos, parecia que choviam estrelas do teto.

Nós também tínhamos uma cadeira em várias das nossas cenas, mas a melhor coisa que conseguimos encontrar foi uma vermelha de plástico nas coxias.

— Tenho uma ideia — disse Rooney, e ela pulou da frente do palco para pegar as flores que eu tinha deixado nos assentos da primeira fileira. Ela as trouxe de volta para o palco e começou a colar as flores na cadeira.

Quando ela terminou, a cadeira tinha se transformado num trono todo florido.

Faltavam dez minutos para nossa apresentação quando eu comecei a me perguntar quem é que ia aparecer para ver esse espetáculo.

Obviamente Sadie tinha sido convidada, já que era ela que estava julgando. Eu chutava que Sunil tinha convidado Jess. Mas só seria isso? Dois membros na audiência?

Eu dei uma espiada por trás das cortinas e esperei. Logo eu tive a prova de que estava muito, muito errada.

Primeiro, algumas pessoas que eu reconheci da Sociedade do Orgulho tinham aparecido. Sunil foi imediatamente cumprimentá-las e depois de um tempo gesticulou para o resto de nós ir lá dar oi. Em seguida, outro grupo pequeno de pessoas chegou, e Sunil os apresentou como seus amigos da orquestra. Todos eles começaram a tagarelar sobre o quanto estavam empolgados para a peça.

Eu não sabia se isso me assustava ou animava.

Depois, Sadie chegou com alguns amigos. Ela foi nos cumprimentar rápido antes de sentar na primeira fila, na escolha de assento mais intimidante possível.

Logo depois Jess chegou e, após dizer um olá para o pessoal da Sociedade do Orgulho, foi falar com Sadie. As duas se abraçaram e sentaram juntas, parecendo boas amigas. A universidade era um mundo bem pequeno.

Um grupo de garotos fortões apareceu, e eu não tinha ideia de quem eram, até que Jason foi lá cumprimentá-los — eles eram da equipe de remo. Duas outras pessoas apareceram, novamente, completos estranhos para mim, mas Pip correu até eles, os abraçou e apresentou como Lizzie e Leo, dois amigos que tinha feito na Sociedade Latino-americana.

Eu não tinha ninguém que veio especificamente para me ver. Nem Rooney.

Mas eu não me importava. Quem eu tinha aqui — essas quatro pessoas — era mais do que suficiente.

E, apesar da minha falta de contribuição, nós tínhamos uma plateia. O bastante para preencher três fileiras inteiras de assentos.

Talvez não fosse muito, mas parecia bastante para mim. Eu tinha a sensação de que a gente estava fazendo algo que realmente *importava*.

Faltando três minutos para as duas, nós cinco nos reunimos na coxia direita e aglomeramos em um círculo.

— Alguém mais está sentindo que precisa ir ao banheiro? — perguntou Pip.

— Sim — respondeu Rooney na hora.

— Bom, eu não falaria exatamente nessas palavras — disse Sunil.

— Nós vamos ficar *bem* — disse Jason. — Todo mundo, relaxa.

— Você me dizer pra relaxar me deixa ainda menos relaxada — falou Pip.

— Seja lá o que acontecer — eu falei —, foi divertido, certo? Foi bem divertido.

Todo mundo assentiu. A gente sabia que sim.

Seja lá o que acontecesse com a peça, com a sociedade, com o nosso pequeno e estranho grupo de amizade...

Tudo tinha sido tão divertido.

— Vamos nessa — falou Jason, e todos nós colocamos as mãos para dentro do círculo.

BOA NOITE

Jason foi ao palco primeiro. Com um microfone e vestido de Romeu — com roupas de estampas alegres, brilhantes e divergentes.

— Isso é só um anúncio pré-espetáculo — disse ele. — Primeiro, obrigado a todos por virem. É muito legal ver uma plateia assim tão grande e impressionante, sem dúvida graças à nossa campanha de publicidade extensiva.

Algumas pessoas no público soltaram risadas.

— Em segundo lugar, eu queria informar que a gente teve uns leves problemas, tentando preparar essa peça. Tivemos algumas disputas no elenco. Também tivemos que apressar algumas das cenas finais. Tudo está bem agora, esperamos, mas foi uma jornada e tanto para chegar aqui. Trocamos muitas lágrimas e mensagens acaloradas no WhatsApp.

Mais risadas da plateia.

— Para aqueles que não sabem — continuou Jason —, nós da Sociedade Shakespeare decidimos que, para nosso primeiro espetáculo, iríamos apresentar uma seleção de cenas em vez de uma peça inteira. Todas essas cenas são, de um jeito ou de outro, sobre o amor, mas deixamos para vocês interpretarem que tipo de amor elas representam. Puro, tóxico, romântico, platônico... procuramos explorar todos os tipos. De qualquer forma, vai ser bem mais curto do que uma peça normal, então dá tempo de todo mundo sair pra fazer um almoço tardio no bar, depois.

Alguns aplausos da multidão.

— Por último — disse Jason —, quatro de nós queríamos dizer que estamos dedicando este espetáculo para uma pessoa que conseguiu reunir todos nós depois de tudo ter entrado em colapso.

Ele se virou e olhou para mim nas coxias, os olhos encontrando os meus.

— Georgia Warr é a razão pela qual essa peça está acontecendo — disse ele. — Pode até ser uma peça pequena, mas é importante para nós. Bastante, na verdade. E Georgia merece algo feito em nome dela. Então, essa é pra você, Georgia. Essa é uma peça sobre o amor.

Foi um pouco bagunçado, mas foi incrível. Nós começamos com uma comédia, Rooney e Pip aparecendo como Benedicto e Beatriz, e logo a plateia estava rindo. Eu de alguma forma me vi escutando a história de *Muito barulho por nada* como se nunca tivesse ouvido antes. Estava viva na minha frente. Foi lindo.

Noite de reis era a próxima. O que significava que era quase hora de eu entrar.

Foi aí que percebi que eu estava bem.

Sem náuseas. Sem correr até o banheiro, como em *Os miseráveis*, no último ano.

Eu estava nervosa, claro, mas um nível normal de nervosa, misturando a empolgação por agir, por *atuar*, para fazer aquela coisa da qual eu gostava muito, muito mesmo.

Quando eu apareci e fiz o meu discurso de "Vamos rápido, Morte", eu realmente me diverti. Jason e Sunil apareceram depois de mim como Orsino e Viola, e eu assisti do lado, sorrindo, aliviada, *feliz*. Eu tinha conseguido. *Nós* tínhamos conseguido.

Jason e Rooney fizeram um pouco de *Romeu e Julieta*, tão passionais quanto se estivessem namorando de verdade. Então todos nós fizemos um pouco de *Rei Lear*, quando Lear tenta decifrar qual das filhas dele o ama mais. Eu fui Próspero em *A tempestade*, e Sunil foi Ariel, nós dois precisando um do outro, mas querendo ficar livres de nosso vínculo mágico.

Rooney e Pip voltaram e fizeram mais de *Muito barulho por nada*, na parte em que Benedicto e Beatriz finalmente confessam que amam um ao outro, e quando elas se beijaram, a audiência irrompeu em aplausos.

E, finalmente, nós terminamos com *Sonho de uma noite de verão*. Ou melhor, eu terminei.

Eu me sentei no trono de flores e li as últimas falas para concluir a peça.

— *Boa noite, eu vou saindo.* — Sorri gentilmente para os rostos do público, torcendo, rezando para que isso tudo fosse o suficiente. Que essa não fosse a última vez que eu me apresentaria com meus melhores amigos. — *Se aplaudirem, como amigos, Puck os salva de perigos.*

Sunil abaixou as luzes do palco, e o público ficou de pé.

Nós nos curvamos enquanto a plateia aplaudia. Isso não entraria para a história da universidade. Isso não seria nada especial pra mais ninguém. As pessoas se esqueceriam, ou só lembrariam como aquele tipo de peça estranha, mas interessante, que viram uma vez na faculdade.

Mais ninguém no universo veria essa peça.

Acho que isso a tornava nossa.

— Foi uma *bagunça* — disse Sadie, as sobrancelhas erguidas e os braços cruzados. — As transições entre as cenas foram no mínimo questionáveis, e a encenação foi… incomum.

Nós cinco, sentados enfileirados na beirada do palco, coletivamente desabamos.

— *Mas* — ela continuou, erguendo um dedo — eu não desgostei. Na verdade, achei que foi muito criativo e definitivamente mais interessante do que se vocês tivessem entrado no palco e feito uma versão mais curta e medíocre de *Romeu e Julieta*.

— Então... — Rooney abriu a boca. — Foi... gente...

— Sim — disse Sadie —, vocês podem continuar com a Sociedade Shakespeare.

Pip e Rooney começaram a gritar e se abraçar. Sunil colocou a mão no peito e sussurrou:

— Ainda bem.

Enquanto isso, Jason passou o braço ao meu redor, abrindo um sorriso enorme, e eu percebi que estava sorrindo também. Eu estava feliz. Eu estava tão, tão feliz.

Depois que Sadie foi embora, Rooney foi a primeira a me abraçar. Ela passou por cima dos outros e se jogou em cima de mim, me empurrando no palco e apertando os braços, eu ri, ela riu, e então nós duas ficamos rindo e rindo mais. Pip se juntou a nós, gritando:

— Quero participar!

Ela se jogou em cima de nós duas. Sunil descansou a cabeça nas costas de Rooney, e Jason envolveu todos nós, e só ficamos assim por um momento, rindo e tagarelando e nos abraçando. Na parte debaixo da pilha, eu estava sendo basicamente esmagada, mas foi reconfortante de um jeito esquisito. O peso de todos eles em cima de mim. Ao meu redor. Comigo.

Não precisávamos falar em voz alta, mas nós sabíamos. Todos sabíamos o que tínhamos encontrado aqui. Ou ao menos, eu sabia. Eu sabia. Tinha encontrado.

Dessa vez não houve declarações dramáticas. Nem gestos grandiosos.

Era só a gente, se abraçando.

A CASA

A casa ficava numa esquina. Era uma casa com um terraço vitoriano, mas não de um jeito esteticamente agradável, e tinha janelas inquietantemente pequenas. Ninguém queria falar o que estávamos todos pensando: parecia uma merda.

Um mês depois do nosso espetáculo, Rooney, Pip, Jason e eu percebemos que não tínhamos onde morar no ano seguinte. As acomodações das faculdades da universidade de Durham eram principalmente para calouros e para alguns estudantes dos últimos anos — era esperado que no segundo ano as pessoas encontrassem seus próprios lugares para morar. Então, a maioria dos calouros formava grupinhos em dezembro ou janeiro, e ia a busca de casas, e assinava contratos de aluguel.

Devido ao drama desse último ano, tínhamos perdido todas essas datas. No fim de abril, a maioria das acomodações proporcionadas através da universidade em Durham já estavam completamente ocupadas para o próximo ano acadêmico, o que nos deixou tendo que nos arrastar pelas propagandas duvidosas em sites de aluguel.

— Tenho certeza de que é melhor por dentro — disse Rooney, dando um passo para frente e batendo na porta.

— Você disse isso nas últimas três casas — disse Pip, os braços cruzados.

— E em algum momento eu estarei certa.

— Só pra deixar claro — disse Sunil —, talvez a gente devesse reconsiderar se a gente precisa mesmo ter uma sala.

Apesar de Sunil estar no último ano, ele tinha decidido no último minuto voltar para mais um ano, para fazer mestrado em música. Ele ainda não tinha ideia do que queria fazer com a própria vida, o que eu achava bastante compreensível e entendia bem, e ele disse que amava ficar em Durham e queria ficar lá um pouco mais.

No entanto, Jess estava se mudando no fim do ano letivo. Na verdade, a maior parte dos amigos veteranos de Sunil ia embora. Assim que descobrimos, convidamos ele para vir morar com a gente, e ele aceitou.

A porta abriu e uma estudante cansada nos deixou entrar, explicando que a maioria das pessoas que morava lá estava em aulas, exceto ela, então a gente podia dar uma volta e olhar todos os quartos que quisesse. Nós fomos para a cozinha primeiro, que dividia o espaço com a sala, com um sofá de um lado e os balcões da cozinha de outro. Tudo era muito antigo e claramente usado, mas parecia funcional e limpo, o que era tudo de que precisávamos. Nós éramos estudantes. Não tínhamos muitas opções.

— Na verdade, não é ruim — disse Sunil.

— Está vendo? — disse Rooney, gesticulando em volta. — Falei que seria esse.

Jason cruzou os braços.

— É bem... pequeno. — O topo da cabeça dele ficava muito perto do teto.

— Mas não tem mofo — Pip apontou.

— E tem bastante espaço pra todo mundo ficar — eu falei.

Por "todo mundo" eu me referia a nós cinco, além das outras pessoas que estavam vindo para nossos ensaios. Bom, não eram exatamente ensaios. Não era como se tivéssemos outra peça para preparar nesse ano, e todos estávamos ocupados com provas e trabalhos, então a gente só se encontrava para conversar, assistir a filmes e pedir comida. Toda sexta à noite no meu quarto e de Rooney.

Às vezes Sunil trazia Jess, ou Pip trazia seus amigos Lizzie e Leo. Às vezes metade do time de remo de Castle aparecia — garotos grandões que me assustaram no começo, mas que eram bem legais depois que conheci todos melhor. Às vezes éramos só nós cinco, os originais, ou menos se estávamos ocupados.

Tornou-se um ritual. Meu tipo favorito de ritual universitário.

— E esse lugar é *perfeito* pro Roderick! — disse Rooney animada, apontando para um canto vazio ao lado do braço do sofá.

Nós fomos em direção aos dois quartos do andar térreo, que eram bem normais. Jason e eu olhamos dentro do segundo. Era quase tão bagunçado quanto o quarto atual de Pip.

— Eu sempre quis um quarto no térreo — falou Jason. — Nunca soube por quê. Só parecia legal.

— Você ficaria bem ao lado da rua.

— Acho que eu ia gostar. Bastante ruído branco. E olha! — Ele apontou para um pedaço de parede sem nada acima da cama, espaço suficiente para um único porta-retratos ser pendurado. — O lugar perfeito para a gangue do Scooby-Doo.

O aniversário de Jason tinha sido na semana anterior. Um dos presentes que dei pra ele: uma foto num porta-retratos com todo mundo de Scooby-Doo. Todos os cinco.

— Eu gostaria de um quarto no térreo — disse Sunil, que tinha aparecido atrás da gente. — Gosto de ficar perto da cozinha. É mais fácil para pegar comida.

Jason lançou um olhar de soslaio para ele.

— Desde que você não pratique o violoncelo tarde da noite.

— Você está dizendo que *não* quer ouvir minha linda música nas horas frias da madrugada?

Jason riu e foi para cima, deixando Sunil e eu para entrar no primeiro quarto, tomando cuidado para não tocar em nada que pertencesse ao ocupante atual.

Então Sunil disse:

— Queria conversar com você sobre uma ideia, Georgia.

— Oi?

— Bom, eu só vou ser o presidente da Sociedade do Orgulho por mais alguns meses, e antes de eu ter que deixar o cargo... eu queria organizar um novo grupo dentro da Sociedade do Orgulho. Uma sociedade para estudantes assexuais e arromânticos. E, na verdade, estava me perguntando se você queria se envolver nisso. Não necessariamente ser presidente da coisa, mas... Bom, não sei. Só queria perguntar. Sem pressão.

— Ah. Hum. — Eu imediatamente fiquei nervosa com a ideia. Eu ainda tinha dias em que eu não estava superconfiante sobre a minha sexualidade, apesar de todos os outros dias nos quais eu me sentia orgulhosa e grata por saber quem eu era e o que eu queria. Talvez os dias ruins ficassem menos e menos comuns, mas eu não sabia. Eu não *tinha como* saber.

Talvez muitas pessoas se sentissem assim sobre as próprias identidades. Talvez só demorasse um tempo.

— Eu não sei — falei. — Eu ainda nem me assumi pros meus pais.

Sunil assentiu, entendendo.

— Está tudo bem. Só me avise depois que pensar melhor no assunto.

Eu assenti de volta.

— Aviso, sim.

Ele olhou para dentro do quarto, examinando o jeito como a luz da tarde iluminava o chão.

— Foi um ano bom, mas estou animado para sair do cargo. Acho que mereço um ano mais relaxante. — Ele sorriu pra si mesmo. — Seria legal. Descansar.

Havia três outros quartos lá em cima, e Pip e Rooney obviamente foram direto para o maior.

— Vou ficar com este — disseram Pip e Rooney em uníssono, e então ficaram encarando uma à outra.

— Eu preciso de mais espaço — falou Rooney. — Eu sou uns trinta centímetros mais alta do que você.

— Hum, primeiro que isso é mentira, você é só um pouco mais alta que eu…

— Pelo menos quinze centímetros.

— E segundo, eu preciso de mais espaço porque eu tenho muito mais roupas que você.

— Vocês duas vão ficar dormindo no mesmo quarto de qualquer forma — Jason murmurou, revirando os olhos, e Pip lançou a ele um olhar de vergonha misturado com pânico enquanto Rooney imediatamente corou, abriu a boca e começou a protestar.

Rooney ainda passava algumas noites fora do nosso quarto. Da primeira vez que aconteceu depois da peça, eu fiquei com medo de que ela tivesse voltado a sair pra beber e ir a baladas com estranhos. Quando eu a confrontei sobre o assunto, depois de um tempo, ela timidamente revelou que tinha passado todas aquelas noites no quarto de Pip. As roupas que ela continuava largando lá eram uma prova disso.

Ela passava as noites no nosso quarto também. Várias noites. Não era como se ela tivesse me substituído, ou como se eu fosse menos importante.

Depois de Rooney terminar de atormentar Jason por ter ousado falar da vida sexual dela, e de Jason taticamente ter se retirado em direção ao banheiro, eu fiquei observando enquanto Rooney e Pip ficavam juntas na porta. Rooney gentilmente tocou a mão de Pip, se inclinou na direção dela e sussurrou algo que eu não consegui ouvir que fez Pip abrir um sorriso enorme.

Eu dei um passo para trás e examinei outro dos quartos. Esse tinha uma janela guilhotina grande, uma pia em um canto, e quem morava aqui tinha grudado fotos polaroide em toda uma parede. O carpete era meio esquisito — tinha um padrão vermelho forte que me lembrava das cortinas de vovó —, mas eu não desgostava. Eu não desgostava de nada daquilo.

Não era chique, mas eu conseguia me imaginar vivendo aqui. Conseguia imaginar todos nós vivendo aqui, começando o novo ano acadêmico, chegando em casa e nos jogando no sofá um ao lado do outro, conversando na cozinha durante as manhãs enquanto comíamos cereal, nos juntando no quarto maior para ver filmes, dormindo na cama uns dos outros quando estávamos cansados demais para nos mexer.

Conseguia imaginar tudo aquilo. Um futuro. Um futuro pequeno, e não para sempre, mas, ainda assim, um futuro.

— O que achou? — perguntou Rooney, que tinha vindo ficar ao meu lado no batente.

— É bem... ok — eu falei. — Não é perfeito.

— Mas?

Eu sorri.

— Acho que a gente pode se divertir aqui.

Ela sorriu de volta.

— Concordo.

Rooney deu as costas para continuar brigando com Pip por causa do quarto maior, mas eu só fiquei ali por um momento, olhando para o que poderia ser meu espaço no futuro. Depois de meses dormindo ao lado de uma das minhas melhores amigas, eu estava um pouco nervosa de voltar a dormir em um quarto sozinha. Dormir em um quarto silencioso, só com meus pensamentos.

Mas eu tinha tempo para me acostumar com a ideia.

Até lá, nós ficaríamos nas camas juntas.

AGRADECIMENTOS

Este foi o livro mais difícil, frustrante, assustador e libertador que eu já escrevi. Tantas pessoas incríveis me ajudaram nessa jornada:

Claire Wilson, minha agente incrível, que recebeu e-mails emotivos além da conta. Minha editora, Harriet Wilson; meu designer, Ryan Hammond; e todo mundo na HarperCollins que trabalhou neste livro — obrigada pelo seu esforço incansável e por seu apoio nas minhas histórias, apesar de eu ter precisado de extensões em literalmente todos os prazos que me deram. Emily Sharratt, Sam Stewart, Ant Belle e Keziah Reina por suas edições, ideias e leitura beta, geralmente com prazos muito apertados. Minha alma gêmea de escrita, Lauren James, que aguentou a parte pesada dos meus medos com relação a este livro e me ajudou muito na estrutura e no ritmo. Meus amigos e minha família, na vida real e on-line. E os meus leitores, que me encorajaram. Muito obrigada a todos.

E obrigada por todos aqueles que pegaram este livro para ler. Eu espero mesmo que tenham gostado desta história.

PARA MAIS LEITURAS SOBRE ASSEXUALIDADE E ARROMANTICIDADE

Internacionais:

AVEN (The Asexual Visibility and Education Network): https://www.asexuality.org/

What Is Asexuality?: https://www.whatisasexuality.com/

Aces & Aros: https://acesandaros.org/

AZE, um periódico que publica artigos de autores e artistas assexuais, arromânticos e agêneros: https://azejournal.com/

AUREA (Aromantic-spectrum Union for Recognition, Education, and Advocacy): https://www.aromanticism.org/

Brasileiras:

Assexualidade Brasil: http://assexualidadebrasil.blogspot.com/

Comunidade Assexual: https://www.assexualidade.com.br/

O que é arromanticidade?: https://medium.com/@ravenclaudia/o-que-%C3%A9-arromanticidade-add9cedc7898

O que é assexualidade?: https://medium.com/@ravenclaudia/o-que-é-assexualidade-98dc84204e4f

Aroaceiros: https://aroaceiros.com/

Card Ace Educativo: educ-ace.carrd.co

Impressão e Acabamento:
EDITORA JPA LTDA.